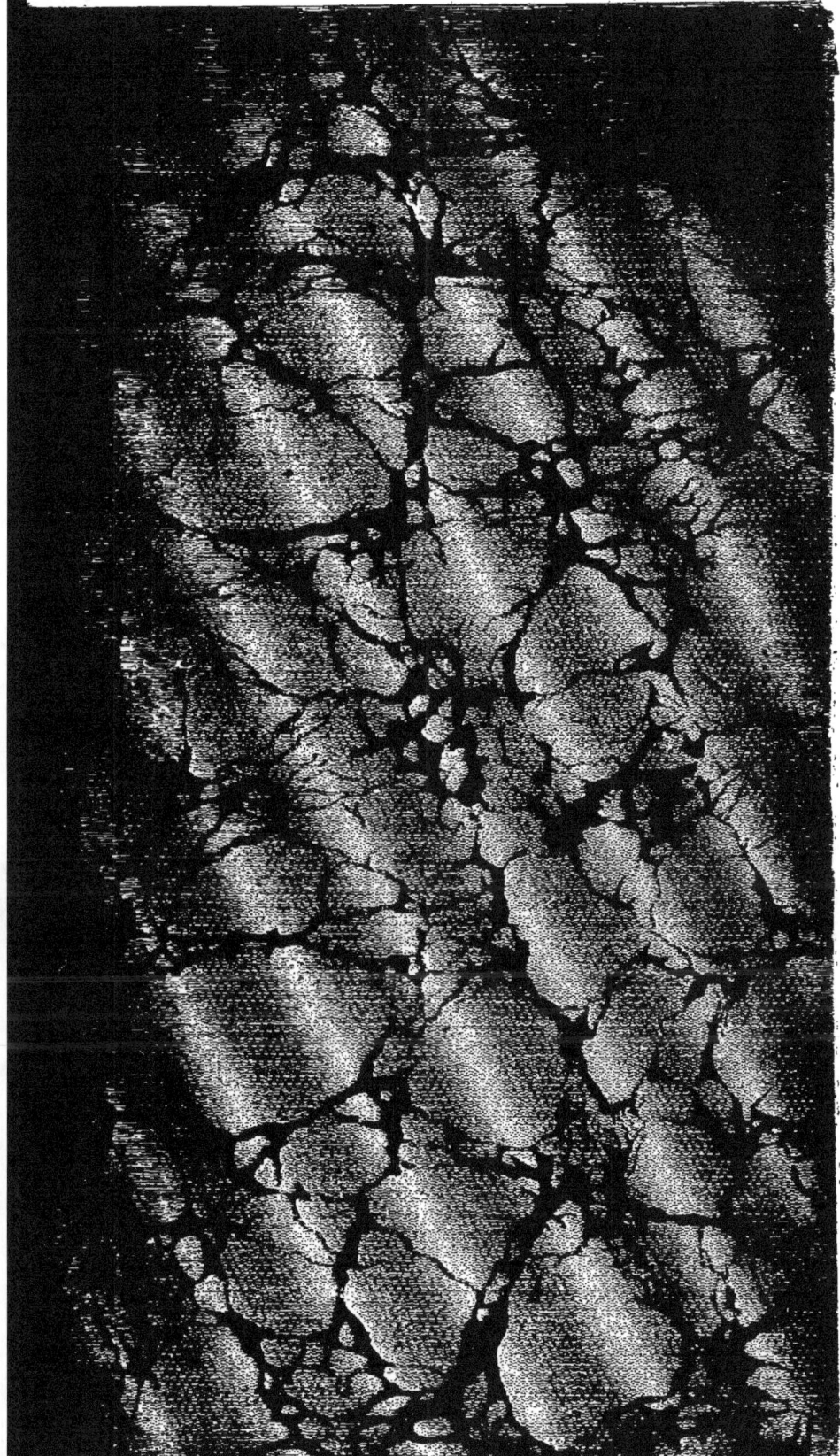

LA TABATIÈRE DE M. LUBIN

LA

PRINCESSE NUBIA

LIBRAIRIE E. DENTU, ÉDITEUR

DU MÊME AUTEUR

LE DRAME DE LA RUE DU TEMPLE, 1 vol. . . . . . . 3 fr. »
LES EXPLOITS DE FIFI VOLARD, 1 vol.. . . . . 3 fr. »
AVENTURES CAVALIÈRES, 1 vol. . . . . 1 fr. »

F. AUREAU. — IMPRIMERIE DE LAGNY.

LA TABATIÈRE DE M. LUBIN

LA PRINCESSE
NUBIA

P A R

CONSTANT GUÉROULT

PARIS

E. DENTU, EDITEUR

LIBRAIRE DE LA SOCIÉTÉ DES GENS DE LETTRES

PALAIS-ROYAL, 15-17-19, GALERIE D'ORLÉANS

—

1878

LA TABATIÈRE

MONSIEUR LUBIN

LA PRINCESSE NUBIA

I

UNE REPRÉSENTATION EXTRAORDINAIRE

Il était huit heures.

L'Opéra-Comique donnait ce soir-là une représentation extraordinaire, solennité musicale dans laquelle on devait entendre les œuvres les plus remarquables, exécutées par les meilleurs artistes de Paris.

Aussi la salle était-elle comble ; l'élite du monde parisien s'y était donné rendez-vous, les loges et la première galerie étincelaient de fleurs, de diamants et d'épaules nues, et les plus merveilleuses beautés s'y confondaient avec les illustrations et les aristocraties de tout genre.

Aux fauteuils d'orchestre, trois jeunes gens, le dos

tourné à la scène, passaient en revue toutes les jolies femmes, et discutaient la beauté de chacune.

L'un des trois, l'air rêveur et absorbé, paraissait apporter peu d'intérêt à cette discussion ; celui-là était Marcel Desvignes, déjà connu du lecteur, qui l'a vu à la fête de l'hôtel de Sordes avec Maxime de Sivrac.

Il n'en était pas de même de son voisin de droite, qui dévorait toutes les femmes du regard. C'était un assez beau garçon, large des épaules, solidement charpenté et porteur d'une de ces heureuses physionomies qui dénotent la franchise, l'insouciance et la gaieté.

Il se nommait Loustel ; peintre par vocation et paresseux par tempérament, il occupait, dans la rue Blanche, un atelier où il menait avec quelques amis une vie de bohème qui, au point de vue du confort en général et de la cuisine en particulier, rappelait beaucoup le radeau de la *Méduse*.

Le voisin de gauche de Marcel Desvignes était l'ami le plus intime de Loustel. Journaliste, auteur d'articles très-remarqués dans le *Caquet des Coulisses*, Emile Sandoz, les yeux fixés sur l'avenir, se contentait quant à présent d'une existence qui n'avait rien de sardanapalesque.

Son rédacteur en chef faisait le plus grand éloge de son talent et le mettait infiniment au-dessus de Sarcey et de Saint-Victor, mais il le payait peu et rarement.

Marcel, lui aussi, avait étudié quelque temps la peinture dans l'atelier de son camarade Loustel, mais il s'était décidé à renoncer aux arts à la pressante sollicitation de sa mère, effrayée de la vie par trop fantaisiste de l'atelier, et il occupait aujourd'hui un emploi lucratif chez un agent de change.

— Dis donc, demanda Loustel à Marcel, toi qui hantes les salons, quelle est donc cette blonde, éblouissante et plantureuse là-bas, à l'avant-scène ?

— C'est madame Marcasse, née Diane de Peyras.

— Et ce jeune homme, là en face, qui la salue et la dévore des yeux ?

— Un ancien prétendant, aujourd'hui ami de la maison, le comte Jacques de Sylva.

— Ah ! il est comte et le mari est..... Marcasse, malheur !... Continue.

— Elle le trouvait jeune, beau, distingué, mais entaché de pauvreté.

— Bon, ça me confirme, il est malheureux, ce jeune homme, et il n'est pas comme Rama, qui ne voulait pas être consolée.

— Dis donc, tu devrais bien me présenter à madame Marcasse.

— Volontiers, mais je te préviens qu'il faut une mise convenable.

— J'ai mon habit noir.

— Tu veux dire roux.

— Mordoré, mon ami, mordoré, des tons splendides, imprévus, qui relèvent un peu la monotonie du noir. Mais je ne sais si j'ai engraissé ou si l'habit s'est racorni sur les épaules étiques de Sandoz, auquel j'ai eu l'imprudence de le prêter, il m'est impossible maintenant de joindre les deux mains quand je l'ai sur le dos, si bien que j'en suis réduit à ne plus valser qu'avec des femmes monumentales, dans l'impossibilité où je me trouve de presser les autres sur ma poitrine ; elles ballottent dans mes bras en cerceau comme une amande sèche dans sa coque trop large. Ah ! dis donc, Marcel, quelle est donc cette ravissante petite brune, là, dans cette loge de côté, avec un vieux monsieur ?

— Le vieux monsieur est un ex-diplomate, et la jeune personne, bientôt sa femme, est encore aujourd'hui mademoiselle Turmole.

— Délicieuse ! Tu devrais bien me présenter à mademoiselle Turmole.

— C'est d'autant plus facile qu'elle habite la maison
qui fait face à la tienne.

— Et nous ignorions l'existence de cette perle !
Sandoz, à quoi songes-tu donc, toi, un journaliste, payé
pour tout savoir.

Sandoz haussa les épaules.

— Une chose m'intrigue et me préoccupe depuis dix
minutes, dit-il à Marcel, c'est cette loge de face, la plus
belle de toute la salle, qui s'obstine à rester vide et à
faire un trou au milieu de toutes ces têtes entassées au-
dessus, au-dessous et autour d'elle, et je ne suis pas le
seul qui m'en étonne, car je vois un grand nombre de
lorgnettes braquées sur ce point.

— Sais-tu pourquoi presque toutes les lorgnettes
convergent sur cette loge ?

— Non.

— Parce qu'elle est louée par la merveille qui occupe
en ce moment toute la haute société, par la belle Brésil-
lienne qu'on appelle la princesse Nubia.

— Tu l'as vue ?

— Je n'ai pas eu cette chance, et j'ai cela de commun
avec beaucoup d'autres, car, à l'encontre des jolies
femmes, depuis trois ou quatre mois qu'elle est à Paris,
elle y vit isolée, fuyant le monde, le Bois, les prome-
nades, les théâtres, comme si elle était laide à faire
peur, et se renfermant dans un petit cercle d'hommes
distingués et de femmes austères, qu'elle charme autant,
dit-on, par son esprit que par sa beauté.

— Cette femme est une merveille de modestie, à moins
que ce ne soit un profond diplomate ; car, tu le vois,
cette passion de la retraite est pour beaucoup dans la
curiosité qu'elle excite en ce moment, ce qui me ferait
croire que c'est un habile calcul.

— Mais, dit Loustel en promenant ses regards par toute la salle, il est un personnage que j'avais coutume de voir à toutes les premières représentations, qui, tantôt à l'orchestre, tantôt aux premières loges, mais toujours en évidence, étalait insolemment aux yeux de toute la salle son gilet blanc, sa poitrine bombée, son chapeau sur l'oreille, ses longues moustaches raides de cosmétique, et jetait de tous côtés des regards provocateurs, pareil au lion de l'Ecriture, *quærens quem devoret*, tu sais bien qui je veux dire, Marcel ?

— Oui, c'est le fameux duelliste, Pierre de Peyras.

— C'est cela ; mais où est-il donc passé ? comment se fait-il qu'il ne soit pas là ?

— Il y est.

— Et son gilet blanc n'a pas déjà crevé les yeux de toute la salle ?

— Ces jours de gloire et d'outrecuidance sont passés, aujourd'hui il cherche l'ombre et le silence.

— Mais où est-il donc ?

— Dans la loge de madame Marcasse, sa sœur.

Loustel dirigea ses regards de ce côté.

— En effet, dit-il, je l'entrevois dans l'ombre, effaçant ses moustaches de croquemitaine et dissimulant sous son habit croisé sa poitrine de polichinelle. Mais que signifient ces airs de violette se cachant sous l'herbe ? à quoi faut-il attribuer...

— Mais tu ne sais donc pas ce qui lui est arrivé à l'hôtel de Sordes ?

— Quoi ! c'est lui ! les journaux ont conté l'histoire, mais sans nommer le héros.

— Et, comme à la suite de ce scandale il a été exécuté au Jockey-Club...

— Oui, je comprends maintenant qu'il évite le bruit et la lumière.

— Et puis il a un autre motif pour se dissimuler.

— Et ce motif?

— C'est cette loge de côté, occupée par quatre personnes et qui fait presque face à celle de madame Marcasse.

— Oh ! la ravissante jeune fille !

— Mademoiselle de Sordes avec sa mère.

— Derrière elles un vieillard.

— M. le comte de Sordes.

— Et un jeune homme dans lequel je reconnais ton ami, Maxime de Sivrac.

— Admis là en qualité de futur époux de mademoiselle Jeanne de Sordes.

— Parfait ! je comprends de plus en plus le rôle de violette auquel se résigne le Pierre de Peyras. Connais-tu le monsieur qui se perd comme lui dans l'ombre de madame Marcasse ?

— C'est Robert Talbot, un personnage assez équivoque qui, après avoir frayé, il y a quelques années, avec la meilleure société de Paris, a disparu tout à coup, ce qui a donné lieu aux histoires les plus invraisemblables ; on a été jusqu'à dire qu'il avait manié le crochet du chiffonnier. Quoi qu'il en soit, ses anciens amis lui ont tourné le dos et on ne le rencontre guère qu'avec Pierre de Peyras, aussi déconsidéré que lui-même.

Après une pause, Loustel dit tout à coup à son ami :

— Marcel, tu m'inquiètes.

— Pourquoi cela ? répondit le jeune homme.

— Voici une réunion de femmes adorables, voici des yeux, des bouches, des dents, des épaules, des regards et des sourires à vous donner le vertige, et tu regardes tout cela comme si c'était une galerie de femmes de cire, pareilles à celles qu'on voit à l'étalage des coiffeurs ; et tu as vingt-quatre ans ! Je te le répète, Marcel, cela est inquiétant.

Marcel sourit.

— Non, dit-il, il n'y a rien là d'inquiétant, cela prouve seulement que j'ai mieux dans le cœur que tous ce que j'ai en ce moment sous les yeux.

— Oui, je sais, ta merveilleuse inconnue, ton éblouissante apparition de la rue Lacépède, dont tu m'as fait un si vivant portrait, que je vois d'ici sa tête pâle et lumineuse, se détachant comme une fantastique création du brouillard d'or qui ruisselle sur ses haillons et y brode des cascades de rubis. Tu le vois, moi qui ne la connais pas, j'en ai encore l'imagination remplie, et je comprendrais ton obstination à poursuivre ce rêve, s'il y avait la moindre chance qu'il se réalisât jamais, car je ne suis pas de ceux qui proscrivent le rêve de la vie, au contraire, à la condition qu'il ne l'absorbera pas tout entière et vainement, ce qui est ton cas. Voyons, as-tu trouvé trace de madame Mariani ?

— Non, j'en conviens.

— Et tu l'as cherchée dans tous les hôtels garnis de Paris ?

— Tous.

— Tu vois bien qu'il faut renoncer à cette femme.

— C'est ce que je fais, mais sans pouvoir m'intéresser à aucune autre.

Voyons maintenant ce qui se passait dans la loge de madame Marcasse.

Les motifs qui avaient amené là ces trois personnages, Diane, son frère et Robert Talbot, devaient être bien graves pour avoir imposé silence aux terribles anxiétés qui dévoraient chacun d'eux.

Pour Robert et Pierre de Peyras, c'était le besoin de connaître la femme dans laquelle ils voyaient une ennemie, puisqu'elle était choisie par le comte Jean de Peyras comme héritière de tous ses biens.

Pour Diane, c'était le désir de voir celle dont la beauté, avant même d'être connue, occupait tout Paris

et menaçait de la reléguer au second rang, elle procla-
mée jusqu'à ce jour la reine de la mode.

Ils étaient loin de soupçonner, tous les trois, les terribles émotions qui les attendaient dans le cours de
cette soirée.

II

UNE APPARITION

La moitié au moins de la société d'élite qui occupait
les loges et la première galerie avait assisté à la scène
humiliante infligée à Pierre de Peyras chez le comte de
Sordes, on en avait appris les détails à la suite, c'est-à-
dire l'engagement hautement exprimé par M. de Peyras
de reprendre bientôt près de mademoiselle de Sordes la
position et les priviléges d'un prétendant ; l'entrée de
la famille de Sordes, accompagnée de M. de Sivrac,
dont on connaissait les sentiments pour la jeune fille,
produisit donc une véritable sensation.

Par un mouvement spontané, qui lui fit monter le
rouge au visage, toutes les têtes se tournèrent à la fois
du côté de Pierre de Peyras, qui venait de s'avancer
instinctivement sur le devant de la loge pour s'assurer
que c'était bien Maxime de Sivrac qui occupait une
place derrière mademoiselle de Sordes.

Ce mouvement involontaire de toute une société dont
chaque membre lui était personnellement connu contenait la plus directe et la plus humiliante des interro-
gations. Pierre de Peyras le comprit, et alors il regretta
cruellement d'être venu ou de n'avoir pas pris au moins

la précaution de se placer dans le coin de la salle le plus modeste et le moins en vue.

Dans un autre temps, il n'eût pas hésité sur le parti qu'il avait à prendre et sur la réponse qu'il avait à faire à cette question facile ; il fût sorti à l'instant même et eût été intimer à Maxime de Sivrac l'ordre de quitter la loge de la famille de Sordes.

Mais en ce moment, entouré de périls, menacé à la fois pour le crime de Fougeraie et pour celui de la rue de Provence, obligé d'observer la plus grande circonspection, il se voyait réduit à l'impuissance et forcé de subir ce nouvel affront en feignant de ne pas le comprendre.

Mais Diane avait tout vu, tout saisi, et elle aussi, elle avait senti lui monter au visage le rouge de la honte et de la colère.

— Pierre, dit-elle en se tournant vivement vers celui-ci, tu ne vois donc pas là-bas M. de Sivrac près de mademoiselle de Sordes, et autour de nous tous ces regards qui te demandent la raison de la patience avec laquelle tu subis le triomphe de cet insolent rival ?

— Je vois tout cela, répondit Pierre d'une voix frémissante ; mais la raison de ma patience on l'aura dans quelques jours.

— Tu as provoqué M. de Sivrac ?

— Oui, répondit Pierre, qui ne pouvait se résoudre à avouer qu'il n'avait pas trouvé de témoins, et mes amis sont en train de régler avec les siens les conditions du duel.

— Alors c'est bien, il payera cher cette heure de triomphe ; laissons dire le public et attendons patiemment le jour de la revanche.

Et, avec un calme superbe, elle promena sa lorgnette sur toute la salle.

— Robert ? dit Pierre de Peyras en se penchant vers celui-ci.

1.

— Quoi ? demanda Robert.

— Avez vous des nouvelles de M. Lubin ?

— Toutes fraîches, elles datent de midi.

— Quelles sont-elles ?

— Excellentes, il est au plus mal.

— Vous me rassurez.

— Que craigniez-vous ?

— Il me semble toujours que je vais le rencontrer sur mon passage.

— Non-seulement il est incapable de quitter son lit, mais il ne peut ni boire ni manger, il respire à peine, ne parle pas du tout, et son médecin a déclaré que s'il se tirait de là, ce serait pour rester idiot et paralysé toute sa vie.

— Je ne lui en demande pas davantage.

Puis, s'adressant à sa sœur, qu'il ne pouvait laisser plus longtemps isolée.

— Marcasse est-il de retour ? lui demanda-t-il.

— Non, répondit Diane, qui se redressa brusquement et devint tout à coup sombre en entendant le nom de son mari.

— Quand revient-il ?

— Toujours trop tôt.

— Ce n'est pas une date cela.

— Eh bien ! dans trois jours.

— Ah çà, dit à son tour Robert, on va commencer dans cinq minutes à peine, je vois cela au silence qui se fait à l'orchestre, dont tous les instruments sont mis d'accord, et la loge de face reste toujours vide.

— Es-tu bien sûre que la princesse Nubia doive l'occuper aujourd'hui ? demanda Pierre à sa sœur.

— Mes renseignements sont précis, il n'y a pas le moindre doute.

— Cependant, dit Talbot, on va commencer ; or, à moins d'être malade...

— Oui, répliqua Diane d'un ton ironique, ce ne peut être que la maladie... à moins que ce ne soit la coquetterie.

— Ce serait la pousser bien loin.

— Oh! dit Diane, vous ne connaissez pas ces sortes de femmes, à la fois reines et esclaves de la mode, vous ne savez pas quels sacrifices elles peuvent s'imposer pour obtenir une heure de triomphe. Qui sait si en ce moment elle n'est pas chez elle, toute prête, toute parée, s'admirant devant sa glace, se transportant par la pensée dans cette salle, jouissant intérieurement d'un spectacle bien autrement fécond pour elle en émotions que les plus beaux chefs-d'œuvre, le spectacle de toutes les lorgnettes braquées sur une seule loge, la loge vide, et de toutes les imaginations occupées par une seule femme, celle qui n'est pas là, qui attend patiemment pour se montrer que la fièvre ait atteint son paroxysme et que la curiosité soit devenue une passion? Et, il faut l'avouer, ajouta Diane avec un mélange d'admiration et de dépit, c'est là un merveilleux triomphe.

— Et si c'est réellement là ce qu'elle a voulu, ajouta Pierre, il faut reconnaître qu'elle a calculé juste, car les plus jolies femmes sont négligées pour la loge où elle fait sensation par son absence.

— Elle a tant de succès de cette façon, dit Diane, qu'elle perdra peut-être à se montrer, car je doute qu'elle soit assez belle pour réaliser le rêve de toutes les imaginations que son absence exalte en ce moment, et le comble de l'habileté et de la coquetterie serait, à coup sûr, de rester dans la coulisse.

— Je crois que sa pensée est conforme à la tienne sur ce point, répliqua Pierre, car on commence, et elle ne paraît pas.

Le spectacle commençait par un duo des *Huguenots*, chanté par deux premiers sujets de l'Opéra.

Aussi tous les regards et tout l'intérêt furent-ils désormais concentrés sur la scène.

La princesse Nubia, Pierre de Peyras et la famille de Sordes étaient complétement oubliés.

Plusieurs morceaux furent chantés, puis vint la grande attraction de la soirée : la *Sonate pathétique* de Beethoven, exécutée par l'orchestre du Conservatoire.

La loge de face était encore inoccupée au moment où le bâton du chef d'orchestre donnait au musiciens le signal de commencer.

Cette *Sonate pathétique*, si bien nommée, la plus belle, la plus émouvante qu'ait composée Beethoven, celle qui pénètre le plus avant dans le cœur humain et y répand le plus de passion, de chaleur et de lumière, ce chef-d'œuvre, dont une exécution irréprochable mettait en relief toutes les beautés, fut écoutée d'un bout à l'autre dans un silence extatique.

Elle était terminée depuis un instant, et les âmes étaient toujours sous le charme.

A la fin cependant l'impression se dissipa ; on rentra dans la vie réelle, et tous les regards se reportèrent naturellement ser les loges et sur la galerie.

Alors un vague murmure, où se trahissaient à la fois deux impressions, la surprise et l'admiration, s'éleva de tous les points de la salle, où se fit aussitôt après un profond silence.

La loge de face n'était plus vide : une femme l'occupait.

C'était la princesse Nubia.

Ce qui frappait d'abord dans cette tête, c'était à la fois son caractère de gravité fière et calme, la pureté et l'harmonie de ses lignes, et surtout sa pâleur, pâleur uniforme, imperceptiblement bistrée et pour ainsi dire lumineuse, tant le teint était pur et la peau transparente.

Son front blanc, bien dessiné, un peu bas, comme les fronts antiques, semblait rayonner aux tempes par le contraste de cette blancheur éclatante avec le noir étincelant de la chevelure qui l'encadrait.

Ses yeux noirs, ses deux frangés de longs cils, ses sourcils d'une pureté toute orientale, formaient de loin, sur cette belle pâleur, une ombre qui enveloppait cette tête d'une mystérieuse poésie.

Quand ces longs yeux, qui ne s'ouvraient qu'à moitié, parcouraient lentement la salle, il était impossible de n'être pas remué par tout ce qui s'en dégageait de sombres lueurs, de langueur fiévreuse et d'indéfinissable tristesse.

Le buste était digne de la tête qu'il supportait ; la blancheur mate de la peau, la pureté de contours du cou et des épaules, la plénitude de la poitrine, développée dans les plus séduisantes proportions et dessinée par une robe de velours, dont le noir profond en accusait encore le galbe parfait et l'éblouissante blancheur, tout cet harmonieux ensemble de perfections donnait le vertige à ceux qui la contemplaient et excitait l'admiration des femmes elles-mêmes.

Pour parure, elle avait aux oreilles deux boutons de diamant admirables à la fois de grosseur et de pureté, et elle portait au cou un collier de perles noires d'un prix inestimable, unique, non-seulement dans toute la salle, mais dans Paris, où l'on savait qu'il existait à peine vingt perles noires, toutes inférieures aux moindres de ce collier.

Ce collier merveilleux, mais sombre d'effet, ajoutait encore au caractère mystérieux et grave de cette beauté étrange qui semblait avoir pris à chaque type ce qu'il a de pur, de parfait et de caractéristique pour le fondre dans un ensemble incomparable.

Après une longue contemplation, pendant laquelle il

n'avait pas échangé une parole avec ses amis, également ment sous le charme, Loustel murmura avec une émotion visible :

— Presti ! mes enfants, quelle femme ! ou plutôt, non, ce n'est pas une femme, c'est un rêve, une vapeur, une création magique et surnaturelle sortie de l'alambic de quelque enchanteur, un fier artiste par exemple ! J'ai connu bien des statues, j'ai fréquenté bien des femmes... de Phidias, de Germain Pilon, de Coysevox et autres, mais je déclare que toutes ces merveilles ne sont que des beautés de carton à côté de celle-là. Voyez donc cette tête si palpitante de vie dans sa gravité, cet œil profond, où l'on croit voir rouler, dans un ardent chaos, tout le poëme d'un passé plein d'orages, de drames lamentables et de tortures sans nom, ce front charmant et majestueux à la fois, où sont, pour ainsi dire, scellées la grandeur imposante et la sérénité d'une âme qui a toujours plané au-dessus des coups de foudre, cette lèvre si fière sous le brun duvet qui l'estompe, ce buste adorable dont toutes les beautés donnent le vertige.

Et cette main enfin, cette main coquettement dégantée, qui se détache sur le velours rouge, si blanche, si pure, si pétrie de grâces et de séductions qu'on voudrait la baiser et mourir ! Non, mes enfants, tant de trésors ne sauraient être réunis et fondus dans une seule femme, c'est pourquoi je vous dis que celle-ci est un rêve, une créature immatérielle qui va s'évaporer et disparaître comme elle est venue, c'est-à-dire, par un beau soir, au clair de lune.

Il se tourna vers Marcel Desvignes pour lui demander son avis, mais il tressaillit tout à coup.

— Eh ! mon Dieu ! mon pauvre ami, qu'as-tu donc ? lui demanda-t-il, comme te voilà pâle et bouleversé.

— C'est elle ! murmura Marcel éperdu.

— Hein ? comment, ta vision de la rue de Lacépède, la vierge aux haillons ?

— C'est elle.

— Ah ! pauvre garçon ! il devient fou, dit Loustel véritablement effrayé.

Plus violemment émus encore que Marcel à l'aspect de la princesse Nubia, Diane, Pierre de Peyras et Robert Talbot, pâles et atterrés, avaient murmuré tout bas :

— Louise ! la comtesse de Fougeraie !

III

SOUPÇONS

— La comtesse de Fougeraie vivante ! balbutia Pierre de Peyras, aussi tremblant, aussi bouleversé que s'il eût vu un spectre sortir de sa tombe et se dresser devant lui.

— Ce sont ses traits, c'est son regard, c'est elle, dit à son tour Robert Talbot, si troublé lui-même qu'il parlait à haute voix. Oui, je la reconnais, et pourtant c'est impossible, elle n'a pu survivre à sa blessure, à cette nuit passée dans la neige inondée de son sang !

— D'où savez-vous tout cela ? demanda Diane en se retournant vivement vers Robert Talbot.

— J'ai lu tous ces détails dans l'information qui a été faite après la mystérieuse disparition des deux époux et qu'on a bien voulu me communiquer comme ancien ami du comte de Fougeraie.

Il reprit :

— Mais vous, madame, qui avez connu la comtesse beaucoup plus intimement que votre frère et moi, la reconnaissez-vous bien ?

— Au premier coup d'œil, répondit Diane, j'aurais juré que c'était elle, je la reconnais encore parfaitement, mais après un examen plus attentif, et maintenant que j'ai recouvré mon sang-froid, je trouve dans toute sa personne, dans l'expression de son regard, dans le caractère de sa physionomie, dans son geste et dans sa pose, dans tout ce qui constitue la personnalité enfin, une femme qui n'a aucun rapport avec Louise de Fougeraie.

— Et puis, dit à son tour M. Pierre de Peyras, pourquoi aurait-elle changé de nom ? pourquoi se faire appeler princesse Nubia de Villaflor, et s'exposer à être traitée comme une intrigante quand on est comtesse de Fougeraie, un des plus beaux noms de la noblesse française ?

— Tout cela est plus qu'invraisemblable, c'est absolument impossible, dit Diane.

Elle se pencha et braqua de nouveau sa lorgnette sur la princesse Nubia pour l'étudier minutieusement.

Robert Talbot se rapprocha alors de Pierre de Peyras :

— Oui, lui dit-il en baissant la voix, tout cela serait invraisemblable dans des circonstances ordinaires, mais quand je songe aux drames épouvantables qui se sont succédé autour de cette femme, aux émotions terribles qui l'ont ébranlée coup sur coup, à cette horrible nuit où elle s'éveillait dans vos bras, pure de cœur et pourtant flétrie, à cet époux, l'accablant de son mépris, à cette blessure par laquelle, pendant des heures, elle a perdu son sang, quand je songe à toutes ces péripéties, bien autrement invraisemblables qu'un changement de nom, tout me semble possible, et, au lieu de nier ce que j'ai sous les yeux, je dis : Doutons ; défions-nous et cherchons,

— Au reste, répliqua Pierre de Peyras, nous avons un moyen certain de savoir si cette femme est, oui ou non, la comtesse de Fougeraie.

— Certain ? fit Robert.

— Je dirai même infaillible.

— Et ce moyen ?

— Vous l'avez vue comme moi étendue sur le parquet immobile et sanglante ?

— Oui.

— Vous souvenez-vous à quel endroit elle était blessée ?

— Entre les deux épaules.

— La blessure était très visible ?

— Parfaitement.

— Et la balle avait touché, s'il vous en souvient, trois pouces au moins au-dessus du corsage ?

— C'est bien cela.

— Or il lui est impossible de porter une robe décolletée sans mettre à nu cette cicatrice, et comme la blessure était affreuse, comme elle est restée longtemps sans être pansée, elle doit être visible.

— Vous avez raison, nous avons là un signe de reconnaissance qu'il est impossible de dissimuler et qui ne peut nous tromper.

— Elle est décolletée en ce moment, si nous pouvions...

— Impossible, elle est dans une loge, et comme elle est seule, comme elle a derrière cette loge un salon où elle peut se réfugier pendant les entr'actes, il n'y a pas à espérer qu'elle mette le pied dans les couloirs.

— Il faudra pourtant profiter d'une occasion qui ne se représentera sans doute pas ; comment faire ?

— Il y aurait un moyen peut-être.

— Lequel?

— Madame Marcasse, en sa qualité de femme, et de femme du même monde, ne pourrait-elle aller lui rendre visite dans sa loge?

— A quel titre? Ira-t-elle dire à une femme qui se fait appeler princesse de Villaflor qu'elle la reconnaît pour son ancienne amie, la comtesse de Fougeraie?

— Oui, c'est difficile.

— C'est impossible.

— Et pourtant, plus j'y songe, plus je suis résolu à ne pas laisser échapper cette occasion d'éclaircir mes doutes; car, outre cette cicatrice, nous avons encore un autre moyen, et non moins infaillible, de savoir si cette femme est la comtesse de Fougeraie.

— Un second moyen? dit Pierre.

— Si c'est la comtesse de Fougeraie, il est impossible qu'elle ne se trouble pas en se trouvant tout à coup, à l'improviste, face à face avec l'un de nous.

— Oui, oui, cette double épreuve serait concluante, dit Pierre; mais pénétrer dans cette loge, près de cette femme sur laquelle sont fixés tous les regards, me paraît une entreprise aussi difficile et plus dangereuse pour nous peut-être que d'escalader une forteresse; et cependant je dis comme vous : Il faut absolument saisir cette occasion de fixer nos doutes.

— Il y a en effet danger pour nous à risquer une telle aventure, répliqua Robert Talbot, tandis que madame Marcasse n'aurait autre chose à redouter qu'un accueil glacial, bien mince désagrément en comparaison du résultat obtenu, puisqu'elle sortirait de là avec une certitude sur l'identité de cette femme.

Pierre de Peyras allait adresser la parole à sa sœur, quand celle-ci se releva brusquement en s'écriant:

— Non, une ressemblance aussi parfaite est impossible, c'est Louise de Fougeraie, cent fois plus belle qu'elle n'a jamais été ; on dirait que quelque grande torture de l'âme lui a mis dans le regard, dans tous les traits du visage, dans l'expression de la physionomie, des reflets de mélancolie et de souffrance qui en ont fait une autre femme ; mais c'est elle, ce ne peut être qu'elle.

Pierre de Peyras parut frappé d'une idée subite.

— Diane, dit-il à sa sœur, il me vient un étrange soupçon.

— A propos de quoi ?

— A propos de cette femme.

— Eh bien ?

— Si tu l'entendais en ce moment, reconnaîtrais-tu la voix de la comtesse de Fougeraie ?

— Parfaitement.

— Maintenant, rappelle tes souvenirs, est-ce que tu n'as pas trouvé quelque rapport entre la voix de la Mauresque, à l'hôtel de Sordes, et une voix déjà connue ?

— La sienne ! s'écria Diane.

— Elle réfléchit un instant, puis elle reprit d'une voix émue :

— Oui, oh ! je me rappelle maintenant, cette voix remuait en moi quelque chose, elle se rattachait à des souvenirs, à une image que je cherchais à fixer dans mon esprit sans pouvoir y parvenir, car elle était plus sonore, plus pleine, plus vibrante que celle qu'elle me rappelait par instants et qui n'avait jamais eu cet accent pénétrant et profond. Mais c'était, ce devait être la même voix, comme cette beauté est la même, poétisée et transformée par quelque grande tourmente morale.

— J'ai éprouvé le même sentiment de surprise que toi, Diane, en entendant parler la Mauresque, et comme toi j'ai cherché dans le passé le souvenir que faisait vibrer en moi cette voix ; mais tes réflexions m'éclairent en ce moment et je crois, comme toi, à une complète métamorphose opérée chez la comtesse de Fougeraie par quelque grave circonstance ignorée de nous. Cependant, ce ne sont là que des conjectures, et maintenant que nous soupçonnons dans cette femme cette odieuse Mauresque qui nous poursuit l'un et l'autre de sa haine implacable, il faut absolument arriver à une certitude.

— Je le désire avec autant d'ardeur que toi-même, répondit Diane, dont l'œil bleu étincela tout à coup au souvenir des tortures qu'elle endurait depuis quelque temps, car je donnerais la moitié des jours qui me restent à vivre pour trouver cette femme et me venger d'elle.

— Eh bien, tu peux savoir tout de suite si cette femme est ton ancienne amie, Louise de Fougeraie.

— Comment cela ?

— En te présentant à sa loge.

— Mais quel prétexte ?...

— Rien de plus simple, tu la prends pour la comtesse de Fougeraie.

— Mais personne dans la salle n'ignore que c'est la princesse Nubia, on y chuchote son nom de bouche en bouche, et je suis sûre qu'elle l'a parfaitement entendu.

— Je n'en doute pas, mais tu viens d'arriver, tu n'as rien entendu, voilà ton excuse.

— En effet.

— Et enfin, une fois là, tu as deux choses à faire.

— Qui sont ?

— Observer d'abord l'expression de sa physionomie au moment où tu paraîtras devant elle ; son trouble ou son calme te fixeront de suite.

— Après ?

— C'est le plus difficile.

— Qu'est-ce donc ?

— Il faut faire tous tes efforts pour la voir de dos et chercher une cicatrice très-visible entre les épaules ;

si la cicatrice s'y trouve, plus de doute, c'est elle.

Diane réfléchit un instant.

— La tâche n'est pas facile, ayant affaire à une femme qui me semble aussi intelligente qu'elle est imposante, dit-elle; elle est dangereuse, si cette femme est la Mauresque.

— Le plus grand danger quand on a un ennemi est de ne pas le connaître, puisqu'alors on ne peut ni l'éviter, ni le combattre, ni se venger de lui.

— C'est vrai, murmura Diane d'une voix frémissante, et, si je ne puis pas faire autre chose, je veux me venger au moins.

— Alors tu consens ?

— Oui.

Elle ajouta :

— Mais d'où vient cette cicatrice et comment sait-on?...

Robert vit que cette question embarrassait Pierre de Peyras.

Il s'empressa de répondre :

— Toujours par l'information qui m'a été communiquée et où j'ai vu ce détail.

— Eh bien, venez, accompagnez-moi tous les deux jusqu'à la porte de sa loge.

Ils se levèrent tous trois et sortirent.

Il y avait beaucoup de monde dans les couloirs, ils marchaient donc très lentement à travers cette brillante cohue.

— Ah çà, qu'est-ce que cela signifie? dit Diane à son frère, nous rencontrons ici beaucoup de connaissances, des amis même, et personne ne vient à nous, on se contente de nous saluer, et assez froidement.

Le cause de cette froideur, Pierre la connaissait bien, mais il ne pouvait la dire.

— Eh ! ma chère amie, comment veux-tu qu'on s'arrête au milieu de cette foule ? On ne peut que saluer et passer.

— C'est possible après tout.

Ils arrivaient à la loge de la princesse.

Au moment où Diane priait l'ouvreuse de lui ouvrir la porte, un homme, mis avec une certaine recherche, se croisait avec Pierre et Robert Talbot et les toisait d'un rapide coup d'œil en passant.

Pierre de Peyras frissonna à sa vue et son trouble était tel que Robert Talbot en fut frappé :

— Qu'avez-vous donc ? lui demanda-t-il.

— Nous sommes surveillés, répondit Pierre d'une voix basse et tremblante.

— Par qui ?

— Par la police.

A son tour Robert se troubla et pâlit.

— Avez-vous remarqué l'homme qui vient de passer près de nous ?

— Et qui nous a regardés ? Oui.

— C'est Lombart, l'agent de police chargé de l'affaire Rochard ? c'est pour nous et pour vous surtout qu'il est ici. Tenez, voici à votre gauche une porte de sortie, croyez-moi, disparaissez par là.

Robert jeta autour de lui des regards inquiets et un instant après il n'était plus là.

IV

LA CICATRICE

Jamais la salle Favart n'avait été si éblouissante, des fleurs et des diamants partout ; c'était quelque chose de

lumineux, de chatoyant et de féerique comme une apo-
théose, et tout cela pâlissait devant une femme, sur laquelle convergeaient tous les regards et toutes les admirations.

C'est que tout, jusqu'aux circonstances extérieures, se
réunissait pour immatérialiser sa beauté et l'envelopper
d'une auréole de mystère et de poésie.

Vainement attendue pendant toute la première partie
de la soirée, on l'avait aperçue tout à coup après la *Sonate pathétique,* au sortir de cette musique dont toutes
les âmes étaient saturées, si bien que cette belle tête,
surgissant comme par enchantement dans la loge vide
jusque-là, semblait, créature éthérée, s'être dégagée du
monde de mélodies qu'on venait d'entendre et dont
elle symbolisait admirablement la passion profonde, le
charme mélancolique et la pénétrante éloquence.

Quant à elle, seule dans sa loge, aussi libre et aussi
calme que si elle eût été dans son salon, non-seulement
elle semblait indifférente à l'admiration passionnée dont
elle était l'objet et qui se traduisait par un murmure
insensible, mais on eût dit qu'elle l'ignorait.

Elle promenait sa lorgnette sur tous les points de la
salle avec une indifférence que rien ne semblait pouvoir
troubler et on eût dit une âme foudroyée, morte désormais à toute passion, à tout sentiment humain.

Une fois pourtant sa lorgnette resta quelques instants
fixée sur le même point et quelque chose de vague, qui
ressemblait à de la pitié, anima ses traits d'une émotion
passagère.

Elle venait de rencontrer une tête pâle, bouleversée,
illuminée par la fièvre de la passion, des yeux brûlants,
humides de larmes, où se lisaient toutes les ardeurs,
toutes les folies, toutes les prières d'un amour éperdu,
sans frein et sans limites, et ces yeux étaient fixés sur
elle.

Celui-là, c'était Marcel.

Elle releva vite sa lorgnette et la dirigea d'un autre côté.

— Ah çà, mon pauvre Marcel, disait pendant ce temps Loustel à son ami, il faut que tu sois plus fou que tous les pensionnaires de Charenton réunis pour t'obstiner à voir la pauvre locataire d'un hideux garni du quartier Mouffetard dans cette créature adorable, princesse jusqu'au bout des ongles, chez laquelle tout est grâce, élégance et distinction, dont la merveilleuse beauté est si fière et si imposante qu'on ose à peine rêver de lui baiser la main, et qui, cela se voit, a toujours vécu dans le plus grand luxe.

— Oui, répondit Marcel, tout ce que tu me dis là, je l'ai éprouvé et je me le suis dit à moi-même, mais, vois-tu, Loustel, chaque trait de son visage s'était imprimé là, au cœur, et je retrouve cette tête admirable telle qu'elle m'est apparue! Oh! c'est elle, te dis-je, il n'y a pas deux femmes pareilles au monde.

— Eh bien, soit, j'admets cette folie pour un instant et je reconnais avec toi que c'est elle, eh bien! après, à quoi cela t'avance-t-il? Espères-tu te faire aimer d'une telle femme?

— Jamais! s'écria Marcel.

— Alors pourquoi ne pas chercher à te guérir de cet amour?

— J'aimerais mieux en mourir.

Il ajouta avec une émotion qui impressionna vivement Loustel:

— Oh! si tu savais, si tu pouvais soupçonner à quel point je l'aime! je donnerais vingt années de ma vie pour passer une heure à ses pieds.

— Ah! murmura Loustel d'un ton désolé, voilà ce que c'est d'être si invraisemblablement belle, il arrivera des malheurs autour de cette femme-là, c'est une de ces beautés vertigineuses qui attirent le drame comme les hauteurs attirent la foudre, et tu seras abroyé dans un de ces drames si tu ne te hâtes de sortir de sa sphère.

L'entr'acte se prolongeant, la princesse Nubia, fatiguée de rester si longtemps exposée aux feux de deux mille regards, se retira dans le salon qui faisait suite à sa loge.

Elle était là depuis un instant, quand elle entendit ouvrir la porte de sa loge.

Le domestique se précipita de ce côté.

— Que voulez-vous? demanda-t-il à l'ouvreuse.

— C'est, madame, qui demande à entrer, répondit celle-ci en indiquant madame Marcasse.

Diane allait entrer.

— Pardon, madame, dit le domestique en se posant devant elle sans affectation, qui dois-je annoncer?

— Madame Marcasse, née Diane de Peyras.

Le domestique se retira, n'osant refermer la porte, qu'il laissa entr'ouverte.

Alors, réfléchissant que si elle laissait cet homme annoncer son nom à sa maîtresse, celle-ci, prévenue, aurait tout le temps de se dominer et de se mettre en garde contre la surprise qui devait la trahir et la dévoiler immédiatement à ses yeux, Diane poussa résolûment la porte, entra et se présenta devant la princesse en même temps que le domestique, et avant que celui-ci eût eu le temps de dire un mot.

C'est dans cette minute, ou, pour mieux dire, dans cette seconde, qu'allait se décider pour elle la question de savoir si cette femme portait le nom et le titre qui lui appartenaient, ou si elle n'était autre que son ancienne amie, Louise de Fougeraie, ce dont elle ne doutait pas.

L'effet devait être foudroyant; car, vu l'exiguïté du salon, Diane, aussitôt entrée, se trouvait en face de la princesse Nubia.

A l'aspect d'une femme, celle-ci se leva, inclina légèrement la tête et l'invita du geste à s'asseoir.

Cela avait été fait avec une dignité calme, plutôt indifférente que froide, sans qu'il fût possible de saisir, non-seulement une émotion, mais une impression quelconque sur ses traits immobiles.

Diane était frappée de stupeur.

Le trouble, l'embarras, la contrainte qu'elle avait cru saisir chez la princesse Nubia, c'était elle qui les éprouvait, c'était elle qui se sentait paralysée, à ce point que, perdant toute contenance, elle détourna les yeux et ne put que balbutier :

— Pardon, pardon, madame, mais je croyais, je pensais...

Elle se tut, ne trouvant plus un mot devant le calme inaltérable que conservait la princesse.

— Je vous écoute, madame, lui dit celle-ci avec une douceur indulgente et digne qui faisait mieux ressortir encore le trouble de Diane et lui donnait la contenance d'une inférieure vis-à-vis d'une puissance.

— Mon Dieu ! madame, répondit Diane, recouvrant enfin quelque sang-froid, j'ai cru reconnaître en vous une ancienne amie, dont vous êtes la vivante image ; mais, puisque mes traits ne vous ont pas frappée, puisqu'ils ne vous rappellent rien, il est évident que je me suis trompée.

— Il serait bien extraordinaire, madame, que j'eusse oublié un visage comme le vôtre, répondit la princesse ; pourtant cela se peut ; mais, si vous vouliez bien me dire qui j'ai l'honneur de recevoir, peut-être votre nom me rappellerait-il...

— En effet, interrompit vivement Diane, convaincue que j'allais être reconnue tout de suite de celle dans laquelle je croyais retrouver une amie, j'ai eu le tort de ne pas attendre qu'on m'annonçât.

Et après une pause :

— Madame Marcasse, née Diane de Peyras, dit-elle.

— Non-seulement mes souvenirs ne me rappellent aucun de ces deux noms parmi ceux de mes amis ou simples connaissances, mais c'est la première fois que je les entends, dit la princesse Nubia.

Diane rougit légèrement.

— Pardon, reprit la princesse, mais je suis à Paris depuis si peu de temps et j'y vois si peu de monde, que je suis excusable d'ignorer même les plus beaux noms.

Elle reprit :

— Voulez-vous me permettre une question, madame :

Diane s'inclina.

— Puis-je vous demander le nom de l'amie chez laquelle vous pensiez venir en entrant dans cette loge, et à laquelle j'ai l'honneur de ressemblez si fort ?

— La comtesse Louise de Fougeraie, répondit Diane en étudiant à la dérobée la physionomie de la princesse.

— Louise de Fougeraie ! murmura celle-ci dont le front se contracta comme si elle cherchait quelque souvenir dans sa mémoire, j'ai vu ce nom dans les journaux, il y a quelque temps déjà ; n'a-t-elle pas accompli quelque chose d'extraordinaire ?

— Non, madame, mais son nom s'est trouvé mêlé à une affaire mystérieuse, à un drame resté longtemps inconnu, sur lequel la lumière commence à se faire, et qui eut un grand retentissement, il y a trois ans environ.

— C'est cela, je savais que ce nom avait été fréquemment répété, sans me rappeler à quel propos. Et il y a longtemps que vous n'aviez vu cette amie ?

— Le bruit de sa mort avait couru, madame, on ignore ce qu'elle est devenue., et j'ai espéré en vous voyant...

— Il est regrettable que cet espoir soit déçu, madame; mais puisque je ne suis pas Louise de Fougeraie, je dois vous présenter la princesse Nubia de Vallaflor.

Diane s'inclina tout en réfléchissant.

Tout, dans la tenue, dans le langage, dans les façons de la princesse, attestait qu'elle s'était trompée. Son aisance parfaite pendant tout le cours de cet entretien, et surtout la tranquillité inaltérable avec laquelle elle avait supporté sa subite apparition, semblaient prouver jusqu'à l'évidence qu'elle avait été dupe d'une ressemblance miraculeuse.

D'un autre côté, plus elle regardait, plus elle écoutait cette princesse Nubia, plus il lui devenait impossible de croire à une méprise.

Alors elle se demanda si, de son salon, elle ne l'avait pas entendu prononcer son nom lorsqu'elle l'avait donné au domestique, ce qui lui eût permis de s'armer de sang-froid et d'assurance pour la recevoir.

En ce cas, l'épreuve décisive, l'effet de stupeur sur lequel elle avait compté pour éclaircir ce mystère, aurait tourné à l'avantage de celle qu'elle avait espéré confondre.

Mais il restait une seconde épreuve, la cicatrice que devait porter Louise de Fougeraie entre les deux épaules, et que cette robe de velours, très-décolletée, laissait inévitablement à nu.

Ce signe devait dissiper tous les doutes. Mais comment s'y prendre pour le voir?

Naturellement la princesse, causant avec Diane, lui faisait face, et, qu'elle fût assise ou debout, elle devait toujours conserver cette position vis-à-vis d'elle.

Diane désespérait donc de trouver un moyen d'obtenir un témoignage qui lui eût été si précieux, lorqu'elle remarqua que le salon était orné d'une glace.

Et, comme cette glace lui faisait face et que la princesse lui tournait le dos, celle-ci en se levant, allait se trouver posée de manière à ce que ses épaules, reflétées en plein dans la glace, fussent parfaitement visibles pour Diane.

Ravie de cette découverte, celle-ci se leva tout à coup, en priant la princesse d'agréer ses excuses.

La princesse se leva à son tour. Comme elle l'avait prévu, Diane vit son dos se refléter tout entier dans la glace, et, comme le salon était parfaitement éclairé elle distingua très-nettement les épaules, qu'elle put examiner tout à loisir.

Elles étaient aussi intactes que les siennes ; elle n'y découvrit aucune trace de cicatrice.

Elle salua alors la princesse et sortit en murmurant :

— Ce n'est donc pas elle !

V

FAUSSES SORTIES

En sortant de la loge de la princesse Nubia, Diane retrouva son frère qui se promenait dans le couloir, en face de cette loge.

Mais à son extrême surprise elle retrouva aussi l'ami de son frère, Robert Talbot, qui, on s'en souvient, les avait quittés brusquement pour fuir l'agent de police Lombart, qui venait de se croiser avec eux.

Voilà ce qui s'était passé : Épouvanté d'une rencontre qui pouvait bien n'avoir d'autre cause que le hasard, mais qu'il était plus prudent d'attribuer à quelque soupçon de la police, il était descendu rapidement, et, gagnant le vestibule, il allait passer devant le contrôle quant tout à coup il tressaillit à l'aspect d'un homme qui, sa carte à la main, semblait discuter avec les contrôleurs.

Cet homme il l'avait reconnu tout de suite.

C'était Lombart.

Involontairement Robert Talbot avait fait un bond en arrière et son premier mouvement avait été de rebrousser chemin et d'aller se cacher dans quelque coin de la salle.

Mais, revenu bientôt de ce saisissement, il avait réfléchi et il était resté dans un couloir.

Il s'était dit que la discussion qui retenait là l'agent de police ne pouvait guère se prolonger et qu'au lieu de fuir maintenant il valait bien mieux attendre la fin du débat et la disparition de l'agent pour sortir du théâtre.

Il se promena donc dans le couloir tout en se dissimulant dans la foule et sans perdre de vue le redoutable Lombart.

Mais cinq minutes, dix minutes s'écoulèrent, et la discussion, très-pacifique d'ailleurs, ne se terminait pas.

A la fin, il commença à concevoir quelques soupçons et il se demanda si ce n'était pas là une comédie imaginée par l'agent de police pour endormir la défiance de celui qu'il guettait là sans doute, et pour le surveiller et lui barrer le passage sans qu'il y parût.

Cette dernière hypothèse lui sembla bientôt prouvée quand un coup de sonnette, ayant rappelé tous les spectateurs dans la salle, il vit l'agent rester au contrôle et continuer de discuter, tout en glissant de temps à autre un regard dans les couloirs.

— Il guette évidemment quelqu'un à la sortie, pensa Robert, mais qui? moi ou un autre?

Ne jugeant pas à propos de s'en assurer en allant se jeter dans la gueule du loup, il se perdit dans les groupes, remonta l'escalier qu'il avait descendu un instant auparavant, et alla rejoindre Pierre de Peyras, qu'il trouva devant la loge de la princesse Nubia, comme il l'avait espéré.

— Vous! s'écria Pierre, stupéfait de le voir là quand il le croyait déjà loin.

— Oui, oui, c'est bien moi, répondit Robert.

Son air sombre et soucieux inquiéta Pierre de Peyras.

— Pourquoi n'êtes-vous pas parti? lui demanda-t-il à voix basse, qui vous en a empêché?

— Qui? répondit Robert sur le même ton, l'homme qui s'est croisé ici avec nous tout à l'heure.

— Lombart?

— Lui-même.

— Vous l'avez rencontré de nouveau?

— Oui.

— Où donc?

— Au contrôle.

— Il passait?

— Non pas.

— Que faisait-il donc?

— Il discutait, ou plutôt il avait l'air de discuter.

— Ah! vous croyez que...

— Je suis sûr qu'il surveillait et qu'il attendait.

L'inquiétude de Pierre de Peyras s'accrut visiblement à cette fâcheuse nouvelle.

— Mauvaise affaire! murmura-t-il.

Puis, s'adressant à Robert :

— Il faudrait absolument trouver le moyen de sortir d'ici avant la fin du spectacle, car c'est alors surtout que nous sommes sûrs de retrouver Lombart au contrôle, et si c'est vous qu'il vise... vous comprenez...

— Je comprends bien qu'alors je suis perdu, aussi ne demandé-je pas mieux que de sortir, c'est mon désir le plus ardent; cherchons donc ensemble un expédient, car nous y sommes aussi intéressés l'un que l'autre.

— Hein? fit vivement M. de Peyras.

— N'êtes-vous pas presque aussi compromis que moi dans l'affaire Rochard... à tort ou à raison?

— Comment ! à tort ou à raison? murmura Pierre de Peyras en pâlissant, ne savez-vous pas?...

— Mon Dieu ! moi, je veux bien dire que c'est à tort, mais à quoi cela vous avancera-t-il, si un juge d'instruction, se basant sur les déclarations de Lombart et sur cette fâcheuse trouvaille dans votre cabinet de toilette d'une serviette de la victime tachée de son sang et laissée là par l'assassin, si ce juge d'instruction, dis-je, soutient la prévention de complicité qui pèsera sur vous et dont s'emparera avec ardeur le ministère public quand l'affaire viendra devant les tribunaux ?

— Mais vous, dit Pierre dont la voix tremblait, vous qui savez la vérité, ne seriez-vous pas là pour rétablir les faits et affirmer...

— Moi, dit Robert en haussant les épaules, eh ! n'avez-vous pas vu cent fois ce que c'est qu'un pauvre accusé entre les mains de la justice? Que voulez-vous qu'il fasse, le pauvre diable! contre des adversaires aussi fins, aussi retors que des juges et un avocat général? Abruti par la prison, fatigué par les interrogatoires qu'il a déjà subis, épouvanté de l'avenir, il dit ce qu'on veut lui faire dire, et il n'y aurait rien d'étonnant à ce qu'on me fît avouer, malgré moi, que vous êtes mon complice dans l'affaire...

— Assez ! oh ! assez, dit Pierre de Peyras qui frissonnait de tous ses membres en écoutant Robert, car sous ses paroles il devinait clairement la menace d'une dénonciation s'il ne parvenait à le soustraire au péril qui le menaçait.

Diane sortait en ce moment de la loge de la princesse Nubia.

— Reconduisons ma sœur à sa loge et rentrons-y avec elle, dit Pierre à voix basse ; nous verrons alors ce qu'il y a à faire.

Puis, offrant son bras à madame Marcasse :

— Eh bien ! lui demanda-t-il, qu'as-tu découvert ?

— Rien, répondit Diane.

— Quoi ! tu ignores encore si cette femme est Louise de Fougeraie.

— Tout me prouve que non.

— Elle ne s'est pas troublée à ton aspect ?

— Pas plus que tu ne tremblerais en me voyant rentrer chez toi.

— C'est prodigieux.

Il reprit vivement :

— Et ses épaules ?

— Le hasard m'a favorisée, je les ai vues reflétées dans une glace et par une lumière éclatante.

— Alors tu as dû découvrir ?...

— Rien.

— Pas de cicatrice ?

— Pas la plus légère trace.

— Il faudrait donc croire à une ressemblance...

— Qui ne saurait exister qu'entre deux sœurs jumelles, tant elle est parfaite, et je n'ai jamais connu de sœur à Louise de Fougeraie.

— Pas de cicatrice, murmura Pierre, ce ne peut être elle, la preuve est concluante, indiscutable, mais cette ressemblance...Il y a là un mystère qui confond ma raison.

On était arrivé à la loge d'avant-scène occupée par Diane.

Celle-ci entra, suivie de Pierre et de Robert Talbot.

Ce dernier était en proie à une telle anxiété que sa raison paraissait ébranlée.

Incapable de rester un instant en place, tantôt il se penchait en avant pour plonger ses regards dans la salle, et tantôt il se retournait brusquement du côté du couloir qui aboutissait à la loge, cherchant partout la tête du redoutable Lombart et craignant de la rencontrer.

— Eh bien? demanda-t-il enfin à Pierre de Peyras, avez-vous trouvé un moyen de me faire sortir du théâtre sans être exposé à rencontrer cet infernal agent?

— Je l'espère, répondit Pierre.

— Comment?

— Je vous le dirai tout à l'heure.

Et, se rapprochant de sa sœur, Pierre se mit à observer de nouveau la princesse Nubia qui, elle, continuait à regarder la salle avec la même curiosité banale et indifférente.

— Pierre, dit tout à coup Robert en tirant celui-ci par le bras.

Pierre se retourna.

— Lombart! balbutia Robert, les traits bouleversés par la peur.

— Eh bien! quoi, Lombart?

— Il est là, en face de nous, accoudé à la première galerie, près de la porte. Ne regardez pas de suite afin qu'il ne soupçonne pas qu'on l'observe.

Pierre feignit de diriger ses regards vers l'orchestre, mais il embrassa la galerie du même coup et reconnut en effet Lombart, qui, accoudé et le front dans la main, dissimulait ses traits autant que possible.

— Je l'ai vu, c'est bien lui, dit-il à Robert en se cachant derrière son *Entr'acte*.

— Je vais profiter de ça pour filer.

— Oui, sans perdre un instant, sans dire adieu à ma sœur, en vous glissant hors de la loge.

Robert sortit en se conformant scrupuleusement à ses recommandations.

Il était sorti depuis cinq à six minutes quand la porte de la loge s'ouvrit doucement.

Pierre se retourna et resta stupéfait.

C'était encore lui, Robert Talbot.

Il était plus pâle, plus effaré et plus tremblant que jamais.

— Encore vous ? lui dit Pierre à voix basse.

— Lombart ! murmura Robert d'une voix inintelligible.

— Eh bien ?

— J'allais m'élancer, quand tout à coup je m'arrête et me sens défaillir... il était là, au contrôle.

Pierre jeta un rapide coup d'œil sur la galerie.

L'agent de police y reprenait sa place.

— Il m'aura vu sortir, il ne me perd pas de vue, balbutia Robert, impossible de lui échapper !

— Peut-être, dit Pierre.

Il se leva en disant à sa sœur qu'il allait prendre l'air dans le couloir.

Là, parmi les ouvreuses, il en avisa une, âgée d'une quarantaine d'années, qui paraissait douée d'une grande expérience.

Il lui fit signe d'approcher.

— Écoutez, lui dit-il, j'ai avec moi un ami qui désire éviter la rencontre d'un mari jaloux, si jaloux, que, le sachant ici, il s'est mais en sentinelle au contrôle, où il l'attend, et je sais qu'il y a là une porte communiquant avec la scène, faites sortir mon ami par là, il y a vingt francs pour vous.

— Ce n'est pas facile, dit l'ouvreuse dont l'œil s'était

allumé à la vue du louis que lui montrait Pierre de
Peyras, mais je vais essayer, faites venir votre ami.

— Tenez-vous derrière la porte de la loge, il va en
sortir de suite, et il vous remettra cette pièce en mettant
les pieds sur la scène.

Pierre rentra et raconta ce qui venait de se passer à
Robert, qui sortit aussitôt.

Au même instant, Lombart quitta sa place.

— Il va au contrôle, parfait ! pensa Pierre de Peyras.

Cette fois Robert ne revint pas ; comme de coutume
l'or avait triomphé de tous les obstacles.

VI

UN ŒIL GÊNANT

Ne voyant pas revenir Robert au bout d'un quart
d'heure, Diane en témoigna sa surprise à son frère.

— Il ne reviendra pas, répondit Pierre.

— Comment ! il est parti sans même me dire adieu !
Au reste, je l'ai trouvé très-étrange durant toute cette
soirée.

— Il a de grands soucis d'argent.

— Alors je l'excuse.

Elle ajouta après une pause :

— Quant à la princesse Nubia, que j'ai profondément
étudiée depuis une heure, il me vient une réflexion. Il
n'y a pas de haine sans motif ; or pourquoi la princesse
Nubia, dont je n'avais jamais entendu parler et qui ne
me connaissait pas, me haïrait-elle ? Cette supposition
est absurde, absolument inadmissible, et il n'en serait

pas de même si cette femme était la comtesse de Fou-geraie, voilà pourquoi je persiste à douter.

— Quelle raison aurait-elle de te haïr?

— Je ne sais au juste, mais quelques mois après t'a-voir introduit dans cet intérieur, je l'ai vue changer tout à coup à mon égard, et la cause de ce changement, que je ne m'expliquais pas, m'a été donnée derniè-rement dans l'écrit que je t'ai fait lire, écrit dans lequel on m'attribuait la plus basse envie, la haine la plus implacable et les desseins les plus infâmes. Ce qui s'est passé entre toi et Louise de Fougeraie, je ne l'ai su que vaguement, mais j'ai souvent pensé que cela avait été pour quelque chose dans le drame mystérieux et encore inexpliqué dont le château de Fougeraie a été le théâtre. Le cadavre du comte a été retrouvé, mais non celui de la comtesse, et qui nous dit qu'elle n'existe pas! Et si cela m'était prouvé, si cela était seulement probable, oh! alors, je ne douterais pas que Louise de Fougeraie, la Mauresque de l'hôtel de Sordes et la princesse Nubia ne fussent une seule et même personne, et je m'expli-querais la haine dont elle me poursuit.

— Toutes ces suppositions tombent devant deux faits, répondit Pierre de Peyras, la mort de la comtesse, certaine, quoique non prouvée, et l'absence d'une cica-trice très-visible qu'elle avait à l'épaule et que tu n'as pas vue à celle de la princesse Nubia.

— Soit! Louise de Fougeraie est morte et il n'y a plus à s'en occuper, mais la Mauresque existe, elle, et si elle a pu dissimuler ses beautés sous l'ampleur de son travestissement, elle n'a pu cacher sa voix, qui ressem-ble beaucoup à celle de la princesse Nubia.

— Ne dis-tu pas toi-même que la haine de celle-ci serait inexplicable, puisqu'elle serait sans cause.

— Oui, sans doute, mais enfin il faut bien croire à ce qui est, à la haine de la Mauresque, et si j'acquérais la certitude que cette femme et la princesse ne font qu'une même personne, il faudrait bien me rendre à l'évidence et croire à ce qui me semblerait incompréhensible ; eh bien! c'est ce que je veux savoir, et c'est à quoi tendront tous mes efforts... si je reste à Paris.

Elle murmura tout bas ces derniers mots, subitement rappelée au sentiment de la terrible situation qui la forçait à fuir loin de son mari.

Quelques instants après cet entretien, la toile tombait sur le dernier morceau de la soirée.

Alors, suivant la coutume du public français, on se bouscula pour sortir, chacun étant très-disposé à écraser un homme pour gagner une minute.

— Allons, Sandoz, mon ami, cria le peintre Loustel au journaliste, ne te fais pas étouffer, songe que sans toi je n'aurais plus de places pour les *premières ;* et toi Marcel...

Mais en se tournant pour adresser la parole à celui-ci, il s'aperçut qu'il avait déjà disparu.

— Où diable est-il passé? dit Sandoz.

— Parbleu! il est allé revoir son rêve une dernière fois ; malheur!...

— Ah! mon cher Loustel, quelle leçon ! et comme cela doit te mettre en garde contre les grandes passions!

— Moi! une grande passion! pour languir et dessécher comme l'herbe des champs, merci!

— Tu serais intéressant.

— Je préfère être bien portant.

Loustel ne s'était pas trompé.

Marcel s'était élancé de sa place avant la chute du rideau, s'était frayé un passage à travers la foule, et, en quelques instants, il s'était trouvé au pied de l'escalier que devait descendre la princesse Nubia.

Là, il attendit, pâle d'émotion à la pensée de la voir

passer près de lui, de rencontrer son regard, et peut-
être de frôler les plis de sa robe.

Après cinq minutes d'attente, il l'aperçut enfin au
haut de l'escalier, et il tressaillit de bonheur en voyant
qu'elle prenait à droite, le long de la rampe qui aboutissait à lui.

Plus de cent personnes s'étaient arrêtées là comme
Marcel, et dans le même but, de sorte que, cette foule
grossissant toujours, la place était encombrée et la
circulation presque impossible.

C'était un nouvel et éclatant hommage rendu à sa
beauté, et il était impossible qu'elle ne le comprît pas ;
aussi ses traits pâles se couvrirent d'une rougeur passagère, et son imposante gravité fit place, pour un instant,
à un embarras qui parut l'embellir encore.

Arrivée au bas de l'escalier, comme elle semblait
chercher à éviter tous ces yeux braqués sur elle, son
regard rencontra Marcel, et à l'aspect de cette tête
toute palpitante de passion, et qu'elle reconnut pour
l'avoir déjà remarquée à l'orchestre, son trouble s'accrut
visiblement, elle baissa les yeux, ne sachant plus de
quel côté les diriger.

En traversant une haie d'hommes immobiles et muets
d'admiration, elle parvint au perron, au bas duquel
l'attendait son équipage, dont un valet tenait déjà la
portière ouverte et le marche-pied baissé.

Là encore, comme elle relevait sa robe pour monter
en voiture, montrant involontairement un bas de jambe
et un pied merveilleux, emprisonnés dans d'élégantes
bottines mordorées, elle aperçut Marcel à quelques pas.

Elle laissa aussitôt retomber sa robe et disparut dans
sa voiture, qui partit un instant après.

Pendant ce temps la foule s'écoulait lentement à
travers les couloirs du théâtre, où se trouvait encore
plus de la moitié des spectateurs.

Pierre de Peyras et sa sœur étaient parmi ceux-là.

A mesure qu'ils se rapprochaient du vestibule, Pierre se sentait inquiet.

Il songeait à Lombart, et se demandait s'il allait encore le rencontrer là, au contrôle, attendant Robert Talbot, et qui sait, lui-même peut-être.

Et atterré à cette pensée, il avançait aussi lentement que possible, laissant volontiers passer devant lui les plus pressés.

Mais son tour vint enfin.

Quand il n'en fut plus qu'à vingt pas, il jeta en tremblant un regard sur le contrôle.

Contre l'habitude, deux individus, deux contrôleurs, pour le public, s'y trouvaient encore, regardant passer la foule avec une curiosité étrange.

L'un de ces hommes était Lombart.

Pierre frissonna à sa vue.

Sa sœur leva les yeux sur lui et fut frappée de l'altération de ses traits.

— Qu'as-tu ? lui demanda-t-elle, tu trembles et tu es tout pâle, serais-tu malade ?

— Non, non, ce n'est rien, répondit Pierre, regardant à la dérobée l'agent de police, sous les yeux duquel il allait passer, car il n'en était plus séparé que par cinq ou six personnes.

Il passa enfin en affectant de se préoccuper de sa sœur et de la garantir contre les brutalités involontaires de la foule.

Mais tout en paraissant absorbé dans sa sollicitude fraternelle, il voyait l'agent de police le regarder, et devinait jusqu'à ses moindres impressions.

Celui-ci eut un mouvement inperceptible à la vue de Pierre de Peyras.

Puis il promena un rapide regard autour du frère et de la sœur.

— Plus de doute maintenant, pensa Pierre, il cherche Robert.

Il en fut tout à fait convaincu quand il vit l'agent dévisager avec un redoublement d'attention toutes les personnes qui venaient après lui.

Evidemment il s'attendait à voir Robert avec Pierre de Peyras et sa sœur, et déçu dans cette espérance, il le guettait parmi ceux qui n'étaient pas encore passés, convaincu qu'il n'avait pu lui échapper et qu'il était là.

Soulagé d'un grand poids et d'une cruelle perplexité en acquérant la certitude que l'agent de police n'en voulait pas à sa personne, Pierre de Peyras, d'un autre côté, venait de se convaincre jusqu'à l'évidence de ce dont il avait pu douter jusque-là, c'est-à-dire que cet agent était au théâtre ce soir-là pour Robert Talbot.

Il lui était prouvé par là que ce dernier était soupçonné, que Lombart s'attachait à lui, attendant sans doute pour l'arrêter que quelque témoignage vînt confirmer ou affirmer ses soupçons, et se rappelant la menace indirecte de dénonciation que Robert Talbot venait de lui adresser, il tremblait autant pour son complice que pour lui-même.

Tout en se livrant à ses réflexions, il était arrivé avec sa sœur au bas du perron.

L'équipage de Diane l'y attendait sans avoir été appelé par son valet, qui en cela obéissait à un ordre de sa maîtresse.

Diane ne se souciait pas d'entendre crier, après un défilé de noms aristocratiques :

— L'équipage de madame Marcasse !

A son extrême désappointement, Diane ne vit pas se presser sur son passage la haie des spectateurs qui l'attendaient habituellement à la sortie du théâtre, après l'avoir déjà admirée dans la salle.

La princesse Nubia avait épuisé l'admiration.

Les plus belles pâlissaient devant l'impression qu'elle avait laissée, et elle-même, jusqu'à ce jour la reine des solennités dramatiques, disparaissait dans le sillage de cet astre.

Aussi sentit-elle s'accroître tout à coup la haine qu'elle avait déjà pour cette femme, dans laquelle, de plus en plus, elle croyait retrouver des points de ressemblance avec la Mauresque.

Au moment de monter en voiture, elle tendit la main à son frère :

— Viens me voir demain, lui dit-elle.

— Je t'accompagne jusque chez toi, répondit Pierre.

Et il monta après elle dans la voiture, qui prit aussitôt le chemin de l'hôtel.

— Avant de te quitter, reprit Pierre, j'avais à te faire part d'un danger des plus graves et qu'il faut que tu connaisses pour m'aider à le conjurer.

— Encore un danger ! dit Diane d'une voix émue.

— Il s'agit de cette princesse Nubia.

— Eh bien !

— Sais-tu que l'oncle est un de ses fidèles, qu'il ne manque pas une de ses soirées intimes ?

— Oui, je sais qu'elle a une collection de vieux adorateurs dont elle reçoit les derniers soupirs.

— Mais ce que tu ignores, c'est que le dernier soupir de l'oncle Jean, le vrai, lui vaudra huit millions.

Diane bondit sur elle-même à ces mots.

— Hein ! que dis-tu là ? murmura-t-elle d'une voix frémissante.

— La vérité.

— Qui te l'a dite ?

— Le seul homme qui, avec l'oncle Jean, connaissait ce secret.

— Et cet homme ?

— C'est son notaire.

— M⁰ Baruel ?

— Lui-même.

- Il y a donc un testament ?

— Déposé chez M⁰ Baruel.

— Mais c'est affreux ! balbutia Diane accablée par cette révélation.

— Ce n'est donc pas le moment de quitter Paris ; il faut rester, au contraire, nous serrer et unir nos efforts contre l'ennemi, la princesse Nubia, que nous allons surveiller, combattre dans l'ombre, mais à outrance, sans pitié, et avec toutes les armes qui pourront nous servir.

— Oh ! compte sur moi. Je voulais partir. Peut-être y serai-je contrainte malgré tout; mais je verrai, je tâcherai...

La voiture venait de s'arrêter à la porte de l'hôtel.

Pierre de Peyras quitta sa sœur et se dirigea vers la rue de Provence.

VII

DÉLIRE

Il était minuit quand la princesse Nubia rentra chez elle.

Le cocher arrêta ses chevaux devant l'une des plus belles maisons de la rue Blanche. La porte cochère s'ouvrit bientôt à son appel, et la voiture entra.

Un instant après, la jeune femme était dans son appartement, situé au premier étage de cette maison.

Elle était attendue par une camériste, qui l'accompagna jusqu'à sa chambre.

C'était une mulâtresse d'une extrême beauté, en dépit de son nez un peu écrasé et de ses lèvres quelque peu épaisses, signes caractéristiques de sa race.

— Personne n'est venu ce soir, Sylvie? lui demanda sa maîtresse.

— Au contraire, madame, il est venu plusieurs personnes.

— J'avais pourtant prévenu que je serais ce soir à l'Opéra-Comique.

— Vous pouviez avoir changé d'avis, voilà ce qu'ils ont dit.

— Et quelles sont ces personnes?

— Voici leurs cartes sur la cheminée, madame.

La princesse Nubia prit les cartes et les parcourut négligemment en disant à sa femme de chambre :

— Otez-moi mon collier et mes boucles d'oreilles, Sylvie.

La femme de chambre s'acquitta de cette tâche d'une main si adroite et si légère qu'elle enleva les bijoux sans avoir à peine effleuré le cou et les oreilles.

— Ah! le comte de Peyras est venu? dit la princesse, le regard fixé sur une carte.

— Oui, madame; je lui ai dit que madame la princesse était à l'Opéra-Comique, mais il a répondu qu'il n'irait pas.

— Il a bien fait, j'avais prévenu tout le monde que je ne voulais recevoir aucune visite dans ma loge.

Nubia se regarda dans la glace, demeura quelques instants absorbée dans une pensée, puis d'une voix qui annonçait que son esprit était ailleurs :

— Sylvie, dit-elle à celle-ci, arrangez mes cheveux.

Sylvie lui approcha un siége, sur lequel elle prit place, ôta la rose rouge qui éclatait dans ses cheveux noirs, enleva le peigne et les épingles qui les retenaient et ils se déroulèrent en lourds anneaux sur ses épaules nacrées, étincelants comme des volutes de jais.

Puis elle les enroula en une seule et épaisse torsade, et cette merveilleuse chevelure, libre et un peu effarée, apparut plus abondante, plus splendide, plus magnifique dans son désordre qu'elle ne l'était tout à l'heure dans sa correction.

Cela fait, elle se mit à genoux, prit l'un après l'autre les deux pieds de sa maîtresse et les débarrassa de leurs bottines, qu'elle remplaça par d'élégantes pantoufles.

— Madame veut-elle se lever pour que je dégrafe sa robe? dit alors Sylvie.

— Non, j'ai une lettre à écrire avant de me mettre au lit, ranimez le feu et allez vous coucher, Sylvie.

La femme de chambre obéit et Nubia se trouva seule.

Elle se leva, se promena quelques instants dans sa chambre d'un air rêveur, puis se jeta dans un vaste fauteuil où elle était à moitié enfouie.

Ce fauteuil était en soie jaune, comme les autres meubles et toute la tenture de la chambre, et, comme il était éloigné de la cheminée, sur laquelle était posée la lampe, sa belle tête pâle, encadrée de son éblouissante chevelure noire, formait un admirable tableau sur ce jaune éclatant, où elle se détachait, vague et mystérieuse, dans la pénombre qui adoucissait tous les tons.

Elle était là depuis quelques instants, absorbée dans des pensées qui répandaient un nouveau charme sur ses traits, quand il lui sembla entendre un bruit du côté de son cabinet de toilette, quelque chose qui ressemblait à un craquement du parquet.

Elle releva vivement la tête, subitement assaillie par les plus sinistres appréhensions, songeant à ses diamants et à son collier, qu'elle venait de montrer à

3.

toute une salle, aux convoitises que pouvaient avoir excitées ces bijoux, d'une immense valeur, et à tout ce dont étaient capables certains individus pour s'approprier un tel trésor.

Envisageant aussitôt toutes les sanglantes péripéties d'une scène de meurtre, elle se leva, saisie d'épouvante, et voulut s'élancer vers la porte.

Mais avant qu'elle n'eût fait un mouvement, un homme sortit de son cabinet.

Elle jeta un cri et avança la main vers un cordon de sonnette, qui se trouvait à sa portée ; mais, avant qu'elle l'eût touché, l'inconnu tombait à genoux à quelques pas d'elle en murmurant d'une voix étouffée par l'émotion :

— Oh ! je vous en supplie, madame, ayez pitié de moi, n'appelez pas !

Son attitude était si suppliante, il y avait dans son regard une prière si ardente et si humble à la fois, tous ses traits enfin exprimaient une angoisse si profonde, qu'on eût dit un accusé attendant son arrêt.

Et puis, en laissant tomber sur lui son regard, Nubia reconnut le jeune homme qu'elle avait remarqué trois fois au théâtre : à l'orchestre, au bas de l'escalier et sur les marches du perron.

Elle ne se trompait pas : ce jeune homme était Marcel Desvignes.

Alors sa terreur se dissipa en partie, ou plutôt elle changea de nature.

Ce n'était pas à un voleur qu'elle avait affaire, mais à un amoureux.

Elle ne craignait plus d'être assassinée, mais elle redoutait l'esclandre et le scandale d'une passion qui touchait de bien près à la folie ; car, à mesure qu'elle recouvrait sa lucidité d'esprit, elle reconnaissait dans ce jeune homme un amoureux de la plus dangereuse espèce.

— Madame, reprit Marcel d'une voix de plus en plus tremblante, veuillez m'écouter deux minutes seulement, je vous en prie... Oh! consentez, madame! un mot, un seul mot!

— Oui, un seul, répondit Nubia.

Et, tendant la main vers la porte :

— Sortez! lui dit-elle avec une dignité glaciale.

Marcel, se traînant à genoux jusqu'à elle, voulut saisir le bas de sa robe et la porter à ses lèvres; mais elle recula brusquement, et, l'écrasant d'un regard de mépris :

— Sortez, reprit-elle, en lui montrant de nouveau la porte.

— Écoutez-moi, madame, vous me chasserez ensuite.

— Sortez à l'instant, ou je sonne, non pour vous chasser, mais pour vous faire arrêter comme un malfaiteur.

Marcel se leva tout à coup :

— Eh bien! soit! dit-il, vous me ferez arrêter ensuite, mais j'ai tout bravé, votre colère et votre dédain, je ne partirai pas sans avoir parlé.

Il reprit au bout d'un instant, en la couvrant du regard :

— Eh bien! oui! j'ai pénétré chez vous comme un malfaiteur, c'est vrai, mais que vous dirai-je, madame? Vous m'aviez rendu fou. Depuis six mois, votre pensée ne me quitte plus, je n'ai plus qu'une image dans le cœur et devant les yeux, la vôtre, image adorée, éblouissante, que j'ai vue un soir, quelques minutes, et qui s'est emparée de toute ma vie, que j'ai cherchée partout sans relâche, fouillant tout Paris, allant frapper à tous les garnis, demandant à tout le monde madame Mariâni, puis rentrant chez moi brisé, désespéré, passant toutes mes nuits sans sommeil, avec une seule pensée dans l'âme, vous! un seul nom sur les lèvres, le vôtre, et vous vous étonnez que je n'aie pas conservé ma raison!

— Ah çà! monsieur, répondit la princesse Nubia,

plus je vous écoute, plus je m'aperçois qu'en effet, votre raison est troublée ; que voulez-vous dire avec ces garnis et cette madame Mariani?

— Oh! tout cela est invraisemblable, je le sais, mais cela est pourtant, j'ai eu un jour sous les yeux cette vision fantastique, éblouissante, merveilleuse ; cette femme devant laquelle une salle entière était en extase, elle m'est apparue une minute à la fenêtre d'un hideux garni, plus pauvrement vêtue qu'une ouvrière, mais si divinement belle dans sa pâleur, si adorable dans sa mortelle tristesse, si touchante dans l'exaltation de son désespoir, que je me sentis aussitôt enveloppé, envahi, dévoré par une flamme qui désormais devait me brûler incessamment. Je voulais, sans me faire connaître, vous arracher à cette triste condition, mais le lendemain vous n'étiez plus là. Alors je vous ai cherchée, je vous ai demandée partout, mais en vain. Cela durait depuis six mois, je recommençais tous les matins mes courses à travers Paris, mais désespérant de vous retrouver jamais, lorsqu'hier je vous vois paraître dans cette loge. Oh! madame, vous dire tout ce qui s'est passé en moi pendant ces trois heures, est impossible ; mais vous alliez partir, j'allais vous perdre de nouveau, ne plus vous revoir ! je ne pouvais me faire à cette pensée, j'en avais trop souffert. Alors, déjà exalté par cette image que je portais et adorais en moi, par cette contemplation intérieure, éternelle, incessante, qui consumait ma vie, qui ébranlait ma raison et à laquelle je ne voulais pas m'arracher, éperdu, dévoré de fièvre, poussé par une puissance irrésistible, je suis accouru, je me suis glissé par une porte entr'ouverte et me voilà devant vous, tremblant, vous demandant grâce pour ma folie, pour mon amour.

Nubia, tout en écoutant le jeune homme, l'examinait avec plus d'attention que de colère.

Elle répondit après une pause :

— Laissons de côté votre étrange vision, dans laquelle je vous engage à ne voir qu'un accès de folie, et répondez à cette question : qu'avez-vous espéré en venant ici?

— Ecoutez-moi, madame ; accordez-moi une année d'épreuve ; pendant cette année, j'accomplirai des prodiges, je gagnerai des millions, je le jure, puis je vous ferai connaître mon nom, et alors...

— Alors, interrompit froidement Nubia, je vous répondrai : je n'ai que faire de vos millions ; mon nom me suffit, je ne vous aime pas, pourquoi vous épouserais-je ?

A ces mots, le jeune homme devint horriblement pâle, et il s'appuya à un meuble comme s'il allait s'affaisser sur lui-même.

Nubia ne remarqua pas ou feignit de ne pas remarquer cette émotion.

Il y eut un long silence.

— C'est bien, murmura enfin Marcel d'une voix profondément altérée et comme se parlant à lui-même, alors pourquoi vivre? pourquoi subir une torture sans fin? à quoi bon?

Il pressa un instant son front dans sa main crispée; puis les traits contractés, l'œil égaré, il prit son chapeau et chercha la porte du regard.

— Monsieur, lui dit alors Nubia, ne me quittez pas avec des pensées de suicide, ne me laissez pas le remords d'avoir causé, même involontairement, la mort d'un homme.

— Vous l'ignorerez, madame, puisque mon nom vous est inconnu.

— Mais, monsieur, vous n'avez pas de famille, pas de mère ?

— Madame, j'ai une mère et une sœur que j'aimais, que j'aime toujours, mais tous les autres sentiments ont

pâli devant cet amour ; vous avez tout absorbé, tout
effacé ; renoncer à l'espoir d'être jamais aimé de vous,
c'est déjà la mort, la mort, moins le calme, ne me plaignez donc pas.

Et s'inclinant devant elle :

— Adieu, madame.

Mais comme il touchait le bouton de la porte :

— Monsieur, lui cria la jeune femme, que cette sombre résolution du jeune homme semblait bouleverser,
un mot encore.

VIII

LA ROSE ROUGE

La princesse Nubia était debout, accoudée à un
meuble.

Son visage s'était assombri tout à coup et ses beaux
sourcils étaient légèrement contractés.

Marcel s'était rapproché de quelques pas, et, le regard fixé sur elle, il attendait, pâle et ému, ce qu'elle
allait lui dire.

— En vérité, monsieur, murmura enfin la jeune
femme d'une voix où vibrait une sourde colère, votre
conduite est bien étrange et bien odieuse. Quoi ! le hasard vous met sur mon chemin, vous vous prenez
de passion pour moi, et après vous être introduit ici de
la façon la plus compromettante, vous me dites : Aimez-
moi, ou je me tue ! Mais, monsieur, j'ai inspiré, bien
malgré moi, cent passions pareilles à la vôtre, que
serais-je donc devenue si j'avais été mise dans la cruelle

alternative d'aimer ces cent amoureux ou de causer cent suicides?

— Tel n'a pas été mon dessein, madame, répondit Marcel en se rapprochant peu à peu, comme attiré par un aimant, je n'ai eu d'autre tort, je vous le jure, que de penser tout haut, absorbé que j'étais dans mon désespoir.

— Enfin, monsieur, répliqua Nubia avec un geste décidé, vous comprenez pourtant que je ne puis vous aimer par commisération.

Elle ajouta presque aussitôt en tordant un gant dans ses doigts crispés :

— Et d'ailleurs, qui vous dit que je ne suis pas aimée... et que je n'aime pas ?

Marcel tressaillit à ces derniers mots, et il fut quelques instants sans pouvoir parler.

— Oh ! non, balbutia-t-il enfin, ne me dites pas cela, madame, ne me dites pas que vous aimez ! Oh ! vous ne savez pas tout ce que je souffre à cette horrible pensée.

Il se laissa tomber dans un fauteuil, plongea sa tête dans ses mains et murmura d'une voix basse, avec un accent déchirant :

— Elle aime !... oh ! c'est trop, c'est trop souffrir !

Il y avait dans sa voix et dans son attitude une expression de souffrance si réelle et si profonde, que Nubia, le regard fixé sur lui, parut éprouver un sentiment de pitié.

— Je n'ai pas de confidences à vous faire, dit-elle en adoucissant un peu son ton vis-à-vis de lui, j'aime ou je n'aime pas, c'est un secret qui ne regarde personne que moi ; j'ai voulu dire seulement que cela n'avait rien d'invraisemblable.

Cette explication était une rétractation dissimulée, concession étrange, prodigieuse, dans la situation où elle se trouvait vis-à-vis de cet inconnu.

Elle le comprit avec dépit, presque avec effroi, quand elle vit Marcel relever brusquement la tête et lui dire, les traits rayonnants de passion :

— Oh ! n'est-ce pas, madame, n'est-ce pas que vous n'aimez pas ?

— Je n'ai rien dit de pareil, et après tout que vous importe ! répliqua la jeune femme avec une agitation fiévreuse.

Elle était évidemment sous l'empire d'une colère difficilement contenue.

— Vous êtes irritée contre moi, madame, lui dit Marcel d'un ton plein de tristesse.

— Je l'avoue, répondit Nubia d'une voix brève et en froissant sa robe de velours, vous me forcez à causer, à parlementer avec vous quand j'aurais dû vous chasser sans même vous permettre de prononcer une parole, voilà ce qui m'exaspère... contre vous et contre moi-même.

Elle prit machinalement sur sa cheminée la rose que Sylvie avait ôtée de ses cheveux, la déchira, la jeta à terre, puis d'une voix saccadée :

— Il faut en finir, pourtant, dit-elle à Marcel, voyons, monsieur, écoutez-moi, vous ne m'inspirez aucun intérêt, vous ne pouvez vous étonner, ni vous désespérer de cela, je pense, mais je ne veux pas avoir à me reprocher la mort d'un homme, pas plus la vôtre que celle de mon cocher, que faut-il donc faire pour empêcher ce malheur ? Voyons, monsieur, dites, faites vos conditions, puisqu'il est entendu que je dois les subir.

Tout en parlant ainsi, elle marchait, s'arrêtait, croisait ses bras sur sa poitrine, froissait une rose ou une dentelle, se montrait tour à tour dépitée, ironique ou colère, et, en passant par toutes ces impressions diverses, elle révélait au jeune homme ravi, émerveillé, des grâces et des séductions qui ne faisaient qu'exalter sa passion.

— Eh bien ! monsieur, vous ne répondez pas ? lui demanda Nubia avec impatience.

Marcel resta encore quelques instants sous le charme, puis il répondit :

— Vous avez raison, madame, j'étais égaré tout à l'heure par le désespoir quand je vous disais : Aimez-moi ou je meurs ; non, je ne vous demande pas cela, mais je vous supplie de me laisser une espérance, si faible et si vague qu'elle soit ; tout à l'heure je vous demandais un mot, maintenant c'est le contraire que j'implore de vous, laissez-moi mon illusion, quitte à la détruire plus tard, ne dites pas non, gardez le silence, c'est tout ce que je vous demande et je pars heureux.

— Eh bien ! soit, je me tairai, répondit Nubia, mais vous partirez de suite.

Toutes les émotions qui venaient de l'agiter avaient communiqué à son regard, à ses traits, à toute sa personne, un éclat et une animation qui modifiaient complétement le caractère de sa beauté.

Marcel la dévorait des yeux et un moment il détourna la tête pour ne pas la voir, pour résister au désir immodéré de tomber à ses pieds et de couvrir de baisers sa main qui se détachait blanche, petite, parfaite sur les plis du velours noir.

— Oui, madame, je pars, murmura-t-il, la pâleur au front, la voix tremblante et le regard troublé, je pars ravi, éperdu, vous emportant tout entière dans mon cœur, éternellement uni à cette image qui, suivant que vous le déciderez, deviendra le bonheur ou le supplice de toute ma vie.

Calme et réfléchie, la jeune femme regardait Marcel suivant curieusement sur ses traits, pour ainsi dire imprégnés de passion, la nature et l'intensité des émotions qui le bouleversaient coup sur coup.

— Qu'allez-vous me demander encore ? dit-elle froidement.

— Ce que je vous demande en partant, madame, ce n'est pas une parole d'espoir ou d'encouragement.

— Vraiment ! dit Nubia d'un ton ironique.

— Non, c'est de me délivrer d'une crainte dont la seule pensée me rend fou, c'est de me dire... que vous n'aimez pas.

— Jamais ! s'écria la jeune femme, et je vous trouve singulièrement hardi d'oser me demander compte de mes sentiments.

— Madame, oh ! je vous en supplie, murmura Marcel d'une voix dans laquelle on sentait trembler des larmes, je vous en prie, ne soyez pas impitoyable ; ce n'est donc rien pour vous de penser que faute d'un mot, qui vous coûterait si peu à dire, il y aura un homme qui se tordra de douleur, qui, éternellement torturé par une pensée plus ardente et plus corrosive que le poison le plus violent, endurera un supplice que vous ne voudriez pas infliger à vos plus cruels ennemis. Tenez, madame, c'est en pleurant, c'est à genoux que je vous demande ce mot.

Nubia était émue, mais elle se dominait et ses traits restaient impassibles.

— Tenez, madame, reprit Marcel le regard fixé sur la rose rouge que la jeune femme venait de jeter dans un moment de dépit et qui était restée sur le tapis, tenez, ne répondez pas, ne dites rien, mais si votre cœur est resté insensible pour tous comme pour moi, si vous n'aimez pas, faites-le-moi savoir en me laissant ramasser et emporter cette rose, cette rose qui a touché vos cheveux.

— Ah ! c'est de la folie ! s'écria Nubia en allant s'accouder sur sa cheminée, de manière à tourner presque le dos au jeune homme.

Marcel ramassa vivement la rose, la baisa avec frénésie, se releva tout à coup et d'une voix vibrante de bonheur :

— Je pars, je pars, madame, murmura-t-il.

Il se dirigeait vers la porte, quand un bruit étrange, inexplicable, éclata tout à coup dans la maison.

C'étaient des cris aigus, puis des pas précipités roulant comme une avalanche dans l'escalier.

— Grand Dieu ! qu'est-ce que c'est que cela ? s'écria le jeune homme en pâlissant.

Marcel restait immobile et écoutait.

Les cris redoublaient, si aigus et si déchirants, que Marcel s'écria :

— Mon Dieu ! madame, on assassine quelqu'un, je cours à son aide.

Il s'élança vers la porte.

— Malheureux ! murmura Nubia en lui barrant le passage, vous voulez donc me perdre ?

— Comment ? dit Marcel.

— Ne comprenez-vous pas que l'escalier doit être déjà plein de monde, que mes domestiques sont déjà debout et vont accourir pour me rassurer ou me protéger au besoin, et que vous seriez infailliblement rencontré sortant de chez moi ?

Elle achevait à peine de parler quand des coups précipités furent frappés à sa porte.

— Venez, dit-elle.

Et prenant Marcel par la main elle l'entraîna vers son cabinet, dans lequel elle le poussa.

Mais, malgré la gravité de la situation, Marcel, qui avait frissonné en sentant sa main emprisonnée dans celle de la princesse Nubia, ne put résister à la tentation de porter à ses lèvres cette main si ardemment désirée.

Nubia la retira vivement, ferma la porte du cabinet et courut ouvrir celle de sa chambre.

C'était Sylvie qui frappait et qui entra à moitié vêtue.

— Madame, madame, dit-elle d'une voix tremblante, vous n'avez donc pas entendu ?

Puis la regardant avec surprise :

— Mais vous n'êtes pas déshabillée?

— J'avais une lettre à écrire comme je vous l'ai dit, répondit Nubia toute troublée, et je m'étais endormie là, dans ce fauteuil, c'est pourquoi je n'ai pas entendu frapper d'abord. Mais que se passe-t-il donc? que signifient ce bruit et ces cris.

— Je ne sais encore, madame, j'ai pensé qu'éveillée en sursaut, vous seriez effrayée sans doute, et je suis accourue ici tout de suite.

Les cris continuaient, ainsi que les bruits de pas, auxquels se mêlaient des voix de femmes, pleurant et suppliant.

Nubia était atterrée.

— Mais, grand Dieu! qu'y a-t-il donc? s'écria-t-elle toute tremblante.

Sylvie n'était pas moins émue que sa maîtresse.

Ces cris incessants, si aigus qu'ils devaient être entendus des rues voisines, avaient quelque chose d'inexplicable, de surnaturel, qui les faisait frissonner toutes deux.

— Je vais voir ce que c'est, dit enfin la mulâtresse.

Elle sortit.

Nubia revint aussitôt à Marcel.

— Mon Dieu! monsieur, lui dit-elle, en proie à une violente agitation, comment sortirez-vous de chez moi?

— J'y ai réfléchi, madame, il est impossible que ces cris n'attirent pas bien des gens du dehors, ils frapperont, ils se feront ouvrir, ils empliront les escaliers, et, dans la confusion, je pourrai sortir et me mêler à la foule. Tenez, entendez-vous?

IX

CONTRASTES

En effet, on frappait et on sonnait en même temps à la porte de la rue.

Quelques instants après, les choses se passaient comme l'avait annoncé Marcel ; la cour et les escaliers étaient remplis de curieux accourus des maisons voisines, et, guidé cette fois encore par la main de Nubia, qui le conduisait dans les ténèbres, il put gagner l'escalier de service et partir.

Une demi-heure s'écoula, et les cris continuaient, toujours aussi perçants, avec des intonations qui n'avaient rien d'humain et dont la bizarrerie donnait le frisson.

Les voix et les sanglots de femmes se faisaient entendre par intermittences et ajoutaient encore à l'horreur et au mystère de cette scène inexplicable.

Seule dans sa chambre, car Sylvie et Rose, sa cuisinière, étaient dans l'escalier, la princesse Nubia tressaillait à chaque instant et jetait autour d'elle des regards effrayés.

A ce cri incessant et sinistre se mêlait le sourd murmure de la foule, qui remplissait l'escalier, qu'on entendait bourdonner du haut en bas, mais d'où ne se dégageait ni un mot, ni une phrase qui pût donner une idée du drame qui se passait là.

Enfin Sylvie revint.

— Eh bien ! lui demanda vivement sa maîtresse, qu'est-il donc arrivé ?

— Un grand malheur, madame, répondit la mulâtresse tout émue.

— J'ai cru un instant à un assassinat.

— Tout le monde l'a pensé d'abord, mais on se trompait, c'est un pauvre homme, un vieillard qui a été tout à coup atteint d'un accès de folie furieuse. Il voulait se précipiter dans la cage de l'escalier ; sa femme et sa fille s'étaient attachés à lui pour l'en empêcher, il s'en est suivi une lutte qui a duré jusqu'à ce qu'on pût prêter secours aux pauvres femmes, et pendant laquelle il n'a cessé de pousser les cris aigus qui ont épouvanté toute la maison.

— Mais à quoi attribue-t-on ce malheur ?

— A la misère, madame.

— Quelles sont donc ces gens ?

— Toute une famille, le père, la mère et la fille, qui habitent au sixième un petit logement de deux pièces mansardées.

— Et vous êtes sûre, Sylvie, que c'est la misère ?

— Tous les locataires me l'ont dit, madame.

— Pourquoi ne me l'avez-vous pas dit plus tôt ?

— Je l'ignorais, madame.

— Mais tout doit être fini, je n'entends plus ces cris affreux qui me glaçaient le cœur.

— Oui, madame, c'est fini ; on a emmené le pauvre vieux malgré ses cris, et alors il s'est passé une scène si triste que tout le monde en pleurait.

— Pauvres gens ! murmura la jeune femme.

— Voilà ce que c'est, reprit Sylvie, le commissaire étant venu à la fin, accompagné de deux agents de police, et ayant reconnu que le vieillard était atteint d'un accès de folie furieuse, déclara qu'il était dangereux de le laisser là, et qu'il fallait l'emmener. Sur son ordre, les deux agents s'emparèrent du pauvre fou, mais celui-ci s'attache à la rampe de l'escalier en redoublant ses cris, et

en même temps sa femme et sa fille se jettent en pleurant aux pieds du commissaire et le supplient de leur
laisser le malheureux vieillard.

— L'intérêt public et le vôtre même, répondit le commissaire, s'opposent à ce que je consente à votre demande.

Et il fit signe aux deux agents qui font de nouveaux
efforts pour enlever le vieillard dont les deux mains
étaient rivées à la rampe.

Cette lutte était horrible à voir.

Tout à coup un aboiement se fait entendre, un gros
chien s'élance vers le pauvre fou, se met à lui lécher le
visage et les mains, puis se traînant à terre, gémissant,
le regard suppliant comme un regard humain, il rampe
tour à tour jusqu'aux deux agents, se dresse ensuite sur
ses pattes et leur lèche les mains en poussant des gémissements si plaintifs, qu'on eût dit qu'il pleurait. C'était à
fendre le cœur, madame, et les pauvres agents en étaient
si émus, qu'ils s'arrêtèrent un moment. Mais que voulez-
vous ? il y avait danger à laisser là le pauvre fou, le commissaire fit un nouveau signe et il fut enlevé.

— Le nom de cette famille ?

— Castagnède.

— Et que font-ils ?

— Quant à cela, madame, je n'en sais rien, mais je
crois avoir entendu dire que la jeune fille faisait des
chapeaux, quoique ce ne soit point sa profession.

Pendant cette conversation, le calme s'était fait peu
à peu dans la maison et on n'y entendait plus aucun
bruit.

Nubia jeta un regard sur sa pendule, elle marquait
deux heures.

— Il est tard, dit-elle à Sylvie, je vais me mettre au
lit, dégrafez ma robe et retirez-vous.

La femme de chambre sortait quelques instants après.

Le lendemain, avant midi, à l'extrême surprise de Sylvie, la princesse Nubia se faisait habiller.

Quand elle fut prête, Sylvie lui dit :

— Je vais faire atteler, n'est-ce pas, madame ?

— C'est inutile, lui répondit sa maîtresse, et comme elle la regardait d'un air stupéfait :

— Je ne vais pas assez loin pour cela, dit la jeune femme.

— Ah ! madame va ?...

— Dans la maison.

Nouvelle stupeur.

Sylvie se demanda si elle rêvait ; non-seulement la princesse Nubia n'avait jamais eu de rapport avec aucun des locataires de la maison, mais elle ignorait jusqu'à leurs noms et paraissait peu soucieuse de les connaître.

— Cela vous étonne, n'est-ce pas, Sylvie ? dit Nubia en souriant de l'air ébahi de sa femme de chambre, et vous voudriez bien savoir ou je vais. Eh bien ! je vais chez madame Castagnède.

— Ah ! fit Sylvie, qui marchait de surprise en surprise.

Elle ajouta en jetant un coup d'œil sur sa maîtresse :

— Alors je comprends...

— La simplicité de ma toilette, n'est-ce pas ? Je regrette de n'en avoir pas une plus modeste encore pour me présenter chez ces pauvres gens.

— Madame veut-elle que je l'accompagne ?

— Non, Sylvie, peut-être auront-elles à me faire des confidences pénibles, et votre présence pourrait les gêner.

Elle partit, et un instant après elle s'arrêtait au sixième étage et frappait à la porte que lui avait indiquée Sylvie.

Un sourd grondement lui apprit qu'elle ne se trompait pas.

— Silence, César! dit une voix de femme.

Puis elle entendit venir un pas lent et lourd, et la porte s'ouvrit.

Elle entra dans un logement dont l'aspect lui serra le cœur, quoique l'aspect n'en fût ni repoussant, ni misérable.

Tout y était au contraire éclatant de propreté, et si cet intérieur était modeste, la gêne y était si énergiquement combattue et si ingénieusement dissimulée, qu'on ne l'y sentait pas.

Mais la pièce était basse du plafond, carrelée et affreusement mansardée, et la princesse Nubia n'avait jamais rien vu, ni soupçonné de pareil.

Celle qui lui avait ouvert était une femme de quarante-cinq ans environ, mais ses cheveux, prématurément blanchis, son regard éteint et ses joues flétries trahissaient quelque profond chagrin.

Près d'une fenêtre, une jeune fille était assise, ou plutôt à demi couchée dans un vaste fauteuil.

Agée de vingt-deux ou vingt-trois ans à peine, ses traits d'une pâleur livide, ses lèvres décolorées, ses beaux yeux bleus, entourés d'un cercle de bistre, lui donnaient au premier abord l'aspect d'une mourante, elle était si touchante à voir ainsi, que la jeune femme, cédant à un mouvement involontaire, s'avança vivement vers elle.

A son aspect, la jeune fille souleva péniblement sa tête, et fit un effort pour quitter son fauteuil.

— Non, non, restez, mademoiselle, lui dit Nubia en la contraignant doucement à reprendre sa position.

Puis, s'adressant à la mère :

— Je suis bien ici chez madame Castagnède, n'est-ce pas, madame?

— Oui, madame, répondit celle-ci un peu intimidée devant cette belle et aristocratique personne.

— Et moi, reprit Nubia, je suis votre voisine, car nou
habitons la même maison ; je suis au premier...

— Quoi! dit vivement madame Castagnède, vou
seriez la princesse ?...

— Nubia de Villaflor.

La pauvre femme, de plus en plus intimidée, s'em
pressa de lui avancer un siége.

La jeune femme s'assit près de la malade et, l'enve
loppant d'un regard plein de bonté :

— Mademoiselle, lui dit-elle, vous faites des chapeaux
et moi, j'en ai besoin, vous comprenez maintenant l
motif de ma visite.

Un doux et triste sourire éclaira les traits de la jeun
fille.

— Je vous écoute, madame, répondit-elle.

— Il me faut deux chapeaux, pour lesquels je m'e
rapporte entièrement à votre goût, et, comme il ne m
convient pas d'attendre, je vous les paye d'avance.

Et, tirant de sa poche deux billets de banque, elle le
déposa sur les genoux de la malade.

— Tenez, voici deux cents francs.

— Deux cents francs ! s'écria la jeune fille, c'es
quatre fois trop, madame.

— C'est ce que je paye chez ma modiste. Que voulez
vous ? On me traite en princesse.

Elle regarda la malade avec bonté, puis elle reprit

— Je vous ai dit que j'étais pressée de ces chapeaux
mais nous attendrons que vous soyez entièremen
rétablie.

Berthe prit la main de Nubia, la porta à ses lèvres
et levant sur elle ses beaux yeux :

— Pourquoi vouloir me tromper, madame? lui dit-
elle; ces chapeaux, vous n'en avez nul besoin; mai
vous avez entendu cette nuit des cris et des sanglots
vous vous êtes informée, on vous a dit qu'un grand

malheur venait de frapper deux pauvres femmes, déjà bien accablées, et, sachant que je faisais des chapeaux, vous avez pris ce prétexte pour...

La jeune fille s'interrompit.

Elle était très-émue.

— Si belle et si bonne! dit-elle enfin en pressant avec effusion la main de la princesse Nubia, Dieu vous a tout donné.

— Je le remercie surtout de m'avoir donné la fortune, puisque cela me permettra de réparer des malheurs que vous ne méritez pas, j'en suis sûre.

— Je veux vous en faire juge, madame, en vous disant la cause de mes infortunes, si vous voulez bien m'écouter, car ne vous dois-je pas une franchise et une confiance entières, à vous qui, comme les anges, venez changer les désespoirs en sourires?

Nubia tressaillit tout à coup en sentant sur sa main une impression qu'elle ne s'expliquait pas. Elle baissa la tête et vit à ses pieds un beau chien qui lui léchait les mains en levant sur elle un regard doux et intelligent.

C'était un grand chien à poils gris et ras, dont la grosse tête exprimait clairement deux qualités : l'intelligence et le dévouement.

Encouragé par une caresse de Nubia, il se dressa sur ses quatre pattes, puis porta tour à tour ses regards sur elle et sur sa jeune maîtresse.

Le premier regard contenait une espérance, le second une question.

— Pas encore, César, pas encore, lui dit doucement la jeune malade.

Le chien baissa tristement la tête, s'éloigna, alla se coucher dans le coin le plus obscur de la pièce, allongea son museau sur ses pattes et ne bougea plus.

— Qu'est-ce que cela veut dire? demanda curieusement Nubia.

— Je lui ai dit qu'il n'y avait pas encore de pain, répondit-elle, et vous voyez, il attend patiemment.

— Il a donc bien faim, le pauvre animal !

— Il y a vingt-quatre heures qu'il n'a mangé... comme nous.

X

LES EXPLOITS D'UN DUELLISTE

En entendant ces derniers mots et à l'aspect du pauvre César qui, allongé dans son coin, le museau collé au mur, endurait la faim patiemment, sans se plaindre, comme ses maîtresses, la princesse Nubia détourna la tête pour cacher les larmes qui lui montaient aux yeux.

Puis se levant aussitôt :

— Je descends donner un ordre, dit-elle à la jeune fille, et je remonte de suite.

Elle sortit et resta dix minutes absente.

Quand elle rentra César tourna la tête de son côté, agita la queue, regarda fixement ses mains ; puis, déçu dans son attente, reprit sa position et demeura immobile, son museau sur ses pattes.

Madame Castagnède allait sortir, tenant à la main un des deux billets de banque que la princesse Nubia avait posés sur les genoux de sa fille.

Nubia l'arrêta.

— Permettez-moi de vous demander où vous allez, madame, lui dit-elle.

— Mais, répondit la pauvre femme avec embarras, j'ai à faire quelques emplettes pour...

— Pour déjeuner, n'est-ce pas ?

— Mais, oui, madame.

— Vous êtes trop faible pour descendre et remonter six étages, après la nuit d'insomnie et de cruelles émotions que vous avez passée.

— Cependant, madame...

— Ne vous inquiétez de rien ; ma cuisinière s'occupe de votre déjeuner et vous le montera tout à l'heure.

— Oh! madame, soupira madame Castagnède d'un ton pénétré.

— Oh ! ne me remerciez pas ; j'avais hâte d'entendre l'histoire que veut bien me raconter mademoiselle Berthe, et je ne voulais pas être dérangée ; voilà tout.

— Mais, reprit madame Castagnède en jetant un regard du côté du chien, il faut pourtant...

— Soyez tranquille, interrompit Nubia, César ne sera pas oublié.

Puis, coupant court aux remerciements de la pauvre femme, attendrie et confuse de tant de prévenances, elle revint prendre sa place auprès de la jeune malade.

Elle aussi voulut lui exprimer sa reconnaissance, mais Nubia l'arrêta dès les premiers mots.

— Assez sur ce sujet, lui dit-elle, et dites-moi votre histoire, puisque vous voulez bien m'en faire la confidence.

— Je vous la dois, madame ; il faut que nous nous fassions connaître et que vous sachiez si nous sommes dignes de la sympathie que vous nous montrez.

— Ma sympathie est très-bien placée, j'en suis convaincue ; mais je vous écoute.

— Il y a un an, madame, reprit Berthe, non-seulement notre position était tout autre qu'aujourd'hui, mais notre bonheur était envié de tous ceux qui nous connaissaient. Après bien des luttes, mon père avait enfin trouvé dans une usine de Bordeaux un emploi très-

4.

lucratif et il y déployait tant de zèle et d'intelligence,
que son patron lui avait accordé depuis peu un intérêt
dans ses affaires. Ce changement de position avait même
été l'occasion d'une petite fête à laquelle, naturellement,
ma mère et moi avions été invitées, et où je fis sur
M. Alfred Marbeau, le fils de la maison, une impression
assez vive pour qu'il décidât bientôt son père à venir me
demander en mariage pour lui à ma famille.

— Vous l'aimiez? demanda Nubia.

— Oui, madame, et plus j'appris par la suite à l'apprécier, plus je sentis grandir mon affection pour lui. Quant
à la sienne, il m'était impossible d'en douter, puisqu'il
m'avait choisie sans fortune, étant en position de faire
un riche mariage.

Lors de la signature du contrat, qui ne devait précé-
der notre union que de quelques jours, M. Marbeau avait
doublé l'intérêt qu'il donnait à mon père sur ses affaires,
ce qui lui constituait une véritable fortune. Nous n'a-
vions donc rien à désirer; notre bonheur était aussi parfait, aussi complet que possible, et il semblait assuré
contre toutes les mauvaises chances.

Enfin, nous étions à la veille du jour qui devait
le fixer irrévocablement; vingt-quatre heures seulement nous séparaient du moment où j'allais devenir
sa femme.

C'était un dimanche; nous nous promenions aux Quinconces, où il y avait beaucoup de monde ce jour-là. Je
donnais le bras à M. Alfred Marbeau, mon futur, et
j'étais fière des marques de sympathie et de considération
qu'il recevait de toutes parts, et que lui avaient values
la bravoure et la loyauté dont il avait fait preuve à l'armée, qu'il avait quittée pour venir s'associer à son père.
Il était près de cinq heures, nous allions rentrer pour
dîner, lorsqu'un jeune homme, passant près de nous en
compagnie de plusieurs autres, se tourna vers moi avec

une intention marquée, et m'envoya au visage la fumée de son cigare.

Suffoquée, je me détournai en toussant; au même instant, Alfred Marbeau, lâchant mon bras, arrêtait brusquement celui qui venait de m'insulter, et, d'une voix tremblante de colère:

— Monsieur, lui dit-il, j'aime à croire que vous ne l'avez pas fait exprès.

— Au contraire, monsieur, répondit le jeune homme en prenant un air provoquant, et je m'étonne que vous ne l'ayez pas compris, car j'ai tout fait pour cela.

Alfred Marbeau pâlit, saisit la main du provocateur, et la lui serra avec une telle force, qu'il lui arracha un cri de douleur :

— Estimez-vous heureux que j'aie une femme à mon bras, lui dit-il d'une voix frémissante; si j'étais seul, je vous aurais déjà broyé sous le talon de ma botte.

Il reprit en faisant un violent effort pour se dominer :

— Votre carte ?

Mon insulteur tira une carte de sa poche et la lui remit.

A son tour, M. Marbeau lui donna la sienne en lui disant :

— Dans une heure, mes témoins seront chez vous.

Puis il lui tourna le dos ; il m'offrit son bras et nous reprîmes le chemin de la maison.

M. Marbeau, qui avait été témoin de cette affaire, ne tenta même pas d'empêcher ce duel.

L'insulte avait été publique, aussi grossière que possible et s'était adressée à la fiancée de son fils, l'ayant à son bras; toute pensée d'arrangement était donc impossible.

D'ailleurs, M. Marbeau était rassuré sur l'issue du combat ; son fils, d'une force exceptionnelle à l'escrime, n'avait pas de rival à son régiment.

C'était même, comme on l'apprit plus tard, cette double réputation d'habileté et de bravoure qui lui avait attiré cette affaire.

Comme, le matin même, on causait duel à la table d'hôte d'un des premiers hôtels de Bordeaux, un étranger, de passage dans la ville, la tête exaltée par le champagne qu'il avait bu outre mesure, déclara qu'il défiait tous les Bordelais à l'épée et que si on voulait lui nommer le plus fort de toute la bande, il s'engagerait à le provoquer et à le laisser sur le terrain.

On crut à une de ces rodomontades qui se dissipent avec les fumées du vin et on nomma Alfred Marbeau, dont on s'attacha à exagérer encore le courage et la force à l'épée.

Mais ce que l'on avait pris pour l'effet de l'ivresse était une résolution arrêtée d'avance chez cet homme, et le lendemain eut lieu aux Quinconces, la provocation dont je viens de vous parler.

J'étais au désespoir ; mais, comme M. Marbeau, j'avais reconnu l'impossibilité d'empêcher ce duel.

Le lendemain matin, à huit heures, j'étais chez son père, attendant, plus morte que vive, l'issue de cet affreux combat.

J'étais à la fenêtre depuis une demi-heure, quand je vis venir de loin M. Marbeau, et derrière lui... ah ! madame, quel horrible tableau ! deux hommes portant son fils sur un brancard.

— Blessé ?

— Mort ! madame.

— Pauvre jeune fille ! dit Nubia en pressant la main de Berthe.

Celle-ci, en proie à une vive émotion, garda quelques instants le silence, puis elle reprit :

— A la suite de cette catastrophe, tous les malheurs fondirent sur nous. M. Marbeau, désespéré, quitta les affaires, mon père ne put s'entendre avec son successeur, et, se trouvant sans place, fonda un établissement. Plusieurs faillites le ruinèrent en moins de deux années, et, nous trouvant sans ressources, nous vînmes à Paris, ce refuge de tous les naufragés. Mais le malheur s'était attaché à nous ; de toutes les promesses qui nous avaient attirés à Paris, rien ne se réalisa, et, au bout de quelques mois, notre misère était si complète, que le pain manquait quelquefois. Quand cela arrivait, madame, quand nous étions tous les trois plongés dans ce désespoir, silencieux et pleurant, le pauvre César, souffrant de la faim comme nous, venait tour à tour nous lécher les mains, puis allait se coucher dans ce coin, où il attendait, comme vous le voyez là, qu'il y eût du pain dans la maison.

Je voulus faire des chapeaux, mais il fallait quelques francs pour acheter de l'étoffe et des rubans, et faute de cette faible avance, je me trouvais souvent dans l'impossibilité de faire l'ouvrage qui m'était commandé et qui nous eût fait vivre.

Enfin nous n'avons pu payer notre terme, et l'huissier est venu hier pour saisir nos meubles et nous jeter sur le pavé, sans abri et sans moyens désormais d'en trouver un autre. C'est à ce dernier coup qu'a succombé la raison de mon malheureux père, à cette heure dans une maison de fous, pour toujours peut-être.

— Ne désespérez pas trop vite, mademoiselle, répliqua Nubia, ces cas de folie, causés par une commotion violente et subite, sont, je crois, ceux qui ont le plus de chance de guérir, et en entourant votre père de tous les soins qu'exige sa position, nous en viendrons à bout, je l'espère.

— *Nous !* murmura Berthe profondément émue, ainsi vous vous associez à nos chagrins, vous, madame, si belle, si heureuse !

— Et qui pourrais me renfermer dans mon bonheur et assister tranquillement aux douleurs de mes semblables, n'est-ce pas ? dit Nubia.

Elle ajouta après une pause et d'un ton pénétré :

— Heureuse ! non ; riche, oui, et obligée par ma conscience de secourir ceux que je rencontre sur mon passage déshérités et souffrants.

En ce moment César leva tout à coup la tête, puis courut à la porte et se mit à flairer avec force en remuant la queue en signe de joie.

— Qu'a-t-il donc ? demanda Berthe.

— Je comprends, dit Nubia en souriant, c'est Rose qui arrive et il sent son déjeuner à travers la porte.

En effet, la porte s'ouvrit aussitôt et deux femmes entrèrent, Rose et Sylvie, la première apportant le déjeuner de Berthe et de sa mère, la seconde une large écuelle dans laquelle César reconnut tout de suite la nourriture qui lui était destinée, car il se mit à bondir autour de la mulâtresse en poussant des gémissements de joie.

Sylvie s'empressa de satisfaire l'impatience bien légitime du pauvre animal, qui se mit aussitôt à faire honneur à la pâtée.

— Madame, dit alors Sylvie à sa maîtresse, M. le comte de Peyras est en bas.

A ce nom madame de Castagnède jeta un cri et Berthe devint horriblement pâle.

— Qu'avez-vous donc ? demanda Nubia à la jeune fille.

— C'est que, murmura celle-ci, le nom de l'homme qui a tué mon fiancé et causé tous nos malheurs...

— Eh bien ?

— C'est Pierre de Peyras.

XI

LA MARQUISE DE VIVIANNE

— Quoi ! madame, s'écria Berthe avec une expression pleine d'effroi, vous recevez cet homme chez vous ! Oh ! prenez garde, madame, prenez garde, il vous arrivera malheur.

— Rassurez-vous, répondit Nubia, celui que je reçois et dont on m'annonce la visite n'est pas Pierre de Peyras, mais le comte Jean de Peyras, son oncle.

— Ah ! tant mieux, madame, dit madame Castagnède avec un soupir de soulagement, car l'autre est capable de tout.

— Oui, oui, je le connais de réputation, et ce que vous venez de m'apprendre de lui ne m'étonne nullement. Mais je ne puis me faire attendre, à tantôt.

Elle sortit accompagnée de Sylvie ; la cuisinière était déjà partie.

Elles étaient arrivées au premier étage, Sylvie avait sonné et Nubia allait rentrer, quand elle vit déboucher en face d'elle, gravissant l'escalier avec une rapidité vertigineuse, une jeune femme dont les traits extrêmement pâles exprimaient la terreur portée jusqu'au délire.

Une fois sur le palier, sans s'inquiéter de la princesse Nubia que, dans l'excès de son épouvante, elle semblait même ne pas voir, elle se retourna, se pencha au-dessus de l'escalier avec une appréhension pleine d'anxiété, le fouilla d'un long regard, puis soupira longuement et murmura :

— Non, il ne m'a pas vue.

Puis, apercevant enfin la princesse Nubia, elle s'inclina légèrement et monta plus haut.

— Quelle est donc cette charmante jeune femme ? demanda Nubia à sa femme de chambre, quand elles furent entrées.

— Madame, c'est la marquise de Vivianne.

— Elle habite la maison ?

— Elle occupe le second étage avec son mari et madame Savary, sa mère.

— Ah !

Puis elle se rendit à son salon, où l'attendait le comte Jean de Peyras.

Nous l'y laisserons pour suivre, au second étage, la jeune marquise de Vivianne.

Sous l'empire d'une agitation nerveuse, suite de la frayeur qu'elle venait de ressentir et de la rapidité avec laquelle elle avait gravi le premier étage, elle avait agité violemment le cordon de la sonnette en arrivant à sa porte, qu'on s'était empressé de lui ouvrir.

— Vous ! madame, s'écria sa domestique avec un accent qui signifiait clairement : Quoi ! c'est vous qui sonnez de la sorte ?

Mais la jeune femme passa tout droit sans répondre, traversa deux pièces, entra dans un salon, où une femme d'un certain âge travaillait à une broderie, et, se jetant dans ses bras avec l'abandon et la grâce naïve d'un enfant :

— Ma mère ! ma mère ! s'écria-t-elle en pleurant ; ah ! j'ai eu bien peur !

Madame Savari embrassa sa fille, l'assit dans un fauteuil, essuya ses larmes, qui n'avaient d'autre cause qu'une surexcitation de nerfs, et après l'avoir débarrassée de son chapeau et de son pardessus :

— Voyons, ma Valentine, dit-elle à la jeune femme,

qui s'était laissé faire avec l'indolence d'une enfant gâtée, quelle est la cause de cette grande émotion? Je parie que tu t'es laissé effrayer pour un rien.

— Oh! non, répondit la jeune femme en se serrant contre sa mère et en levant sur elle des regards encore terrifiés.

Puis elle ajouta en baissant la voix :

— Sais-tu qui je viens de rencontrer ?

— Je ne le devine pas.

— M. Pierre de Peyras.

A ce nom, madame Savari tressaillit et se troubla à son tour.

— Où donc cela? demanda-t-elle vivement.

— Tout près d'ici, rue de La Bruyère.

— Il ne t'a pas vue au moins?

— Je ne crois pas; j'ai hâté le pas sans oser retourner la tête pour m'en assurer; mais s'il m'eût vue, il n'aurait pas hésité à m'aborder.

— C'est vrai. Oh! maintenant je comprends ta terreur. Mais, à propos de cet homme, sais-tu quel est le malheureux qui, cette nuit, a été subitement atteint de folie furieuse?

— Je l'ignore.

— C'est M. Castagnède, de Bordeaux.

— Le père de la jeune fille dont le fiancé a été tué par ce Pierre de Peyras?

— Oui, et c'est la misère qui a déterminé cet accès de folie, car ce malheureux duel a entraîné pour eux les conséquences les plus terribles.

— Oh! ma mère, quel monstre que cet homme et que je suis heureuse d'avoir échappé tout à l'heure à ses regards !

Les couleurs étaient revenues peu à peu aux joues de la jeune femme, qui avait enfin repris tout son éclat et toute sa beauté.

Cette beauté puisait son principal charme dans une expression de franchise naïve et de mutinerie enfantine qui allaient merveilleusement à sa taille fine et dégagée, à la coupe délicate et harmonieuse de ses traits, d'une originalité charmante et d'une exquise distinction.

C'est dans cette maison, que la mère et la fille habitaient depuis deux ans, que celle-ci avait connu celui qui devait devenir son époux, le jeune marquis Armand de Vivianne.

Armand, âgé alors de vingt-quatre ans à peine, était une exception et presque une singularité parmi les jeunes gens de ce temps-ci. Franc, ouvert, enjoué quand il se laissait aller à sa nature, il était, quand les circonstances l'exigeaient, sérieux comme un homme de quarante ans. Il plaisantait volontiers et avec esprit, mais il ne plaisantait pas de tout et à propos de tout, pensant qu'à force de railler les bons sentiments on finit par les perdre, et que l'habitude de tourner en ridicule les belles actions vous rend incapable de les accomplir.

Ces façons de voir, les connaissances profondes et variées qu'il possédait, l'éducation solide et austère sans pédanterie qui lui avait été inculquée, il tenait tout cela de son père, le duc de Vivianne, qui avait prétendu faire à la fois de son fils un gentilhomme accompli et *un homme* dans la plus haute acception du mot.

Pour atteindre ce but il s'était imposé des sacrifices, des travaux et des fatigues qui avaient fait l'admiration de tous ceux qui le connaissaient.

A l'âge de quarante-cinq ans, renonçant presque entièrement au monde, dans lequel il avait toujours fait une figure très-brillante, il s'était mis à apprendre tout ce qu'il ignorait et tout ce qu'il avait oublié.

Il avait ainsi consacré cinq années à l'étude des sciences et des lettres; puis s'emparant de son fils à la sortie du collège, il avait complété son instruction en lui apprenant à la fois ce qu'on y enseigne mal et ce qu'on n'y enseigne pas du tout.

En même temps que l'esprit, il s'était occupé de développer le corps et avait voulu lui-même, et non par des professeurs, lui donner des leçons de boxe, de gymnastique et d'escrime, voulant, disait-il, le mettre à même de défendre sa vie ou son honneur contre toute espèce d'ennemis et dans toute sorte de circonstances.

Puis il avait consacré deux années aux voyages, convaincu qu'il n'était rien de meilleur, pour orner l'esprit, exercer le jugement et fortifier le corps en l'habituant à tous les climats et à toutes les températures.

Alors, trouvant enfin qu'il avait fait de son fils *un homme*, le duc de Vivianne, légitimiste ardent et dévoué, avait écrit au comte de Chambord que, bientôt trop vieux pour le servir lui-même, il lui donnait son fils, auquel il avait transmis ses principes et ses croyances et qui se tenait à ses ordres, attendant avec impatience l'occasion de lui prouver son dévoûment.

Tel était Armand de Vivianne, lorsqu'un jour en rentrant, il se trouva face à face avec mademoiselle Valentine Savari, qui rentrait.

Valentine n'était pas absolument belle, mais elle était adorablement jolie, et, outre que ce jour-là elle était mise et coiffée à ravir, elle était sous l'empire d'une de ces joies sans cause qui affluent au cœur des jeunes filles comme des brises de printemps et les font rayonnantes.

Elle avait des séductions irrésistibles et dont l'effet fut foudroyant sur une nature jeune, puissante, naïve et depuis trop longtemps comprimée par l'étude.

On se rencontra ainsi plusieurs fois; par quel singulier hasard? comment sortait-on aux mêmes heures, sans s'être concertés, et sans éveiller les soupçons de la mère, qui croyait naïvement conduire sa fille? C'est ce que les amoureux pourraient seuls dire, s'ils le voulaient bien.

Bref, on se rencontra tant, qu'un beau jour, à l'ex-trême surprise de la mère et à l'étonnement très-bien joué de la jeune fille, le duc de Vivianne vint demander la faveur, pour lui et son fils, d'être admis chez madame Savari.

La requête fut agréée, de même que celle beaucoup plus grave qui la suivit deux mois plus tard, et qui consistait en une demande en mariage.

Il y avait huit mois qu'ils étaient unis, et il semblait qu'il y eût huit jours, tant ils étaient en extase et en adoration l'un devant l'autre, sortant presque toujours ensemble, malheureux quand ils restaient une heure séparés, et ne s'étant pas boudés une seule fois depuis leur mariage.

Madame Savari demeurait avec le jeune ménage, et, pour que tout fût miraculeux dans ce gracieux inté-rieur, la belle-mère adorait son gendre, qui trouvait sa belle-mère charmante.

Quant au duc de Vivianne, il habitait au troisième étage, au-dessus de ses enfants, chez lesquels il prenait ses repas et passait ses soirées, quand il ne plaisait pas aux jeunes gens d'aller au spectacle ou dans le monde.

Ce jour-là, la jolie marquise de Vivianne, qui, nous l'avons dit, avait parfois des caprices d'enfant gâtée, avait voulu faire un coup de tête et affirmer son indé-pendance, en allant seule rendre visite à une amie qui demeurait rue La Bruyère, à cinq minutes de là.

Cet essai n'avait pas été heureux, comme on en put juger, en voyant la jeune femme rentrer toute pâle et tout effarée.

Et pour comble de malheur, en rentrant chez elle, elle trouvait son mari sorti avec son frère ; aussi, dégoû-tée désormais de la liberté par cette épreuve, se pro-mettait-elle de ne plus mettre les pieds dehors sans son cher Armand.

Valéntine, remise de son émotion, causait avec sa mère de madame Castagnède et de sa fille, et elle venait de décider de faire une quête pour elles dans la maison, quand la sonnette se fit entendre.

— Armand ! s'écria-t-elle en bondissant de joie en courant vers la porte.

— Y songes-tu, mon enfant ? lui dit sa mère, si c'était un étranger ? Thérèse va ouvrir.

— Non, s'écria la jeune femme en sortant, c'est lui te dis-je, j'ai reconnu son coup de sonnette.

Une minute s'écoula.

Puis un cri se fit entendre, et madame Savari vit rentrer sa fille pâle, tremblante, bouleversée.

— Mon enfant, qu'as-tu donc ? s'écria-t-elle en courant à elle.

Valentine voulut répondre, mais elle ne put que montrer la porte avec un geste de terreur.

Un homme parut alors sur le seuil.

C'était Pierre de Peyras.

XII

UNE TERRIBLE ALTERNATIVE

Quelque temps avant le fatal duel dont nous avons vu les terribles conséquences, Pierre de Peyras avait rencontré à Orléans mademoiselle Valentine Savari, s'en était épris, et s'était fait présenter chez sa mère par un de ses amis, très-fier de se montrer partout avec M. Pierre de Peyras, un des héros de la vie parisienne.

Au bout d'un mois de cour assidue, Pierre de Peyras,

sérieusement amoureux, demandait la main de Valentine, et la jeune fille, à laquelle il n'avait inspiré qu'une profonde antipathie, n'hésitait pas à répondre par un refus.

Tout autre qu'un duelliste de profession se fût retiré après cette réponse; Pierre de Peyras, lui, continua ses visites, et passa bientôt des supplications à la menace.

Valentine avait un frère, sous-officier dans la ligne, et en congé en ce moment à Orléans; il se choqua des façons de M. de Peyras, qui accueillit ses observations de manière à rendre un duel indispensable et l'on se battit.

— Mademoiselle, dit M. de Peyras à Valentine quelques heures avant le combat, pour cette fois, je me contenterai de blesser légèrement votre frère, je m'engage à le tuer plus tard, si vous persistez dans votre refus.

Et les choses s'étaient passées comme il l'avait annoncé : le jeune homme en avait été quitte pour une légère blessure au bras, et les quatre témoins étaient demeurés d'accord que son adversaire avait fait preuve d'une supériorité telle, qu'il n'eût tenu qu'à lui de donner au combat une issue beaucoup plus tragique.

Le congé du sous-officier finissait quelques jours après, et il dut rejoindre son régiment.

Alors les pauvres femmes, épouvantées et ne voyant d'autre moyen que la fuite pour se soustraire aux obsessions de ce farouche amoureux, coururent se réfugier à Bordeaux, où elles avaient quelques parents.

Huit jours après elles étaient abordées sur le port par celui auquel elles croyaient avoir échappé.

C'était précisément la veille de son duel avec le fiancé de Berthe Castagnède.

— Mademoiselle, dit-il à Valentine, vous saurez demain à quoi vous exposez votre frère en persistant dans vos refus.

Et le lendemain la mère et la fille apprenaient, avec tout Bordeaux, que M. Alfred Marbeau avait été tué en duel par M. Pierre de Peyras.

— C'en est fait ! s'écria madame Savari, folle de terreur à cette nouvelle et au souvenir des paroles de M. de Peyras, cet homme tuera mon fils, mon Dieu ! mon Dieu ! Valentine, que faire ?

La jeune fille comprit le sacrifice que lui demandait sa mère ; mais elle se sentit incapable de s'y résigner, sa répulsion pour M. de Peyras n'avait fait que s'accroître.

Elle décida sa mère à fuir de nouveau, pour Paris, cette fois, ce gouffre où tout disparaît, et en employant les plus grandes précautions pour faire prendre le change sur la direction qu'elles allaient suivre.

Elles étaient venues s'installer dans la rue Blanche, où demeurait déjà le duc de Vivianne avec son fils, et l'on sait les heureux événements auxquels donna lieu cette rencontre.

Cette explication était nécessaire pour bien faire comprendre au lecteur la situation des personnages vis-à-vis l'un de l'autre, et lui donner une idée de ce que durent éprouver les deux femmes en voyant entrer chez elles M. de Peyras.

Elles le regardaient, pâles et atterrées, tandis que lui, affectant une aisance parfaite, promenait ses regards autour du salon et jouait avec le lorgnon suspendu à son cou.

— Enfin, mesdames, dit-il en essayant de dissimuler, sous une apparence de calme, la violence des sentiments qui l'agitaient ; enfin, j'ai le bonheur de vous retrouver après deux années de courses et de recherches ; car je dois vous l'avouer, je n'ai pas fait autre chose depuis deux ans.

Aucune des deux femmes ne trouva la force de répondre.

— Je vois, reprit Pierre de Peyras ,avec un mauvais sourire, que la surprise, je n'ose dire la joie, vous paralyse au point de vous faire tout oublier, permettez-moi de m'asseoir, car nous avons à causer longuement.

Valentine jeta sur sa mère d'abord, puis du côté de la porte un regard dont l'expression désespérée fut comprise de madame Savari.

Ce regard voulait dire : Et mon mari qui va entrer?

Il fallait donc parler, et éloigner au plus vite cet homme pour conjurer un danger dont la seule pensée lui glaçait le sang.

— Veuillez donc vous asseoir, mesdames, dit Pierre; car, encore une fois, nous avons à causer, vous le savez bien.

Les deux femmes s'assirent machinalement.

La jeune femme tremblait de tous ses membres et tournait sans cesse vers la porte des regards éperdus.

Madame Savari fit un violent effort et put enfin prendre la parole.

— En effet, monsieur, dit-elle, nous sommes étonnées de votre visite.

— Cela se voit de reste, répondit M. de Peyras avec calme.

— C'est que... vous ignorez...

— Que mademoiselle Valentine Savari est aujourd'hui marquise de Vivianne? Je ne l'ignore nullement, vous le voyez.

— Mais alors, monsieur, dit madame Savari stupéfaite, je ne m'explique plus le but de votre visite.

— Il est pourtant bien simple, madame.

— Veuillez donc me le faire connaître, monsieur.

Un coup de sonnette se fit entendre en ce moment.

Valentine devint livide et porta la main à sa poitrine, comme si elle eût reçu un coup au cœur.

— Armand! balbutia-t-elle.

Puis elle se leva d'un bond pour s'élancer dehors.

— Pardon, madame, lui dit Pierre de Peyras en la retenant, il est indispensable que vous assistiez à cet entretien. Quant à M. Armand, puisque tel est son petit nom, si c'est lui, son cœur le guidera ici.

Des pas se firent entendre. Alors une inexprimable angoisse contracta affreusement les traits de la jeune femme, qui ne put contenir un cri au moment où la porte s'ouvrait.

C'était Thérèse, sa femme de chambre, qui apportait une lettre à madame Savari et qui se retira après la lui avoir remise.

Valentine respira.

Mais la crise avait été si violente, qu'elle fut prise d'un tremblement nerveux qui faisait claquer ses dents l'une contre l'autre.

— Quant au but de ma visite, madame, reprit Pierre de Peyras en s'adressant à madame Savari, il vous suffit de vous souvenir pour le comprendre.

— Mais au contraire, monsieur, c'est parce que je me souviens que je ne le comprends pas du tout.

— Voyons, madame, que vous ai-je dit autrefois à chaque objection que vous opposiez à mes désirs? Toujours les mêmes paroles : j'aime mademoiselle Valentine, je la veux à tout prix, et, pour l'obtenir, nulle considération ne m'arrêtera. Eh bien, madame, ce que je vous ai dit vingt fois, je vous le répète aujourd'hui.

— Mais, monsieur, ce qui était possible autrefois, ne l'est plus aujourd'hui.

— Pourquoi cela, madame ?

— Eh ! monsieur, vous savez bien qu'elle est mariée.

— Que m'importe ?

— Ah ! çà, monsieur, dit madame Savari, stupéfaite...

— Je voulais obtenir mademoiselle Valentine, à titre

5

d'épouse, répondit Pierre de Peyras avec une détermination implacable ; vous ne l'avez pas voulu, ne vous en prenez donc qu'à vous, si je me vois réduit aujourd'hui à la désirer et à la posséder à un autre titre.

A cette audacieuse et cynique déclaration, les deux femmes se levèrent spontanément, toutes frémissantes d'indignation et de colère :

— Ah ! monsieur, s'écria enfin madame Savari, j'ai mal compris, sans doute, il est impossible que...

— Vous avez parfaitement compris, madame, vous avez marié votre fille, j'en suis fâché, mais ce n'est pas une raison pour que je change de sentiments à son égard ; je veux aujourd'hui ce que j'ai voulu toujours... et ce qui sera, je vous le jure.

Valentine ne pouvait rien dire, l'indignation l'étouffait et lui arrachait des larmes.

Pierre de Peyras, toujours assis, regardait les deux femmes debout, pâles, bouleversées en face de lui, et il paraissait complétement insensible à leurs angoisses.

Ce fut lui qui rompit le silence.

— Ah ! s'écria-t-il, vous avez cru vous débarrasser de moi en mariant votre fille ! Ah ! vous vous êtes dit : « Maintenant qu'elle a un époux, M. de Peyras n'a plus rien à prétendre ; que pourrait-on nous demander ? » Eh bien, vous le savez, à cette heure.

Il se leva brusquement, et, parcourant le salon, avec tous les signes d'une violente colère :

— Ah ! murmura-t-il d'une voix frémissante, vous croyez qu'une passion comme la mienne s'arrête devant un sacrement ! qu'elle s'apaise tout à coup en face du mariage et voit dans le mari un obstacle ! Oh ! vous vous êtes étrangement abusée, madame, vous n'avez fait au contraire que jeter de l'huile sur le feu en ajoutant à la passion qui me dévorait déjà la rage de la jalousie et la soif de la vengeance.

En ce moment, l'heure sonna à la pendule.

Valentine se retourna vivement.

— Trois heures ! s'écria-t-elle, effarée, l'heure à laquelle il va rentrer.

Et se rapprochant vivement de Pierre de Peyras :

— Oh ! monsieur, monsieur, lui dit-elle avec un accent déchirant, oh ! je vous en supplie, partez !

Pierre de Peyras se jeta dans un fauteuil.

— Je reste, dit-il froidement.

Valentine fit quelques pas en chancelant, et se frappant le front comme une insensée :

— Mon Dieu ! mon Dieu ! que vais-je devenir ? Que va-t-il se passer ? murmurait-elle.

Puis revenant à M. de Peyras, toujours impassible dans son fauteuil :

— Monsieur, balbutia-t-elle d'une voix inintelligible tant elle tremblait, mais vous ne comprenez donc pas ? Mon mari va rentrer tout à l'heure, à l'instant, avec son père.

— Que m'importe, à moi ! répondit Pierre de Peyras avec calme, quel peut être le résultat de cette rencontre ? Un duel, c'est-à-dire le veuvage de madame ; car vous m'avez vu à l'œuvre et vous savez ce dont je suis capable.

La jeune femme s'appuya contre la cheminée.

Elle frissonnait comme agitée par la fièvre.

M. de Peyras reprit :

— Le veuvage de madame ! mais c'est mon plus vif désir, et c'est l'issue fatale, inexorable, à laquelle nous marchons, et qu'une seule personne peut empêcher... madame la marquise de Vivianne.

— Ah ! s'écria Valentine en reculant avec une expression d'horreur et de dégoût qui fit pâlir M. de Peyras.

Il garda un instant le silence, puis avec l'accent d'une volonté inébranlable :

— Et pourtant, madame, murmura-t-il lentement, cela ou la mort de votre mari ! Voilà l'alternative, réfléchissez.

Il se leva alors, et, s'adressant de nouveau à Valentine :

— Tenez, j'ai pitié de vous ; je pars et vous accorde trois jours. Je reviendrai, et, dans cette seconde entrevue, ma résolution me sera dictée par votre réponse.

Et, s'inclinant devant les deux femmes, il sortit.

— Oh ! ma mère ! ma mère ! s'écria Valentine, s'il revient j'en deviendrai folle, je te le jure !

XIII

UNE CLIENTE DE MADAME TURMOLE

En sortant de chez la jeune marquise de Vivianne, M. de Peyras s'était rendu chez sa sœur qui, on le sait, demeurait rue Caumartin, c'est-à-dire tout près de la rue Blanche.

A son extrême surprise il l'avait trouvée en grande conférence avec sa femme de chambre, à laquelle elle n'adressait ordinairement la parole que pour lui donner des ordres.

En voyant entrer M. de Peyras, Mariette s'était retirée.

Alors Diane, se tournant vers son frère :

— Tu arrives à propos, lui dit-elle, je viens de faire une découverte bien étrange et qui aura peut-être pour nous les plus précieux, les plus importants résultats.

— De quoi ou de qui s'agit-il ? demanda Pierre.

— Voilà ce que c'est : Mariette m'a demandé hier la

permission d'aller passer la soirée au spectacle et son choix s'est précisément fixé sur le théâtre de l'Opéra-Comique, où nous étions nous-mêmes. Il ne se passa rien d'extraordinaire jusqu'au moment où la princesse Nubia fit son apparition, mais alors une des voisines de Mariette, fière sans doute de connaître une personne qui produisait une telle sensation dans toute la salle, ne put résister au désir de le faire savoir aux personnes qui l'entouraient.

— Oh ! mais je la connais beaucoup, moi, s'écria-t-elle.

— Qui est-elle ? Comment la nomme-t-on ? lui demanda-t-on de toutes parts.

— C'est la princesse Nubia de Villaflor.

— Une étrangère ?

— Oui, une Brésilienne.

— Et vous la connaissez ?

— Je crois bien : c'est une de mes clientes.

— Vous êtes marchande, madame ? demanda alors Mariette à cette femme.

— Oui, ma petite, répondit celle-ci : venez me voir, et vous trouverez chez moi des occasions extraordinaires; envoyez-moi votre maîtresse, si vous en avez une, et je vous ferai une remise.

— Mais quel est donc votre commerce ? reprit Mariette.

— Marchande à la toilette. Tenez, voilà mon adresse.

Elle lui remit cette carte.

Pierre prit la carte que lui présentait sa sœur et lut :

« Madame Turmole, marchande à la toilette et émailleuse, vend et achète l'occasion, 17, rue Saint-Nicolas-d'Antin. »

— Madame Turmole ! mais je connais ça, s'écria Pierre de Peyras. C'est là que demeure Naoudah.

— Et madame Beaudoin, murmura tout bas madame Marcasse.

Elle reprit à haute voix :

— Moi aussi, je la connais ; or, nous savons tous et tu sais mieux que moi de combien d'industries diverseses compose la profession de marchande à la toilette, et comme évidemment la princesse Nubia ne s'habille pas des vieux châles et des vieilles robes qui constituent le commerce ostensible de madame Turmole, je me demande à laquelle de ses industries occultes elle a recours.

— En effet, s'écria Pierre tout radieux, il y a là un mystère qui cache à coup sûr tout un monde de ténébreuses intrigues et dont la révélation peut nous restituer une fortune, celle de notre oncle, sur laquelle, comme le râteau du croupier, s'est déjà posée la griffe rose de notre belle ennemie.

— Remarque que tout se réunit pour rendre vraisemblables les suppositions les plus hardies, les plus énormes. Tout le monde reçoit et visite cette prétendue princesse et nul ne connaît d'elle autre chose que son esprit et sa beauté. Quant à son nom et à son titre, on les a acceptés sans contrôle ; et j'ai interrogé quelqu'un attaché à l'ambassade du Brésil qui m'a assuré que tous les Villaflor étaient morts et enterrés et qu'il ne restait plus personne de ce nom. Si cela est, et il est difficile d'en douter, que penser de son train et surtout de cette toilette, près de laquelle pâlissaient hier les plus riches et les plus brillantes ? D'où tire-t-elle tout cela ? Voilà ce qu'on trouverait peut-être dans les archives secrètes de madame Turmole, si elle tient des livres pour cet article de son étrange commerce.

— Toute la question est de savoir si la Turmole a dit vrai en affirmant que la princesse Nubia était sa cliente ; si cela nous est prouvé, la raison des relations qui existent entre ces deux femmes ne saurait être douteuse, nous savons à quelle catégorie de clientes doit appartenir la plus belle, sinon la plus authentique des princesses, et il ne s'agit plus pour nous que d'en acquérir la preuve pour faire tomber les projets de mariage que je pressens entre l'oncle Jean et cette femme.

— Cette découverte, répliqua Diane, c'est une ancre de salut que le ciel nous envoie, il faut nous y attacher ; je verrai la mère Turmole et je saurai bien lui arracher son secret.

— Il y a un argument pour la résoudre à parler, toujours le même, mais irrésistible.

— L'or ! j'y ai songé.

— Il faudrait se hâter.

— Je la verrai dès demain, ce soir peut-être.

— Je repasserai donc demain, afin que nous agissions sans retard si tu as obtenu quelque révélation importante, car c'est sur ce point qu'il faut dès à présent concentrer tous nos efforts. N'oublions pas qu'il s'agit de quatre millions pour chacun de nous et qu'avec une telle fortune on peut tout faire, tout effacer, tout éviter. Adieu, à demain.

Quelques heures plus tard, c'est-à-dire vers huit heures du soir, Pierre de Peyras prenait une voiture au boulevard des Italiens et se faisait conduire à l'entrée de la rue de Paris, en pleine Courtille.

Là, il chercha un marchand de vin , ayant pour enseigne : *Au Coq hardi*, ladite enseigne représentant un coq sur la tête d'un lion, où il chante comme s'il était dans sa basse-cour.

Il entra, dissimulant sa mise élégante et son linge blanc sous un vieux paletot gris, traversa une haie de tables garnies de buveurs, hommes et femmes, les premiers coiffés de casquettes, les secondes de mouchoirs à carreaux, fit un violent effort pour résister à l'influence empestée par les exhalaisons du vin et des consommateurs, et, au bout de cette longue salle, lugubrement éclairée par trois becs de gaz, il trouva un homme en bourgeron accoudé seul sur la dernière table.

C'était Robert Talbot.

— Ah! l'ignoble et hideuse caverne, dit-il en s'asseyant en face de Robert, et la singulière idée que vous avez eue de venir ici et vêtu de la sorte.

— Je m'habillerais plus mal et irais m'asseoir dans des bouges plus infâmes encore pour échapper à l'œil de Lombart, répondit Talbot à voix basse et en plongeant de tous côtés des regards inquiets; il m'a vu et me cherche sous mon costume de gandin, je ne puis plus m'exposer à le porter et ne veux plus m'habiller désormais qu'en rôdeur de barrière.

— Peu importe, vous m'avez donné votre adresse, je vous ai trouvé, c'est l'essentiel; maintenant, causons: Qu'avez-vous à me dire?

— J'ai à vous dire que cette existence n'est pas du tout celle de mes rêves; que j'en ai assez de passer ma vie à manger des ratatouilles dont ne voudrait pas un chien bien élevé, à boire un vin plus affreux encore, et à fréquenter une société... comme celle-ci.

— Que voulez-vous que j'y fasse? ma position a malheureusement beaucoup d'analogie avec la vôtre, et qui sait si elle ne sera pas absolument identique, si dans quelques jours peut-être je ne me verrai pas obligé de me cacher, sous des haillons, et de rôder de barrière en barrière? Ah! voilà un de ces tableaux que j'entrevois parfois et qui m'épouvante autant que la pensée de la cour d'assises... et la suite.

— Et voilà tout! dit Robert d'un air sombre et résolu, vous vous contentez de gémir et de vous résigner! Oh! mais ce n'est pas ainsi que je l'entends, moi, oh! mais non.

— Oui, vous me parliez d'une idée, d'un plan que vous aviez à me communiquer, dites, je vous écoute.

— Tenez, il y a une chanson qui résume en deux vers

tout ce que les philosophes et les moralistes ont pu dire de plus sensé. Ces deux vers les voici :

> Nous n'avons qu'un temps à vivre,
> Amis, passons-le gaîment.

Nous n'avons pas une seconde vie à espérer ici-bas ; s'il est un fait incontestable, c'est celui-là ; c'est pourquoi je veux jouir aussi largement que possible de cette vie, qui ne recommencera pas. Mais moi je ne me borne pas comme vous à désirer toutes les jouissances du luxe, du bien-être, je suis décidé à tout pour les conquérir, et j'ai là un plan qui peut vous donner des millions dans quinze jours.

— Je m'en défie d'avance, de votre plan, dit Pierre avec inquiétude, où sont-ils donc ces millions ?

— Parbleu ! dans votre famille.

— Vous voulez parler de l'oncle Jean ?

— Sans doute.

— Ces millions ne sont-ils pas garantis par la modification que nous avons fait subir à son testament ?

Robert Talbot haussa les épaules.

— Vous me faites de la peine, cher ami, répliqua-t-il.

— Cependant, vous étiez convaincu vous-même en fabriquant ce faux testament...

— Oui, nous nous sommes mis à trois pour faire une sottise, voilà ce que j'ai découvert depuis en réfléchissant un peu.

— Que voulez-vous dire ?

— Nous avons commis un oubli qui détruit toute notre combinaison :

— Lequel ?

— La première chose à faire pour annuler aux yeux de la loi le testament identique qui, à coup sûr, sera trouvé chez le comte de Peyras était de postdater le nôtre, ne fût-ce que de quinze jours ; voilà l'impardon-

nable et irréparable légèreté que nous avons commise
et dont la conséquence inévitable serait de faire soupçonner l'authenticité du testament déposé chez le notaire. Comment admettre en effet que le comte de Peyras
ait pu faire deux testaments contradictoires dans la
même journée? Et si le fait est inadmissible, si la loi doit
casser l'un des testaments, ce qui n'est pas discutable,
ce ne sera certes pas celui qui aura été trouvé entre les
mains du testateur.

— C'est évident, s'écria Pierre de Peyras, frappé de
ces arguments.

— Autre sottise, ou plutôt autre imprévoyance.

— Encore!

— Comment se fait-il qu'aucun de nous n'ait songé à
cette hypothèse si simple et si vraisemblable d'une union
entre le comte de Peyras et cette princesse Nubia, à laquelle il laisse toute sa fortune, précaution d'un homme
amoureux au point de se préoccuper de l'objet aimé,
même au delà de la tombe, et d'assurer son avenir dans
le cas où la mort le surprendrait avant le mariage, ce
que pouvait lui faire craindre une certaine attaque de
paralysie?

— C'est juste, dit Pierre, avec le mariage tout crou-
lait.

— Les testaments étaient détruits, le faux découvert,
et, conformément à l'excellente logique de la loi, attribué à celui à qui il profitait, c'est-à-dire à M. Pierre de
Peyras.

— C'est vrai, murmura Pierre en frissonnant.

— Voilà toutes les fautes que j'ai constatées, reprit
Robert Talbot, puis je me suis mis à réfléchir à ce qu'il
y avait à faire pour les réparer et atteindre le seul but
dont nous ayons à nous préoccuper, c'est-à-dire résoudre
le problème de réaliser aussi sûrement et aussi prompte-
ment que possible les millions de l'oncle Jean.

— Et ce problème, vous l'avez résolu? demanda Pierre de Peyras avec hésitation.

— En théorie, oui.

— Ah !

— Et maintenant il faut passer à la pratique.

— Enfin, qu'y a-t-il à faire?

— Deux choses.

— Qui sont?...

— D'abord rendre impossible le mariage de l'oncle Jean et de la princesse Nubia.

— C'est à quoi nous pourrons sans doute réussir, grâce à une découverte dont je vais vous faire part. Mais votre second expédient?

— Supprimer l'oncle Jean.

XIV

AU CABARET

Pierre de Peyras avait tressailli à cette dernière parole de Robert.

— Faites donc semblant de boire cet affreux mélange, qui, j'en conviens, n'a aucun rapport avec le vin, lui dit Robert Talbot en emplissant son verre, votre tempérance vous ferait mal noter.

Pierre fit le simulacre de porter le verre à ses lèvres sans même oser y toucher; puis, le reposant sur la table :

— Vous m'avez déjà fait une proposition pareille, dit-il à Robert, et je vous ai répondu que je ne consentirais jamais à vous suivre sur ce terrain.

— Et moi, dit Robert en regardant Pierre de Peyras entre les deux yeux, je vous ai répliqué que je me passerai de votre consentement, et ce que j'ai dit, je l'ai fait.

— Quoi ! s'écria Pierre de Peyras avec un mélange de stupeur et de colère, vous auriez déjà...

— Commencé ? oui, c'est-à-dire que j'ai préparé les voies, trouvé l'instrument et les moyens d'exécution, qu'il n'y a plus qu'à agir, et que le jour où je dirai : Lâchez tout ! ce sera l'affaire de dix minutes.

— Mais c'est épouvantable, s'écria Pierre de Peyras, je vous déclare que ce crime me révolte, et que je m'y opposerai.

— Comment ferez-vous pour cela ?

— Mais je défendrai formellement à...

— A qui ?

— A celui que vous avez pris pour instrument.

— Qui vous le nommera ?

Pierre resta interdit.

— Quoi ! dit-il enfin, je ne connaîtrai même pas celui que vous avez chargé du meurtre ?

— Pour que vous vous opposiez à ce que je veux ! non pas !

— Alors, je n'ai qu'un moyen d'empêcher ce crime.

— Et ce moyen ?

— C'est de prévenir mon oncle lui-même de ce qui se trame contre lui.

Robert Talbot plongea dans les yeux de Pierre un regard sinistre.

Puis il reprit :

— Vous ne ferez pas cela.

— Qui m'en empêchera ?

— Une simple observation.

— Voyons cela.

— Prévenu par vous, votre oncle vous interrogera, et

sa première question sera celle-ci : « Quel est l'assassin? » Que répondrez-vous à cela ?

— Que je l'ignore.

— Alors quel gré le comte peut-il vous savoir d'un avertissement qui, lui laissant ignorer et l'assassin et le genre d'assassinat médité contre lui, le met dans l'impossibilité de se soustraire au danger qui lui est signalé?

Pierre ne trouva rien à répondre à cela.

— Or, de deux choses l'une, reprit Robert, le coup ne se fera pas, ou il se fera, suivant ce que décideront les événements ; dans le premier cas, le comte ne verra dans l'avertissement que vous lui aurez donné, sans vouloir lui nommer l'homme contre lequel il devait se mettre en garde, qu'une comédie imaginée pour rentrer en grâce, et vous n'aurez réussi qu'à accroître l'antipathie et le... mépris, disons le mot, que vous lui inspirez déjà. Dans le second cas, les personnes auxquelles il aura fait part de votre avertissement et de vos réticences verront dans votre conduite quelque chose de louche, et vous serez évidemment soupçonné, sinon d'avoir participé au meurtre, au moins de l'avoir laissé faire. Enfin, il est un troisième péril dont vous ne paraissez pas vous douter, et que je ne veux pas vous laisser ignorer : supposons que, grâce à votre indiscrétion, l'oncle Jean se tire de là sain et sauf, je suis perdu, car alors la misère, la difficulté de me cacher longtemps, surtout dans les garnis spéciaux qui peuvent seuls me donner asile, et sur lesquels plane incessamment l'œil de la police, me feront bientôt tomber entre les mains de la *rousse*, c'est pourquoi le jour où, grâce à vous, cette ressource me sera définitivement enlevée, je vous enfonce six pouces de fer dans les côtes, ni plus, ni moins. Voilà où j'en suis venu, il est bon que vous le sachiez, pour prendre vos mesures en conséquence.

En adressant cette menace à Pierre de Peyras, il avait, dans le ton et dans les yeux quelque chose que celui-ci n'y avait jamais vu, et qui lui glaça le sang dans les veines.

Le gandin avait complétement disparu pour faire place au chourineur.

— C'est bien ! dit Pierre, après un silence, faites ce qu'il vous plaira, vous êtes seul responsable de ce qui arrivera, c'est votre tête que vous jouez, et non la mienne, cela vous regarde.

— Ah çà ! lui dit Robert avec un sourire cruellement ironique, vous vous croyez donc dégagé de toute responsabilité dans cette affaire ?

— Mais, naturellement, puisque je ne m'en mêle pas, répondit Pierre.

— Encore une erreur que je tiens à détruire, reprit Robert.

— Que voulez-vous dire ?

— Entendons-nous : vous êtes de l'affaire ou vous n'en êtes pas.

— Je n'en suis d'aucune façon, puisque j'ignore tout.

— Encore une fois, il faut s'entendre : vous n'en êtes pas quant à l'action.

— Eh bien ?

— Mais vous en êtes quant à la responsabilité.

— Hein ? Je ne vous comprends pas, dit Pierre stupéfait.

— Voilà l'explication du mystère. Mon complice est un homme positif, qui ne fait pas de l'art pour l'art, et qui veut savoir où il va. Dès que je lui eus touché deux mots de l'affaire en question, il me demanda ce que ça lui rapporterait, en me faisant observer qu'il serait forcé de s'expatrier, et qu'il lui fallait de quoi vivre en pays étranger.

Je lui ai promis cent mille francs.

— Je m'en contente, me dit-il; mais qui me comptera la somme?

— Moi, répondis-je.

— Vous, me dit-il, en me toisant d'un air peu respectueux, où prendrez-vous cette somme?

— Dans la caisse du comte.

— A quel titre y puiserez-vous?

— Je n'en ai aucun.

— Alors, plus d'affaires, bonsoir.

Je réfléchis un instant.

— Allons, lui dis-je, je vois que vous êtes un malin et qu'avec vous il faut jouer cartes sur table, je vous avoue donc que cela ne me regarde pas directement et que je ne suis ici que le représentant d'un personnage directement intéressé dans l'affaire. Connaissez-vous la famille de la future victime?

— Un peu.

— M. Pierre de Peyras?

— Parfaitement.

— Eh bien! c'est en son nom que je vous parle!

— Oh! alors, c'est différent, celui-là, je comprends son empressement à voir disparaître le comte de Peyras et je sais que la moitié de la fortune de son oncle lui revient de droit. La somme de cent mille francs n'a donc rien d'invraisemblable venant de lui, et il sera en mesure de me la payer aussitôt après l'accident; mais qui me prouve que vous le connaissiez et que vous me parliez de sa part?

— Voilà, lui dis-je.

— Je lui montrai deux ou trois lettres de vous, écrites sur un ton amical et dont j'avais eu soin de me munir dans la prévision des garanties que pourrait demander mon homme pour une affaire aussi grave.

Il fut convaincu, nous débattîmes longtemps ensemble

le mode et les moyens d'exécution, et aujourd'hui il n'attend plus que mes ordres pour se mettre à l'œuvre.

Pierre de Peyras avait écouté tous ces détails d'un air hébété.

— Ainsi, murmura-t-il d'une voix altérée, il va se commettre un crime épouvantable en mon nom, et non-seulement il s'accomplit contre ma volonté, mais j'ignore où, quand, comment et par qui il sera exécuté.

— Heureusement, puisque vous commettriez l'imprudence de vous y opposer quand les millions de l'oncle peuvent seuls nous sauver de la fin tragique et prématurée que vous redoutez encore plus que moi. Je vous le répète, la police a une marche lente, mais certaine, et je pourrais vous dire, à quarante-huit heures près, le jour où elle nous pincera, je dis « nous », puisqu'il est bien entendu que nous devons tout partager ensemble, les millions et la prison ; or, si dans quinze jours nous sommes encore à Paris et dans la misère, le cercle de surveillance qui nous entoure et qui se rapproche d'heure en heure, sera tellement resserré autour de nous, que nous n'aurons plus qu'à tendre les pouces... vous me comprenez ?

Pierre de Peyras était en proie à une anxiété qui lui ôtait tout son sang-froid.

Il ne répondit pas.

— Maintenant, reprit Robert, je veux prendre les devants pour répondre à une observation qui, sans doute, s'est déjà présentée à votre esprit.

— Voyons !

— Vous vous étonnez sans doute que je parle en même temps de supprimer l'oncle Jean et d'empêcher son mariage avec la princesse Nubia ?

— En effet, répliqua Pierre.

— Cependant, rien de plus logique. Supposons que l'oncle Jean rende aujourd'hui son âme à Dieu, le ma-

iage devient impossible, c'est vrai, mais le testament
reste et produit le même résultat. Il faut donc commencer par détruire la princesse Nubia dans l'esprit et dans
le cœur du comte de Peyras, afin de l'amener à changer
de lui-même son testament, et cela fait, alors, il sera
temps d'agir; mais une femme comme la princesse
Nubia ne saurait être aimée à demi; l'oncle Jean
doit l'adorer, et, pour le résoudre à renoncer à elle,
il faudrait des faits, mais des faits patents et de
la plus haute gravité; or, je doute qu'elle donne
prise...

— Au contraire, répondit Pierre, le hasard a mis ma
sœur sur la piste d'un mystère d'où peuvent sortir les
révélations les plus graves, les plus scandaleuses pour
la princesse Nubia, qui, si nos espérances se réalisent,
tomberait du coup des hauteurs d'où elle domine tout
le Paris aristocratique au rang modeste d'une vulgaire
courtisane.

— En vérité! s'écria Robert stupéfait.

— Elle n'est pas autre chose, je le jurerais, d'après
certaines relations dont nous avons découvert le secret.
Mais les preuves qui me suffisent à moi ne convain-
craient pas un vieillard amoureux : il faut pouvoir lui
mettre sous les yeux des témoignages palpables, posi-
tifs, irrécusables, et c'est à quoi nous nous occupons
en ce moment.

— Et ces preuves, quand comptez-vous les savoir?

— Dans deux jours, peut-être avant.

— Vous agirez aussitôt près de l'oncle Jean!

— Pour une révélation de cette nature, il faut toute
la perfide habileté d'une femme. Je chargerai de cela
ma sœur, qui, dévorée d'une soif de vengeance contre
cette femme, dans laquelle elle croit reconnaître la
Mauresque, s'acquittera à merveille de cette mission.

Il reprit après une pause

II.   6

— Mais il est un homme dont il faut toujours nous préoccuper.

— Qui donc ?

— M. Lubin.

— Il doit être pour le moins à l'agonie. .

— C'est ce dont il faudrait s'assurer. Cet affreux petit vieillard m'inquiète autant à lui seul que tous les agents de la police ensemble.

Robert Talbot pâlit tout à coup.

— Qu'avez-vous donc ? lui demanda Pierre de Peyras.

— Vous venez de prononcer là un mot fatal, murmura Robert.

— Quel mot ?

— Agent de police ; le mot a évoqué la chose, j'en vois un qui se promène dans la rue et plonge ses regards dans cette salle ; je ne me sens pas à mon aise ; je voudrais bien filer.

— Rien de plus facile, je vais sortir le premier et vous attendrai dans une voiture, à l'angle du faubourg du Temple ; venez m'y rejoindre, nous nous ferons conduire à la Bastille, et descendrons là pour aller à pied rue Beautreillis prendre des nouvelles de M. Lubin.

XV

A LA COURTILLE

Au moment où Pierre de Peyras allait quitter Robert Talbot, un rôdeur de barrière, jeune homme plein de chic, bourgeron tombant au milieu du dos, casquette platie sur l'oreille droite, mains dans les poches, rûle-gueule aux dents et dandinement d'homme à ionnes fortunes, entrait dans l'immense salle du *Coq-Hardi*, et venait s'asseoir à une table voisine de celle qu'occupaient Robert et M. de Peyras.

Trois individus, un homme et deux femmes, étaient assis autour de la table à laquelle venait prendre place le nouveau venu.

Il était suivi d'un garçon, porteur d'un litre, qui lui fut payé immédiatement, suivant la coutume du lieu, vu le peu de confiance qu'inspire la clientèle.

— Dites donc, vous autres, dit le jeune homme à ses amis, après avoir préalablement ingurgité un verre de l'exécrable liquide, vous ne savez donc pas ce qui se passe dans le quartier ?

— Non ! Qu'est-ce qui se passse donc, Zidore ? demanda l'une des deux femmes en lui adressant un sourire qui mit à nu une demi-douzaine de dents jaunes et si longues, que c'étaient certainement ses trente-deux dents que le nature avait jetées là en bloc, sans prendre la peine de les détailler.

— Encore une idée de la *rousse*, des tas de feignants qui cherchent à tuer le temps, malheur !

— Enfin, qu'est-ce qu'il y a ?

Pierre de Peyras allait partir.

— Ecoutons, lui dit Robert, en lui faisant signe de se rasseoir.

Pierre reprit sa place avec une répugnance visible.

— Voilà ! répondit le jeune homme à la question de sa voisine, j'étais tout à l'heure en train de faire un litre avec des amis au *Tambour de Wagram*, quand nous voyons entrer deux individus, que je dis tout de suite en les désignant : Ça c'est de la mouche !

— A-t-il l'œil américain, ce Zidore ! fit la voisine aux dents jaunes.

— Ça, c'est vrai qu'on n'est pas né entre deux écailles, dit Zidore avec fatuité, je les reconnais donc tout de suite ; mais, comme je n'avais rien à démêler avec eux pour le quart d'heure, je me dis : Y a quelque chose sous cloche, voyons voir. Les voilà qui se font servir un litre, mais pour la frime ; car, au lieu de boire, ils se mettent à examiner tous les assistants, l'un après l'autre, les toisant du haut en bas, mais s'attachant particulièrement aux mains.

Robert tressaillit, jeta un regard d'intelligence à Pierre de Peyras et glissa lentement dans sa poche sa main gauche, dont le petit doigt était enveloppé d'un linge.

— Mais, qu'est ce qu'ils avaient donc ? demanda le voisin de Zidore,

— C'est ce que je me demandais tout en les reluquant à la dérobée, quand, au bout de dix minutes, ils se lèvent et, tout en feignant de causer, ils font le tour de la salle, l'œil toujours fixé sur les mains des consommateurs. Enfin, ne trouvant pas ce qu'ils cherchaient, ils s'en vont sans avoir touché à leur litre, ce qui n'est pas naturel.

— Qu'est-ce que cela signifie ?

— C'est ce que je me demandais ; voulant savoir à quoi m'en tenir, je sors après eux et j'interroge des camarades qui se trouvaient là parmi les curieux attroupés devant le *Tambour de Wagram*.

— Eh bien ?

— Eh bien, il paraîtrait que la police remue ciel et terre pour trouver un particulier qu'elle traque de quartier en quartier et qui se cache en ce moment chez les marchands de vin de Belleville.

— Diable ! il est serré de près.

— Il sera malin, s'il s'en tire, tous les cabarets et

marchands de la rue de Paris sont visités en même temps à l'heure qu'il est.

— Ils ont son signalement?

— Le plus chouette des signalements, il lui manque un petit doigt.

— Tiens, tiens.

— Vous comprenez que, si on trouve dans Belleville un homme avec un petit doigt de moins, ça ne peut être que celui-là, il n'y a pas à s'y tromper.

Robert Talbot était atterré.

A cette pensée que tous les cabarets de Belleville étaient fouillés à cette heure, que c'était lui qu'on cherchait, qu'il avait eu la funeste inspiration de se réfugier précisément chez un des marchands de vin de cette rue de Paris par laquelle la police commençait ses recherches, à cette pensée il se sentait défaillir.

— Filons vite, dit-il d'une voix tremblante à Pierre de Peyras.

Pierre se leva.

Robert quitta aussi son banc en roulant autour de lui des regards inquiets.

Mais il s'y laissa retomber aussitôt en balbutiant d'un air égaré :

— Trop tard, les voilà !

Deux hommes entraient dans la salle du *Coq hardi* et, quoiqu'ils portassent la livrée des habitués du lieu, Robert avait reconnu en eux deux ennemis.

Ils avaient l'air insouciant, et ce fut comme guidés par le hasard et sans parti pris qu'ils se dirigèrent vers l'extrémité de la salle où étaient attablés Robert et Pierre de Peyras.

Mais Robert avait remarqué qu'en entrant leurs regards s'étaient tout de suite portés de son côté, et sans réfléchir qu'ils devait être naturellement attirés vers Pierre de Peyras, le seul *bourgeois* qu'il y eût là et dont

6.

la présence en pareille compagnie était de nature à éveiller leurs soupçons, il se dit en frissonnant : ils m'ont reconnu.

Et s'il s'était trompé sur ce point, il avait deviné juste au moins en supposant que ces deux hommes étaient des agents de police, et qu'ils cherchaient l'assassin de la rue de Provence, l'homme qui avait laissé un doigt entre les dents de sa victime.

Les regards que ces deux individus jetaient à la dérobée sur les gens, et surtout sur leurs mains, ne pouvaient laisser aucun doute à cet égard.

Dans le seul but de se conformer à la tenue des naturels de l'endroit et de se rapprocher d'eux autant que possible, Pierre de Peyras tenait ses mains dans ses poches, et Robert Talbot remarqua que cette particularité avait frappé les deux agents, et paraissait les préoccuper très-vivement.

Il s'aperçut à ce signe qu'il s'était trompé en se croyant reconnu, que le bourgeois leur avait réellement tiré l'œil, et qu'en ce moment ils se croyaient sûrs d'avoir mis la main sur le meurtrier du père Rochard.

Il se demanda alors s'il ne pourrait pas tirer parti de cette croyance pour jeter les agents sur une fausse piste et profiter de cette erreur pour leur échapper.

— Pierre, dit-il en baissant la voix, mais en affectant de causer du ton le plus naturel, vous qui ne courez aucun danger et qui pouvez hardiment montrer vos mains, vous allez partir.

— C'est mon plus vif désir, répondit Pierre, qui, se voyant l'objet de l'attention particulière des agents, se sentait mal à son aise.

Il reprit à voix basse :

— Vous attendrai-je toujours ?

— Oui, à l'endroit convenu.

— C'est bien !

Il se leva.

L'un des deux agents, qui avait vu son mouvement, était déjà levé et se dirigeait vers la porte.

Robert se garda bien d'en faire la remarque à Pierre de Peyras, qui eût pu hésiter à s'éloigner.

Mais, pendant que celui-ci traversait lentement la salle, Robert étudiait le terrain à un point de vue tout particulier, c'est-à-dire au point de vue de l'évasion.

Il remarqua enfin à sa gauche, à trois pas de sa table, une fenêtre assez haute et assez large pour livrer facilement passage à un homme.

Et cette fenêtre, une femme venait de l'entr'ouvrir, gênée sans doute par la fumée du tabac et les exhalaisons écœurantes qui chargeaient l'atmosphère de la salle.

Si l'agent de police eût été à l'autre extrémité de la salle, il eût pu se précipiter vers la fenêtre, l'ouvrir et s'élancer dehors.

C'eût été d'autant plus facile, que l'appui de cette fenêtre, n'ayant pas plus de deux pieds d'élévation, pouvait être franchi sans peine.

Mais si l'un des deux agents était allé se promener du côté de la porte, où il attendait évidemment Pierre de Peyras à la sortie, l'autre était resté, et quoique ses regards fussent constamment fixés sur les murs ou sur le plafond, Robert voyait très-clairement qu'il ne perdait pas de vue le camarade du bourgeois dans lequel lui et son collègue croyaient avoir découvert l'assassin de la rue de Provence.

Et cinq ou six pas seulement le séparaient de cet homme, devant lequel il fallait passer pour arriver à la fenêtre.

L'entreprise était donc, non pas difficile, mais absolument impossible.

Pendant que Robert se creusait la tête pour trouver

quelque moyen d'évasion, la pensée obstinément fixée
sur cette fenêtre entr'ouverte, qu'il ne regardait même
pas dans la crainte de donner l'éveil à l'agent, Pierre de
Peyras arrivait à la porte vitrée, au delà de laquelle on
voyait se promener dans la boutique l'agent de police
qui était allé l'attendre là.

Cette minute était décisive; si Robert la laissait échapper, l'agent venait rejoindre son collègue, et leur surveillance se concentrait sur lui et d'autant plus activement
que, trompés dans leur espoir du côté de Pierre de Peyras, ils ne douteraient pas que son camarade ne fût le
vrai coupable.

Ils ne manqueraient pas alors de remarquer qu'il
tenait constamment sa main dans sa poche et n'hésiteraient pas, à coup sûr, à le prier de la montrer au moment
où il voudrait sortir.

C'en était fait alors; il était perdu. Tout à coup un
rayon d'espoir brilla dans le regard de Robert.

Il avait trouvé.

Il frappa sur la table et cria très-fort.

— Garçon.

Le garçon accourut, et, pendant qu'il venait à lui,
Robert étudiait attentivement sa physionomie.

L'examen lui fut favorable.

Il avait dans les traits une expression d'astuce et d'audace qui parut de bon augure à Robert.

— Qu'est-ce qu'il faut? demanda-t-il.

— Ecouter sans en avoir l'air, lui dit Robert.

— On écoute.

Robert tira des sous de sa poche et feignit de compter
avec le garçon.

— Voulez-vous gagner vingt francs? lui dit-il.

— Tiens, c'te bêtise!

— Sans compter vingt autres francs que je vous ferai
remettre... après.

— Après quoi?

— Après que vous m'aurez rendu le service que j'ai à vous demander.

— Qui est?...

— Penchez-vous comme pour compter vos sous et je vais vous le dire.

Le garçon fit ce que lui demandait Robert et écouta ce qu'il avait à lui dire.

— Est-ce possible? demanda Robert quand il lui eut expliqué le genre de service qu'il attendait de lui.

— Tout de même, répondit le garçon, ça passera pour une étourderie, voilà tout.

Robert reprit à haute voix:

— Ah! ce n'est pas encore votre compte, eh bien! voilà; plus six sous pour un cinquième d'eau-de-vie.

Et, dans les quelques sous qu'il posa sur la table, Robert glissa une pièce d'or, que le garçon s'empressa de ramasser.

Puis il partit.

Pendant ce temps, Robert n'avait pas perdu de vue Pierre de Peyras, et il l'avait aperçu tirant ses mains de ses poches et les montrant à l'agent.

— Voilà le moment, murmura-t-il, en proie à une violente anxiété, une seconde de retard de la part du garçon, et je suis flambé.

Il attendait.

L'agent, lui, intrigué par son colloque avec le garçon, l'observait avec plus d'attention que jamais.

Tout à coup, par une transition aussi rapide que l'éclair, la vaste salle se trouva plongée dans la plus profonde obscurité.

Les trois becs de gaz s'étaient éteints à la fois.

XVI

LA POURSUITE

Un moment paralysés par la surprise où les avait
jetés cette obscurité subite et inexplicable, les habitués du *Coq hardi* manifestèrent enfin leur méconten-
tement, en jurant à qui mieux mieux et en demandant
de la lumière à grands cris.

— Eh bien ! quoi ? dit une voix de basse profonde qui
domina le chœur discordant des buveurs, une étourderie, voilà tout ; on ne peut donc pas se tromper. En
voilà des hurlements ! Ne dirait-on pas qu'on les a rendus aveugles pour toute leur vie !

Et la lumière jaillit coup sur coup aux trois becs de gaz.

C'était le même garçon qui rendait à ses clients exas-
pérés la clarté dont il les avait privés pour un instant.

Un seul homme avait soupçonné qu'il y avait là autre
chose qu'un accident.

C'était l'agent de police qui surveillait Robert.

Le premier moment de stupeur passé, il comprit tout
de suite que c'était là le coup qui venait d'être médité
entre le garçon du marchand de vin et l'équivoque
ami du bourgeois dont s'occupait en ce moment son
collègue, et il s'élança, aussi vite que le lui permettait
l'obscurité, vers la table occupée par Robert.

Mais ce moment de stupeur, qui d'ailleurs était entré
dans ses calculs, Robert Talbot l'avait mis à profit, et,
quand la lumière éclaira de nouveau la salle, il n'était
plus là.

Debout à la place à laquelle celui-ci était assis une minute auparavant, l'agent de police était pâle de saisissement et de colère.

Promenant autour de lui des regards inquisiteurs, il se demandait, frappé d'une espèce d'ahurissement, où pouvait être passé cet homme qu'il avait constamment tenu sous son regard et vers lequel il s'était élancé quelques secondes seulement après le subit envahissement des ténèbres.

Robert n'était pas loin.

Comme l'a deviné le lecteur, il s'était évadé par la fenêtre entr'ouverte, qui donnait sur une ruelle, et d'où il pouvait gagner sans peine le boulevard extérieur, où en ce moment devait l'attendre Pierre de Peyras.

Mais au lieu de s'éloigner de suite, comme il y avait été poussé d'abord par la peur, il avait réfléchi et était resté pour voir ce qui allait se passer, et ce qu'allaient résoudre les deux agents en s'apercevant de sa disparition.

Caché dans le coin d'une allée étroite et noire qui, il s'en était assuré, aboutissait d'un côté à cette ruelle, et de l'autre au boulevard extérieur, il voyait avec une joie facile à comprendre, l'agent de police debout à la place même qu'il venait de quitter, fouillant la salle du regard, et se frappant le front comme un homme qui se trouve en face d'un problème insoluble.

Un instant après cet agent était rejoint par son collègue, qui, devinant dans cette nuit instantanée quelque chose d'équivoque, quelque coup monté contre son camarade, était accouru aussitôt au secours de celui-ci.

— Eh bien ! Mulot, demanda l'agent dupé par Robert, votre homme ?

— Les mains comme vous et moi, répondit l'agent Mulot, ce n'est pas ça.

Il reprit aussitôt d'un air stupéfait :

— Et le vôtre, Maraton?

— Ah! voilà, murmura celui-ci en grinçant des dents, nous avons lâché la proie pour l'ombre.

— Que voulez-vous dire? demanda Mulot d'une voix brève, parlez, parlez vite?

— Eh bien! nous avions tout à l'heure l'assassin de Rochard sous la main.

— Vous croyez?

— J'en suis sûr, seulement ce n'était pas celui que vous aviez suivi.

— Je le sais bien.

— Mais c'était l'autre; j'en mettrais ma main au feu.

— Où est-il donc?

— C'est ce que je me demande.

— Mais il était là, sous vos yeux.

— Sans doute, jusqu'au moment où tout la salle a été subitement enveloppée dans l'obscurité.

— Et alors?

— Alors, comme c'était un plan organisé entre lui et le garçon du marchand de vin, il a profité des ténèbres pour filer.

— Comment aurait-il pu filer? Il n'y a qu'une sortie, et j'y étais.

— Aussi je m'y perds.

— Mais, dit tout à coup Mulot en jetant un regard autour de lui, voilà une fenêtre qui a été ouverte depuis que je suis parti.

— Malédiction! s'écria Maraton, c'est par là qu'il a décampé.

— Pas une minute à perdre, s'écria Mulot; ils ont dû se donner rendez-vous près d'ici: ces gredins-là vont toujours par deux, l'isolement leur fait peur. Ils ne peuvent être loin. Battons les environs et faisons-leur la chasse avec les collègues que nous pourrons rencontrer en chemin; tout espoir n'est peut-être pas perdu.

Robert avait compris une partie de ce qui se disait entre les agents, et, à leurs gestes ainsi qu'à leur sortie précipitée, il comprit qu'ils allaient se mettre à sa poursuite.

Il s'élança aussitôt vers le boulevard par l'allée qu'il avait découverte et qui lui faisait gagner au moins cinq minutes sur ses ennemis, qui, d'ailleurs, allaient encore perdre du temps en hypothèses sur le chemin qu'il devait avoir pris une fois libre.

Un instant après il arrivait à l'angle de la rue du Temple.

Une voiture stationnait là.

— Ce doit être lui, pensa Robert.

Il y courut en regardant souvent en arrière, ouvrit la portière et aperçut Pierre de Peyras, dont les traits exprimaient l'impatience et l'inquiétude.

— Enfin, vous voilà ! s'écria celui-ci.

— Ce n'est pas sans peine, répondit Robert.

— Au fait, si l'on a regardé vos mains comme les miennes, comment avez-vous pu ?...

— Je vous conterai cela en route ; partons vite, on me cherche de tous côtés.

Il jeta un regard vers la rue de Paris.

— Tonnerre ! s'écria-t-il, j'aperçois une douzaine d'individus qui se démènent comme des diables et se dispersent dans toutes les directions.

Il ajouta un instant après d'un air vivement ému :

— Je ne me trompe pas, en voilà deux qui accourent de ce côté.

Il donna un coup de poing au cocher, qui s'éveilla en sursaut :

— Première à gauche, ventre à terre, et dix francs de pourboire si tu arrives dans vingt minutes place de la Bastille, lui cria-t-il.

II. 7

Il s'élança aussitôt dans la voiture qui partit comme un trait.

Elle avait parcouru cinquante pas à peine quand les deux individus, aperçus par Robert, arrivèrent en courant à la place qu'elle venait de quitter.

C'étaient précisément les deux agents Mulot et Maraton.

— Savez-vous ce qu'il y a dans cette voiture? demanda vivement Mulot à un commissionnaire qui stationnait là.

— Deux hommes, répondit celui-ci.

— N'ont-ils rien d'extraordinaire?

— Rien, sinon que l'un est habillé en bourgeois et l'autre en voyou.

— Ce sont eux! s'écria Maraton.

— Ils ont dû donner une adresse au cocher?

— Oui.

— Vous l'avez entendue?

— Parfaitement.

— Et cette adresse?

— Première à gauche, ventre à terre, dix francs de pourboire si tu arrives dans vingt minutes à la Bastille! Voilà les propres paroles du voyou au cocher.

— Avez-vous remarqué le numéro de la voiture?

— Par hasard, parce qu'il se compose de trois chiffres pareils, ce qui m'a frappé.

— Et ces chiffres?

— Trois 1.

— 111 alors?

— C'est ça.

— La première rue à gauche, c'est la rue Saint-Maur, dit Maraton.

— Tenez, dit le commissionnaire, la voyez-vous qui tourne?

— C'est bien cela.

Cinq ou six voitures passèrent coup sur coup, parmi lesquelles une se trouva vide.

Mulot l'arrêta, promit au cocher un pourboire royal et lui dit :

— La rue Saint-Maur à gauche, le chemin le plus court pour aller à la Bastille, ventre à terre, pour attraper la voiture 111 qui nous précède de quelques minutes.

— Le 111, dit le cocher en haussant les épaules, je connais, c'est Minotier, un feignant qui ne connaît rien aux chevaux, et ça se dit cocher ! Je me charge de le rattraper, bourgeois, ayez pas peur.

Il fouetta vigoureusement ses chevaux et un instant après la voiture tournait à gauche et s'élançait dans la rue Saint-Maur.

Pendant ce temps, la voiture qui emportait Robert et Pierre de Peyras filait comme le vent, et le cocher Minotier conduisait ses chevaux avec une adresse qui ne justifiait nullement le dédain que son confrère affectait vis-à-vis de lui.

Au bout de dix minutes, ils débouchaient dans la rue Verte, qui aboutit au canal, à une courte distance de la Bastille.

Robert, la tête à la portière, se rendait compte de l'itinéraire suivi par le cocher et de la distance parcourue.

De temps à autre, il se penchait pour jeter un regard en arrière et s'assurer qu'ils n'étaient pas poursuivis.

— Où sommes-nous ? lui demanda Pierre de Peyras, qui n'avait jamais mis le pied dans ces quartiers.

— Rue Verte.

— Encore loin de la Bastille?

— A sept ou huit minutes.

— Nous avons fait bien du chemin et tourné bien des rues, il me semble impossible qu'on ait suivi notre trace.

— Oui, je crois que nous sommes sauvés.

— Jetez donc un regard en arrière.

Robert se pencha à la portière et plongea un regard dans la longueur de la rue Verte, dont ils avaient déjà parcouru les deux tiers.

— Eh bien, répondit Robert, je vois une voiture.

— Elle prend la même direction que la nôtre?

— Mais oui.

— Pur hasard, il n'y a rien d'étonnant à ce qu'il y ait en même temps deux voitures dans une rue aussi longue.

Robert ne répliqua pas.

Il regardait toujours.

Pierre de Peyras commença à s'inquiéter.

— La voiture nous suit toujours? demanda-t-il.

— Non-seulement elle nous suit, mais je commence à croire qu'elle nous poursuit, répondit Robert sans bouger.

— Qui vous fait supposer cela? reprit Pierre d'une voix mal assurée.

— D'abord les chevaux ont pris le galop comme les nôtres, ce qui n'est pas naturel, et la voiture file comme une chaise de poste.

— Et puis? demanda Pierre.

— Et puis, je vois une tête à la portière et le visage tourné de notre côté.

— Alors vous avez raison, murmura Pierre tout tremblant, nous sommes poursuivis, ce sont des agents.

Il se passa deux minutes.

— Gagnent-ils ou perdent-ils? demanda enfin Pierre.

— C'est ce dont je voulais m'assurer.

— Eh bien?

Robert rentra brusquement sa tête dans la voiture. Ses traits étaient bouleversés.

— Ils gagnent du terrain, balbutia-t-il.

— Criez au cocher de fouetter ses chevaux, dit Pierre, horriblement pâle.

— Inutile il ne peut aller plus vite.

Puis, s'élançant à la portière :

— Cocher, cria-t-il, la première à gauche.

— Mais bourgeois, ce n'est pas le chemin, ça vous retarde.

— Première à gauche, vous dis-je et toujours ventre à terre.

La première à gauche était à vingt pas de là.

Le cocher s'y jeta au galop.

XVII

UNE SURPRISE

La lune était dans son plein, le ciel très pur et l'atmosphère d'une limpidité merveilleuse, de sorte que les rues étaient éclairées comme en plein jour.

Mais si cette circonstance avait permis à Robert d'observer la marche de l'ennemi, elle avait également favorisé celui-ci en le mettant à même de retrouver et de suivre à la piste la voiture à laquelle il faisait la chasse.

C'était Mulot qui, la tête à la portière, avait le premier signalé la voiture des fugitifs.

— Les voilà ! cria-t-il au cocher, ce doit être ça, là-bas.

— Pristi ! s'écria celui-ci, quelle course ! foi de Vaillant, qui est mon nom, je n'ai jamais vu les chevaux de Minotier aller de ce train-là; il faut qu'on leur ait mis le feu sous le ventre.

— Croyez-vous pouvoir le rattraper? cria Mulot.

Le cocher haussa les épaules.

— Moi! ne pas le rattraper, dit-il avec une profonde ironie, moi, me laisser rouler par un feignant comme Minotier ! mais je vous dis qu'il n'a jamais su ce que c'était qu'un cheval et que j'en mangerais quatre comme lui et que je vais vous le prouver tout de suite.

Et, stimulé par la légitime ambition de prouver sa supériorité sur ce *feignant* de Minotier, il cingla si énergiquement les oreilles de ses chevaux, qu'il leur fit prendre un train d'enfer.

Au bout de quelques minutes, la distance qui séparait les deux voitures se rapprochait visiblement.

Tout à coup la voiture disparut aux yeux de Mulot.

Elle venait de tourner à gauche, suivant l'ordre de Robert.

— Mais que fait-il donc? s'écria l'agent de police, ce n'est pas son chemin puisqu'il va à la Bastille.

— Ça vous étonne! répliqua Vaillant avec un rire profondément amer, mais quand je vous dis que Minotier ne sait rien de rien et qu'il ne connaît pas plus Paris que ses chevaux! Lui, un cocher ! jamais !

Arrivé à la rue que venait de prendre son confrère, il tourna avec une remarquable adresse, quoique toujours lancé à fond de train.

— Quand tu tourneras comme ça, mon vieux, s'écriat-il avec un débordement d'orgueil, je te payerai à déjeuner au Café-Anglais.

— Voyez-vous toujours la voiture ? lui demanda Mulot inquiet de ne plus l'apercevoir.

— Diable ! murmura le cocher, je ne distingue plus rien, on dirait qu'elle s'est envolée.

— Tonnerre ! s'écria l'agent, il y aurait de quoi se brûler la cervelle.

Il y eut un moment de silence.

Les deux agents était en proie à une violente anxiété.

— Ne brûlez rien du tout, s'écria le cocher.

— Vous voyez quelque chose ?

— J'ai trouvé mon propre à rien.

— Vous reconnaissez la voiture ?

— Distinctement et à l'œil nu.

— Comment a-t-elle pu nous échapper un instant ?

— C'est que la rue fait un léger coude qui nous la dissimulait.

— Oui, s'écria Mulot tout joyeux, je la vois à mon tour et je la reconnais.

Il ajouta :

— Et maintenant attention, ne la perdons pas de vue une seconde fois.

— Vous me faites rire ; quand je vous dis que j'en mangerais quatre comme lui et que je le défie à tout ce qu'il voudra...

Cependant, depuis qu'il avait tourné, Minotier avait rattrapé toute l'avance qu'il avait perdue dans la rue Verte.

Vaillant s'en aperçut et se sentit à la fois fort humilié et très inquiet.

— Mais qu'est-ce qu'il a donc donné à ses chevaux ? murmura-t-il, on dirait des arabes pur sang ; après une pareille course à fond de train, les voilà qui repiquent de plus belle, et conduits par un âne comme ce Minotier.

Mulot reconnut bientôt lui-même que les fugitifs avaient regagné du terrain.

— Nous perdons du terrain, cria-t-il à son cocher.

— Je n'y comprends plus rien, répondit Vaillant avec un effroyable juron.

— Allons, mon brave, un coup de désespoir ou ils nous échappent.

— Moi dépassé par Minotier ! C'est pas croyable, il

faut que ses bêtes aient pris le mors aux dents; c'est pas lui qui les conduit, c'est elles qui l'entraînent : elles vont le jeter dans le canal, c'est sûr. Ah! mais faut pourtant que je le rattrape ou que j'y perde mon nom de Vaillant.

Et frappant, criant, jurant, tempêtant, il excita tellement l'ardeur de ses chevaux, que les pauvres bêtes, redoublant encore de vitesse, filèrent comme le vent.

Les rodomontades de Vaillant apprirent bientôt à l'agent de police qu'il avait regagné tout le terrain perdu.

— Ah! ah! mon vieux, s'écria-t-il, tu croyais enfoncer Vaillant! allons donc! tu t'en ferais tomber les cheveux. Faut pas jouer à ce jeu-là avec moi; avant cinq minutes je te dévisagerai face à face, je ne te dis que ça, base-toi là-dessus.

Avant que les cinq minutes fussent écoulées, en effet, il n'était plus qu'à une faible distance de Minotier.

Alors celui-ci, qui de temps à autre tournait la tête pour apprécier la situation, tourna tout à coup à gauche et s'engagea dans une nouvelle rue, dans le but évident de dérouter son persécuteur qui, avancé au galop et ne s'attendant pas à cette manœuvre, devait naturellement dépasser cette rue et perdre du temps pour y revenir et faire reprendre le galop à ses chevaux.

Mais Vaillant était un malin, il avait pressenti le coup, et le regard fixé sur Minotier, dont il distinguait les mains, il l'avait vu imprimer à ses guides un mouvement qui l'avait tout de suite confirmé dans ses soupçons.

Et au moment même où il tournait, riant déjà du désappointement de son rival, il avait vu celui-ci lui emboîter le pas avec une précision dont il était resté stupéfait.

— Non, murmura alors Vaillant en se rengorgeant avec fatuité, on est gnole, on ne sait rien deviner! Non, mais on est naïf, on se laisse prendre aux malices des gens, on ne sait rien de rien, on est venu au monde dans une bouteille.

Et il cingla de nouveau ses bêtes.

La lutte tirait à sa fin; Minotier avait joué son va-tout en risquant cette dernière manœuvre qui, déjouée par Vaillant, n'avait pas même réussi à retarder sa défaite.

— Enfin nous le tenons! s'écria Mulot en voyant qu'ils n'étaient plus qu'à dix pas de la voiture.

Et, s'adressant à Vaillant ;

— Criez au cocher d'arrêter, lui dit-il.

— Ho! Hé! Minotier, cria Vaillant, modère tes bêtes, mes bourgeois ont deux mots à dire aux tiens.

D'abord stupéfait de s'entendre appeler par son nom, Minotier répondit en recommençant à fouetter ses chevaux :

— Dis à tes bourgeois de repasser demain, les miens sont pressés et n'ont pas le temps de causer.

Mulot, se penchant alors à la portière, cria à Minotier:

— Au nom de la loi, je vous ordonne de vous arrêter.

— Au nom de la foi! dit Minotier interdit, ah çà, qu'est-ce que je traîne donc dans ma voiture?

— Allons, lui cria Vaillant à son tour, ne fais pas le méchant, ça pourrait tourner mal pour toi.

— Ma foi! tant pis pour eux, murmura Minotier, je n'ai pas envie de me faire mettre à pied.

Et il arrêta ses chevaux.

— Ils vont tenter de fuir, sautons tout de suite à chaque portière, dit Mulot à Maraton.

Ils s'élancèrent à terre, et, en un clin d'œil, ils étaient aux portières de la voiture de Minotier.

Mais alors deux exclamations se firent entendre à la fois.

— Tonnerre! s'écria Mulot.

— Malédiction! riposta Maraton.

7.

La voiture était vide.

— Où avez-vous donc déposé vos voyageurs ? demanda Mulot à Minotier, qui descendait tranquillement de son siége.

— Comment ! comment, mes voyageurs ! mais il sont dans ma voiture.

— Regardez donc, reprit Mulot en ouvrant la portière

Minotier jeta un regard dans sa voiture et resta pétrifié en la trouvant vide.

Ses traits exprimaient un tel ahurissement, qu'il étai impossible de croire à une comédie,

Après un moment de silence, il murmura tout bas

— Ah ! les gredins !

Puis, changeant tout à coup de ton, il reprit ave une pantomime furieuse :

— Ah ! les gredins ! ah ! les gueux ! oh ! les canailles et ils m'avaient promis dix francs de pourboire !

Vaillant éclata de rire.

— Ah ben ! dit-il à l'infortuné Minotier, quand j'au rai une fille, je te la donnerai à garder.

Minotier ne répondit pas, il était accablé sous ce cou de massue.

— Ce n'est pas le moment de rire, dit vivement Mu lot à Vaillant, l'un des deux hommes que nous poursui vons est un meurtrier.

— Fichtre ! dit Vaillant, c'est sérieux.

— Ça ne m'étonne pas, dit à son tour Minotier, de gueux qui vous promettent dix francs de pourboire, e ne payent même pas leur course, c'est capable de tout Va-nu-pieds !...

— Ainsi, demanda Mulot à Minotier, ils vous on lâché en route ?

— Sans me prévenir.

— Ça m'explique l'avance qu'il avait prise tout à coup, dit Vaillant, sa voiture était devenue d'un léger

— A quel moment supposez-vous qu'ils ont pu sauter à terre? reprit l'agent.

— Je ne pourrais pas le dire, mon agent, tout ce que je sais, c'est qu'ils y étaient encore quand j'ai quitté la rue Verte, puisque c'est sur leur ordre que j'ai tourné pour me lancer dans celle-ci. Gredins, va!

— Venez, dit Vaillant à Mulot, moi je vois le truc d'ici, et je vais vous l'expliquer, si vous voulez.

— Parlez, parlez vite, car nous perdons un temps précieux.

— Eh bien! voilà la chose : quand ils se sont vus serrés de près, les clients à Minotier se sont dit: Nous n'avons qu'un moyen de nous tirer de là, tourner la première rue et profiter tout de suite du moment où nous ne serons plus en vue pour sauter à terre et nous tenir cachés dans la première maison à notre portée, pendant que les agents continueront de poursuivre la voiture.

— C'est bien cela, dit Maraton à son collègue, et remarquez qu'ils ont pris la précaution de fermer la portière, pensant bien qu'une portière ouverte nous donnerait l'éveil.

— Mais, dit Mulot à Minotier, la fermant à toute volée, ils ont dû faire du bruit, comment se fait-il que vous n'ayez rien entendu?

— Les canailles! s'écria Vaillant, ils ont profité lâchement de ce que ce pauvre Minotier est sourd comme un pot.

— Et à quel moment vos chevaux ont-ils redoublé de vitesse?

— Aussitôt après avoir quitté la rue Verte.

— Vite, s'écria Mulot, retournons au galop jusque-là, ils se sont cachés dans quelque maison et peut-être y sont-ils encore.

— Moi aussi, j'en suis? demanda Minotier.

— Oui, si nous les retrouvons, nous aurons besoin de vous pour constater leur identité.

Les deux voitures reprirent aussitôt le chemin qu'elles avaient parcouru et s'arrêtèrent à un endroit désigné par Minotier.

Tout le monde mit pied à terre.

Mulot se mit à étudier le terrain en disant à Maraton :

En sautant d'une voiture lancée à fond de train, il est impossible qu'on ne laisse pas tomber quelque chose, cherchons.

Au bout de quelques minutes, Maraton cria :

— Ah! voilà un linge.

— Voyons cela, dit Mulot.

Ce linge entouré de fil, avait évidemment enveloppé un doigt, car il s'y était formé un creux resté parfaitement intact.

— C'est cela, s'écria Mulot, le linge qui enveloppait le doigt mutilé, c'est là qu'ils ont sauté à terre ; maintenant cherchons la maison où ils ont dû se réfugier.

XVIII

LE MARCHAND DE VIN

Mulot avait fait preuve d'une extrême sagacité dans l'explication qu'il avait donnée de la conduite des deux fugitifs.

Se voyant inévitablement perdu, Robert Talbot avait eu l'inspiration de tourner la première rue à droite ou à gauche, de s'élancer au dehors dès qu'il serait assuré de ne pouvoir être vu des deux agents de police, et de chercher un refuge dans la première maison qui se trouverait à sa portée.

Ils s'étaient donc précipités tous deux hors de la voiture, et Robert, qui était sorti le dernier, avait eu soin, comme nous l'avons vu, et pour la raison devinée par les agents, d'en fermer la portière.

Une fois sur le pavé, Robert jeta un rapide regard autour de lui, et sans perdre une seconde à réfléchir, car il sentait les agents sur ses talons, il s'élança dans la boutique d'un marchand de vin d'un aspect repoussant, presque sinistre, mais il avait l'avantage d'être à trois pas de lui.

Au moment où il franchissait le seuil de cet établissement avec Pierre de Peyras qui le suivait pas à pas, ils entendaient la voiture des agents tourner la rue avec fracas.

— Il était temps, dit-il à voix basse à Pierre de Peyras.

— Etait-il encore temps ? répliqua celui-ci, pâle d'anxiété, c'est ce que je me demande.

— Et c'est ce que nous allons savoir tout de suite, dit Robert.

— Comment cela ?

— S'ils nous ont vus, ils vont s'arrêter là, à la porte, sinon ils vont se lancer de plus belle à la poursuite de notre voiture.

— Cachons-nous et écoutons, dit Pierre.

Ils se tapirent derrière une fenêtre garnie de rideaux de calicot rouge, dont ils soulevèrent un coin avec précaution pour voir ce qui allait se passer.

— La boutique a-t-elle une autre sortie ? demanda Robert.

Pierre tourna la tête.

— Oui, dit-il, je vois une porte vitrée.

— Sur quoi donne-t-elle ?

— Les rideaux sont épais ; je ne puis distinguer d'ici si c'est une cour ou une rue.

— Silence, les voilà.

La voiture arrivait avec un bruit assourdissant.

Robert Talbot se rapprocha de la vitre en disant à Pierre de Peyras :

— Allez entr'ouvrir l'autre porte, afin que nous filions sans perdre un instant si nous entendons la voiture ralentir sa course.

Mais Pierre de Peyras était incapable de bouger.

Pâle, flageolant sur ses jambes, hébété par toutes les émotions qui le bouleversaient depuis une heure, il murmurait sans cesse en passant machinalement la main sur son front livide :

— Mon Dieu ! mon Dieu ! quelle existence.

— Mais allez donc, lui dit Robert.

— Je ne puis faire un pas, répondit Pierre, s'ils entrent, ils me prendront comme un mouton.

— Dites plutôt comme une poule mouillée.

Il ajouta d'une voix émue :

— Mais tenez, vous n'attendrez pas longtemps, voilà notre sort qui se décide.

La voiture arrivait.

Pierre de Peyras s'appuya sur l'épaule de Robert, l'oreille tendue vers la rue.

Il sentait son sang se glacer dans ses veines.

La voiture passa avec la rapidité de l'éclair.

Robert se releva et un profond soupir s'échappa de sa poitrine.

— Sauvés ! murmura-t-il avec une joie qui avait quelque chose de sauvage.

En ce moment, une main se posa sur l'épaule de Pierre de Peyras, qui bondit comme au contact d'une pile électrique.

C'était une femme, mais taillée solidement, carrément,

comme un homme, dont elle avait le teint, le geste et la voix.

— Ah çà, mes petits amis, ne vous gênez pas, faites comme chez vous, leur dit cette espèce d'ogresse en les regardant de travers.

Puis, croisant les bras sur sa poitrine :

— Mais, je ne suis donc rien, moi, reprit-elle de sa voix de rogomme, je ne compte donc plus dans la nature, je ne suis ni homme, ni femme et même pas Auvergnat, puisqu'on ne m'adresse même pas la parole.

— Pardon, madame, répondit Pierre en saluant humblement la maîtresse de cette manière de tapis-franc, mais je n'avais pas eu l'honneur de vous voir ; nous étions un peu absorbés, mon ami et moi, et...

— Oui, oui, pour absorbés, vous l'étiez, ça se voyait de reste, répliqua le virago, je ne sais pas ce qu'il y avait dans cette voiture, mais il est certain que vous n'en meniez pas large en la regardant passer.

— Des créanciers exigeants, madame, voilà tout le mystère, lui dit Robert.

— Des créanciers ! vous ! répliqua l'ogresse avec une ironie méprisante, allons donc ! pour avoir des créanciers, il faut avoir du crédit.

— C'est pourtant comme ça, et, pour fêter notre délivrance, je vous supplie de nous servir une bouteille de haut Laffitte, que je n'hésite pas à vous payer cinq francs, si vous pouvez me garantir qu'il a quinze ans de bouteille.

— Il en a dix-sept, mon fiston, riposta la marchande de vin en faisant passer la pièce de cinq francs dans sa poche, et c'est le plus grand Laffitte qu'on ait jamais vu.

— A la bonne heure !

— Tenez, vous me faites l'effet d'un bon zig, vous, dit l'ogresse à Robert, tandis que votre camarade a une figure de papier mâché, qu'on dirait qu'il a du sang de navet dans les veines.

La conversation fut interrompue par l'entrée d'un homme, dont le teint brun, la barbe noire, l'œil fauve, le regard dur et défiant étaient d'un effet sinistre.

— Qu'y a-t-il ? demanda-t-il à sa femme, et que veulent ces messieurs ?

Celle-ci lui raconta ce qui venait de se passer.

— Des créanciers ! dit le mari, en toisant Robert des pieds à la tête, voyons, est-ce que ce ne seraient pas plutôt des employés de M. le préfet de police ? Oh ! vous pouvez parlez, je n'ai pas de préjugés, moi, et d'ailleurs je ne peux pas les souffrir, ils m'ont fait assez de misères, les filous !

Pierre de Peyras se troubla.

Mais Robert, qui, voyant le péril passé, avait retrouvé tout son sang-froid, répondit sans hésiter :

— Vous n'y êtes pas du tout : ni mouches, ni créanciers, c'est une affaire de femme, un mari qui poursuivait mon ami, que voilà. Mais brisons là, et veuillez accepter un verre de Laffitte, mais là, dans cette petite pièce ; nous avons à causer, mon ami et moi.

L'ogresse apportait en ce moment la bouteille de *vin bouchée*.

On passa dans un petit cabinet attenant à la boutique.

Robert remplit les verres.

Quelques gouttes étant tombées sur la table, où elles produisirent de larges tâches bleuâtres, il les montra au marchand de vin, et s'écria d'un air ravi :

— Laffitte bleu ! le plus rare des laffitte !

Et passant son verre sous ses narines :

— Et puis un vague bouquet de campêche, qui atteste hautement son voyage aux Indes. Oh !.. vous avez une cave bien montée.

Le marchand de vin répondit par un sourire dont il

eût été difficile de définir l'expression, vida son verre et disparut pour laisser causer « ces messieurs ».

— Voilà un homme qui ne me dit rien de bon, murmura Pierre de Peyras.

— Il me fait assez l'effet d'avoir séjourné quelque temps au bagne, répliqua Robert.

— C'est un peu mon opinion, et elle n'a rien de rassurant.

— Cela dépend du tempérament de l'homme. S'il est revenu de là avec la haine de la justice, nous n'avons rien à craindre de lui, au contraire ; mais il se peut que la police ait trouvé en lui un allié, cela arrive souvent, et alors il pourrait bien communiquer à quelque sergent de ville les soupçons qu'il a conçus contre nous.

— Oh ! mais alors je ne veux pas rester ici une minute de plus, partons.

— Partons ! c'est un mot facile à dire pour tout le monde, excepté pour moi, signalé à tous les agents, bientôt à tous les garnis et trop facile à reconnaître, grâce à cette mutilation.

Il montra son petit doigt, dont l'aspect fit frissonner Pierre de Peyras.

— Qu'avez-vous donc fait du linge qui l'enveloppait ? demanda-t-il à Robert.

— Perdu en route, tombé dans la voiture peut-être.

— Où il sera retrouvé par les agents, dit Pierre en frissonnant.

— Si bien que c'est comme si je leur avais montré ma main.

— Et je suis avec vous ! poursuivi comme vous ! Mais je suis donc maudit ! s'écria Pierre en se frappant le front.

— Je ne dis pas non, et entre nous, avouez que vous ne l'auriez pas volé. Bref, vous voyez que je ne puis circuler dans les rues, ni m'asseoir chez un marchand de vin, ni coucher dans un garni comme le premier venu, il faut donc que je sorte au plus vite de cette situation, à laquelle la police se chargerait de trouver une issue si je tardais à le faire moi-même. Hâtez-vous donc de dévoiler la vie secrète de la princesse Nubia, si elle est ce que vous supposez, faites-le d'une manière assez éclatante pour que l'oncle Jean ne puisse reculer devant une rupture immédiate, puis nous en finissons tout de suite avec ledit oncle, nous trouvons facilement un million sur votre héritage, une fois vos droits constatés, et nous nous élançons, ou du moins je m'élance, vers des plages plus hospitalières que celles de la France. Et, pour en finir avec vos hésitations, notez bien ce détail : si je suis pincé, et je le serai si nous retardons la solution de l'affaire Jean de Peyras, je vous dénonce immédiatement comme mon complice, non-seulement pour le meurtre du comte de Fougeraie, mais pour celui du père Rochard, affaire dans laquelle votre complicité est déjà plus qu'aux trois quarts prouvée par la visite à votre domicile de l'agent Lombart et du commissaire de police. Voilà mon ultimatum : c'est clair, c'est net, c'est carré, basez-vous là-dessus.

Pierre de Peyras écoutait Robert avec l'air effaré et halluciné d'un homme tombé tout éveillé sous l'empire de quelque monstrueux cauchemar.

— Oh! murmura-t-il enfin, le front livide et l'œil hagard, dans quel cercle infernal ai-je mis le pied!

— Engrenage fatal! je vous l'ai dit un jour, tout le corps y a passé, il sera broyé si vous ne vous sauvez par un coup d'énergie.

Il se leva tout à coup.

— Où allez-vous? lui demanda Pierre.

— Voir ce qui se passe dans la boutique, où je n'entends ni parler ni agir.

Il s'élança sur la pointe des pieds, et, à travers les rideaux, jeta un coup d'œil du côté du comptoir.

Il resta là une minute.

Puis il revint en proie à une anxiété visible.

— Qu'avez-vous donc vu? lui demanda Pierre de Peyras avec inquiétude.

— Rien de bon, répondit Robert d'un air sombre.

— Qu'est-ce donc? parlez.

— J'ai vu l'homme et la femme causant ensemble à voix basse et désignant souvent du doigt ce cabinet avec une mauvaise expression de physionomie.

— Et votre avis? balbutia Pierre.

— Mon avis est que, s'il passait un sergent de ville en ce moment, ils n'hésiteraient pas à nous dénoncer.

— Alors partons.

— Sans tarder.

Un bruit de voiture frappa leurs oreilles.

— Laissons passer ces voitures, dit Robert à voix basse.

Mais au lieu de passer, les voitures s'arrêtèrent.

— Qu'est-ce que cela veut dire? demanda Pierre en tressaillant.

Robert entr'ouvrit les rideaux et regarda dans la rue.

— Malédiction! s'écria-t-il en se retirant tout à coup.

— Qu'est-ce donc? demanda Pierre.

— Les deux agents qui nous guettaient tout à l'heure à la Courtille, qui nous poursuivent depuis une demi-heure et qui viennent de trouver là le linge qui enveloppait mon doigt.

Il s'élança vers un escalier de la pièce.

— Vite, par ici! cria-t-il.

— Encore! s'écria Pierre, avec un accent désespéré.

XIX

UNE CHASSE DANGEREUSE

Le linge trouvé par l'agent de police était une précieuse découverte.

Non-seulement il prouvait que l'individu qu'ils poursuivaient depuis une heure était bien l'assassin du père Rochard, mais il indiquait presque à coup sûr l'endroit où son compagnon et lui s'étaient élancés de la voiture à terre.

Il s'agissait maintenant de savoir s'ils s'étaient enfuis loin de là où s'ils s'étaient réfugiés dans quelque maison voisine.

— Cette dernière hypothèse est, non pas probable, mais absolument certaine, dit Mulot.

— Pourquoi cela ? demanda Maraton.

— C'est tout simple, il n'y a pas de rue par ici, et ils nous sentaient sur leurs pas ; ils ont dû courir se cacher dans la maison la plus proche.

— Mais ils n'ont pas dû commettre l'imprudence d'y rester.

— Qui sait ! Comme ils venaient d'alléger leur voiture d'un poids considérable, ils ont supposé qu'elle allait reprendre toute l'avance qu'elle avait perdue, ce qui s'est réalisé, du reste, et qu'il nous serait impossible de la rattraper. Donc, il me semble prouvé qu'ils se sont réfugiés dans quelque maison voisine et il est très-possible qu'ils y soient restés jusqu'à présent.

— D'autant plus qu'il y a un quart d'heure à peine qu'ils sont descendus ici.

— Cherchons donc.

Leurs regards furent aussitôt frappés par cette enseigne, très-facile à lire par le clair de lune éclatant qui éclairait la maison :

AU FRANC BOURGUIGNON

BASTOUL, *marchand de vin.*

— Un marchand de vin, c'est un refuge ouvert à tous, dit Mulot à son collègue ; commençons par là.

Ils entrèrent.

Vaillant et Minotier furent invités à prendre leur part d'un litre, et il n'y a pas d'exemple, en remontant même aux époques les plus reculées, que jamais cocher ait refusé une semblable invitation.

En entrant dans la boutique, les deux agents éprouvèrent un violent désappointement.

Elle était vide.

Le maître et la maîtresse de la maison s'y trouvaient seuls, assis à leur comptoir.

— Un litre et quatre verres, demanda Mulot tout en fouillant la maison du regard.

Il constata tout de suite, non sans un vif mouvement d'inquiétude, que la boutique avait deux issues.

— Quelle est donc la rue qui passe là? demanda-t-il à Bastoul.

— C'est une impasse, répondit Bastoul.

— Dites-moi, reprit Mulot, vous n'auriez pas vu deux individus sauter d'une voiture qui passait tout à l'heure au galop devant votre boutique?

— Non, dit Bastoul en se rapprochant de lui et en baissant la voix, je ne les ai pas vus sauter dans la rue, mais j'aurais bien pu les voir entrer ici.

Mulot fit un bond.

— Ici? deux individus? dit-il d'une voix brève.

— Ni plus, ni moins.

— Leur signalement?

— Bruns l'un et l'autre et dans les trente à trente-cinq ans.

— Leur mise?

— Oh! c'est là que s'arrête la ressemblance.

Les traits de l'agent rayonnèrent.

— Ah! dit-il, leur toilette?...

— N'était pas du tout la même.

— Enfin?...

— L'un des deux était habillé en bourgeois cossu, et même tout à fait dans le chic.

— Et l'autre?

— Oh! l'autre tenait le milieu entre le chiffonnier aisé et le couvreur de mauvais ton.

— C'est cela, murmura l'agent.

Il reprit :

— N'avez-vous rien remarqué de particulier chez ce dernier?

— Mais non... ma foi! non.

— Avez-vous vu ses mains?

— Ah! fit Bastoul en se frappant le front, mais oui, j'ai vu ses mains et j'ai remarqué...

— Quoi? demanda Mulot avec une fiévreuse impatience.

— Eh bien! quoiqu'il l'ait glissée bien vite dans sa poche, il m'a semblé qu'il avait le petit doigt de la main gauche coupé.

— C'est cela.

Et montrant au marchand de vin le linge qu'il avait trouvé :

— Tenez, voici le linge que je viens de ramasser dans la rue, juste en face de votre maison.

Il ajouta avec appréhension :

— Et... ils sont partis?

— Du tout.

— Bah !

— Tenez, voyez-vous de la lumière là, dans ce petit cabinet ?

— Eh bien ?

— Ils sont là.

La tête penchée du côté de Bastoul, Maraton et les deux cochers avaient écouté ce colloque avec un vif intérêt.

— Levez-vous et tenez-vous prêts à accourir au moment où je vous appellerai, leur dit Mulot.

Et il s'approcha sans bruit de la porte du cabinet. Les trois autres, debout, attendaient son signal.

Il se pencha et regarda avec précaution, tâchant de distinguer quelque chose à travers les rideaux.

Puis, au bout d'un instant, il ouvrit brusquement la porte, s'élança dans le cabinet et, revenant aussitôt :

— Ils ont filé ! s'écria-t-il.

Il y eut dans tout le groupe un moment de stupeur.

— Pas possible ! dit enfin Bastoul.

Ils coururent s'en assurer.

— Y a-t-il quelque issue de ce côté ? lui demanda Maraton, ont-ils pu sortir de la maison ?

— Non, répondit Bastoul, ils n'ont pu qu'enfiler cet escalier et gagner les chambres de mon garni ou bien les combles.

— Alors en chasse ! cria Mulot.

Il décida qu'il irait visiter les chambres et les combles avec Maraton et Bastoul et que les deux cochers resteraient au pied de l'escalier, pour sauter à la gorge des deux bandits, dans le cas où, échappant aux recherches des agents, ils parviendraient à se glisser jusque-là.

Voyons, pendant ce temps, ce que devenaient ceux contre lesquels on organisait cette chasse.

Ne doutant pas un instant qu'ils fussent trahis par le marchand de vin, ils n'avaient eu garde de s'arrêter aux chambres de l'hôtel garni, où ils se seraient fait prendre comme le renard dans son gîte.

Ils étaient montés jusqu'au haut de l'escalier.

Là ils trouvèrent une espèce de grenier dont la porte était restée ouverte.

— Entrons là, dit Robert en poussant devant lui Pierre de Peyras qui, plus mort que vif, se laissait faire sans dire mot, sans observer, ni réfléchir.

— Maintenant, reprit Robert, enfermons-nous d'abord, nous verrons la suite.

Il enleva la clef, qui était restée en dehors, et s'enferma à double tour.

Puis il se mit à étudier le terrain. Alors il fit deux découvertes dont il espéra pouvoir tirer parti :

D'abord une solide et forte gouttière, large de trente à trente-cinq centimètres, couverte en zinc, reposant sur la pierre et pouvant supporter le poids d'un homme.

Puis, au milieu du toit, une fenêtre à tabatière qui avait été entr'ouverte et près de laquelle était accrochée une petite échelle.

Après un moment de réflexion, il ferma une persienne qui ouvrait sur la large gouttière et dit à Pierre de Peyras avec un sourire cruel :

—J'ai idée qu'il se passera là quelque chose de drôle, je ne vous dis que ça, vous verrez.

Puis, grimpant à l'échelle, il jeta un coup d'œil sur le toit et sur les maisons voisines.

Le toit était presque plat, et en face, séparée seulement par la largeur de l'impasse, quatre pieds environ, s'élevait une maison dont le toit, en pente douce également, était de deux pieds au moins au-dessous de celu sur lequel il était assis en ce moment.

Ces observations faites, il redescendit rapidement dans le grenier et dit à Pierre de Peyras :

— Nous n'avons qu'une chance de salut; elle est
angereuse, mais, cela ou l'échaufand, il faut choisir.

— Quoi! qu'est-ce que c'est? balbutia Pierre, dont
ous les traits étaient décomposés.

— Le marchand de vin va nous livrer, c'est sûr, et
out à l'heure ils seront ici. Eh bien! avant qu'ils n'ar-
ivent, avant qu'ils ne puissent voir le chemin que nous
renons pour leur échapper...

Il fut tout à coup interrompu par deux coups violents
rappés à la porte du grenier.

— Les voilà! dit Robert; gagnons le toit.

Il se dirigea sur l'échelle, suivi de Pierre de Peyras,
lus livide qu'un cadavre.

Mais, au moment où Robert allait mettre le pied sur
échelle, il entendit du bruit sur la gouttière, du côté de
a persienne qu'il avait fermée.

— Ah! les canailles, murmura-t-il en grinçant des
ents, ils ne reculent devant rien pour m'atteindre: ils
ravent tous les dangers pour m'arracher à la vie,
omme si j'étais une bête enragée. Eh bien! soit, je me
onduirai comme ils me traitent. Leur devise est : Sans
uartier! Ce sera la mienne.

Il quitta l'échelle qui conduisait au toit et se rapprocha de la persienne fermée, en faisant signe à
Pierre de le suivre.

Celui-ci obéit.

On frappait toujours à la porte, mais elle était solide
et pouvait résister longtemps.

Robert se pencha à l'oreille de Pierre de Peyras.

— Rendez-vous bien compte de la situation, lui dit-il,
cela est nécessaire pour que vous compreniez la nécessité de ce qui va se passer.

Pierre fit un signe de tête.

Ses lèvres contractées ne pouvaient se desserrer.

— Ceux qui sont là derrière cette porte ne peuvent

être témoins de notre fuite, ni s'y opposer ; il n'en est
pas de même de celui qui est derrière la persienne ;
celui-là nous verrait partir parfaitement et pourrait
s'opposer à notre fuite ou nous signaler, par ses cris, à
tous les habitants du quartier; c'est ce qu'il faut empêcher.

— Comment? dit Pierre en fixant sur la persienne un
œil éteint.

— C'est ce que vous allez voir.

— Il posa la main sur la persienne et dit à Pierre:

— Regardez.

Il tira le ressort et ouvrit violemment les deux battants
de la persienne.

Alors Pierre entendit un cri terrible, vit comme une
ombre qui plongeait dans l'espace; puis un bruit sourd,
mat, sinistre, lui serra le cœur.

— Qu'est-ce que c'est que cela? balbutia-t-il.

— C'est un des agents de police que je viens de lancer
sur le pavé.

— Mon Dieu ! murmura Pierre en promenant autour
de lui des yeux hagards, est-ce que tout cela est bien
réel? est-ce que ce n'est pas un affreux rêve ?

— Oh ! pas de lamentations; vite; sur le toit !

Il le traîna jusqu'à l'échelle et le força à monter.

Un instant après, ils étaient sur le toit, puis sur la
gouttière qui venait d'être si fatale à l'un des agents.

Robert montra à Pierre de Peyras le toit d'en face et
lui dit :

— Le salut est là, c'est un bond de quatre pieds à
faire.

— Mes jambes se dérobent sous moi, je ne puis même
pas marcher, répondit Pierre.

Et, en regardant en bas, il vit l'agent de police, immobile, sanglant, brisé sur le pavé.

XX

UN DRAME SUR UNE GOUTTIÈRE

Mulot et Bastoul battaient la porte à l'aide d'une énorme pince de fer, quand ils virent paraître tout à coup devant eux l'un des deux cochers.

C'était Vaillant.

— Comment! vous quittez votre poste, lui dit l'agent.

— C'est pour vous apporter une bien mauvaise nouvelle, répondit le cocher avec un accent qui frappa Mulot.

— Qu'y a-t-il donc? demanda-t-il vivement; est-ce que nos deux gredins seraient parvenus à s'échapper?

— Si ce n'était que ça! dit Vaillant.

— Comment! si ce n'était que ça! C'est donc quelque chos de bien terrible?

— Tout ce que vous pouvez imaginer de plus triste.

— Enfin, qu'est-ce? parlez.

— Eh bien! mon agent, vous savez, votre camarade, qui était là tout à l'heure avec vous, avec nous tous?

— Maraton?

— C'est ça.

— Eh bien?

— Eh bien! il est mort.

— Hein? s'écria Mulot, qu'est-ce que vous dites-là? vous êtes fou, je pense.

— Mon Dieu, non, je ne suis pas fou et je vous dis la vérité.

— Mort! Maraton, qui était ici, avec moi, il y a cinq minutes! Comment est-ce possible?

— Il a été lancé de la gouttière, où il s'était avancé, et est tombé sur le pavé de l'impasse, où il a été tué sur le coup.

— Lancé par qui ? par ces misérables ?

— Naturellement.

Il y eut un moment de silence, puis Mulot murmura d'une voix profondément émue :

— Pauvre Maraton ! marié et père de trois enfants !

Il reprit aussitôt :

— Mais êtes-vous bien sûr qu'il n'existe plus ? a-t-on envoyé chercher un médecin ?

— On l'a envoyé chercher, mais que voulez-vous qu'il fasse ? la cervelle a jailli sur les murs, tous les membres sont brisés, et le pauvre diable, aussi blanc qu'un linge, ne bouge pas plus qu'un terme.

— Raison de plus pour ne pas laisser échapper les misérables ! s'écria Mulot. Je vais prendre le chemin de la gouttière à mon tour et nous verrons qui l'emportera d'eux ou de moi. Je les traînerai à la préfecture pieds et poings liés, ou j'y laisserai mes os comme ce pauvre Maraton.

Et il prit intrépidement le chemin qui venait d'être si fatal à son infortuné collègue, en recommandant à Bastoul et à Vaillant de ne pas quitter leurs postes.

Revenons à Robert et à Pierre de Peyras.

Voyant une vingtaine de personnes réunies autour du corps du malheureux agent, dont le cri avait éveillé tous les habitants de l'impasse, et reconnaissant le danger de s'élancer en ce moment sur le toit, d'où il comptait pouvoir gagner la rue, Robert était redescendu dans le grenier pour se rendre compte de ce qui se passait et modifier son plan en conséquence, s'il y avait lieu.

L'oreille collée à la porte, il avait entendu tout l'entretien de Vaillant et de Mulot et avait été effrayé du

bjet de ce dernier de pénétrer dans le grenier par la
nêtre comme l'avait tenté Maraton.

S'élançant aussitôt vers la persienne, il la ferma,
ns le seul but de créer un obstacle à l'agent et de le
tarder dans sa marche, il courut ensuite à l'échelle,
gravit rapidement, la tira sur le toit et ferma la fe-
tre.

Puis, se cachant derrière une cheminée, où l'attendait
erre de Peyras, il dit à celui-ci :

— L'agent qui était derrière la porte va prendre le
emin de la gouttière comme son camarade, je pour-
is lui jouer le même tour, mais ce n'est pas néces-
ire.

— C'est heureux, balbutia Pierre, dont les traits dé-
mposés étaient effrayants à voir.

— Voilà mon plan. L'agent va donc rentrer dans le
enier, il va perdre au moins cinq minutes à nous y
hercher, c'est plus qu'il n'en faut pour nous élancer
r le toit d'en face.

— Cela m'est impossible, je n'ai plus une goutte de
ng dans les veines et tous mes membres sont agités
ar un tremblement nerveux qui me paralyse complé-
ment.

— Et qu'il faut dominer pourtant, ne fût-ce que deux
inutes, répliqua Robert en plongeant dans ses yeux
n regard menaçant.

— Supposez que j'en vienne à bout, nous ne serons
as plus sauvés sur le toit d'en face que sur celui-ci.

— Erreur; j'ai examiné la maison, elle vient d'être
erminée et n'est pas encore habitée, donc personne
our s'opposer à notre fuite.

Il ajouta en baissant la voix et en se couchant tout à
it derrière la cheminée :

— J'entends des pas sur la gouttière, c'est notre
omme ; écoutons et tenons-nous prêts à agir, le mo-

8.

ment venu, car notre salut dépend d'une minute, o
plutôt d'une seconde.

Et tous deux prêtèrent l'oreille, mais sans oser avan
cer la tête pour regarder dans la crainte de se découvri

Un instant après, ils entendirent secouer la pei
sienne.

— En voilà un qui est heureux que je ne sois pas là
murmura Robert, je ne résisterais pas à la tentation d
l'envoyer rejoindre son camarade.

Après quelques violentes secousses un craquemei
se fit entendre.

La persienne était ouverte.

— Il entre dans le grenier, dit Robert, voilà le me
ment; nous avons cinq minutes à nous, pas davantag

Et, poussant brusquement Pierre de Peyras :

— Allons! en avant!

Il dégringola rapidement le toit jusqu'à la gouttièr
se pencha au dessus de l'impasse et se tournant ver
Pierre qui l'avait suivi :

— Le moment est favorable, lui dit-il à l'oreille, on
enlevé le corps de l'agent, tout le monde l'a suivi et
n'y a personne en bas.

Et, se redressant de toute sa hauteur :

— Allons, dit-il à Pierre, pas d'hésitation, ou nou
sommes perdus; d'ailleurs, une distance de quat
pieds à franchir, ce n'est pas la mer à boire, il ne fau
qu'un peu de sang-froid, voyez plutôt.

Il posa son pied sur le bord de la gouttière, se ra
massa sur lui-même, bondit et alla tomber sur le toi
à côté d'une mansarde dont la fenêtre était ouverte, l
maison n'étant pas habitée, comme il l'avait reconnu

Il se glissa aussitôt jusqu'à cette mansarde et y pé
nétra.

A son tour, Pierre de Peyras posa le pied droit sur l
bourrelet de la gouttière, mais au moment de prendr

son élan, il aperçut au bas de ces étages, comme au fond d'un puits, une large mare de sang sur laquelle la lune donnait en plein.

Cette vue lui rappela le sort du malheureux agent, et, en songeant que la même destinée l'attendait peut-être, il fut repris tout à coup du tremblement nerveux qu'il avait pu dominer un instant.

— Allons! lui dit Robert, encore quelques secondes et il sera trop tard.

— C'est vrai! murmura Pierre de Peyras,

Il mesura la distance, et pâle, tremblant, le regard troublé, il s'élança.

Un seul pied avait touché le toit; il perdit l'équilibre et tomba en arrière.

Mais sa main s'était accrochée à la gouttière, et il resta suspendu dans le vide, n'ayant d'autre point d'appui que cette gouttière légère, détachée du toit, et qui bientôt commença à plier sous ce poids énorme.

— La gouttière fléchit; à moi! à moi! balbutia le malheureux, qui entendait avec épouvante craquer et se desceller coup sur coup les attaches de fer qui, de place en place, soutenaient la gouttière.

Robert Talbot atterré d'abord, s'élança à la fenêtre de la mansarde, se pencha en dehors et allongea la main pour saisir Pierre au collet.

Mais au moment où il allait l'atteindre, il le vit s'enfoncer lentement dans le vide avec la gouttière, que ses deux mains ne lâchaient pas, et qui, frôlant le mur, s'allongeait et descendait à mesure que ses attaches de fer se descellaient.

Il s'arrêta au troisième étage.

Alors Robert, bondissant vers l'escalier, qu'il descendit quatre à quatre, se précipita dans la chambre, à la fenêtre de laquelle Pierre s'était arrêté, et qui était restée ouverte, n'étant pas encore vitrée.

Pierre, à bout de force, les mains déchirées par le zinc, laissait retomber sa tête sur sa poitrine, et allait lâcher prise au moment où Robert put le saisir par le col de son paletot et le ramener à lui.

— Vous êtes sauvé, lui dit-il; allons, dix minutes d'énergie, voilà tout ce que je vous demande; nous serons loin de nos ennemis, et vous pourrez alors respirer en paix et sans danger.

Il le traîna vers l'escalier et le porta presque, tant il était affaissé, jusqu'au rez-de-chaussée.

Une fois là, il l'assit sur la dernière marche de l'escalier et alla jeter un coup d'œil dans l'impasse.

— Personne! murmura-t-il.

En effet, tout était désert et silencieux.

Tous les curieux, hommes et femmes, étaient dans la boutique du marchand de vin, autour du corps du pauvre Maraton, dont un médecin, appelé pour lui donner ses soins, n'avait pu que constater la mort.

Quand il revint près de Pierre de Peyras, Robert le trouva dans un état de prostration complète, les bras pendants et la tête penchée sur la poitrine.

— Allons, lui dit-il en le relevant, quelques minutes de courage et vous êtes à l'abri de tout danger.

Il lui prit le bras, soutint presque tout le poids de son corps et le força à marcher.

Et il s'engagea dans l'impasse, fouillant du regard toutes les allées devant lesquelles il passait, surtout celle du marchand de vin, tremblant de tous ses membres à la pensée que, si près d'être sauvé, il pouvait rencontrer un des curieux qui étaient là et qui le ferait arrêter à l'instant.

Il est vrai que, dans ce cas, il était bien décidé à filer en laissant là Pierre de Peyras.

Enfin il se vit hors de l'impasse.

Ils débouchaient dans une rue parallèle à celle où

stationnaient les voitures de Vaillant et de Minotier, et, à vingt pas de là, Robert vit une autre rue qui l'éloignait encore de celle-ci.

Il y traîna Pierre, auquel le grand air rendit quelque force.

— Maintenant, lui dit-il, je crois que nous sommes sauvés. Tâchez de hâter le pas et rasons les maisons par ici, du côté qui est plongé dans l'ombre.

Bientôt une nouvelle rue s'offrit à eux.

Elle allait à droite et à gauche.

Robert s'orienta et prit à gauche, calculant que cette direction devait à la fois l'éloigner de la boutique de Bastoul et le rapprocher du boulevard, où il était assuré de trouver une voiture.

Or, une voiture, c'était le salut. Mais, il avait fait vingt pas à peine qu'il vit venir deux hommes en face de lui.

— Qu'est-ce que c'est que cela? dit-il avec inquiétude.

Puis il murmura d'une voix éteinte :

— Miséricorde ! deux sergents de ville !

— Allons ! c'est fini ! balbutia Pierre.

— Laissez-moi faire et ne prononcez pas un mot, lui dit vivement Robert.

Puis abordant les sergents de ville :

— Pardon, pourriez-vous m'indiquer où je trouverai des voitures ?

L'un des sergents de ville jeta un regard défiant sur les traits pâles et abattus de Pierre de Peyras.

— Voyez-vous, reprit Robert, c'est pour mon camarade, un bon ouvrier, mais ça ne sait pas porter le vin, et comme il était de noce cette nuit, vous comprenez...

— Oui, il a un peu trop trinqué à la santé de la mariée, ça se voit. Eh bien! tournez la première à gauche et vous serez sur la place de la Bastille, où vous trouverez des voitures.

— Merci, merci bien.

Et il s'éloigna avec Pierre.

En effet, au bout de dix minutes, ils montaient dans une voiture, à la place de la Bastille.

— Enfin, s'écria Robert en s'y jetant avec volupté, nous l'avons échappée!... pour aujourd'hui du moins.

XXI

UN SECRET MAL GARDÉ

Rentré chez lui vers deux heures du matin, Pierre de Peyras s'était éveillé à huit heures environ, après une nuit vingt fois interrompue par d'affreux cauchemars.

Eveillé, il se rappela avec épouvante les terribles événements de cette nuit dans laquelle, au milieu des plus sombres péripéties, il voyait se dresser un cadavre sanglant.

Les bouges de la Courtille, la chasse des agents, la boutique de Bastoul, un homme lancé dans l'espace, la gouttière cédant sous son poids, l'entraînant dans un abîme d'où l'en arrachait la main de Robert, tous ces tableaux se groupaient et se confondaient dans son imagination, démesurés, flamboyants, fantastiques, comme s'il était en proie au délire de la fièvre.

Fou de désespoir, il tenta un instant de se persuader que cela n'était qu'un rêve; mais ses mains déchirées par la gouttière de zinc le long de laquelle il avait glissé, ses habits fripés, maculés de boue et de plâtre, les douleurs qu'il ressentait à la tête et par tout le corps, lui

démontrèrent la réalité de ce qu'il essayait de révoquer
en doute.

Tout était vrai, tout était arrivé, un homme avait été
tué dans cette horrible nuit, et, aux yeux de la justice
il était le complice du meurtrier.

En considérant ainsi la profondeur de l'abîme où il
était plongé, il avait les regards fixés sur un portrait de
lui, placé en face de son lit.

Il y était représenté une rose à la boutonnière, une
badine à la main, la mine souriante, épanouie, heureuse, tel qu'il était enfin avant la série de fatalités qui
étaient venues bouleverser toute sa vie.

Il se revoyait à cette époque, si rapprochée pourtant,
où l'avenir lui apparaissait couleur de rose, où il ne
connaissait d'autres tourments que ces soucis d'argent
auxquels devait mettre fin le splendide héritage du
comte de Peyras, et, en reportant sa pensée sur sa situation actuelle, il se demandait, éperdu de terreur, s'il ne
valait pas mieux en finir tout de suite avec la vie que
d'attendre le jour inévitable où la justice, après avoir
étalé aux yeux de la société ses hontes et ses crimes,
livrerait sa tête au bourreau.

Mais il ne put supporter l'idée du suicide, et, tout frissonnant de peur, il murmura :

— Plus tard !... d'ailleurs, qui sait ? peut-être tout
cela finira-t-il mieux que je ne pense.

Mais une autre crainte traversa sa pensée, crainte si
horrible que ses traits se couvrirent aussitôt d'une pâleur livide.

Voici la déduction de raisonnements qui s'était faite
subitement dans son esprit.

L'agent de police Lombart était sorti de chez lui,
après la visite qu'il y avait faite, avec la conviction évidente qu'il était, pour une part plus ou moins directe, le
complice du meurtrier de Rochard.

Ce même Lombart, lorsqu'il s'était attaché à lui et à Robert, pendant la soirée qu'ils avaient passée ensemble à l'Opéra-Comique, avait soupçonné en celui-ci le principal coupable, celui qui portait à la main gauche la preuve irrécusable de son crime, un doigt mutilé, et la complicité qu'il n'avait pu que soupçonner avait été irrévocablement prouvée à ses yeux.

Enfin, les deux agents de la Courtille l'avaient vu, lui, Pierre de Peyras, avec l'homme sur lequel s'étaient portés leurs soupçons, soupçons changés depuis en certitude, et les rapports de l'agent qui restait et de l'agent Lombart devaient inévitablement amener son arrestation.

Ainsi, ce matin, tout à l'heure peut-être, il allait voir entrer deux agents de la police, ou son domestique allait lui remettre quelque lettre émanant du parquet, un ordre de comparaître devant un juge d'instruction.

Cette pensée le bouleversa.

Ce fut pour s'arracher aux tortures de l'incertitude qu'il sonna son domestique.

Jolibois entra aussitôt.

— J'étais fatigué hier, lui dit Pierre, je n'ai pu vous interroger. N'avez-vous rien reçu pour moi?

— Rien, monsieur, répondit Jolibois.

— Quelqu'un est-il venu me demander?

— Madame Marcasse, monsieur.

— Qu'a-t-elle dit?

— Qu'elle priait monsieur de passer chez elle ce matin, avant midi.

— C'est tout? demanda Pierre avec appréhension.

— Oui, monsieur; seulement madame Marcasse m'a recommandé de dire à monsieur que c'était pour affaire importante.

— C'est bien!

Il reprit:

— Donnez-moi d'autres vêtements que ceux-ci.

Jolibois se retourna et fit un geste de surprise à l'aspect des habits pleins de plâtre.

— Oui, dit Pierre, le remise que j'avais pris hier soir a versé sur des plâtras, près d'une maison en construction, et voici dans quel état j'en suis sorti.

— Mais le chapeau de monsieur? demanda Jolibois en promenant ses regards de tous côtés.

Pierre se rappela que son chapeau était tombé dans l'impasse au moment où il glissait le long du mur en se tenant accroché à la gouttière.

— Naturellement, dit-il, j'ai perdu mon chapeau dans cette chute, et, comme il faisait très-noir, il m'a été impossible de le retrouver. Mais j'en ai un autre ici, n'est-ce pas?

— Oui, monsieur.

Comme il allait sortir, Jolibois s'écria tout à coup :

— Grand Dieu! mais les mains de monsieur sont tout écorchées.

— Je le crois bien, je les avais jetées en avant pour garantir ma figure, et elles ont rencontré des tessons de bouteilles qui les ont mises en cet état.

— Mais j'y vois des plaies affreuses, monsieur ; je cours chercher un médecin pour...

— Non, dit vivement Pierre, c'est inutile, vous m'envelopperez cela de linges tout à l'heure, et je passerai chez mon médecin en sortant.

Deux heures après, Pierre de Peyras était habillé et se rendait chez sa sœur.

En le voyant entrer, Diane fut frappée de sa pâleur et remarqua ses deux mains enveloppées de linges.

Pierre lui conta l'histoire de son remise versé, telle qu'il l'avait faite à son domestique.

Puis rompant aussitôt ce sujet de conversation, qui ne pouvait lui être que désagréable :

— Eh bien, demanda-t-il à sa sœur, qu'y a-t-il de nouveau?

— J'attends madame Turmole.

— Aujourd'hui?

— Ce matin, c'est pour cela que je t'ai fait dire de passer avant midi.

— Que t'a-t-elle dit concernant la princesse Nubia?

— Rien encore, attendu que je ne lui ai rien demandé.

— Alors, c'est ce matin...

— C'est ce matin que je l'interrogerai sous prétexte de diamants à vendre, car c'est pour cela qu'elle vient.

— Assisterai-je à l'entretien?

— Non, cela pourrait la gêner; il n'y a qu'une femme pour comprendre certaines perfidies et pour en provoquer la confidence.

— Alors pourquoi m'avoir appelé?

— Pour que nous nous concertions immédiatement après le départ de madame Turmole, si elle me confie le secret de la princesse Nubia et si ce secret a la gravité que nous supposons.

— A quelle heure doit-elle être ici?

— A midi.

— Il n'est pas encore onze heures, j'ai le temps d'aller déjeuner.

— Déjeunons ensemble.

— Soit.

Pierre avait accepté cette invitation avec empressement.

C'est qu'il appréhendait de sortir, de se montrer sur le boulevard et surtout de passer une heure en public, au café Riche ou au café Foy, où il déjeunait ordinairement.

— Et ton mari? demanda Pierre quand on fut à table.

— Pas encore de retour.

— Voilà une absence qui se prolonge beaucoup; à ta place cela m'inquiéterait.

— A quel point de vue ? pour lui ou pour moi ?

— Pour toi.

— Moi ! que puis-je craindre ?

— Je l'ignore.

— Je n'ai rien à redouter de lui.

— Tant mieux.

Le déjeuner se terminait à peine, quand Mariette vint prévenir sa maîtresse qu'une dame demandait à lui parler.

— Son nom ?

— Madame Turmole.

— Faites-la entrer au petit salon.

Elle se leva.

— Tout à l'heure, dit-elle à Pierre, je reviens te faire part du résultat de mon entretien avec madame Turmole.

Et elle s'empressa d'aller rejoindre la marchande à la toilette.

Si le lecteur se rappelle le pacte secret qui unissait madame Turmole, Fauconnier et madame Beaudoin, ces trois individualités si redoutables par leur association, il devinera sans peine que la marchande à la toilette connaissait le secret confié par madame Marcasse la sage-femme.

Aussi madame Turmole s'était-elle rendue avec empressement à l'invitation de madame Marcasse, sachant par de nombreuses expériences toutes les catastrophes que peuvent entraîner les positions équivoques, les embarras d'argent qui peuvent en résulter, même pour les femmes les plus riches, et quel parti peuvent tirer de ces fausses situations ceux qui ont pour métier de pêcher en eau trouble.

Madame Marcasse lui mit tout suite sous les yeux quelques bijoux, en lui disant :

— Voici des objets dont je voudrais me défaire, voyez donc cela.

Madame Turmole admira intérieurement les bijoux
mais suivant la coutume des marchands et surtout de
industriels de cette espèce, elle les regarda avec une in
différence qui frisait le dédain.

— Eh bien! qu'en pensez-vous, madame Turmole? l
demanda Diane.

— Mon Dieu! madame, répondit la marchande à l
toilette, ils sont assez jolis, je ne dis pas, mais aujour
d'hui on ne vend rien, je ne sais où passe l'argent, il fa
croire qu'on le cache, car on ne fait plus d'affaire
aussi je n'achète plus rien.

— Tenez, reprit Diane en lui désignant un beau bra
celet orné d'améthystes, à quel prix estimez-vous c
bracelet.

Madame Turmole le couvait du regard depuis un in
tant et cette admiration, si bien dissimulée qu'elle fû
n'avait pas échappé à Diane.

— C'est à madame à dire le prix, répondit madam
Turmole; mais, je vous le répète, les temps sont
durs, que je ne suis guère tentée d'acheter en ce mo
ment.

— Eh bien! tenez, dit Diane en se rapprochant de
marchande, ce bracelet auquel je tiens beaucoup
dont vous appréciez fort bien la beauté, sans vouloir
montrer, je le donnerais pour savoir un secret que vo
connaissez.

— Bah! fit la Turmole en levant sur Diane un rega
brillant de cupidité.

— Vous connaissez la princesse Nubia? reprit viv
ment Diane, comprenant que la marchande était trè
ébranlée et qu'il fallait frapper tout de suite un gran
coup.

— Comment savez-vous cela?

— Je le sais, peu importe comment; je sais mêm
qu'elle va souvent chez vous.

— Oh! souvent, tous les quinze jours.

Diane tressaillit de joie à cette révélation habilement provoquée.

— Mais j'ignore pour quel motif, reprit-elle, et je vous e répète, je donnerais ce bracelet pour le savoir.

Madame Turmole fit scintiller le bracelet dans ses doigts.

— Après tout, murmura-t-elle, ce n'est pas un secret l'État, et je pourrais bien vous confier...

— Confier et prouver, dit Diane.

— Naturellement.

— Quel jour l'attendez-vous ?

— Justement c'est demain soir.

— L'heure ?

— Dix heures. Ah! dit la Turmole au moment de sortir, n'oubliez pas...

— Le bracelet! je l'aurai sur moi.

XXII

LES RESSOURCES DE MADAME TURMOLE

Le lendemain soir, Diane arrivait chez madame Turmole qui la faisait monter dans sa chambre.

— C'est là qu'elle va venir ? demanda Diane en jetant autour d'elle un regard curieux.

— Oui, c'est ici.

— Mais vous m'avez parlé d'une cachette d'où je pourrais voir et entendre.

— Tenez.

Elle ouvrit une porte et lui montra un cabinet attenant à la chambre.

Au haut de la porte était une vitre d'un pied carré recouverte d'un petit rideau de mousseline.

— Vous verrez parfaitement d'ici, essayez plutôt, dit madame Turmole à Diane.

Celle-ci s'approcha de la porte et s'assura que la vitre était à la hauteur de sa tête.

De cet observatoire, son regard pouvait embrasser toute la chambre.

— C'est bien, dit-elle, je verrai, mais...

— Vous entendrez aussi, grâce à cela.

A l'aide d'un long crochet, elle ouvrit une espèce de vasistas pratiqué au-dessus de la porte.

— Oui, tout est prévu, dit Diane en regardant fixement madame Turmole, tout est bien préparé pour une indiscrétion et je doute que ce cabinet serve pour la première fois aujourd'hui à cet usage.

Madame Turmole ne jugea pas à propos de répondre à cette question indirecte.

— Je suis obligée de vous quitter et de vous laisser sans lumière, lui dit-elle, car voici l'heure où la princesse Nubia arrive et elle est d'une exactitude...

Le bruit d'une voiture s'arrêtant à sa porte l'interrompit brusquement.

Elle quitta madame Marcasse et s'élança dans l'escalier, sa lumière à la main.

— Mais, murmura Diane en gagnant un cabinet à tâtons, elle ne m'a rien dit de... l'autre ; quand viendra-t-il ?

Il s'écoula cinq minutes, au bout desquelles la porte de la chambre s'ouvrit doucement.

La lumière envahit la pièce, le froufrou d'une robe de soie se fit entendre et la porte se referma.

Diane regarda à travers son rideau.

Elle avait entendu deux pas différents et avait cru reconnaître un pas masculin.

Mais elle s'aperçut qu'elle s'était trompée.

Elle ne voyait que deux femmes, la princesse Nubia et la marchande à la toilette.

La première jetait autour d'elle des regards inquiets et craintifs comme si elle fût venue là pour la première fois.

— Qu'avez-vous donc, madame ? lui demanda madame Turmole, vous semblez toute préoccupée.

— En descendant de voiture, dit la jeune femme, il m'a semblé voir dans la rue un homme qui me regardait avec une persistance dont je me suis sentie troublée. Je me suis demandé s'il n'était pas là pour moi, s'il n'avait pas été instruit de ma venue ici... Enfin j'ai eu peur.

— Et c'est cette peur qui explique tout, madame, répliqua la Turmole, car tout ce que vous avez cru voir n'était que dans votre imagination.

— Pourtant cet homme m'a beaucoup regardée.

— Est-ce que cela ne vous arrive pas tous les jours, à toute heure et en tous lieux, sans que vous vous en inquiétiez ? Vous êtes trop belle pour qu'on ne vous regarde pas, madame, et il n'y a rien là que de très-naturel.

— Ah ! reprit Nubia, c'est que je tremble chaque fois que je viens ici ; c'est que vous ne savez pas tout ce que je risque et combien j'ai intérêt à ce qu'on ignore ce que j'y viens faire.

— Comment voulez-vous qu'on surprenne votre secret, madame ? Ne prenez-vous pas toutes les précautions imaginables pour n'être pas suivie ?

— Oh ! oui, et je puis répondre de moi, mais...

Elle s'interrompit un instant, puis elle reprit d'une voix émue :

— Écoutez, madame Turmole, vous m'avez juré sur tout ce que vous aviez de plus cher de me garder le secret le plus absolu, et envers tous sans exception.

— Et je vous le jure encore, madame, répondit la Turmole avec une assurance cynique.

— Pour pouvoir compter sur ce secret, reprit Nubia, je vous ai payé ce que vous me demandiez : puis, j'ai doublé la somme ; eh bien ! si ce n'est pas assez, dites-le, je la triplerai, je vous donnerai tout ce que vous voudrez, enfin, pour être assurée que jamais vous ne trahirez ma confiance.

— Ah ! madame, répondit la Turmole, toujours imperturbable, vous pouvez vous fier à moi, non-seulement parce que vous me payez royalement, mais encore et surtout, parce que la discrétion est le premier devoir de ma profession.

— Je vous crois, dit Nubia, et maintenant je me sens rassurée.

— Alors, puisque vous ne craignez plus rien, déshabillez-vous.

— Tout de suite.

Elle se débarrassa de son chapeau, de son manteau de velours, dégrafa et ôta entièrement sa robe de soie, et à mesure qu'elle retirait un de ces objets, elle l'accrochait à une patère avec un soin et un sang-froid qui stupéfiaient et indignaient madame Marcasse.

Cela fait, elle déboutonna et ôta encore un corsage blanc qu'elle portait sous sa robe, et alors de magnifiques épaules apparurent dans leur éblouissante nudité.

— Maintenant, lui dit madame Turmole en lui avançant un siége, veuillez vous asseoir.

Nubia s'assit et attendit.

— Ah çà ! qu'est-ce que cela signifie ? pensa Diane, ne comprenant plus rien à ce qui se passait.

Sa stupeur s'accrut encore quand elle vit madame Turmole aller prendre dans une armoire et ranger sur une commode, près de laquelle Nubia s'était assise, une quantité de fioles, de pots, de brosses de diverses grandeurs.

Cela fait, madame Turmole pria Nubia de se tourner

de manière à ce que ses épaules fussent parfaitement exposées à la lumière de la lampe, qu'elle avait placée du côté du cabinet, de sorte que ces belles épaules se développèrent aux yeux de Diane en pleine clarté.

— A-t-elle reparu ? demanda Nubia.

— Toujours, répondit la Turmole en se penchant pour regarder un point qui se détachait rouge et comme meurtri sur la peau éclatante de blancheur.

C'était une cicatrice.

C'est ce que reconnut Diane, qui faillit laisser échapper un cri à cette vue.

Car il y avait là la révélation d'un mystère des plus graves.

Cette cicatrice, c'était le signe que lui avait désigné son frère, quand elle était allée dans la loge de la princesse Nubia, comme constatant l'identité de la comtesse de Fougeraie, et qu'elle avait vainement cherché sur les épaules de la jeune femme.

Alors, se rappelant la carte de madame Turmole, sur laquelle elle avait lu : marchande à la toilette et *émailleuse*, elle comprit enfin ce qui se passait sous ses yeux.

La princesse Nubia se faisait émailler cette cicatrice.

Deux motifs avaient dû la déterminer à se faire faire cette opération, c'était d'abord la vanité bien naturelle de la jolie femme, ne pouvant se résoudre à montrer imparfaite l'une des plus éclatantes beautés de sa personne et la plus exposée aux regards.

Ensuite la nécessité de dissimuler un signe qui, pour certaines personnes dont il était connu, dévoilerait tout de suite la comtesse de Fougeraie sous la prétendue princesse de Villaflor.

Diane devait donc renoncer à voir dans cette éblouissante rivale la femme dégradée qu'elle avait rêvé de flétrir aux yeux de son oncle d'abord, aux yeux de tous ensuite, en étalant son infamie à tous les regards dans

9.

quelque fête, qui eût été la revanche du scandale de l'hôtel de Sordes ; mais son désappointement trouvait une large compensation dans une découverte qui, en définitive, montrait en elle une intrigante et laissait soupçonner une femme perdue.

En effet, pourquoi ce changement de nom ? pourquoi cette audace à se parer d'un titre qui n'était pas le sien ?

Enfin à quelle source puisait-elle ce luxe inouï ?

Ce mystère était encore à éclaircir, et qui sait si la main de la marchande à la toilette ne se trouvait pas encore là !

Puis, révélation précieuse pour sa haine, elle trouvait enfin dans cette femme l'infernale Mauresque, la terrible et implacable alliée de M. Lubin, à laquelle son frère et elle avaient à demander compte de tant de tortures.

Il s'écoula une heure, au bout de laquelle la cicatrice était si parfaitement émaillée qu'il était impossible d'en retrouver la trace, tout à l'heure si visible.

Alors Nubia s'habilla, remit un billet de banque à madame Turmole et partit en lui recommandant de nouveau le plus grand secret.

Dès qu'elle eut entendu la voiture s'éloigner la Turmole vint ouvrir le cabinet où était enfermée Diane.

— Eh bien ! lui dit-elle, vous avez vu ?

— Oui, et j'en suis fort aise.

— Pauvre jeune femme ! si elle savait que je la trahis, elle qui me paye si largement !

Diane comprit cette *invite* à sa générosité.

Elle tira un écrin de sa poche et le donna à la Turmole.

— Voici le bracelet, lui dit-elle ; mais nous ferons sans doute quelque autre affaire ensemble.

Elle sortit sur ce mot, accueilli avec une joie visible par la marchande à la toilette.

XXIII

LA QUÊTEUSE

Ce même soir, pendant que la princesse Nubia était chez madame Turmole, la jeune marquise de Vivianne, accompagnée de sa mère, s'était présentée chez elle, une bourse à la main, faisant une quête pour la famille Castagnède.

Sylvie avait répondu que sa maîtresse, dès la nouvelle du malheur qui frappait ces infortunées, s'était empressée de venir à leur secours.

Alors la mère et la fille étaient allées frapper ailleurs.

Allant ainsi d'étage en étage et de porte en porte, elles étaient arrivées à l'atelier de Loustel.

Ce fut l'artiste lui-même qui vint ouvrir.

Habitué à son monde, à lui, monde de bohèmes, de modèles, de naturelles du quartier Bréda, il resta un instant interdit devant deux dames dont l'une était d'une gravité imposante, l'autre d'une distinction pleine de charme et de modestie.

— Il n'est pas Dieu possible, pensa-t-il, ces dames se trompent de porte.

Et, s'inclinant devant elles :

— Pardon, mesdames, chez qui croyez-vous frapper?

— Mais, monsieur, répondit madame Savari, chez MM. Loustel et Sandoz, si la concierge nous a bien indiqué.

— C'est bien ici, mesdames, veuillez donc prendre la peine d'entrer.

Et il toussa fortement pour engager Sophie à jeter quelque chose sur ses charmes ou à se réfugier derrière la toile qu'il était en train de brosser.

Sophie, quoique modèle, était une femme de la plus haute distinction, avec laquelle, après des négociations qui n'avaient pas duré moins de trois heures, il avait conclu une union morganatique dont les deux parties n'avaient eu qu'à se féliciter.

— C'est sans doute un portrait, pensa Loustel en introduisant les deux femmes avec force salutations.

Sophie était derrière la toile.

Il y avait sans doute trop à couvrir, elle n'avait pas eu le temps.

Mais Sandoz était là, achevant un morceau de fromage de Brie, qui formait son dessert après avoir servi d'entrée et de plat de résistance.

Il se leva et salua ces dames en essayant de boutonner une vareuse rouge qui n'avait plus de boutons.

Le logement se composait d'une seule et unique pièce, vaste grenier qui servait d'atelier à Loustel, et dont tout l'ameublement consistait en une couchette en bois peint, une malle, deux chaises de paille et trois escabeaux.

Plus trois assiettes, un verre à bière, une fourchette, deux cuillers, un couteau et une poêle à frire, qui servait à tout, même à faire le café, tout cela rangé au fond d'une excavation pratiquée dans le mur, lequel mur dédaignait de cacher sa nudité sous aucune espèce de papier peint.

Loustel avait une vareuse blanche, relevée de quelques pièces rouges, et un pantalon rouge, orné de pièces blanches.

C'était une idée de Sophie.

Aussi se sentait-il fort mal à l'aise devant des femmes aussi distinguées et surtout devant la gracieuse marquise de Vivianne, dont les beaux yeux se fixaient sur lui avec une expression de surprise qui n'était pas faite pour lui rendre son aplomb.

Après avoir cherché un instant un début de conversation, il s'écria tout à coup en désignant son ami :

— Mesdames, permettez-moi de vous présenter mon ami Sandoz, notre jeune et brillant publiciste.

Sandoz s'inclina de nouveau en promenant fiévreusement ses doigts sur les boutons absents de sa vareuse, qu'il s'obstinait à vouloir boutonner !

Forcé de renoncer à cette entreprise impossible et fort embarrassé de sa contenance, il s'élança vers les deux chaises et, les approchant des visiteuses :

— Mesdames, dit-il, veuillez vous asseoir.

La stupeur de la jeune marquise augmentait de minute en minute, et Loustel, qui lisait cette impression sur ses traits naïfs, sentait son embarras s'accroître jusqu'à l'idiotisme.

Il eût voulu être à cent pieds sous terre, lui et son costume mi-partie blanc et rouge.

Madame Savari fit enfin un signe à sa fille, qui s'adressait à Loustel avec une voix dont l'exquise douceur acheva de le déconcerter.

— Monsieur, lui dit-elle, vous connaissez madame Castagnède, votre voisine ?

Et comme en parlant elle avait le regard fixé sur la vareuse et semblait comprimer un sourire, Loustel perdit tout à fait la tête.

— Non, madame, non, répondit-il ahuri, mais je connais beaucoup son chien, avec lequel j'ai eu l'honneur de me rencontrer plusieurs fois chez le tripier.

A cette prodigieuse réponse, la marquise de Vivianne porta brusquement son mouchoir à sa bouche pour étouffer un éclat de rire ; mais elle n'y put réussir longtemps, et ce fut l'ébahissement de Sandoz qui, en complétant le comique de la situation, détermina la crise.

Cela partit comme une fusée, et alors, ne pouvant plus se contenir, entraînée, subjuguée par la toute-puissance du rire, elle se tordit, se renversa, essuya les larmes qui inondaient son visage, plongea sa tête dans son mouchoir pour arrêter ce déplorable accès, qui ne fit qu'augmenter d'intensité après chaque tentative.

La contagion du rire est irrésistible; madame Savari et Sandoz, qui d'abord avait pu se contraindre, se laissèrent gagner par l'exemple de la jeune marquise, et l'infortuné Loustel eut le spectacle de trois personnes se tordant devant lui comme des épileptiques.

Cela dura bien cinq minutes, car chaque fois que la jeune femme voulait excuser son inconvenance, elle repartait de plus belle et entraînait avec elle les deux autres, ou plutôt les trois autres, car un quatrième éclat de rire se faisait entendre derrière la toile.

Ce fut même cette circonstance qui calma enfin la marquise de Vivianne.

— Qu'est-ce que c'est que cela? dit-elle en jetant les regards surpris de ce côté.

— L'écho, madame, répondit vivement Sandoz; il y a beaucoup d'écho dans cet atelier.

— Ah! fit la jeune femme d'un air qui ne paraissait pas très convaincu.

Et elle redevint sérieuse.

— Mon Dieu! monsieur, dit-elle alors à Loustel, que d'excuses j'ai à vous demander pour l'inconvenance dont je viens de me rendre coupable.

— Mais qu'est-ce qu'il m'a encore fait dire, cet animal-là? s'écria Loustel en jetant des regards furieux sur Sandoz, qui semblait sur le point d'éclater de nouveau.

Il reprit, en s'adressant à madame Savari :

— Car, voyez-vous, madame, je ne sais s'il est doué

du mauvais œil ou si, comme certain personnage d'Hoffmann, il a le pouvoir de me faire dire toutes les sottises qui lui passent par l'esprit ; mais il est certain qu'il exerce sur mon intelligence une influence déplorable. Mais pardon, madame, laissons là mon ami, et parlons de choses sérieuses. Vous venez pour votre portrait, peut-être ?

— Non, monsieur, reprit madame Savari.

— Alors, puis-je vous demander quel motif me vaut l'honneur...

— Je vous le disais tout à l'heure, monsieur... nous parlions de madame Castagnède...

— Et même de son chien, ajouta Sandoz avec un sérieux de glace et une voix de basse profonde.

— Madame Castagnède ! dit Loustel, n'est-ce pas cette dame dont le mari a été frappé d'un subit accès de folie ?

— Oui, monsieur, répondit la jeune femme, et nous avons eu la pensée de faire chez tous les locataires de la maison une quête en faveur de ces pauvres femmes.

— Et vous nous avez fait l'honneur de songer à nous ? fit l'artiste en dissimulant son embarras sous un gracieux sourire.

— Oui, monsieur, répliqua Valentine de sa charmante voix, les artistes ont le cœur généreux.

— Oui, sans doute, dit Loustel ; mais nous, madame, nous sommes des gens d'ordre.

— Tant mieux ! monsieur.

— C'est que nous poussons ça jusqu'à la manie : dès que nous avons cinq francs, v'lan ! à la caisse d'épargne, et, une fois là, c'est sacré, on ne le retire plus. Nous ne déplaçons jamais, c'est un principe.

— Dois-je croire que vous me refusez ? demanda Valentine, toujours armée de son candide sourire.

— Positivement, répliqua Loustel, c'est un princip[e] demandez plutôt à Sandoz.

Et s'adressant à celui-ci :

— Voyons, Sandoz, consentiras-tu à déplacer?

— Jamais! répondit l'autre gravement.

— Alors, monsieur, dit madame Savari en se levan[t] il nous reste à nous excuser de...

— Attendez donc, interrompit l'artiste, je ne dépla[ce] pas, c'est vrai, mais ce qui n'est pas placé, je puis [le] donner.

— Eh bien! monsieur?

— Eh bien! madame, ce n'est pas dix francs, ce n'e[st] pas vingt francs que nous voulons mettre à vot[re] quête... c'est cent francs.

Sandoz fit un bond en arrière.

— Oui, reprit Loustel, cent francs, que [nous gagn[e]rons demain, et que je vous porterai.

— Ils seront les bienvenus et vous aussi, monsieu[r] Loustel, dit la jeune femme en se dirigeant vers [la] porte.

— Pardon, mesdames, dit Loustel, au moment où l[es] deux femmes allaient sortir, à qui devrai-je reme[t]tre?...

— Étourdies que nous sommes! dit madame Savar[i] nous avons oublié de nous faire connaître.

Elle ajouta en désignant tour à tour elle-même et s[a] fille :

— Madame Savari et madame la marquise de Vi[l]vianne, au deuxième étage, dans cette maison.

Et elle se retira avec sa fille.

Dès que la porte fut refermée sur elle, Sophie sorti[t] de sa cachette, enveloppée d'un vieux rideau jaune.

Mais Sandoz se posant devant Loustel, les bra[s] croisés sur la poitrine, la lèvre crispée par un rir[e] amer :

— Cent francs ! tu as dit cent francs ! j'ai bien entendu, ce n'est pas un rêve.

— J'ai dit cent francs, répondit l'artiste avec un
calme imposant.

— Et où ça se trouve-t-il ça, cent francs !

— Sous mon toit.

— J'y suis, s'écria Sandoz en se frappant le front et
la main tendue vers une toile de cinq mètres sur quatre
de haut, tu as vendu ta bataille des Cimbres, un hardi
spéculateur t'en a donné cent francs.

— Les plus hardis m'en ont refusé cinquante, répondit Loustel avec calme.

— Les Visigoths ! fit Sandoz.

— Je crains bien que nous ne soyons réduits à nous
en faire des paletots d'été.

— Je retiens Marius, je l'ai eu assez longtemps dans
le nez quand j'apprenais le latin, je veux l'avoir dans le
dos. Mais où diable trouveras-tu ces cent francs?

— Rien de plus simple, je donne ici un dîner de dix
couverts.

Sandoz prend une pose exprimant la stupeur.

— Et des verres ! des couteaux ! de la vaisselle, s'écria
Sophie.

Loustel étend majestueusement la main vers l'excavation qui contient les trois assiettes, le verre à bière,
la fourchette, les deux cuillers, le couteau et la poêle à
frire.

— Maintenant, ajoute Loustel, nous allons écrire dix
lettres adressées à dix dames huppées et largement pro-
tégées, nous les invitons à un pique-nique dont le
prix est fixé à douze francs par personne, soit cent francs
pour la quête et vingt francs pour le repas.

— Vingt francs pour treize personnes ! crie dere-
chef Sophie.

Loustel se contente de hausser les épaules.

— Ecris, dit-il à Sandoz, mets les adresses que je
vais te donner, et jette à la poste.

— Sans affranchir?

— Affranchir ! allons donc! me crois-tu capable d'un
pareil oubli des convenances !

Deux heures après les lettres étaient à la poste.

XXIV

UNE ORGIE A PRIX RÉDUITS

Le lendemain, Sandoz et Sophie s'occupaient du
dîner.

Celle-ci, femme d'ordre s'il en fut, avait tout de suite
soulevé la question des tables et des siéges, deux chaises
et trois escabeaux ne pouvant suffire pour treize personnes.

Loustel et Sandoz admirèrent l'étonnante prévoyance
de cette femme, déclarant qu'elle devait descendre de
quelque matrone romaine.

— Sophie ! s'écria Loustel, tu était née pour filer de
la laine... au lieu de filer un mauvais coton, dont ta
modestie a bien voulu se contenter.

A force de se creuser la tête, l'artiste se rappela qu'il
avait peint pour une école du quartier un christ à la manière de Salvator Rosa, mais d'un Salvator si réussi, que
tout le monde prenait ce christ pour le mauvais larron.

Il descendit l'escalier quatre à quatre et revint bientôt
rayonnant.

On lui avait promis les bancs et les tables de l'école.

— Oui, mais les serviettes ! dit Sophie.

— Allons donc ! répondit Sandoz, ce serait insulter les dames.

— Comment ça ?

— Ce serait supposer qu'elles n'ont pas de mouchoirs.

— C'est juste, mais des cuillers ?

— Trouvé ! dit Loustel.

— Bah !

— Je supprime le potage, ce qui rend la cuiller superflue.

— Oui, mais à moins de tout supprimer, il faut des couteaux et des fourchettes.

— Trouvé !

— Pas comme des cuillers ?

— Du tout ; prêtés par le marchand de vin auquel j'ai commandé dix litres à douze.

— Il nous fait crédit ! s'écria Sandoz stupéfait.

— Mais pas illimité, le temps de se baisser pour poser les bouteilles et de se relever pour recevoir l'argent.

— J'aurais préféré quatre-vingt-dix jours, le temps de déménager.

— Maintenant, dit Loustel, jetons un coup d'œil sur le menu.

Il tira une liste de sa poche et lut :

Aspic de veau à la Talleyrand.

Cornichons à la Robespierre.

Cervelas de Venise.

Hure de sanglier de Sibérie.

Gelée madrilène.

Jambon valaque.

Pied de cochon de Bruxelles.

Couenne du Bosphore.

Saucisson du Nil.

Jambonneau de la mer Morte.

Tripes des bords du Gange.

Vins : Suresnes première, retour de Puteaux.

Le tout, mets et vins, sortant de la maison Potel et Chabot.

Loustel ajouta :

— En d'autres termes, sortant de l'officine du charcutier d'en face, qui nous fournit, pour la modique somme de huit francs soixante-quinze centimes, cette bonne chère variée.

— Mais des assiettes ! s'écria tout à coup Sophie.

— Ne t'inquiète pas de ce détail, répondit Loustel, j'y ai songé, une idée à moi.

— Et l'argent ? demanda Sandoz.

— Quel argent ?

— Pour payer le charcutier et le marchand de vin ?

— Rien de plus simple, grâce à mon système financier, qui est tout entier dans ces quatre mots : recevoir avant de payer.

— Comprends pas, développe.

— A quelle heure attendons-nous nos convives ?

— A six heures.

— Donc à six heures un quart la recette sera faite ?

— Naturellement.

— Et comme j'ai commandé à nos fournisseurs d'être ici à six heures et demie, nous serons en mesure de payer ; voilà, ce n'est pas plus malin que ça.

— Quelle tête ! s'écria Sandoz, tu étais né pour être ministre des finances.

— Parbleu ! Mais quelle heure est-il ?

— Il est superbe ! Sophie, que dites-vous de cette question ? quelle heure ? Va prier ma tante de regarder à la montre que nous lui avons confiée.

— Il doit être plus de quatre heures, les bancs et les tables de l'école vont nous arriver tout à l'heure, il faudra tout de suite mettre le couvert.

— A l'œuvre ! s'écria Sandoz d'une voix tonnante et en bourrant tranquillement sa pipe, rangeons l'atelier.

— Allons, Sandoz, nous allons repousser mon chevalet et ma toile dans le coin là-bas, aide-moi.

— Aide-toi, le ciel t'aidera, répond Sandoz en continuant de bourrer sa pipe ; je me sens une faiblesse dans les jambes, mes enfants, ce n'est vraiment pas assez de six sous de brie pour déjeuner à trois, je propose de porter cet article à cinquante centimes.

— Quel goinfre ! dit Loustel, toujours porté sur sa bouche. Mon cher ami, la bonne chère engendre la goutte, rappelle-toi ça.

— Alors, nous lui faisons une fameuse guerre, à la goutte, pristi !

Enfin, à cinq heures, l'atelier est rangé, les bancs et les tables sont apportés et mis en place.

A six heures les dames arrivent.

Toutes jeunes et jolies, toutes étalant des toilettes tapageuses.

Quelques-unes sont ornées de cavaliers, amis de Loustel et de Sandoz. Deux dames se distinguent particulièrement dans la masse : la blonde Camille et la brune Rébecca. Celles-là viennent pour la première fois à l'atelier de Loustel.

Joie générale.

Compliments, serrements de main, agapes et finalement recette opérée par Sandoz.

Puis survient le marchand de vin, qui dépose ses litres, ses verres, ses couteaux et ses fourchettes avec une inquiétude marquée.

— Combien ? lui demande Sandoz, avec une gravité qui n'est pas exempte de morgue.

— Six francs.

— Voilà ! et remontez-en trois litres à quatorze.

— Du chenu.

— Chenu, carte blanche, c'est cela, allez-y.

Au marchand de vin succède le charcutier, qui chancelle de stupeur en se voyant payer comptant.

Sophie a rangé sur la table la charcuterie cosmopolite, le vin, les verres, les fourchettes, les couteaux.

Pendant ce temps la carte, déjà connue du lecteur, est distribuée à tous les convives, qui reprochent amèrement à Loustel d'avoir fait venir de la couenne du Bosphore et des tripes des bords du Gange, au lieu de se fournir tout simplement chez le charcutier du coin.

Enfin on se met à table sur l'invitation de Sandoz.

Mais, ô stupeur! pas d'assiettes!

— Voilà! voilà! s'écrie Loustel.

Et, prenant une pose d'orateur:

— S'instruire en mangeant! voilà l'idéal de tout peuple civilisé, et c'est ce but sublime qui nous a guidés dans le choix de notre vaisselle: vaisselle plate, celle-là je défie qu'on en trouve de plus plate, même sur les tables royales, mais la nôtre a, sur celle des princes, l'avantage d'être à la fois plate et démocratique.

Il court derrière la bataille des Cimbres et en revient avec une vingtaine de journaux qu'il distribue aux convives, qui s'accordent à trouver cette vaisselle trop plate.

Néanmoins, comme ils sont tous jeunes, tous amis de la gaîté, exempts de soucis et dépourvus de préjugés, on se met à manger, à boire, à causer et à rire avec un entrain qui frise bientôt les limites du désordre.

— Mesdames, s'écrie tout à coup Loustel en s'adressant à Camille et à Rébecca, les nouvelles venues, permettez-moi de vous présenter mon ami Sandoz, membre correspondant des académies de Fouilly-les-Oies et de Bourrache-l'Encrottée, où ses articles sont couronnés toutes les semaines.

— Bravo! bravo! vive Sandoz! s'écrie toute l'assemblée.

Le journaliste se lève et salue gravement.

— Avez-vous lu les articles de mon ami Sandoz? ajoute Loustel en promenant ses regards autour de la table.

— Jamais! s'écrie l'assemblée en chœur.

— Vous avez perdu. Jamais, non, jamais, on n'a rien écrit de pareil depuis l'invention des fautes de français.

Rires et hourras.

Sandoz dévore tranquillement une tranche de jambonneau de la mer Morte.

Loustel reprend :

— Aussi, comme il connaît sa force, il a introduit dans son dernier traité avec le *Caquet des Coulisses* un article dont le directeur de ladite feuille était loin de soupçonner la portée : «Les fautes de français se payent à part. » Cet article est devenu pour lui une source de bénéfices incalculables.

— Très-fort! Sandoz! très-roublard! s'écrie-t-on de toutes parts.

Sandoz boit avec calme un verre de suresnes première.

— Ah çà! il ne fait donc pas de romans, demande Camille, je voudrais bien lire quelque chose de lui.

— Il en fait beaucoup, reprend Loustel; mais il est tellement cachottier que, même quand il publie quelque chose, personne n'en sait rien.

— Fi! le vilain cachottier! disent les dames en riant.

— Au reste, dit Loustel, personne n'ignore qu'il a été le collaborateur de Balzac.

— Ah bah!

— Avez-vous lu *les Parents Pauvres*?

— Oui, oui.

— Eh bien! la seule partie de ce roman qui soit à l'abri de la critique est de lui.

— Qu'a-t-il donc fait dans cette œuvre?

— Les interlignes.

— Il est un des auteurs de *la Tour de Nesle*, dont tous
les entr'actes sont de lui, le fait est avéré ; Dumas n'a
pas essayé de le nier.

— Très fort ! très-fort ! Sandoz.

Sandoz se sert avec sang-froid de la gelée madrilène.

— Oui, très-fort, mais est-ce bien vrai ? demanda
Louisa, célèbre par sa naïveté.

— Sur la vertu de votre mère, s'écria Loustel, qui, dit-
on, a poussé la pudeur jusqu'à ne jamais vouloir se
marier.

Tout le monde rit, excepté Louisa, qui n'a pas compris.

Alors Sandoz se levant, toujours imperturbable :

— As-tu dit ? demanda-t-il à Loustel.

— J'ai dit.

— Donc, à mon tour à faire ton éloge. Or, mes
enfants, avant cette grande toile des Cimbres que vous
voyez là et qui, je ne crains pas de l'affirmer, est la toile
de *l'avenir*, mon ami Loustel avait fait un hôpital de
chiens qui, exposé chez Durand Ruel, fut longtemps pour
le public un sujet de stupeur. Il y avait surtout un chien
vert qui laissait bien loin derrière lui toutes les hardiesses
de pinceau d'Eugène Delacroix, mais devant lequel ce
public ignare se tordait de rire, ne comprenant pas que
ce chien était un lépreux qui commençait à tomber en
décomposition ; inspiration sublime. Bien plus, comme
c'était une large ébauche, brossée avec entrain et pas du
tout léchée, mes idiots n'y voyaient rien ; ils s'éloignaient
en se creusant la tête comme pour résoudre un problème.
Bref, les acheteurs ne mordaient pas et Loustel se déso-
lait... Alors, après avoir sérieusement étudié sa toile, je
lui dis un jour :

— Loustel, je comprends maintenant pourquoi ton
tableau ne se vend pas, il a besoin d'une modification,
après laquelle il sera enlevé tout suite, j'en réponds.

— Que faut-il changer ? me demanda Loustel, les accessoires ? les chiens ?

— Rien de tout cela.

— Quoi donc ?

— Si peu, mais si peu de chose, que je m'en charge moi-même.

En effet, le lendemain, je passe chez Durand Ruel, opère le changement, et le soir même la toile était pendue.

— Bah ! s'cria Camille, qu'aviez-vous donc changé ?

— L'étiquette ?

— Comprends pas.

— A la place de : *Hôpital des Chiens*, j'avais mis : *Marché aux Chevaux*.

— Hourrah ! hourrah ! pour Loustel, Vive Loustel !

XXV

LES EXIGENCES DU MONDE

Sandoz reprit :

— Alléché, Durand Ruel lui demanda des chevaux, jurant qu'il les réussissait comme personne. Loustel fit des chevaux en liberté, une toile splendide, encore plus largement brossée que l'autre, et qui se vendit admirablement... mais comme forêt vierge.

Le repas était fini.

Les tables furent enlevés, et Loustel, s'avançant au milieu de l'atelier, et prenant une pose théâtrale, s'écria comme tous les rois de toutes les féeries :

— Que la fête commence !

Et on se livra à des danses qui n'avaient aucun rapport avec le menuet.

Quand, la soirée terminée et les convives partis, on se mit à compter, on trouva, tous frais déduits, la somme de cent soixante-cinq francs.

— Cent soixante-cinq francs ! s'écria Loustel, c'est ça qui va nous poser près de la jolie marquise ! Je les lui porterai demain.

— C'est cela, dit Sandoz, mais tu sais, pas un mot du chien de madame Castagnède, tu la ferais mourir, cette jeune femme.

Le lendemain, à neuf heures du matin, Loustel était habillé, et, après s'être miré dix minutes dans le fragment de glace devant lequel s'habillait Sophie elle-même, il réunissait celle-ci et Sandoz pour tenir conseil avec lui sur la grande question à l'ordre du jour.

— Or çà, mes enfants, leur dit-il, n'oubliez pas qu'il s'agit d'une marquise, et non-seulement marquise, mais jeune, belle, distinguée, exquise de tous points, et dites si j'ai suffisamment de chic pour me présenter devant elle.

Sandoz se mit à tourner autour de lui.

— Parfait ! dit-il, parfait ! sauf le dos et les bras ; tu tends le dos comme si tu te préparais à recevoir une volée de coups de bâton, et les bras comme si tu voulais presser une femme contre ta poitrine. Si tu te présentes ainsi devant la belle marquise, elle verra là une pantomime expressive sans doute, mais du plus mauvais goût.

— Mais c'est la faute de mon habit, tu le sais bien, puisque c'est toi qui me l'as racorni.

— Alors, dis-le tout de suite à la jeune femme, sans quoi elle te prendra pour un satyre en habit noir et prendra la fuite à ton aspect.

— Maintenant, une question, dois-je me faire friser ?

— Incontestablement, l'étiquette l'exige, lis plutôt aint-Simon.

— Que dois-je faire mettre sur mes cheveux?

— De la crème de lis, elle est légitimiste.

— De la crème sur des !... enfin, va pour la crème.

— Et des gants? Il me faut des gants.

— Il t'en faut trois paires.

— Pour une visite?

— Sans doute, tu n'as donc pas la moindre teinture lu monde?

— Il me semblait qu'une seule paire...

— Allons donc, tu passerais pour un Auvergnat.

— Alors, dis-moi l'ordre et la marche de ces trois paires.

— Voilà : il te faut une paire de gants beurre frais pour entrer; une paire de blancs pour entamer la conversation et une paire de lilas pour prendre ton chapeau et te retirer.

— Sapristi! s'écria Loustel atterré, si j'avais su tout ça avant!... Ainsi, il faut que je change trois fois de gants devant elle?

— L'étiquette le veut.

— Dis donc, l'étiquette exige-t-elle aussi que je change trois fois de bottines dans le cours de la conversation?

— Ce n'est pas de rigueur.

— Permets-moi de m'en applaudir. Autre question: Puis-je me présenter à neuf heures et demie du matin?

— Chez une marquise! Jamais avant dix heures et demie, répond Sandoz d'un ton doctoral.

— C'est étonnant comme il connaît les habitudes du grand monde, cet animal-là, s'écrie Loustel émerveillé, où a-t-il appris cela, lui qui n'y va pas plus que moi!

— Ça, c'est d'instinct, réplique simplement Sandoz.

— Dis-donc, si tu te chargeais de l'opération?

— Oh! non, pour la théorie, je ne crains personne; mais pour ce qui est de la pratique, c'est différent.

— Allons, je vais me faire friser, acheter mes trois paires de gants, et à dix heures et demie précises, heure réglementaire, je me présente chez la marquise de Vivianne.

— Tu déposeras mes hommages à ses pieds.

— S'il ne faut pas pour cela une quatrième paire de gants, je ne demande pas mieux...

— Les lilas suffisent.

— Malepeste! heureusement qu'elle n'est pas duchesse, ce serait à y renoncer.

Loustel sortit pour se rendre chez le coiffeur et chez le gantier.

Il rentrait à dix heures trente-cinq minutes, ses gants beurre frais aux mains, les cheveux ruisselants de pommade, mais l'air sombre et déconfit.

— Eh bien! lui demanda Sophie, comment t'a-t-elle reçu?

— Elle ne m'a pas reçu du tout, répondit Loustel avec humeur.

— Pas possible!

— C'est comme ça; je sonne, une femme de chambre vient m'ouvrir et je demande à parler à madame la marquise de Vivianne.

— Pourquoi? me demande la soubrette, que lui voulez-vous?

— Lui rendre une visite.

La femme de chambre me regarde comme si j'étais venu lui annoncer la fin du monde.

— Une visite à dix heures et demie! s'écrie-t-elle.

Et elle fait une grimace atroce pour ne pas m'éclater de rire au nez.

Enfin elle se domine et reprend :

— Mais, monsieur, madame la marquise ne reçoit pas avant deux heures.

Et je me retire profondément humilié, encore plus déconcerté et saluant jusqu'à terre la femme de chambre, qui se contient jusqu'à ce qu'elle ait fermé la porte, mais qui éclate avec un entrain... qui me rappelle sa maîtresse. C'est fini, voilà une maison où on ne pourra plus me regarder sans rire, et tout cela, grâce à cet animal de Sandoz, qui prétend connaître le grand monde.

— Je le connais, te dis-je, et je suis sûr...

Puis se frappant le front :

— J'y suis ! dix heures et demie, c'est l'heure du faubourg Saint-Germain, et deux heures, l'heure des marquises de la Chaussée-d'Antin ; j'avais oublié cette distinction.

Enfin deux heures arrivent et Loustel se présente chez la marquise de Vivianne.

Cette fois on l'introduit dans le salon, où la jeune femme l'accueille avec son plus charmant sourire.

Loustel lui remet son offrande et veut se retirer, mais la belle marquise le retient, met gracieusement la conversation sur la peinture, cause du dernier Salon, non en artiste, mais en femme d'esprit et de goût, qui se met très à l'aise pour exprimer son opinion en déclarant tout d'abord qu'elle est parfaitement ignorante en matière d'art.

Puis elle le prie de lui donner son avis sur les quelques tableaux de maître qui ornent son salon.

Il regarde les tableaux, admire, s'enthousiasme, discute et démontre, se laisse aller à sa passion d'artiste, et heureusement pour lui, oublie complétement son rôle d'homme du monde, si bien que la jeune marquise qui d'abord l'avait retenu par politesse, l'écoute avec le plus vif intérêt et le retient de nouveau quand il veut s'éloigner au bout d'une demi-heure, mais cette fois pour son plaisir.

Loustel a fort bien compris cette nuance et il est sous l'empire d'un véritable ravissement quand il se retire enfin, après être resté un quart d'heure encore.

Ce ravissement devient du délire, quand la jeune marquise lui dit :

— Monsieur Loustel nous donnons quelques soirées d'hiver, voudrez-vous bien nous faire le plaisir d'y assister?

— Certainement, madame, répond l'artiste, à qui tant de gracieusetés commencent à tourner la tête, et voici ma carte pour que mon nom ne soit pas oublié dans la liste de vos invités.

Il prend une carte dans la poche de son gilet et la remet à la jeune femme.

Celle-ci y jette un coup d'œil et paraît saisie d'une violente envie de rire.

— Encore une bêtise! se dit Loustel en proie à une vive anxiété.

— Pardon, monsieur, lui dit la marquise, mais il y a erreur.

— Comment, madame? balbutie l'artiste.

— Vous vous appelez bien monsieur Loustel?

— Oui, madame.

— Et cette carte est d'un monsieur Talmouse.

— Mon élève! s'écrie Loustel. Il a la rage de fourrer ses cartes partout.

Voici ce qu'il y avait sur cette carte :

ELFHÉGE TALMOUSE

ÉLÈVE DE M. LOUSTEL

Fait le portrait

Spécialité pour militaires, bonnes d'enfants, domestiques et nourrices des deux sexes.

PRIX FIXE

Ressemblance garantie...................... 30 fr.
Demi-ressemblance ...., 20
Air de famille............................ 10

Sans augmentation de prix pour les infortunés marqués de la petite vérole si grêlés qu'ils soient.

Loustel fourra dans sa poche cette malencontreuse carte et y chercha la sienne.

— Inutile, monsieur Loustel, lui dit la marquise, soyez assuré que je ne vous oublierai pas, non plus que votre ami, monsieur...

Elle cherchait le nom.

— Sandoz, madame.

Il salua et partit stupéfait de ne s'être senti ni gauche ni embarrassé pendant les trois quarts d'heure qu'il avait passés près de cette jeune et élégante marquise dont l'aspect l'avait tant intimidé la veille.

Un jeune homme entrait dans le salon au moment où l'artiste venait d'en sortir.

C'était le marquis de Vivianne.

Le marquis, âgé de vingt-cinq ans environ, de taille moyenne, heureusement proportionné dans toute sa personne, était doué d'une physionomie franche, doucement souriante, avec une nuance de gravité qui imposait et attirait à la fois.

Il vint à sa femme, la baisa au front, et lui dit :

— Quel est ce monsieur qui sort d'ici ?

— C'est M. Loustel, mon ami.

— Loustel? je ne connais pas.

— Vous savez bien, l'artiste qui habite au cinquième étage, chez lequel je me suis présentée hier...

— J'y suis, s'écria le jeune homme, celui qui eut l'honneur de se rencontrer chez le tripier avec le chien de madame Castagnède.

Et il se mit à rire.

— Eh bien ! c'est un jeune homme très-bien, monsieur,

très intelligent, qui a un grand amour, ou plutôt une vraie passion pour son art, et que j'ai invité pour notre prochaine soirée, si toutefois vous le trouvez bon.

— Je voudrais bien voir que quelqu'un ici se permet de trouver mauvais ce que vous faites, fut-ce votre mari.

— En vérité, mon ami, vous me gâtez, il n'y a qu'une volonté, c'est la mienne.

— Et, comme nos deux volontés sont toujours pareilles, il n'y a pas grand mérite de ma part.

Puis, lui prenant le menton et la regardant dans les deux yeux :

— Allons, dit-il, je vois avec plaisir que votre accès de mélancolie s'est entièrement dissipé.

Ces mots rappelèrent tout à coup à la jeune femme la scène qui s'était passée la veille, entre elle et M. de Peyras, et la terrible menace par laquelle il y avait mis fin en se retirant.

Il avait promis de revenir, et la jeune femme frissonna à la pensée qu'il pouvait exécuter sa menace aujourd'hui même, tout à l'heure peut-être.

— Qu'avez-vous donc, chère Valentine, lui dit son mari, est-ce que vous retomberiez dans vos humeurs noires ?

— Non, oh ! non, mon ami.

— Cependant vous avez tressailli, et je vois un nuage sur votre beau front.

— C'est que la visite de ce jeune homme m'a rappelé tout à coup l'affreux malheur qui vient de frapper cette pauvre famille, et cela m'a attristée.

— Et tous ces malheurs ont été causés par un misérable qui a provoqué et tué en duel le fiancé de mademoiselle Castagnède ; saviez-vous cela, Valentine ?

— Non, oh ! c'est affreux.

— Et d'autant plus affreux que cet homme, duelliste

le profession, n'avait aucun motif de haine contre le
eune homme qu'il a laissé mort sur le terrain.

— Pourquoi donc l'a-t-il provoqué alors?

— Il l'a tué pour prouver sa supériorité sur lui à l'épée.

— Oh! c'est infâme.

— C'est odieux! murmura le jeune homme, avec un
frémissement de colère.

— Cet homme doit être bien méprisé, reprit Valentine.

— Des hommes de cœur, oui ; mais fort admiré des
lâches et des imbéciles.

— Vous le connaissez, Armand?

— De nom seulement.

— Vous n'êtes pas exposé à vous rencontrer avec lui?

— Je ne crois pas.

— Ah! tant mieux, murmura Valentine.

Armand sourit.

— Vous auriez peur pour moi, Valentine?

— Non! s'écria la jeune femme, en s'appuyant sur sa
poitrine, car je suis sûre que vous penseriez à moi et que
vous éviteriez tout prétexte de querelle avec un tel homme.

— Maintenant que nous sommes deux, oui, répondit
Armand, en pressant contre lui sa femme; autrefois, je
ne sais pas.

— Comment nomme-t-on cet homme affreux?

— Pierre de Peyras.

A ce nom, Valentine se mit à trembler de tous ses
membres.

— Mais, qu'avez-vous donc, mon amie? s'écria le
jeune homme avec inquiétude, vous voilà toute pâle et
toute tremblante.

— Je ne sais, c'est nerveux, cela se passera.

— Si vous êtes malade, nous n'irons pas à la soirée
du comte Micaïloff.

— Au contraire, cela dissipera le malaise moral qui
m'accable depuis quelques jours.

— Alors, faites-vous bien belle.

— Pourquoi?

— Parce que vous vous trouverez en face d'une rivale redoutable.

— Qui donc ?

— La belle princesse Nubia ; je viens d'apprendre qu'elle assisterait à cette fête, qui réunira d'ailleurs l'élite de la société parisienne.

XXVI

UNE BIENFAITRICE DANS L'EMBARRAS

La jeune marquise de Vivianne savait fort bien que tous les malheurs de la famille Castagnède étaient le résultat d'un duel dans lequel était mort le fiancé de la jeune fille, et elle n'ignorait pas que celui-ci était mort de la main de Pierre de Peyras, aux persécutions duquel elle était en butte en ce même temps.

Si donc elle avait feint d'ignorer ces détails, si elle avait poussé son mari à s'expliquer à ce sujet et si elle avait frissonné en l'entendant déclarer que le misérable était Pierre de Peyras, c'est que connaissant sa haine pour ces bravi d'un nouveau genre et l'instinct chevaleresque qui le portait à protéger le faible contre le fort, elle craignait que l'indignation ne le poussât à quelque extrémité vis-à-vis de ce redoutable duelliste qui, de l'aveu de tous, et les faits le prouvaient trop, n'avait pas son égal dans le maniement de l'épée.

Elle se remettait à peine de cette émotion quand la porte du salon s'ouvrit.

Un domestique annonça :

— Madame la princesse de Villaflor.

Valentine et son mari s'empressèrent d'aller au devant de Nubia.

Les deux femmes se toisèrent d'un coup d'œil, et une sympathie subite, rapide comme l'étincelle électrique, les entraîna l'une vers l'autre.

— Madame, dit Nubia, je n'ai pas voulu laisser passer plus d'un jour pour vous rendre votre visite, et vous exprimer mon regret de m'être trouvée absente quand vous m'avez fait l'honneur de venir me voir.

— On a dû vous dire, madame, répondit Valentine, pour quel motif j'avais pris la liberté de me présenter chez vous ?

— Oui, madame, dit Nubia, et je suis heureuse que nous nous rencontrions dans une bonne action, nous ne pouvons avoir qu'à nous louer l'une et l'autre de relations commencées sous de tels auspices.

Valentine s'inclina avec grâce.

Nubia reprit :

— Avez-vous vu ces pauvres femmes, madame ?

— Pas encore ; j'ai à leur remettre ce que j'ai pu recueillir pour elles dans la maison et j'allais monter pour cela quand vous êtes entrée.

— Alors je me retire, la mission vous est, à coup sûr, trop douce et trop agréable à remplir, pour que j'y apporte le moindre retard.

— Pardon, madame, dit Valentine en faisant un geste pour la retenir.

Elle ajouta avec un peu d'embarras :

— Si j'osais vous demander une grâce...

— Parlez donc, madame, dit Nubia avec un sourire des plus encourageants.

— Si la mission est douce, elle est en même temps fort délicate, reprit Valentine, je crains de blesser la susceptibilité de ces pauvres femmes en leur remettant ces sommes, et j'allais prier mon mari de m'accompagner ; ma mère étant un peu indisposée ; mais si une femme déjà connue, aimée de ces infortunées...

— Je comprends, vous désirez que je vous accompagne chez madame Castagnède, n'est-ce pas? dit vivement Nubia.

— C'est cela.

— Eh bien, c'est entendu : partons et je vous confierai ensuite un petit plan que j'ai combiné à leur intention, et sur lequel je voulais avoir votre avis.

Elle se leva, et s'adressant au marquis :

— Qu'allez-vous penser de moi, monsieur? lui demanda-t-elle, j'ai tant parlé, qu'il ne vous a pas même été permis de glisser un mot dans la conversation.

— Si je me suis si facilement résigné, madame, répondit Armand, c'est que je compte bien prendre ma revanche ce soir avec vous.

— Ce soir! dit Nubia étonnée.

— Chez le cómte Micaïloff.

— Vous le connaissez ?

— C'est un vieil ami de mon père.

— Alors, si cela ne vous dérangeait en rien, dit Nubia après un moment d'hésitation, nous pourrions nous entendre pour partir en même temps. Je suis seule, et vous comprenez...

— Ce sera avec grand plaisir, et vous vous entendrez tout à l'heure avec ma femme à ce sujet ; nous serons à vos ordres et à votre heure.

La princesse Nubia et la marquise de Vivianne partirent, accompagnées jusqu'à la porte par Armand.

Un instant après, elles sonnaient à la porte de madame Castagnède.

Berthe n'était plus étendue dans un fauteuil.

Elle allait et venait, son teint était meilleur que la ville et elle semblait moins triste.

Le même changement se faisait remarquer chez sa mère.

Quant à César, étalé au milieu de la pièce, et non dans le coin où il se réfugiait tristement quand le pain venait à manquer, il avait l'air béat et insouciant d'un chien largement repu pour le présent et sans inquiétude pour l'avenir.

Il se leva et accourut joyeux au-devant de la princesse Nubia, dans laquelle il reconnaissait certainement la bienfaitrice qui l'avait secouru dans un temps difficile, et qu'il appelait peut-être, dans sa reconnaissance de chien, la dame à la pâtée.

— Mesdames, dit Nubia en prenant par la main la jeune femme, permettez-moi de vous présenter madame la marquise de Vivianne, votre très-proche voisine, car elle habite au deuxième étage de cette maison.

Berthe s'empressa d'approcher des siéges en jetant à la dérobée sur la marquise des regards dont le sens n'échappa pas à Nubia.

La jeune fille cherchait à s'expliquer la présence de cette grande dame dans sa mansarde.

Valentine, elle aussi, devina cette impression et en ressentit un extrême embarras.

Ce fut la princesse Nubia qui mit fin à cet état de contrainte.

— Tenez, madame Castagnède, dit-elle en désignant la marquise, voici une jeune femme qui tremble comme si elle avait commis une mauvaise action, et pourtant, c'est tout le contraire qu'elle vient de faire.

Berthe et sa mère regardaient la marquise, dont le trouble allait toujours en croissant.

Nubia reprit :

— Elle a vu une grande infortune, une misère immé-

ritée et noblement subie, et, cédant sans réflexion à l'éla
de son cœur, voulant venir au secours de ceux qui sou
fraient, mais désirant associer à sa généreuse pensé
tous ceux qui mettent leur joie dans une bonne actio
elle a parcouru toute la maison; elle a frappé à toutes l
portes, elle a nommé seulement les infortunées, e
comme tout le monde les aime et les honore, comme o
les sait trop nobles de cœur et d'esprit pour voir là aut
chose qu'un témoignagne d'estime et de sympathie, to
le monde a donné à la jeune et belle quêteuse, qui vo
apporte sa récolte, c'est-à-dire sept cent soixante franc

Et, allant prendre la bourse que la marquise c
Vivianne tenait cachée sous son vêtement, elle la dépos
sur les genoux de madame Castagnède.

La mère et la fille ne purent prononcer un mot de r
merciement.

Elles se regardèrent, et leurs yeux se remplirent c
larmes.

Valentine se leva, et, courant à la mère, dont ell
pressa la main dans les siennes :

— Vous aurais-je blessée sans le vouloir, madame? l
demanda-t-elle d'une voix émue.

— N'en croyez rien, madame, répondit Berthe, com
ment pourrions-nous nous offenser de tant de bont
unie à tant de délicatesse ?

— Oh ! vous me rendez bien heureuse ! dit la jeun
femme avec un charmant sourire, je craignais tant vou
avoir choquées.

Après une longue pause, la princesse Nubia, re
prit :

— Maintenant, mademoiselle Berthe, causons al
faires.

— Affaires ! répondit Berthe en regardant Nubia ave
un profond étonnement.

— Savez-vous ce que je veux vous proposer ?

— Je ne m'en doute pas, madame.

— Eh bien ! c'est une association.

— Comment ! dit la jeune fille stupéfaite.

— Je veux spéculer une fois en ma vie, et voici ce que j'ai résolu : Nous allons fonder à nous deux une maison de modes. Vous apporterez dans l'association votre travail, votre intelligence, votre goût, et moi la somme nécessaire pour faire marcher l'établissement, qui sera modeste, de sorte que dix mille francs doivent suffire.

— Madame ! .. s'écria Berthe.

— Laissez-moi achever. Madame la marquise de Vivianne, à laquelle j'ai parlé de mon projet en montant ici, me promet, non-seulement sa pratique, mais celle de toutes ses amies. Quant à moi, l'influence que j'exerce dans le monde élégant assure une brillante clientèle à la modiste que j'aurai honorée de ma confiance ; vous êtes assurée, dès votre début, de pouvoir occuper plusieurs ouvrières et de vendre à des prix élevés. Joignez à cela la faculté de pouvoir vous loger à un premier ou à un second étage, au lieu de prendre une boutique qui vous entraînerait à des frais considérables et dont vous n'avez nul besoin, puisque votre clientèle existe avant même que vous n'ayez commencé, et vous conviendrez avec moi qu'il est difficile que vous ne fassiez pas de bonnes affaires.

— Mon Dieu ! madame, répondit Berthe, vous m'accablez tellement et je suis si profondément touchée de vos bontés, que je ne trouve plus d'expressions pour vous remercier.

— Je ne vous demande qu'une chose : acceptez-vous ma proposition et avez-vous assez de confiance en moi pour me prendre pour associée ?

— Eh ! madame, ne sais-je pas bien que c'est là un détour délicat pour me forcer à accepter vos bienfaits.

— Du tout, c'est pour moi un moyen de placer dix mille francs à coup sûr, et pour vous une occasion de

sortir à jamais d'embarras, peut-être même de faire une
petite fortune. Ainsi voilà une affaire faite, n'est-ce pas ?
D'ailleurs vous ne pouvez me refuser, l'appartement est
déjà loué.

— Déjà ! s'écria Berthe.

— Et demain il sera meublé.

Berthe et sa mère croyaient rêver.

— Oh ! dit Nubia, je veux que votre établissement soit
en pleine activité avant huit jours.

Elle reprit, après un moment de réflexion :

— Il n'y a que les ouvrières dont je n'ai pu m'occuper, vous seule pouvez les choisir et les engager ; il
faudrait vous occuper de cela dès demain ; mais nous
commencerons par aller voir ensemble votre logement,
qui sera garni de ses meubles, rideaux, comptoirs, etc.,
avant deux heures ; ayez donc l'obligeance de venir me
prendre à cette heure.

Nubia se leva.

— Ah ! dit elle, j'ai fait prendre ce matin des nouvelles de M. Castagnède, il est un peu plus calme et les
médecins ne désespèrent pas de le rendre à la raison.

— Mon Dieu ! madame, murmura Berthe d'une voix
tremblante d'émotion, je me demande ce que pourrait
faire de plus pour nous un ange descendu du ciel.

— Croyez-moi, chère enfant, lui répondit Nubia d'un
ton pénétré, la plus heureuse de nous deux, ce n'est pas
vous. Allons, à demain.

En sortant, la princesse Nubia et Valentine rencon-
trèrent Sandoz.

— Pristi ! murmura le journaliste, vivement contrarié,
rencontré dans mon costume de petit lever, je n'aime
pas ça.

Il avait sa vareuse rouge, sur laquelle en passant devant les deux grandes dames, il promena, comme
toujours, ses doigts sur les boutons qui n'existaient plus.

Il salua et disparut comme un éclair.

— Quel est donc ce monsieur ? demanda Nubia à Valentine.

Celle-ci lui dit qui était Sandoz, lui raconta sa visite aux deux amis, leur embarras, évidemment basé sur une gêne profonde, et la somme relativement considérable qu'ils avaient fournie le lendemain.

— Pauvres jeunes gens ! murmura Nubia.

Elle reprit après un moment de réflexion :

— Ce monsieur Loustel ne vend donc pas sa peinture ?

— Fort peu.

— Il n'en a peut-être pas à vendre ?

— Au contraire, il a, entre autres, une bataille des Cimbres qu'il recommande à tout le monde, même à la concierge, qui l'a dit à ma femme de chambre, par laquelle je le sais.

— Ah ! une bataille des Cimbres.

On était à la porte de la marquise de Vivianne.

Nubia la salua et rentra chez elle.

XXVII

LA VALSE

Le comte Micaïloff, qui avait exercé en Russie les plus hautes fonctions, possédait une fortune considérable et menait un train princier partout où il passait.

Il s'était fait bâtir, rue Saint-Dominique, non loin de l'esplanade des Invalides, un des plus magnifiques hôtels du faubourg Saint-Germain.

On citait surtout deux salles de bal extraordinaires à la fois par leurs dimensions et par le goût et le luxe avec lesquels elles étaient ornées : une salle d'hiver et une salle d'été.

Cette dernière était une immense serre dont le centre, disposé pour bals ou soirées musicales, pouvait contenir plus de trois cents personnes.

La salle d'hiver était surtout remarquable par ses fresques, ses statues de marbre et ses vases de bronze, toujours garnis de plantes rares.

L'une et l'autre salles étaient éclairées les jours de réception, et la serre devenait une ravissante promenade pour les danseurs fatigués ou pour ceux qui voulaient aller respirer là un air plus frais que l'ardente atmosphère du bal.

Il était onze heures et déjà il y avait foule quand le valet chargé d'annoncer les invités jeta ces noms d'une voix retentissante :

— M. le duc de Vivianne, M. le marquis et madame la marquise de Vivianne, madame Savari.

La jeune femme entra, fraîche et rayonnante, au bras de son mari.

Madame Savari et le duc précédaient les jeunes époux.

Le duc de Vivianne avait passé la soixantaine, mais il paraissait à peine âgé de cinquante ans.

D'une taille un peu au-dessus de la moyenne, élancé, dégagé dans tous ces mouvements, d'une distinction naturelle, il n'avait rien du vieillard sinon la chevelure, entièrement blanche, mais très-abondante, ce qui doublait l'éclat de deux yeux noirs et pleins de feu.

Après eux, le domestique annonça :

— Madame la princesse de Villaflor.

Le comte Micaïloff accourut offrir son bras à Nubia, qui entra, vêtue de blanc avec quelques rubans de ve-

ours rouge au corsage et des fleurs rouges dans ses cheveux noirs.

Tous les regards se portèrent sur la merveilleuse princesse.

Alors il se passa quelque chose d'étrange.

Une admirable blonde, aussi éblouissante de toilette
que de beauté, succédait à Nubia.

Quand le domestique lui demanda son nom pour
l'annoncer, elle recula, se troubla visiblement, et dardant un regard de feu sur la princesse de Villaflor, qui
passait triomphante au milieu de la foule émerveillée,
elle ne répondit pas.

C'est que cette femme c'était madame Marcasse,
c'était l'orgueilleuse Diane de Peyras, qui se trouvait
tout à coup en face de l'affront le plus sanglant qui pût
lui être infligé, affront qu'elle avait toujours prévu et
redouté, c'est-à-dire l'humiliation profonde, écrasante,
d'entendre son nom roturier, vulgaire, ridicule, jeté à
une foule aristocratique, immédiatement après celui de
la princesse de Villaflor.

Ne pouvant se résoudre à subir cette honte, elle recu-
lait toujours, pour livrer passage à d'autres invités et
laisser oublier ce nom trop éclatant, quand le cavalier
qui l'accompagnait dit au domestique ;

— Annoncez madame Marcasse et M. Pierre de
Peyras.

Diane fit un mouvement.

Elle voulait crier : Non !

Mais elle comprit que c'était impossible.

Alors elle s'avança pâle, émue, et ce fut avec un frisson d'horreur qu'elle entendit crier ce nom :

— Madame Marcasse !

Et comme si le valet eût été dans le secret de sa torture et se fût fait un plaisir de la prolonger, il laissa
écouler quelques instants avant d'ajouter :

— M. Pierre de Peyras.

L'effet que redoutait Diane dépassa toutes ses craintes.

Le domestique eût annoncé une femme de chambre, que son nom n'eût pas été accueilli avec plus d'indifférence que celui de madame Marcasse.

Pas un regard ne se tourna vers elle, tous restèrent obstinément fixés sur son odieuse rivale, la princesse de Villaflor.

Aussi, la haine dont elle était animée contre elle s'accrut-elle de toute la rage qui lui monta au cœur en ce moment.

Pierre de Peyras avait longtemps hésité à accompagner sa sœur à cette fête et, s'il s'y était décidé enfin, c'est qu'il ne savait où aller, c'est que partout il avait peur.

Seul chez lui, les sinistres pensées dont il pouvait se distraire dans le monde venaient l'assaillir dans son isolement.

Repassant dans sa mémoire les terribles événements des derniers jours, il se figurait toute la police sur pied et voyait sa maison enveloppée de figures équivoques épiant sa sortie.

Sur le boulevard, il soupçonnait des agents dans tous les promeneurs qu'il rencontrait et voyait se détourner de lui tous ceux qui, autrefois, se disaient ses amis deux motifs pour éviter de s'y montrer.

Enfin, il ne pouvait se résoudre à mettre les pieds dans un théâtre depuis que, pendant toute une soirée il avait vu les yeux de Lombart constamment attachés sur lui.

Il avait donc consenti à se rendre avec sa sœur à l'hôtel Micaïloff, convaincu que là au moins il trouverait un refuge contre les affronts et contre les transes qui le poursuivaient partout.

Une fois entrée, Diane se sépara de son frère pour se joindre à un groupe de jeunes femmes avec lesquelles elle était particulièrement liée.

La conversation s'engagea aussitôt, très-vive, très-animée, car elle avait pour base la médisance et la raillerie ; mais, tout en s'y mêlant avec ardeur, Diane ne perdait pas de vue la princesse Nubia, contre laquelle elle semblait méditer quelque sinistre dessein.

Nubia, elle, était allée s'asseoir près de la marquise de Vivianne qui le lui avait demandé comme une grâce avant d'entrer.

Cette grâce avait été d'autant plus facilement accordée, qu'elle répondait au plus vif désir de Nubia, irrésistible-ment attirée vers cette jeune femme pure et naïve comme une fleur de printemps, vers cet intérieur tout rayon-nant de calme, de bonheur, de vertus à la fois solides et charmantes, où deux jeunes cœurs, éperdument et sérieusement épris l'un de l'autre, répandaient au-tour d'eux le charme, le ravissement et la sérénité inal-térables qui donnaient à leur amour un caractère tout particulier de grâce et de force.

Armand était près de sa femme et de sa belle-mère.

Le duc de Vivianne se promenait dans la foule avec son vieil ami, le comte Micaïloff.

Tout à coup un grand mouvement se fit dans la salle.

Un prélude de valse venait de se faire entendre.

— Ma chère Valentine, voulez-vous valser ! dit Ar-mand à sa femme.

— Certainement, répondit la jeune femme en se levant d'un air radieux.

Elle prit son bras et ils s'avancèrent ensemble vers le centre de la salle, où se promenaient déjà une vingtaine de couples en attendant la fin du prélude.

Ils venaient de s'éloigner à peine, quand Nubia qui

11.

les regardait, pensive et absorbée, entendit une voix tremblante balbutier ces mots à son oreille :

— Madame, voulez-vous me faire l'honneur de m'accorder cette valse ?

Elle se retourna et ne put s'empêcher de tressaillir à l'aspect de celui qui lui adressait cette invitation.

C'était Marcel Desvignes.

Puis, fixant sur lui son beau regard, si grave et si doux à la fois, elle allait refuser...

— Oh ! madame ! murmura celui-ci avec un accent désespéré, je vous en supplie, ne me refusez pas, songez que j'attends depuis huit jours cette occasion, que je suis venu avec ce rêve dans le cœur : la voir, lui parler, toucher sa main, respirer le parfum de son haleine.

Le front de Nubia se contracta légèrement.

— Hélas ! madame, reprit Marcel du ton le plus humble et le plus suppliant, n'est-ce pas là ce que vous accorderez ce soir au premier venu ?

— Allons, répondit Nubia, vous me feriez remarquer, j'accepte pour en finir.

— Merci, merci, madame, soupira le jeune homme.

Elle se leva, et, en proie à un trouble causé peut-être par les regards de l'assemblée, qui tout à coup s'étaient concentrés sur elle, elle posa son bras sur celui de Marcel et se dirigea avec lui vers le cercle des valseurs.

Diane, qui ne l'avait pas quittée de vue depuis son entrée et qui avait refusé de valser pour toujours l'observer, se promenait à une certaine distance avec deux amis.

— As-tu vu la belle des belles, la merveilleuse princesse Nubia ? dit-elle en souriant à son frère, qu'elle rencontra sur son passage.

— Pas encore, répondit celui-ci sans s'arrêter.

Il aurait pu répondre : Je n'ai vu personne, tant il

était plongé dans ses pensées et transporté loin de là en imagination.

C'est que le calme, qu'il appelait de tous ses vœux, il ne le trouvait pas plus là qu'ailleurs.

Le bruit, le mouvement de la foule, l'éclat des lumières et des diamants, l'élégance et la beauté des femmes, le charme de la musique, avaient pu l'étourdir un instant, mais n'avaient eu le pouvoir ni d'anéantir ce qui était, ni d'en étouffer chez lui le souvenir et le remords.

Tous les sombres tableaux, un instant effacés par celui qu'il avait sous les yeux, étaient revenus un à un s'étaler devant lui et l'avaient replongé dans les transes auxquelles il avait pu se soustraire un instant ; et, comme un maudit parmi les élus, la crainte au cœur et la pâleur au front, il traînait cet odieux cortége au milieu des joies et des splendeurs du bal.

Enfin, fatigué, écrasé sous le poids de ces souvenirs, il fit un effort pour les secouer, et releva la tête pour regarder la fête en face et ne plus voir au dedans de lui.

Mais alors il demeura comme paralysé de stupeur à l'aspect d'un individu vêtu de noir et cravaté de blanc, comme tout le monde, mais portant à sa boutonnière le ruban de la Légion-d'honneur, et remarquable par une pâleur qui lui donnait un grand air de distinction.

— Robert ! murmura-t-il atterré.

Il ne se trompait pas, ce personnage était bien Robert Talbot.

— Vous ! vous ici ? lui dit-il enfin.

— Que voulez-vous ? Depuis l'accident de ce pauvre Maraton, c'est le nom de l'agent que *nous* avons lancé dans l'espace, je suis signalé et désigné à toute la police sous mon costume de voyou, cela m'a forcé de reparaître sur la scène du monde en parfait gandin ; de plus, décoré, pour imposer la confiance et le respect.

— Mais, dites-moi...

— Rien, quant à présent, on peut nous observer ou saisir un mot en passant, nous partirons ensemble et alors j'aurai bien des choses à vous dire. Seulement, une nouvelle, en passant : M. Lubin n'est pas mort ; mais il est paralysé pour toute sa vie.

Il poursuivit son chemin, et comme tout le monde, alla se mêler au cercle immense qui s'était formé autour des valseurs.

Pierre de Peyras l'imita, pâle et bouleversé, mais espérant oublier là les nouveaux sujets d'épouvante que lui suscitaient l'audace et la témérité de son complice.

Parmi les valseurs, deux couples avaient fini par absorber l'admiration de la foule : Nubia et Marcel d'une part, et de l'autre, Armand de Vivianne et Valentine.

La jeune marquise, souple, légère et gracieuse comme un oiseau, effleurait le parquet du bout de ses petits pieds et avait l'air de palpiter en valsant comme si elle allait prendre son vol.

Elle tournait ainsi depuis dix minutes, et les traits colorés, épanouis par le plaisir de la danse, elle ne semblait pas près de s'arrêter, quant tout à coup elle jeta un cri, pâlit, chancela et faillit tomber sur le parquet.

Elle venait de voir se dresser dans la foule, l'œil implacable, les traits contractés par la plus violente colère, la tête du terrible Pierre de Peyras.

Et elle se sentit mourir à la pensée de tout ce qui allait se passer.

XXVIII

UNE APPARITION

Effrayé à l'aspect de sa jeune femme s'affaissant tout à coup dans ses bras, pâle et défaillante, Armand l'entraîna rapidement loin des danseurs.

— Chère Valentine, dit-il en pressant tendrement son bras sous le sien, qu'avez-vous donc ?

— J'ai ressenti une douleur au pied, répondit la jeune femme en promenant autour d'elle des regards inquiets, mais si vive, que je n'ai pu retenir un cri.

— Mais cela va se passer sans doute, et nous pourrons recommencer.

— Oh ! non, dit vivement Valentine, je souffre encore beaucoup.

— En effet, vous êtes encore bien pâle ; voulez-vous vous promener un peu dans la serre ?

— Non, répondit la jeune femme, qui venait de rencontrer la tête de Pierre de Peyras et qui y lisait avec épouvante la joie anticipée de quelque horrible vengeance ; non, je préfère me reposer.

— Vous souffrez toujours ?

— Oui, mon ami, retournons près de ma mère, je vous en prie.

Armand s'empressa de la conduire vers sa mère, et la jeune femme, avec cet instinct de ruse qui se retrouve chez les plus innocentes, s'appuya sur son bras un peu plus que de coutume pour bien le convaincre de son malaise.

Valentine s'assit près de sa mère, qu'elle s'empressa de rassurer en lui disant que sa pâleur n'avait d'autre cause qu'un léger accident, puis elle engagea très-vivement son mari à aller inviter quelque jeune dame de leurs amies, ce à quoi celui-ci ne se décida qu'à grand'peine et sur les instances réitérées de sa femme.

Dès qu'il se fut éloigné, Valentine dit à sa mère :

— Non, il ne m'est arrivé aucun accident.

— Pourquoi donc as-tu cessé de valser et que signifie cette pâleur ?

— Ma mère, dit la jeune femme d'une voix basse et en frissonnant, il est ici.

— Qui donc ?

— M. de Peyras.

Madame Savari se troubla elle-même à cette nouvelle.

— J'étais en train de valser, bien heureuse, puisque je valsais avec Armand, quand tout à coup je l'aperçois dans la foule, dardant sur moi un regard dont l'expression était si cruelle, qu'il me pénétra au cœur comme une lame d'acier. A sa vue je me suis sentie défaillir. Armand m'a entraînée, et j'ai prétexté un mal au pied pour ne plus danser, j'ai même refusé d'aller me promener avec lui dans la serre, craignant d'y être suivie par cet homme qui, je le devinais dans son regard, toujours fixé sur moi, était capable de venir me parler au bras d'Armand et d'exciter sa colère pour amener un duel.

— Tu as bien fait de venir près de moi, mon enfant ; si audacieux que soit cet homme, il n'osera t'adresser la parole près de ta mère et devant toute une salle.

— Je l'espère, mais j'ai bien peur, ma mère, répondit la jeune femme en promenant de tous côtés des regards pleins d'anxiété.

La valse avait continué pendant ce temps ; mais tous

les couples se retirant successivement à mesure qu'ils étaient vaincus par la fatigue il n'en restait plus qu'un.

C'était Marcel Desvignes et la princesse de Villaflor.

Alors le cercle des curieux se grossit et se resserra de plus en plus.

Un moment ils s'arrêtèrent et se mirent à marcher lentement dans le cercle qui les enveloppait.

Et comme si l'orchestre eût été subitement inspiré par la beauté de la valseuse et par la passion de son cavalier, il exécuta une valse hongroise dont le caractère d'une poésie pénétrante, d'une mélancolie grave et ardente à la fois, les impressionna vivement eux-mêmes.

Ils s'élancèrent au milieu d'un silence profond, d'une émotion si enthousiaste, quoique contenue, qu'on n'entendait d'autre bruit dans l'immense salle que celui de la robe de Nubia fouettant l'air, se collant à ses hanches et dessinant avec une voluptueuse netteté ses formes admirables.

Pierre de Peyras était parmi les curieux qui admiraient Nubia; mais, en affectant d'être absorbé comme les autres, par l'éblouissante beauté et la grâce étrange et incomparable de celle-ci, ses regards se portaient fréquemment sur la marquise de Vivianne, pour laquelle il était invisible au milieu de la foule.

— Pierre, murmura tout à coup une voix à son oreille.

Il se retourna, c'était Robert Talbot.

Celui-ci lui fit signe de le suivre.

Pierre de Peyras eût bien voulu se soustraire à cette invitation, mais l'audace de son complice l'effrayait et il redoutait tout de sa violence naturelle, surexcitée encore par les dangers qui l'entouraient de toutes parts.

Il se dégagea donc de la foule, se laissa prendre le bras par Robert et se dirigea avec lui vers la serre, entièrement déserte en ce moment.

Une fois là et quand il se fut assuré qu'ils étaient bien seuls, Robert dit à Pierre de Peyras :

— Eh bien ! que savez-vous enfin de cette princesse ? a-t-elle décidément des relations avec cette marchande à la toilette ?

— Très-positivement.

— La Turmole vous a fait des confidences ?

— Mieux que cela, elle a reçu et caché ma sœur chez elle, afin qu'elle pût voir de ses propres yeux.

— Eh bien ?

— Eh bien... elle a vu.

— Elle a vu venir la princesse Nubia chez cette femme ?

— Oui.

— Alors tout ce que vous supposiez est vrai, cette femme est une audacieuse intrigante et, de plus, une femme perdue.

— Ceci n'est encore qu'une supposition.

— Qu'allait-elle donc faire chez une créature comme la Turmole ?

— Ce qu'elle allait y faire va vous révéler tout de suite ce qu'elle est.

— Eh bien ?

— Eh bien ! elle allait se faire *émailler* par la Turmole, qui joint cette industrie à beaucoup d'autres, une cicatrice entre les deux épaules.

— Alors, dit vivement Robert, c'est la comtesse de Fougeraie.

— Cette ressemblance presque impossible, cette cicatrice et le soin qu'elle prend pour la dissimuler, tout le prouve jusqu'à l'évidence.

— Ah ! mais cette révélation explique bien des choses, murmura Robert. Ainsi, un fait qui confondait notre raison et restait impénétrable pour nous, ce récit imprimé qui, sous le titre de *Drame de Fougeraie*, racontait dans le plus grand détail des faits qui n'avaient d'autres témoins que nous-mêmes, ce mystère nous est enfin expliqué : c'est elle qui, évanouie, mais entendant et comprenant tout ce qui se passait, phénomène assez ordinaire, c'est elle qui a tout raconté à l'auteur de ce récit, c'est-à-dire à M. Lubin, son complice.

— Cela me paraît prouvé ; et ce n'est pas tout, quelle autre que la comtesse de Fougeraie a pu, sous ce costume de Mauresque, poursuivre de sa haine ma sœur et moi ? Diane, pour m'avoir procuré l'accès de sa maison avec le désir et la prévision des malheurs de toute nature qui en sont résultés, elle le croit et le lui a dit ; moi, pour la violence que je lui ai fait subir et pour le meurtre de son mari.

— Oui, oui, la Mauresque, c'est elle, et l'infernal M. Lubin n'a été que l'instrument de sa vengeance.

Robert ajouta après une pause :

— Mais nous aussi, il nous faut une vengeance, et elle sera terrible. J'aurais voulu pouvoir la démasquer ce soir devant cette foule niaisement idolâtre de sa beauté, et leur crier à tous : « Cette femme est une princesse de contrebande ; c'est la comtesse de Fougeraie, et voilà sa marque, qu'elle a cachée sous une couche de blanc, comme elle a caché son nom compromis sous un grand titre. » Mais cette exécution, elle eût pu la retourner contre nous ; j'y renonce donc, mais pour une vengeance plus cruelle, plus complète, et si effroyable, qu'elle préférerait la mort, si je lui donnais le choix.

— Qu'est-ce donc ? lui demanda Pierre de Peyras.

— Connaissez-vous les propriétés de l'eau-forte ?

— C'est de brûler ce qu'elle touche.

— Eh bien ! je veux lui en répandre une fiole sur le visage. Cette beauté, dont elle est si fière, et devant laquelle tout le monde s'incline, je veux qu'elle disparaisse pour faire place à une laideur repoussante.

— C'est cruel, en effet, répondit Pierre, qui ne put s'empêcher de frémir.

— Ce n'est pas seulement une vengeance, c'est encore et surtout une nécessité. Quand l'oncle Jean aura devant les yeux cette figure rongée, sanguinolente, sans ligne, sans forme, sans rien d'humain, alors seulement il s'indignera de voir cette femme se parer d'un nom et d'un titre qui ne lui appartiennent pas; alors seulement il n'hésitera pas à la repousser et à casser le testament qui la faisait huit fois millionnaire, et, cela fait, rien ne s'opposera plus à ce que vous héritiez... Rien qu'un souffle à éteindre, l'affaire d'une minute...

— Oh! tenez, ne me parlez pas de cela, s'écria Pierre de Peyras.

— Il en faut parler, au contraire; vous semblez oublier que nous sommes plus menacés que jamais, et je me vois obligé de vous rappeler sans cesse que vous et moi, nous ne faisons plus qu'un désormais, et que mon arrestation, si elle a lieu, ne précédera la vôtre que de quelques heures. D'un instant à l'autre, je puis être pris, et je le serai inévitablement, si je reste à Paris huit jours encore. Vous ne savez donc pas que tous les jours il me faut faire des prodiges, pour vivre, pour circuler dans les rues, pour m'attabler dans une guinguette, pour me faire admettre dans un garni?

— Je me demande, dit Pierre, comment vous avez pu, sous vos hideux vêtements de voyou, pénétrer chez un tailleur et vous faire habiller de la sorte.

— Il le fallait, toute la police était à mes trousses, je ne pouvais lui échapper que par une transformation rapide et complète. Une fois bien convaincu de cette nécessité, je me décidai à entrer chez un grand tailleur, où j'étais sûr de trouver un vêtement complet tout confectionné. Ce ne fut pas sans trembler et sans de longues hésitations que je me décidai enfin à franchir le

seuil de son magasin tout étincelant de lumière. Je
jouais ma tête en ce moment, mon trouble pouvait
éveiller la défiance du tailleur, un agent pouvait passer
par là, le moindre incident pouvait me perdre.

— Comment vous êtes-vous tiré de là?

— Je me suis présenté comme un commissionnaire,
stationnant rue de Rivoli, près de l'hôtel Meurice et j'ai
demandé deux vêtements complets pour un étranger
qui était à peu près de ma taille et de ma corpulence.
Je présentais un billet de cinq cents francs, il n'y avait
rien à dire; je sortais au bout d'une demi-heure avec
mes vêtements. J'employai le même procédé pour le
linge, la chaussure et la coiffure, puis je gagnai mon
garni à une heure assez avancée pour ne pas être vu de
mon propriétaire, je m'habillai, je partis vers minuit,
vêtu comme tout le monde, ayant soin d'emporter
avec ces vêtements mes ignobles haillons, que je jetai
dans un égout, et j'allai m'installer dans un hôtel habi-
table, rue Richelieu. Enfin, me voilà échappé à la meute
qui me poursuit dans Paris; elle est maintenant sur une
fausse piste, flairant partout le voyou et incapable de le
soupçonner sous la peau du gandin, du moins d'ici à
quelque temps; mais par combien de ruses, de transes,
d'épouvantes ai-je acheté cette heure de trêve? Et combien de temps encore pourrai-je tromper cette meute
infatigable? Huit jours au plus, ne nous faisons pas
illusion, il faut donc qu'avant huit jours tout soit fini.

La valse cessait en ce moment; quelques danseurs se
dirigeaient vers la serre. Pierre de Peyras et Robert
rentrèrent dans la salle de bal.

Ils venaient d'y pénétrer à peine quand un des domestiques qui circulaient avec des glaces et des gâteaux
s'arrêta devant eux, son plateau à la main.

Ils prirent une glace l'un et l'autre; alors le valet,
après avoir regardé Robert avec attention, tint d'une

main son plateau qui était vide, fouilla de l'autre dans sa poche, en tira une petite boîte en carton, la lui remit et s'éloigna.

Robert, stupéfait, ouvrit la boîte.

Puis il pâlit affreusement.

— Qu'est-ce donc? demanda Pierre inquiet.

Robert lui tendit la boîte sans pouvoir proférer une parole.

La boîte contenait, posé sur une couche d'ouate, la moitié d'un petit doigt en cire, parfaitement modelé et colorié.

XXIX

AU CLAIR DE LUNE

Pierre de Peyras n'avait pas été moins bouleversé que Robert à la vue de ce singulier cadeau.

Il y eut un moment de silence.

— Eh bien, dit Robert avec un sourire qui, sur ses traits pâles et contractés, avait quelque chose de lugubre, que dites-vous de cette surprise?

— Mais, répondit Pierre stupéfait du ton dégagé dont il lui adressait cette question, je dis qu'elle n'a rien de rassurant, et je m'étonne que vous l'acceptiez avec ce sans-façon.

— Vous ne comprenez donc pas, reprit Robert, toujours du même air et sur le même ton, qu'il faut que je sourie à tout prix, dussé-je mourir de la contrainte que je m'impose.

— Pourquoi cela? demanda Pierre.

— Pourquoi? Parce qu'il y a quelque part, dans cette salle, au milieu de ces hommes qui ne songent qu'au plaisir, deux yeux braqués sur moi à cette heure et étudiant sur mon visage l'impression que me fait ressentir la vue de ce doigt mutilé, parce qu'il se peut que celui qui, en ce moment, me soumet à cette épreuve, ait un doute au lieu d'une certitude et qu'il dépend de moi de détruire ou de confirmer ses soupçons. Un sourire suffit peut-être pour le convaincre qu'il s'est trompé. Voilà pourquoi je souris, et je vous engage à m'imiter.

— Vous souriez, oui, répliqua Pierre, mais il est fâcheux que vous n'ayez pas pu vous dominer au point d'empêcher vos traits de pâlir et de se contracter.

— Ah! dit Robert, vous croyez?...

— Que votre sourire est funèbre; qu'il dément l'air dégagé que vous voulez prendre et qui ne saurait tromper celui qui vous observe.

Il reprit, après avoir fouillé du regard la foule qui fourmillait devant lui :

— Si M. Lubin n'était pas à moitié mort....

— Je vous le répète, il est paralysé pour sa vie entière, il ne peut ni parler ni bouger.

— Qui vous l'a dit?

— Tout les fournisseurs de la rue Beautreillis et des rues adjacentes que j'ai interrogés, en prétextant une commission dont j'avais à m'acquitter près de lui.

— La maison est donc abandonnée?

— Complétement, sa servante l'a accompagné à la campagne.

— Mais comment ces fournisseurs connaissent-ils son état?

— Par sa servante, qui est venue ces jours-ci pour acquitter quelques notes, voulant, disait-elle, mettre ordre aux affaires de son maître, qui, paralysé et tombé en enfance, n'avait peut-être plus quinze jours à vivre.

— C'est ce que je lui souhaite du plus profond de mon
cœur.

Il ajouta :

— Ce n'est donc pas M. Lubin, mais alors qui a pu ...
qui sait! Lombart peut-être?

— Et si c'était lui, reprit Pierre, celui-là n'aurait aucune épreuve à tenter, car il vous connaît, car il vous a
vu dans cette toilette pendant toute une soirée, à l'Opéra-Comique, et soyez sûr que chaque trait de votre visage est resté gravé dans sa mémoire.

Par un effort héroïque, Robert gardait toujours sur
ses lèvres son immuable sourire, cependant ce fut d'un
ton accablé qu'il répondit :

— Lombart ou tout autre, je ne sais, je suis incapable
de réfléchir, ma tête se perds, je suis à bout de forces, le
découragement s'empare de moi, je suis las de lutter
et je suis presque tenté d'en finir avec cette vie de transes et d'anxiétés en allant me livrer moi-même.

— Vous êtes fou, Robert.

— Croyez-vous qu'il n'y ait pas de quoi ébranler le
cerveau le plus solide, l'énergie la mieux trempée? Quoi!
je change d'enveloppe, de milieu, de physionomie, tout
cela au milieu de la nuit, sans être vu! J'accomplis des
prodiges, je m'élance des bouges de la barrière au milieu
d'un des plus aristocratiques hôtels du faubourg Saint-
Germain, et quand j'ai tout prévu, quand j'ai mis un
abîme entre moi et mes persécuteurs, quand je les ai
laissés perdus dans les fanges de la Courtille pour me
promener dans les serres du comte Micaïloff, je les retrouve aussitôt sur mes talons! Ah! je vous le répète,
c'est à en perdre la tête et il me semble que la mienne
va éclater.

— Quel parti allez-vous prendre? demanda Pierre.

— C'est la question que je me suis posée vingt fois
depuis dix minutes sans pouvoir y répondre.

— Il faudrait sortir au plus vite.

— Oui, mais comment? Voilà le problème. Dois-je sortir comme tout le monde, ouvertement, tête levée, par la grande porte? ou bien dois-je chercher quelque moyen d'évasion comme un prisonnier qui sait qu'à la porte il va trouver une sentinelle? l'un et l'autre moyen est également dangereux: en adoptant le premier, je risque d'aller me jeter tête baissée dans la gueule du loup; si je choisis le second, l'évasion par une fenêtre ou par le mur du jardin, je m'expose à être vu et arrêté par un domestique, ce qui, dans la position où je me trouve, entraînerait pour moi les plus graves conséquences; que faire? Voilà ce que je ne puis résoudre.

— La situation est difficile et il faut réfléchir avant de prendre un parti.

— Oh! tenez, murmura Robert avec un grincement de dents et une expression de physionomie qui passa comme un éclair, mais qui donna à ses traits une férocité de bête fauve, tenez, si dans l'état où je suis, je rencontrais un ennemi sur mon chemin, oh! malheur à lui! je le tuerais comme un chien.

— Malheur à vous plutôt, répliqua Pierre, si vous ne pouvez vous contraindre et recouvrer le sang-froid qui peut seul vous sauver.

— Dirigeons-nous vers la porte, dit Robert, et étudions les physionomies que nous rencontrerons de ce côté.

Pendant qu'ils s'éloignaient de la serre, quelques personnes allaient chercher là un air moins chargé que celui du bal.

Cette serre, immense et très élevée, renfermait, outre des arbustes chargés de fleurs, tels que les magnolias et les camellias, des grands arbres exotiques, des palmiers, des cocotiers, des fougères gigantesques qui, éclairés par des guirlandes de verres de couleur, formaient un tableau féerique.

La princesse Nubia était de celles qui avaient voulu aller respirer le grand air après la valse.

Elle était seule et, voulant jouir en toute liberté du calme et du repos d'esprit qu'elle était venue chercher là, elle avait pris une allée d'orangers qui avait à ses yeux le double avantage d'être peu éclairée et de longer les fenêtres qui donnaient sur le jardin.

Elle la parcourut lentement et s'arrêta à la fenêtre qu'elle trouva ouverte.

La lune éclairait le jardin.

Délicieusement absorbée par cette pénétrante poésie de la nuit, elle se laissait aller à une de ces rêveries sans objet et pourtant pleines de charme où vous jettent les spectacles de la nature endormie, quand elle sentit quelque chose effleurer sa main qu'elle avait posée nue sur l'appui de la fenêtre.

Elle la retira avec un geste d'effroi. Puis, en abaissant son regard, elle aperçut de l'autre côté de la fenêtre, agenouillé dans le sable du jardin, un jeune homme qui levait sur elle un regard suppliant.

Elle reconnut Marcel.

C'était lui qui venait d'effleurer de ses lèvres la main de Nubia.

Elle fit un mouvement pour s'éloigner, mais celui-ci se levant aussitôt :

— Madame, lui dit-il, je vous en supplie, restez.

Nubia ne répondit pas et parut hésiter.

— Madame, lui dit-il d'une voix tremblante d'émotion, je ne vous parlerai pas de mon amour, mais je vous en prie, restez là près de moi, laissez-moi vous contempler au sein de cette nature calme, lumineuse et pure dont le charme se marie si bien à votre suave beauté, qu'il semble que vous soyez née d'un de ces pâles rayons qui embellissent tout ce qu'ils touchent.

Nubia fixa sur lui ses beaux yeux noirs, et, d'une voix grave :

— Ecoutez-moi, monsieur, lui dit-elle, vous m'aimez, dites-vous, je le crois, et c'est parce que je suis convaincue de cet amour, c'est parce qu'il me paraît non-seulement sincère, mais profond, mais ardent jusqu'au délire, que ma conscience m'ordonne de vous éclairer.

Marcel posa sa main sur le bord de la fenêtre, devint affreusement pâle et murmura d'une voix éteinte :

— Mon Dieu ! que va-t-elle dire ?

Nubia l'entendit et, laissant tomber sur lui un regard plein de pitié :

— Je dois vous dire la vérité, reprit-elle, et la vérité, c'est que je ne m'appartiens plus.

— Pourtant, madame, balbutia Marcel, vous n'êtes pas mariée.

— Non, mais ma parole est irrévocablement engagée et je le serai avant un mois.

— Madame, murmura Marcel en se penchant vers elle, oh ! ne me dites pas cela, ne me dites pas que cet arrêt est irrévocable, laissez-moi espérer, je vous aime tant, madame, qu'il est impossible que vous ne vous laissiez pas toucher. Madame, écoutez-moi, et je vous en supplie, veuillez répondre franchement, loyalement à la question que je vais vous adresser.

Nubia attendit.

— Madame, aimez-vous celui auquel vous avez engagé votre parole ?

La réponse se fit attendre un instant.

— Que je l'aime ou non, peu importe, dit-elle ; car, dans l'un ou l'autre cas, je serai fidèle à mon engagement.

— Je vous en supplie de nouveau, madame, reprit Marcel, veuillez répondre à ma question, l'aimez-vous ?

II.   12

— Il ne me convient pas de répondre à cela, dit froidement Nubia.

— Vous ne l'aimez pas, madame, dit vivement Marcel, quelque chose me dit là que vous ne l'aimez pas; et vous iriez vous enchaîner à lui pour toujours ! Non, cela ne se peut pas. Ecoutez-moi, madame, et c'est dans l'intérêt seul de votre bonheur que je vous adresse cette prière, ne sacrifiez pas votre vie entière à une parole donnée inconsidérément peut-être, consultez-vous sérieusement, n'écoutez que la voix de votre cœur, ne prenez que lui pour arbitre, et alors, quelle que soit votre décision, me fût-elle contraire, je m'inclinerai et je bénirai Dieu, car j'aurai la certitude que vous êtes heureuse.

Nubia se sentit troublée.

Il y avait tant d'enthousiasme, tant d'amour vrai, tant de larmes contenues dans la voix du jeune homme, que malgré elle, elle était émue de pitié.

— Je vous le répète, madame, reprit Marcel à voix basse et d'un ton pénétré, c'est pour vous, pour vous seule que je vous supplie de réfléchir avant de vous engager dans un lien qui, suivant le choix que vous aurez fait, sera une éternité de bonheur ou un supplice sans fin.

Il se baissa, prit sa main, la garda, malgré une légère résistance, et, l'appuyant sur ses lèvres :

— Oh ! madame, murmura-t-il, où donc trouverez-vous un amour comme le mien? Nulle part, oh ! je vous le jure. Tous les intérêts, tous les sentiments, les passions qui m'agitaient autrefois, vous les avez effacés de ma vie, et vous rayonnez seule au fond de mon cœur, comme au fond d'un sanctuaire une image éternellement adorée. Pour un mot d'espoir, pour une heure passée à vos genoux, les yeux dans vos yeux, pour cette heure d'ivresse, je donnerais sans hésiter ma vie entière ;

madame, serez-vous impitoyable? me laisserez-vous partir sans un souvenir, sans un mot de consolation?

Nubia allait retirer sa main, mais elle y sentit tomber une larme.

C'était trop; sous cette larme son cœur se fondit.

Après une pause, pendant laquelle le jeune homme dévorait du regard ses traits visiblement émus, elle arracha violemment une fleur d'arbuste, c'était un camellia, l'appuya contre ses lèvres: puis, la donnant à Marcel:

— Tenez, lui dit-elle d'une voix brève et profondément agitée; mais partez, je ne veux plus vous rencontrer ce soir.

Marcel déposa un dernier baiser sur sa main et disparut avec la fleur.

Au même instant une main de femme se posa sur l'épaule de Nubia.

Elle se retourna vivement et se trouva en face de madame Marcasse.

XXX

LA GUERRE

La princesse Nubia tressaillit et se troubla à l'aspect de madame Marcasse.

— Qu'en dites-vous, madame, lui dit celle-ci d'un ton ironique, ne trouvez-vous pas qu'il manque quelqu'un à cette jolie scène d'amour?

— Je ne vous comprends pas, madame, répondit Nubia, qui rougit sous le regard insolemment railleur de Diane.

— Celui qui manquait là, madame, reprit celle-ci, c'est le témoin obligé de ces charmants marivaudages dans toute espèce de drame ou de comédie, c'est-à-dire le jaloux dupé, Sganarelle ou Othello, aujourd'hui le comte Jean de Peyras.

Nubia resta muette et interdite.

— Vous l'avez terriblement ensorcelé, ce pauvre oncle Jean, poursuivit Diane, triomphant impitoyablement de l'embarras de sa belle rivale ; mais si *possédé* qu'il soit, je suis curieuse de savoir comment il prendra le récit de ce duo d'amour au clair de lune, car je ne saurais le priver d'une si gracieuse histoire.

— Qui vous dit, répliqua enfin Nubia, que je ne la lui aurai contée avant vous ?

— A votre manière, oui ; mais je préfère la mienne. On a la ressource de nier, je le sais, et on en use, surtout lorsqu'il n'y a pas de preuves, mais j'aurai autre chose à lui raconter, à l'oncle Jean, et cette fois avec preuve à l'appui.

Un sourire de dédain fut la seule réponse de Nubia.

Diane reprit en dardant sur celle-ci un regard plein d'une joie cruelle :

— Je le prierai de me dire, à moi femme, qui ignore certains mystères de la vie parisienne, ce que peut aller faire la femme la plus belle et la plus élégante de Paris chez une marchande à la toilette, où, à coup sûr, elle ne va pas pour acheter.

— Je ne..... je ne sais ce que vous voulez dire, répliqua Nubia toute déconcertée.

— Ah ! vous ne savez ! murmura Diane en se rapprochant et en changeant tout à coup de ton, eh bien, je vais vous dire, moi, non *tout* ce que vous allez faire chez la Turmole, mais une des raisons qui vous y attirent.

Nubia recula sous le regard foudroyant dont l'enveloppait madame Marcasse.

— Cette raison, madame, reprit Diane d'une voix frémissante, c'est le besoin de faire disparaître certaine
cicatrice qui pourrait faire reconnaître la comtesse
Louise de Fougeraie sous la prétendue princesse Nubia
de Villaflor.

A ces mots, la scène changea tout à coup de caractère.

Au lieu de rester écrasée sous le poids de cette révélation, comme Diane s'y était attendue, Nubia se redressa
comme une lionne blessée et, regardant en face madame
Marcasse, qui, à son tour, se sentit au cœur un vague
effroi :

— Ah ! vous savez cela, lui dit-elle d'une voix stridente
et les dents serrées l'une contre l'autre, ah ! vous m'avez
espionnée, vous avez pénétré ce mystère et vous com-
mettez l'imprudence de m'arracher le masque sous lequel
je me cachais ! et vous vous enorgueillissez de cela
comme d'un triomphe ! Ah ! vous avez été mal inspirée,
madame.

Elle se tut un instant, fit quelques pas dans l'étroite
allée où se passait cette scène, puis s'arrêtant brusquement devant Diane, qui, elle, perdait peu à peu son
audace et se sentait prise d'une vague et indéfinissable
appréhension :

— Eh bien ! oui, lui dit-elle d'un ton grave et déterminé, oui, je suis Louise de Fougeraie, mais ce n'est pas
tout, car vous n'avez découvert qu'une partie de la vérité
et je veux vous la dire tout entière : non-seulement je
suis Louise de Fougeraie, mais je suis aussi la Mauresque
de l'hôtel de Sordes, celle qui a infligé à votre frère une
flétrissure ineffaçable et qui vous a dit, à vous, cette
parole que vous ne pouvez avoir oubliée : C'est le dernier sourire qui passera sur vos lèvres.

Cette fois encore, Nubia se tut, comme pour laisser

12.

s'apaiser la violente agitation à laquelle elle était en proie.

— Qu'en dites-vous? reprit-elle enfin, cette prédiction, accueillie alors par vous avec un méprisant dédain, s'est-elle vérifiée ? S'est-il trouvé depuis, une heure, une minute dans votre vie où vous ayez eu le courage de sourire ? Eh bien! retenez ce que je vais vous dire, et rappelez-vous que je ne fais pas de vaines menaces, avant trois jours, vous pleurerez toutes les larmes de votre corps l'imprudence que vous venez de commettre, en me forçant à me rappeler deux choses : que je suis Louise de Fougeraie et que vous êtes une de Peyras.

— Une de Peyras! répliqua Diane, mais qu'avez-vous donc à reprocher à moi et aux miens ?

A cette question, les sourcils de Nubia se contractèrent violemment, le sang lui monta au visage et un frisson d'horreur et de colère agita tout son corps.

— Ce que j'ai à vous reprocher, murmura-t-elle d'une voix sourde, oh ! peu de chose ; j'étais heureuse, j'avais la fortune, la jeunesse, la beauté, j'avais à la fois les triomphes du monde et les joies du foyer, j'adorais mon mari et j'en étais idolâtrée ; enfin mon bonheur était si complet, qu'il excitait l'envie de toutes les femmes, et que chez l'une d'elles, mon amie celle-là, l'envie alla jusqu'à la haine. Ce qu'elle fit alors pour se venger, se venger de quoi? des marques d'affection que je lui prodiguais, mais dont elle n'était qu'humiliée, ce qu'elle fit!... je vous l'ai dit dans une note imprimée, où vous avez dû reconnaître les sentiments de la Mauresque, les miens, puisque je n'ai plus rien à dissimuler. Oui, cette femme odieuse a introduit chez moi un monstre, un misérable qu'elle savait capable de tout, et qui, en sortant de cette maison, qu'il avait trouvée rayonnante de calme et de bonheur, y laissait la honte et la mort, une souillure et un crime.

Et, vivement impressionnée par les souvenirs qu'elle venait d'évoquer, Nubia plongea son front dans ses deux mains et laissa échapper un sanglot.

— Un crime! mon frère! un crime! s'écria Diane indignée, qu'osez-vous dire là, madame?

— La vérité! répliqua Nubia, en relevant vivement la tête et en essuyant ses larmes, oui, la honte et la mort, voilà ce qu'il a apporté chez moi. Ces deux crimes, lui et vous, sa complice, vous les avez déjà payés cher, mais ce n'est là que le prélude de ma vengeance.

— Ainsi, dit Diane, c'est la guerre que vous nous déclarez à tous deux?

— Guerre terrible, sans pitié, sans merci, qui ne cessera que le jour où j'aurai acquitté ma dette envers vous deux, le jour où vous, madame, vous serez tellement chargée de honte, que vous ne pourrez plus relever le front, ni regarder personne en face; le jour où lui, votre frère, aura été rejoindre dans la tombe celui qu'il a lâchement assassiné.

Ah! il ne vous a pas fait confidence de ses exploits, eh bien! allez l'interroger, et vous saurez tout le mal que vous avez fait le jour où vous est venue la funeste inspiration de détruire mon bonheur. Vous ne vouliez pas aller si loin, je le crois, vous vous seriez contentée de me savoir perdue, déshonorée aux yeux de mon mari et aux yeux du monde; mais le crime engendre le crime, et après avoir rempli vos vœux et assouvi sa passion par la plus odieuse des violences, le misérable a été entraîné à l'assassinat par la main invisible qui pousse incessamment le criminel, et ne lui permet plus de s'arrêter dans la voie du mal, quand une fois il y est entré.

Elle ajouta d'un ton froidement résolu:

— Maintenant, allez trouver le comte de Peyras, et dites-lui tout ce que pourra vous suggérer votre imagination au sujet de mes visites à madame Turmole ; allez, mais hâtez-vous, car dans trois jours, je vous le répète, ma vengeance aura éclaté et elle vous aura broyée.

Diane tressaillit à la façon dont ces derniers mots avaient été prononcés.

— Ah ! reprit Nubia d'une voix basse et frémissante, j'ai bien pleuré, bien souffert, bien désespéré en songeant à mon pauvre bien-aimé, mort dans l'éclat de la jeunesse et dans tout l'épanouissement du bonheur, mort en me maudissant, en me méprisant, moi qui l'adorais et qui n'avais jamais cessé d'être digne de lui...

Elle s'arrêta encore pour contenir les sanglots qui lui montaient à la gorge, puis elle reprit d'une voix toute vibrante de haine :

— Ah ! oui, j'ai cruellement souffert ; mais, dans mon malheur, j'ai cette consolante pensée que toutes ces tortures vous allez les subir à votre tour, et que j'aurai bientôt tiré de vous deux la plus terrible, la plus effroyable des vengeances.

Elle quitta Diane sur ces derniers mots.

Madame Marcasse demeura quelques instants immobile à la même place.

Elle réfléchissait, et ses traits exprimaient une profonde inquiétude.

— Ainsi, murmura-t-elle enfin, elle connaît mon secret, et c'est elle qui, après avoir payé ce secret à madame Beaudoin, l'a poussée à aller le vendre une seconde fois à mon mari ! Mais quel rôle infâme ont donc joué dans toute cette affaire ces deux créatures, la Turmole et la Beaudoin !

Ce rôle, conforme au traité secret qui unissait dans un intérêt commun Fauconnier, madame Turmole et madame Beaudoin, attestait une fois de plus la puissance de cette association infernale.

Un soir que Nubia sortait de chez la Turmole, si soigneusement enveloppée et si bien cachée sous un voile épais, qu'il était même impossible d'entrevoir ses traits, elle avait vu madame Marcasse descendre d'un remise et entrer précipitamment dans l'allée attenant à la boutique de la marchande à la toilette.

Diane aussi avait les traits prudemment enveloppés, mais un mouvement involontaire, au moment où elle descendait de voiture, avait écarté son voile une seconde, et cette seconde avait suffi pour la découvrir aux yeux de la femme qui passait près d'elle et dans laquelle elle était loin de soupçonner une mortelle ennemie.

Après avoir laissé le temps à Diane de disparaître au fond de l'allée, Nubia était rentrée aussitôt chez la Turmole, et lui avait dit :

— Pouvez-vous me dire où va cette femme?

La Turmole avait d'abord refusé de répondre, mais en laissant comprendre qu'il s'agissait d'un mystère très-compromettant pour la belle blonde.

Enfin, cédant à une proposition des plus tentantes et tout en déclarant qu'elle était absolument désintéressée dans cette affaire, elle avait mis le lendemain sa cliente en relation avec la Beaudoin, qui avait livré à celle-ci le secret de madame Marcasse.

Quelques jours après, la contre-partie de cette comédie se jouait entre Diane et la Turmole qui, nous l'avons vu, dévoilait à son tour à madame Marcasse le secret de la princesse Nubia.

Diane, continuant de réfléchir à la scène qui venait de se passer entre elle et Nubia, murmura tout bas:

— Dans trois jours, ma vengeance vous aura broyée! Voilà ce qu'elle m'a dit, et il n'est que trop vrai, ses menaces ne sont pas vaines, j'en ai fait la terrible expérience. Qu'a-t-elle voulu dire? Que médite-t-elle contre moi? Je ne sais, mais ce doit être quelque chose d'hor-

rible. Que faire? Ces promesses-là, elle les tient impitoyablement, je le sais, et je ne puis pourtant plus attendre en victime résignée le coup dont elle me menace et
qui serait mortel peut-être; il faut le prévenir, il faut
frapper avant elle ou je suis perdue. Mais par où et
comment l'atteindre?

Elle réfléchit un instant encore, puis elle reprit en se
dirigeant vers la salle du bal :

— Pierre me conseillera; et d'ailleurs n'est-il pas menacé lui-même? Ne faut-il pas qu'il soit prévenu au plus
vite?

Elle le chercha dans tous les groupes sans pouvoir le
rencontrer.

Elle allait y renoncer enfin, le croyant parti, quand
elle aperçut Robert Talbot rôdant devant la porte de
sortie, l'air soucieux et perplexe.

Le lecteur connaît la raison qui le tenait fixé là.

Il se demandait toujours s'il devait sortir ouvertement par la porte ou chercher ailleurs quelque issue
mystérieuse.

— Savez-vous où est mon frère, monsieur Talbot? lui
demanda-t-elle.

— Il était ici tout à l'heure, répondit celui-ci d'un
air distrait.

— Il ne peut être parti, n'est-ce pas?

— C'est impossible, j'avais même besoin de lui parler,
de le consulter, il m'a promis de revenir et je m'é-
tonne...

Diane l'interrompit.

XXXI

LE SCANDALE

Malgré la profonde préoccupation qui l'absorbait, Diane était frappée d'un mouvement extraordinaire qui se faisait sur un point de la salle.

Tout le monde se portait peu à peu de ce côté.

— Que se passe-t-il là-bas? demanda-t-elle tout à coup à Robert.

— Je ne sais, je vois un cercle immense et compacte au centre duquel sont deux femmes très-pâles et très-émues.

— La marquise de Vivianne et sa mère, je les reconnais, dit vivement Diane en se dirigeant de ce côté.

Voyons maintenant quelle était la cause de la profonde agitation qui se manifestait, non-seulement chez ces deux femmes, mais dans les groupes nombreux qui les entouraient.

Voici ce qui s'était passé pendant qu'avait lieu, entre Nubia et madame Marcasse, la scène que nous venons de mettre sous les yeux du lecteur.

Quand Valentine avait exigé de son mari qu'il s'éloignât d'elle, prenant pour prétexte l'obligation où il se trouvait de faire danser quelques-unes de ses amies, elle avait eu pour but de calmer la fureur jalouse qui éclatait dans les regards de Pierre de Peyras, et, ne voyant pas celui-ci rôder autour d'elle, à partir de ce moment, elle croyait avoir réussi à écarter le danger dont la seule pensée lui glaçait le cœur.

Aussi suivait-elle avec un sourire ravi les évolutions de son mari, qui avait invité à valser la plus gracieuse de ses amies, et loin d'en ressentir la moindre jalousie, elle eût voulu que cette valse se prolongeât jusqu'à la fin de la soirée pour qu'Armand restât tout ce temps loin d'elle.

Elle avait donc les regards fixés sur eux et jouissait même du triomphe qu'ils obtenaient, quand elle entendit une voix murmurer ces mots à son oreille :

— Enfin, madame, j'ai donc le bonheur de me trouver seul avec vous.

Cette voix était celle de Pierre de Peyras qui venait de s'asseoir près d'elle.

A son aspect, Valentine se recula avec une expression d'horreur, et, saisie d'un frisson convulsif :

— Monsieur, oh ! monsieur, je vous en supplie, ne restez pas, ne m'adressez pas la parole, retirez-vous.

— M'éloigner de vous, madame ! répondit Pierre avec une froide ironie, vous n'y songez pas, c'est me commander l'impossible. Quoi ! je viens ici dans le but de tuer le temps et de chasser l'ennui, j'ai la bonne fortune inouïe de vous y rencontrer, et je serais assez ennemi de moi-même pour n'en pas profiter en restant près de vous ! avouez que ce serait bien mal reconnaître les bontés de la Providence.

Pierre de Peyras avait débité ces galanteries à haute voix, de sorte que plusieurs personnes le regardaient avec surprise, quoiqu'elles n'eussent saisi que quelques paroles en passant.

— Mon Dieu ! mon Dieu ! murmura la jeune femme d'une voix défaillante.

Pierre s'était approché d'elle.

Elle se releva encore, et, se pressant contre madame Savari, aussi bouleversée qu'elle :

— Ma mère ! ma mère ! défends-moi, murmura-t-elle.

Dans son trouble, elle laissa échapper le bouquet que ui avait donné son mari en partant.

Pierre le ramassa, et, ouvertement, le porta à ses èvres.

— Monsieur, je vous en supplie, lui dit Valentine à voix basse, mon bouquet, rendez-le-moi.

— Moi, répondit Pierre, toujours à voix haute, moi, madame, vous rendre un bouquet qu'ont touché vos belles mains, qui a effleuré vos lèvres peut-être, demandez-moi plutôt de m'arracher moi-même le cœur de la poitrine, ce me serait, à coup sûr, plus facile.

Et il appuya de nouveau le bouquet sur ses lèvres.

— Monsieur, oh! je vous supplie de baisser la voix, murmura Valentine, qui promenait autour d'elle des yeux hagards.

— Vous voulez que je vous parle bas, madame! reprit Pierre, sans changer de ton.

Déjà huit ou dix personnes s'étaient tenues à distance, stupéfaites, intriguées, mais ne comprenant pas encore.

Valentine voyait ce cercle grossir de minute en minute, et, pâle, éperdue, tournant, tantôt vers sa mère, tantôt vers son bourreau, des yeux hagards, elle murmurait tout bas:

— Qu'il ne vienne pas! ô mon Dieu! qu'il ne vienne pas!

— Mais, monsieur, lui dit enfin madame Savari, vous ne comprenez donc pas que si vous restez, si vous continuez de parler et d'agir comme vous faites, vous allez attirer son mari.

— Je l'espère bien, répondit froidement Pierre de Peyras.

La jeune femme passa la main sur son front, demeura un instant comme étourdie, puis se tournant vers Pierre de Peyras:

— Vous voulez donc le tuer, lui aussi? balbutia-t-elle.

— Oui, si vous m'y contraignez.

— Mais, mon Dieu, que voulez-vous donc ?

— Que vous me donniez votre bras pour faire avec moi un tour de promenade dans la serre.

— Ah ! c'est impossible ! Ne m'avez-vous pas déjà assez compromise ? Mais voyez donc la foule qui s'amasse autour de nous. Oh ! grâce, monsieur, grâce !

— Votre bras ou le duel, répondit Pierre avec un calme implacable.

La valse continuait toujours.

— Vous avez encore cinq minutes peut-être, et c'est tout ce que je vous demande, reprit Pierre ; la valse finira alors, votre mari viendra et vous n'aurez plus le choix.

Valentine hésitait.

La plus cruelle angoisse se lisait sur ses traits pâles et dans ses yeux égarés.

— O ma mère ! ma mère ! que résoudre ? balbutia-t-elle d'une voix éteinte.

— Allons, belle Valentine, décidez-vous, dit Pierre.

Et, devant tous, il prit le bras nu de la jeune femme et y posa ses lèvres.

— Misérable ! cria une voix en ce moment.

Au même instant, une secousse violente l'envoyait rouler sur le parquet.

Il se releva d'un bond et se trouva en face d'un jeune homme, dans lequel il reconnut le marquis de Vivianne.

Un sourire, dans lequel éclatait une méchanceté diabolique, crispa ses lèvres pâles.

— Vous êtes son mari, monsieur ? dit-il en désignant du doigt la jeune femme, cela doit être, comme tous les maris, vous arrivez mal à propos, juste au moment où j'allais obtenir un aveu.

Valentine se leva et jeta un cri, un cri si déchirant, qui exprimait avec une si poignante éloquence l'horreur,

épouvante et l'indignation, que tout le monde en tres-
aillit.

Puis elle resta immobile, livide et tremblante.

Armand alla à elle, la prit par la main et d'une voix
ferme :

— Cet homme ment ! dit-il, je ne vous le demande
pas, je l'affirme, relevez donc la tête, Valentine, et dites tout haut, devant tous, ce qui vient de se passer.

— Non, non, je n'ose, bulbutia Valentine en courbant
la tête.

Il y eut un vague murmure dans l'assemblée.

Ces mots, cette contenance, tout se réunissait pour
la condamner, tout, jusqu'à l'attitude de Pierre de Peyras, qui relevait la tête avec un sourire de triomphe.

— Eh bien ! c'est moi qui vous dirai la vérité, s'écria
tout à coup madame Savari en venant prendre la main
de sa fille.

— Ma mère ! murmura la jeune femme en levant sur
celle-ci un regard suppliant.

— Le silence ne peut plus rien empêcher, répondit
madame Savari, et ton honneur, l'honneur de ton
époux exigent que je parle.

Puis, la main tendue vers Pierre de Peyras, dont le
sourire sardonique et insultant semblait braver tout le
monde :

— Cet homme, dit-elle, poursuit ma fille de son odieux
amour depuis plus de deux ans. Un jour, à Bordeaux, il
dit : « Vous saurez demain quel homme je suis, et ce
qu'il en coûte de me résister ou de me déplaire. » Le
lendemain, il tuait en duel un jeune homme par pure
fanfaronnade, et disait à ma fille : « Le même sort attend
votre frère, si vous persistez à me repousser. » Nous
l'avons fui, nous nous sommes réfugiés à Paris, il nous
y a retrouvées, et tout à l'heure, il disait à mon enfant:
« Soyez à moi, ou je tue votre mari. » Voilà pourquoi,

quand son mari lui a demandé la vérité, elle a répondu :
Je n'ose.

— C'est bien là ce qui vient de se passer, Valentine?
demanda Armand.

— Ma mère vous a dit la vérité, répondit la jeune
femme.

Alors un vif sentiment de répulsion se manifesta à
l'égard de Pierre de Peyras, autour duquel le vide se fit
tout à coup.

Celui-ci pâlit, mais la haine et la soif de la vengeance
s'accentuèrent encore dans son immuable sourire.

— Mais quel est donc cet homme? s'écria tout à coup
le marquis de Vivianne, quel est son nom?

— On me nomme Pierre de Peyras, répondit celui-ci
d'un ton dédaigneux, et je suis prêt à vous rendre satisfaction par les armes, si vous osez me la demander.

— Pierre de Peyras, le fameux, l'impitoyable duelliste? dit Armand, le regard fixé sur celui-ci.

— Lui-même, répondit Pierre avec un geste d'inso-
lente bravade, et évidemment convaincu que le jeune
homme allait rester atterré.

— Le ciel soit loué pour avoir envoyé au bout de mon
épée ce féroce et ridicule matamore! s'écria Armand
d'une voix éclatante.

Un moment stupéfait, Pierre répondit d'une voix
sourde et en fronçant le sourcil :

— Nous verrons demain, sur le terrain, si vous con-
servez cette fière assurance.

Armand allait répliquer, quand un personnage se dé-
tacha de la foule, où il était resté impassible jusque-là,
et lui toucha l'épaule.

Le jeune homme s'inclina et s'effaça pour le laisser
passer.

Il s'avança vers Pierre de Peyras, et, le saluant avec
une politesse cérémonieuse :

— Monsieur, lui dit-il, je suis...

— Vous êtes le père de celui qui vient de m'insulter, monsieur le duc, interrompit brusquement Pierre de Peyras, et vous craignez pous la vie de votre fils, ce qui est fort naturel ; mais, j'en suis fâché pour vous, cette affaire ne peut s'arranger.

Armand partit d'un éclat de rire.

Le duc se redressa, et, avec une dignité dans laquelle perçait un froid dédain :

— Si vous connaissiez les Vivianne, monsieur, dit-il à Pierre de Peyras, vous ne seriez pas tombé dans la méprise, pour le moins étrange, que vous venez de commettre.

— Alors, que me voulez-vous donc, monsieur le duc?

— Je veux vous dire que, dans notre famille, on n'a pas coutume de laisser passer vingt-quatre heures sur une injure, et que, si vous le voulez bien, c'est tout de suite que nous allons vider cette affaire.

— Quoi! dit Pierre de Peyras de plus en plus stupéfait, c'est vous, vous, son père, qui...

— Qui ne veux pas même laisser passer une heure entre l'insulte et la réparation.

— Mais des témoins, monsieur?

— Le marquis de Vivianne a les siens : le comte Micaïloff et son père.

— Vous, monsieur!

— Moi-même.

— J'en suis fâché pour vous, monsieur, car je vous préviens que je ne ménagerai pas votre fils.

— J'aime à croire que vous ne lui ferez pas cet affront, répondit le duc avec une imperceptible ironie, et, de son côté, je puis vous affirmer qu'il luttera de férocité avec vous. Soyez donc implacable, je vous y engage.

Un moment ahuri par tant d'audace, Pierre de Peyras se dit à part lui :

— Bah! on parle devant une galerie, voilà tout le
mystère, et puis il n'y a pas moyen de reculer, il faut
en prendre son parti, on tâche de me déconcerter.

Puis affectant une politesse de gentilhomme :

— Où nous rendons-nous ? demanda-t-il.

— Dans la serre ; mon ami, le comte Micaïloff nous y
autorise.

— Et des armes ?

— Le comte Micaïloff va nous procurer deux fleurets
démouchetés.

XXXII

UN VENGEUR

Un silence de mort avait régné dans toute l'assemblée depuis le commencement de cette scène ; mais,
quand on entendit le duc de Vivianne demander lui-
même que le duel eût lieu là, dans la serre et à l'instant,
il y eut un frémissement dans tous les groupes.

Beaucoup de femmes s'éloignèrent en proie à la plus
violente émotion ; quelques-unes se réunirent autour de
la marquise de Vivianne qui, plus blanche que la statue
de marbre qui se dressait à quelques pas d'elle, l'œil
fixe et sans regard, semblait la personnification même
du désespoir.

L'orchestre joua un quadrille, mais personne ne répondit à cet appel, et c'était un tableau à la fois magnifique et navrant, éblouissant et fantastique, que ces
groupes de femmes drapées de couleurs éclatantes,
étincelantes de diamants, les épaules et les bras nus,
glissant splendides, pâles et effarées, le long des murs

brillants de lumière, tandis que le vide se faisait au milieu de la salle, dont les voûtes retentissaient des sons
entraînants de l'orchestre. On eût dit quelque scène bi-
blique, comme la fin du festin de Balthazar.

Pendant ce temps, presque tous les hommes se dirigeaient du côté de la serre.

L'espèce de léthargie morale dans laquelle ·l'avait
plongée l'immensité de son désespoir avait laissé Valentine insensible au milieu de l'émotion générale, mais
cet état dura deux minutes à peine ; elle recouvra bientôt le sentiment de la réalité et alors, fondant en larmes
et se jetant dans les bras de madame Savari :

— Ma mère ! ma mère ! s'écria-t-elle, cet homme va
le tuer et c'est moi qui serai cause de sa mort !

Éperdue de douleur elle-même, sachant bien que sa
fille ne survivrait pas à un tel malheur et le redoutant
autant qu'elle, madame Savari pressait Valentine dans
ses bras en lui prodiguant de banales consolations, en
lui parlant d'espérance quand elle avait le désespoir
dans le cœur.

— Ma mère, s'écria Valentine en s'arrachant tout à
coup des bras de celle-ci, je veux le voir, je veux assister à ce combat.

— Y songes-tu, mon enfant ? s'écria madame Savari,
effrayée de cette résolution, il suffirait du grincement
des épées pour te tuer.

— Non, ma mère, le doute et l'anxiété me tueraient
ici au contraire ; là-bas, au moins, je vivrai jusqu'à ce
qu'il tombe.

Et d'un geste nerveux, essuyant ses yeux pleins de
larmes, elle prit le bras de madame Savari et l'entraîna
du côté de la serre.

— Mon enfant, je t'en supplie, lui dit sa mère, ne
t'expose pas aux émotions d'un tel spectacle, elles sont
au-dessus de tes forces.

— Je vous le répète, ma mère, j'aime mieux voir là-bas qu'attendre ici l'issue de cet affreux combat.

Et, voyant madame Savari encore indécise, elle ajouta :

— Venez donc, ma mère, ou je vous jure que j'y vais seule.

Convaincue alors qu'elle ne pouvait rien contre une volonté aussi arrêtée, madame Savari lui dit :

— Viens donc, mon enfant, puisque rien ne peut te détourner d'un pareil dessein, appuie-toi sur mon bras et arme-toi de tout ton courage, car tu en auras besoin tout à l'heure quand tu verras l'épée d'un homme tel que ce Pierre de Peyras dirigée contre la poitrine de ton mari.

Un instant après elles pénétraient dans la serre.

Un murmure de voix presque insensible les guida vers le lieu où s'étaient arrêtés les combattants, et avec eux tous les invités du comte Micaïloff, qui avaient voulu assister à ce duel.

L'endroit choisi était une espèce de carrefour où aboutissaient six allées étroites et qui, tout garni d'arbustes couverts de fleurs éclatantes offrait un ravissant coup d'œil et semblait beaucoup mieux approprié à un rendez-vous d'amour qu'à un combat à outrance.

Un individu avait abordé Pierre de Peyras au moment où il quittait la salle de bal et l'avait accompagné jusque-là.

C'était Robert Talbot.

N'ayant plus que deux pensées en tête : la fuite et les millions de l'oncle Jean, Robert avait vu cette affaire d'un très-mauvais œil.

— Supposons l'impossible, pensa-t-il, c'est-à-dire que Pierre soit blessé, il n'est plus là pour agir près du comte de Peyras, ni pour toucher sa part d'héritage à la mort de celui-ci ; si, au contraire, il tue son ennemi, ce qui me paraît certain, la justice fourre son nez dans l'affaire, et Dieu sait tout ce qui peut en résulter. Bref, dans tous les cas, entrave probable dans l'héritage, mauvaise affaire !

Il avait abordé Pierre de Peyras pour lui faire part de ces observations et l'engager très-vivement dans l'intérêt commun, à se contenter de blesser légèrement son ennemi.

— Impossible, répondit Pierre d'une voix sombre, une fois l'épée à la main et mon ennemi en face, je ne me connais plus et je ne réponds plus de rien.

— Voilà où mènent les femmes, murmura Robert ; que le ciel vous confonde, vous et vos amours ! Je ne sais comment cela finira, mais je n'attends rien de bon de ce duel.

Chemin faisant, Pierre trouva deux témoins, deux jeunes gens qui, venus depuis peu de Bretagne à Paris et ne le connaissant nullement, n'avaient aucune raison pour lui refuser ce service.

Les quatre témoins se retirèrent à l'écart pour régler les conditions du duel, après avoir préalablement déclaré d'un commun accord que le combat ne cesserait que par la mort de l'un de deux adversaires.

Pendant cette convention, le duc de Vivianne avait fait de vains efforts pour conserver la calme et froide dignité dont il avait fait preuve jusque-là ; sa voix était sensiblement altérée et il avait pâli en stipulant cette clause qui disait que l'un des deux adversaires devait rester sur le terrain.

Au bout de dix minutes, tous les préliminaires étaient enfin terminés et deux fleurets démouchetés, décrochés de la panoplie du comte Micaïloff, étaient apportés à celui-ci par son valet de chambre.

Les quatre témoins les mesurèrent et les examinèrent avec une attention minutieuse ; puis, les ayant trouvés

13.

parfaitement pareils, les remirent aux combattants.

Ceux-ci alors se rapprochèrent et se trouvèrent bientôt seuls, face à face, l'épée à la main, au centre de l'espèce de carrefour formé par six charmilles de rosiers, de camellias et de fleurs exotiques dont l'éclatante parure composait un véritable décor d'opéra-comique.

Alors, comme pour compléter le tableau et ajouter à l'illusion, on vit surgir et circuler de toutes parts, dans les allées qui aboutissaient à ce carrefour en fleurs, de gracieux fantômes blancs et roses, dont les épaules nues étincelaient comme des fragments de marbre à la clarté des verres de couleur.

C'étaient toutes les femmes que nous avons vues tout à l'heure pâles et tremblantes à la seule pensée d'un duel.

Remises peu à peu de cette première émotion, elles arrivèrent bientôt à se familiariser avec l'idée d'un combat, au point de ne pouvoir plus résister au désir de se donner ce spectacle effrayant et d'un attrait d'autant plus vif. Et puis, il faut le dire, il se mêlait à cette ardente et fiévreuse curiosité une extrême sympathie et une profonde pitié pour le jeune marquis de Vivianne dont elles admiraient le courage, mais qu'elles croyaient destiné à tomber sous les coups du redoutable Pierre de Peyras.

Elles voulaient aussi entourer la jeune marquise de Vivianne, et, s'il était possible, lui masquer l'horrible scène qui allait se passer et dont le dénoûment prévu de tous pouvait lui porter un coup mortel.

Elle était là, la pauvre Valentine, à vingt pas de son mari, le voyant parfaitement, mais si bien cachée elle-même derrière le feuillage d'un magnolia, qu'elle était invisible pour lui.

— Prends garde, mon enfant, lui disait tout bas sa mère, debout près d'elle, garde-toi, quoi qu'il puisse se passer, de faire un geste, de prononcer un mot, de jeter un cri, songe que la plus légère distraction peut être mise à profit par son ennemi et causer sa mort.

— Ne craignez rien, ma mère, ne craignez rien, murmura la jeune femme en serrant le bras de madame Savari avec une énergie convulsive.

Et les lèvres serrées, l'œil fixe, les traits couverts d'une pâleur livide, elle ne quitta plus son mari du regard.

Il avait ôté son habit et son gilet.

Pierre de Peyras en fit autant et c'est alors surtout qu'on fut frappé de la supériorité physique de celui-ci sur son adversaire.

Outre qu'il dépassait Armand de plus de deux pouces, ses larges épaules, sa poitrine bombée, la puissante musculature de son cou, sa taille cambrée et sa fière tournure faisaient de lui un véritable hercule.

Fort bien proportionné lui-même, leste et agile dans ses mouvements, le jeune marquis de Vivianne paraissait un mince personnage près de son superbe ennemi, et les regards qui s'échangèrent en ce moment entre tous les spectateurs attestaient hautement les craintes dont chacun était animé pour l'issue d'une lutte si disproportionnée.

— Allons, monsieur, cria enfin Armand, quand vous voudrez.

Pierre de Peyras s'avança avec un calme dédaigneux, et aussitôt on entendit le grincement des deux lames qui se croisaient.

Valentine ne poussa pas un soupir, ne fit pas un mouvement ; mais ses doigts s'enfoncèrent dans le bras de sa mère.

— Mon enfant ! oh ! mon enfant ! murmura celle-ci à son oreille, tu veux donc mourir ici ! Viens, éloignons-nous, je t'en supplie.

La jeune femme ne répondit pas.

Elle n'avait même pas entendu la voix de sa mère.

Ses regards étaient fixés sur ces deux lames, qui s'entrelaçaient l'une à l'autre comme deux vipères, et toute son âme était là.

Le combat durait depuis près de deux minutes, et, à son extrême surprise, Pierre n'avait pas encore touché son ennemi.

Cette surprise, tout le monde la partageait; mais chacun était visiblement ravi.

Les poitrines, oppressées jusque-là, se dilataient.

On admirait l'adresse et la prudence avec lesquelles Armand se tenait sur la défensive, et on commençait à espérer qu'il allait sortir, non sain et sauf, mais au moins vivant de cette terrible épreuve.

Tout à coup Armand se fendit, rapide comme l'éclair, et se releva aussitôt.

Pierre de Peyras fit un mouvement, et une tache rouge se dessina sur sa chemise blanche, au côté droit de la poitrine.

On se regarda avec stupeur. Mais pas un mot, pas un murmure ne se fit entendre.

— Blessé! dit tout bas quelqu'un près de Valentine.

Celle-ci leva sur cet homme un regard plein d'angoisse.

— Rassurez-vous, répondit-il à cette muette interrogation, ce n'est pas votre mari.

Le combat reprit avec une nouvelle ardeur.

Les deux adversaires, pâles et graves, les yeux dans les yeux, montraient autant de prudence que de courage.

Armand se fendit encore comme la première fois, la chemise de Pierre se teignit de rouge, un peu au-dessous de la première tache.

Et on remarqua chaque fois que le marquis de Vivianne, au lieu de foncer, quand il touchait son ennemi, retenait la main comme s'il n'eût voulu que l'effleurer, et se remettait aussitôt sur la défensive.

A ce second coup, la colère éclata dans les yeux de Pierre de Peyras; un sourd rugissement sortit de sa poitrine, et il se mit à attaquer son ennemi avec une furie qui fit trembler pour la vie de celui-ci.

Mais bientôt, il fit un mouvement en arrière.

Il venait d'être atteint pour la troisième fois...

La stupeur était si profonde qu'une vague rumeur se fit entendre..

— Ma mère! ma mère! balbutia Valentine d'une voix défaillante, je ne vois plus, je ne distingue plus rien, j'ai un brouillard devant les yeux, que se passe-t-il.

— M. de Peyras, blessé trois fois, répondit celle-ci d'une voix brève.

XXXIII

TROP BELLE

Une minute s'écoula encore, au bout de laquelle trois nouvelles taches rayonnaient sur la poitrine de Pierre de Peyras, qui semblait fou de colère.

— Allons, monsieur de Peyras, lui cria le jeune homme tout en se battant, c'est assez nous amuser comme ça!

Il ajouta presque aussitôt:

— Et maintenant, duelliste impitoyable, voilà le châtiment!

Son épée le toucha au visage et, comme toujours, il retint le coup et se releva.

Alors un cri de douleur se fit entendre. Pierre de Peyras lâcha son arme, porta ses mains à la tête, tomba à terre et s'y roula en rugissant comme une bête fauve.

Plusieurs personnes s'approchèrent pour lui porter secours et s'assurer de la gravité de sa blessure.

On eut toutes les peines du monde à détacher ses mains de son visage.

On y parvint enfin et on sut alors ce qu'était le châtiment annoncé d'avance par le marquis de Vivianne.

L'épée d'Armand lui avait crevé l'œil droit.

Si dans le cours de ce récit nous avons su peindre le type de Pierre de Peyras, si le lecteur a compris cette nature violente, audacieuse, téméraire, habituée à vaincre toutes les résistances, s'il s'est rendu compte de ce que devait être la passion chez un homme de ce caractère, il ne s'étonnera pas de le voir oublier tout à coup ses transes et ses périls en face d'une femme convoitée depuis deux ans et surtout devant la perspective de se venger de ses dédains en insultant publiquement celui qu'elle lui avait préféré.

Sa pensée allait-elle jusqu'au duel, jusqu'à l'espoir d'avoir un nouvel exploit, c'est-à-dire un nouveau meurtre à enregistrer dans ses souvenirs de duelliste, c'est ce qu'il est permis de supposer.

Aussi sa défaite fut-elle accueillie avec une satisfaction à peine dissimulée par les spectateurs de ce drame.

Mais à côté de la foule, il y avait les parties intéressées qui attendaient avec une fiévreuse anxiété l'issue de ce combat.

Au moment où Pierre de Peyras était tombé sur le sol, deux cris s'étaient fait entendre : un cri de joie et un cri de douleur.

Et deux femmes s'étaient élancées en même temps : l'une dans les bras du vainqueur, l'autre vers le blessé.

La première était la marquise de Vivianne.

La seconde était madame Marcasse.

— Vite un médecin ! s'écria le comte Micaïloff en se rapprochant de Pierre de Peyras, qui continuait à se rouler sur le sable en poussant des cris aigus.

Deux des jeunes gens qui entouraient ce dernier s'éloignèrent aussitôt pour se mettre à la recherche d'un médecin.

Ils furent rejoints à la porte par un individu qui paraissait en proie à une vive émotion et qui s'écria, en demandant son chapeau et son pardessus :

— Vite, vite, je connais un médecin tout près d'ici, et le malheureux est bien dangereusement atteint.

Celui-là n'était autre que Robert Talbot, qui saisissait au vol cette occasion de s'esquiver, espérant échapper, à la faveur du trouble, à son mystérieux espion.

Un instant après il était dehors et ne songeait plus alors qu'à gagner son hôtel, après s'être assuré qu'il n'était pas suivi.

Quatre personnes sortaient aussitôt après lui, avec non moins de précipitation ; c'étaient le duc de Vivianne, madame Savari, Armand et Valentine.

La jeune femme, folle de bonheur, pleurant et souriant à la fois, avait entraîné son mari vers la porte, n'ayant plus qu'une pensée dans l'esprit et qu'un désir au cœur, le tenir chez elle, sous son regard, loin de ce monde qui la troublait, loin de ce lieu funeste où elle avait cru mourir.

Pendant qu'elle s'éloignait, rayonnante, ivre de joie, Diane, pâle et les yeux pleins de larmes, avait posé un genou sur le sable, et sur l'autre elle tenait la tête de son frère, ruisselante de sang.

Autour d'elle un profond silence, pas un mot de pitié pour le malheureux qui criait comme un enfant, vaincu par la plus intolérable souffrance, qui pouvait mourir

de cette affreuse blessure, et qui, en tout cas, en demeu-
rerait défiguré, la pointe du fleuret ayant traversé l'œil.

Ce silence, dans un pareil moment, était le signe le
plus éclatant, le témoignage le plus accablant de la ré-
probation dont son frère était frappé ; c'était l'arrêt
implacable de l'opinion, condamnant sans pitié celui
qui avait été implacable pour tant d'autres.

Diane comprenait cela, et, quoique indignée de tant
de dureté, elle ne pouvait s'empêcher intérieurement
de reconnaître que l'arrêt était juste.

Un médecin arriva enfin.

Après avoir examiné la seule blessure sérieuse de
Pierre de Peyras et avoir déclaré tout bas que l'œil était
complétement perdu, il ordonna avant toute chose que
le blessé fût transporté chez lui.

— Chez lui ! pensa Diane, seul, sans femme, sans rien
de ce qu'il faut pour le soigner, c'est impossible.

Et décidant de le faire transporter chez elle, elle pria
le comte Micaïloff de le faire porter dans sa voiture par
deux de ses domestiques.

Le comte s'empressa de se rendre à cette prière, et,
un instant après, Pierre de Peyras traversait la serre et
la salle de bal, emporté par deux valets et suivi par le
médecin et par sa sœur, dont la robe blanche était couverte de larges taches de sang.

Un dernier coup lui était réservé.

An moment où elle franchissait le seuil de la salle,
elle rencontra la princesse Nubia, dont le regard tomba
sur elle, impassible et glacial.

Cette impassibilité, c'était le triomphe et la menace.

Le triomphe pour le présent.

La menace pour l'avenir.

Diane était foudroyée ; elle n'eut pas le courage de relever la tête et de braver son ennemie en passant devant
elle.

Le lendemain de cette fête, vers dix heures du soir, nous trouvons les trois domestiques de la princesse Nubia, à laquelle nous devons conserver quelque temps encore le nom sous lequel elle est connue du lecteur, réunis dans un cabinet d'un petit restaurant de la rue de La Bruyère.

C'étaient Nicole, le valet ; Rose, la cuisinière, et Sylvie, la femme de chambre.

Ils avaient été invités à souper par Antonin, valet de chambre et homme de confiance du comte de Peyras.

Antonin, âgé de cinquante ans environ, le teint coloré, l'œil vif et rusé, l'air à la fois insolent et servile, trait caractéristique du domestique parisien, avait *roulé* tout le faubourg Saint-Germain avant de se fixer chez son maître actuel, dont son zèle et son dévouement lui avaient conquis toute la confiance.

En amphitryon qui connaît les lois du savoir-vivre, il était là une demi-heure avant ses invités et avait veillé à ce que les mets et les vins fussent dignes d'eux et de lui.

Le couvert était mis et le dîner tout prêt, on se mit donc à table sans perdre en compliments un temps précieux, le moindre retard pouvant être fatal au rôti.

On mangea bien, on but mieux encore, on débita quelques madrigaux aux dames, on parla de tout et surtout des maîtres, auxquels, contre l'habitude, on ne reprocha que de légers défauts, et l'on finit par se féliciter en chœur de l'heureux hasard qui leur avait inspiré à tous deux la pensée de se rendre à un concert qui se donnait ce soir-là dans la salle Hertz.

Au dessert, le vin provoqua les indiscrétions.

— Ah çà ! dit Nicole à Antonin, toi qui connais bien ton maître et qui n'es pas manchot, que penses-tu de ses idées au sujet de la princesse ?

Antonin éleva son verre plein à la hauteur du nez, le

fit scintiller à la lumière du gaz, le mira amoureusement en clignant de l'œil gauche, puis se tournant vers son confrère :

— Aussi vrai que ce vin-là est du pomard, dit-il, je jurerais qu'il y a un mariage sous jeu...

— Tant mieux, dit Rose, nous serons tous ensemble.

— Et pour lors, répliqua galamment Antonin, je me flatte que nous aurons une cuisine... mais là, aux petits oignons !

— On fait ce qu'on peut, répondit modestement Rose.

— Ce n'est pas tout ça, s'écria Antonin, voilà le moment venu d'attaquer le champagne.

Il fit sauter le bouchon en homme familier avec ce genre d'exercice et remplit tous les verres, qui furent aussitôt vides.

Au bout de dix minutes, il ne restait plus une goutte de champagne, et, cinq minutes après, les trois convives, la tête sur la table, dormaient profondément.

Alors Antonin se leva, alla fouiller dans la poche de Sylvie, en retira une clef et sortit.

— Je reviens dans une demi-heure, dit-il au restaurateur, qui était de ses amis : ils n'ont besoin de rien là-haut, ne les dérangez pas jusqu'à mon retour.

Puis il s'éloigna en murmurant :

— Le docteur m'a assuré que sa drogue procurait un sommeil de plomb et pour plus d'une heure ; je serai donc de retour avant leur réveil.

Il hâta le pas.

Au bout de quelques instants, il entrait chez un marchand de vin au coin de la rue Blanche, y restait deux minutes à peine et en sortait avec un individu qui cachait ses traits sous le col de son pardessus, relevé jusqu'au nez.

Il était alors onze heures et demie. A minuit la voiture

de la princesse Nubia s'arrêtait à sa porte, au n° 35 de la rue Blanche, qui s'ouvrait à l'appel du cocher, puis elle montait chez elle, étonnée de ne pas voir Sylvie venir à sa rencontre, suivant sa coutume.

Arrivée au premier étage, elle sonna.

Personne ne vint ouvrir, et elle s'aperçut avec un redoublement de surprise que la clef était à la porte.

— Sylvie serait-elle malade ? pensa-t-elle.

Sous l'empire de cette crainte elle ouvrit et entra vivement.

Une lumière était dans l'antichambre.

Elle la prit et se dirigea d'un pas rapide vers sa chambre.

Là encore, personne.

Où était donc Sylvie ?

Couchée peut-être.

Elle courut à sa chambre, qui était tout près de là.

Elle n'y était pas, et le lit n'avait pas été défait.

— Qu'est-ce que cela signifie ? murmura-t-elle en jetant autour d'elle des regards inquiets.

Elle ajouta aussitôt :

— Oh ! mais je ne veux pas rester seule. Je vais éveiller Rose.

Elle alla ouvrir la chambre de la cuisinière.

Rose n'y était pas ; son lit était intact comme celui de Sylvie.

Alors son étonnement devint de l'effroi. Saisie d'une subite épouvante en se voyant seule dans son appartement, elle se mit à courir comme une insensée, dans l'intention d'aller éveiller la concierge et de la décider à venir veiller près d'elle jusqu'au retour de ses deux femmes.

Mais, comme elle traversait la chambre, toujours courant, les rideaux de son lit s'ouvrirent brusquement, et elle vit sortir de cette cachette deux hommes masqués, qui s'élancèrent vers elle.

Elle s'arrêta, et, pâle, les yeux hagards, en proie à une terreur qui faisait s'entre-choquer ses dents l'une contre l'autre, elle joignit les mains et tomba à genoux en murmurant d'une voix étranglée :

— Mon Dieu ! je suis perdue ! je suis perdue !

Il y eut un moment de silence.

Puis le plus grand des deux hommes masqués dit à l'autre avec un ton de commandement :

— Vous avez enlevé la clef du carré aussitôt après qu'elle est entrée ?

— Oui, répondit celui-ci.

Les masques qui couvraient le visage de ces deux hommes déguisaient leur voix en même temps qu'ils cachaient leurs traits.

Puis celui qui venait de répondre reprit à son tour :

— Vous avez la fiole?

— La voilà.

Il tira de sa poche une fiole qu'il posa sur un meuble.

XXXIV

LA FIOLE

Nubia les regardait faire avec un inexprimable sentiment d'angoisse et de curiosité.

— Mon Dieu ! murmura-t-elle, que voulez-vous faire ? parlez.

— Rassurez-vous, madame, dit le plus grand des deux hommes, nous n'en voulons pas à votre vie.

— Mais alors, que me voulez-vous ? balbutia-t-elle.

— Madame, le ciel vous a douée d'une beauté fatale, il faut qu'elle disparaisse.

— Je ne vous comprends pas, balbutia Nubia.

— Voyez-vous cette fiole, madame ? Elle contient une eau qui brûle ce qu'elle touche ; quand nous l'aurons répandue sur votre visage, il ne séduira personne, je vous le jure.

Cette menace rendit à Nubia toute son énergie.

Elle se leva d'un bond et courut à un cordon de sonnette.

Il était coupé.

— Tout est prévu, vous le voyez, madame, lui dit froidement l'homme masqué ; vous êtes ici seule, entièrement à notre discrétion, il faut vous résigner.

Nubia comprit qu'en effet rien ne pouvait la soustraire au dessein de ces deux hommes.

— Mais Sylvie, Rose où sont-elles donc ? balbutia-t-elle en jetant autour d'elle des regards effarés.

— Loin d'ici, répondit l'un des deux hommes.

— Oh ! mais pas pour longtemps ! c'est impossible !

— Pour plus d'une heure, et dans une heure tout sera fini ; si elles vous reconnaissent alors, ce sera à votre voix, à vos vêtements, quant à vos traits ils seront méconnaissables pour vous-même.

Nubia jeta un cri d'horreur et s'élança vers une porte.

Elle était fermée.

— Tout est inutile, dit le plus grand de ses deux bourreaux, celui qui prenait toujours la parole ; je vous le répète, dans quelques instants vous serez aussi hideuse, aussi repoussante que vous êtes belle et séduisante en ce moment, il le faut.

Nubia se tapit dans un angle de la chambre et tournant vers les deux hommes des regards terrifiés :

— Mon Dieu ! messieurs, que vous ai-je fait ? murmura-t-elle toute frissonnante, si je vous ai fait quelque mal sans le vouloir, eh bien ! dites, je vous demanderai

pardon, mais ne faites pas cela, ah! je vous en supplie, ayez pitié de moi!

— Nous n'avons aucune haine contre vous, madame;
ce n'est pas un acte de vengeance, mais un acte de nécessité que nous avons à accomplir.

Nubia se collait de toutes ses forces dans l'angle où
elle s'était réfugiée, comme si elle eût espéré s'incruster
et disparaître dans le mur.

— Ah! je devine, s'écria-t-elle tout à coup en se frappant le front, vous êtes l'instrument de M. Pierre de
Peyras, il craint de voir l'héritage de son oncle passer
entre mes mains, il voit le danger dans ma jeunesse,
dans ma beauté, dont le comte de Peyras est épris, c'est
vrai ; eh bien! tenez, je vais vous jurer sur ce que j'ai de
plus sacré dans le cœur, sur l'âme de mon pauvre mari...

L'homme masqué secoua la tête.

— Vous me croyez capable de manquer à un pareil
serment! s'écria Nubia stupéfaite.

Pas de réponse.

Elle reprit :

— Eh bien! oui, oui, je comprends cela. Vous vous
dites : Une fois le danger passé, une fois échappée de
nos mains et n'ayant plus rien à redouter de nous, elle
ne se croira pas engagée par un serment contracté sous
l'empire de la peur, elle acceptera sans scrupule la main
du comte et triomphera de nous. Eh bien! tenez, si un
serment ne vous suffit pas, je quitterai Paris, je quitterai
la France, vous m'emmènerez tout à l'heure, tout de
suite, le temps d'emporter ce que j'ai d'argent et de bijoux. Vous voyez, je ne veux pas vous tromper, faites
cela et alors vous serez rassurés, ma beauté ne vous ins-
pirera plus de craintes.

— Ce moyen ne vaut pas mieux que l'autre, madame;
si loin que vous alliez, il vous serait aussi facile de revenir que de trahir votre serment.

— Mon Dieu! mon Dieu! s'écria Nubia en se tordant les mains, que puis-je vous dire pour vous convaincre?

— Rien, madame! une seule chose peut détruire à jamais nos craintes et en même temps vos espérances, l'effacement de votre beauté subitement remplacée par une affreuse laideur; cette tête admirable, il faut qu'elle soit, non-seulement hideuse, mais difforme. La fortune est à ce prix pour nous, une fortune de huit millions, c'est assez vous dire que nous serons inflexibles et que toutes vos larmes seraient superflues.

Puis s'emparant de la fiole qu'il avait posée sur un meuble et arrachant violemment le cachet de cire rouge qui scellait le bouchon :

— Allons, dit-il en faisant signe à son complice, à l'œuvre!

Celui-ci, qui n'attendait qu'un signal, s'élança sur Nubia.

Mais, celle-ci, l'œil aux aguets, comme un faon poursuivi par une meute, l'avait prévenu.

D'un bond elle avait gagné son lit, et saisissant à pleines mains ses rideaux de soie et de mousseline, elle s'y était enroulée en un clin d'œil, et s'y trouva si inextricablement enfouie et emmêlée, que ses deux bourreaux se regardèrent un instant stupéfaits et parurent se demander comment ils allaient la tirer de ce fouillis.

— Attendez, ce ne sera pas long, dit enfin le plus petit des deux.

Il tira un couteau de sa poche, l'ouvrit et, enfonçant avec précaution la lame fine et aiguë dans les étoffes de soie et de mousseline, il les fendit d'un bout à l'autre.

Puis il les écarta et Nubia apparut sans défense, entièrement à sa discrétion.

— Allons, tiens-la immobile, dit le plus grand des deux hommes en débouchant vivement la fiole fatale.

L'excès de la terreur donnant alors à la jeune femme

une énergie surhumaine, elle fit une si violente secousse, qu'elle parvint à se débarrasser de l'étreinte de celui qui la tenait renversée pour que son complice pût verser sur son visage le contenu de sa fiole, et, se traînant à genoux devant celui-ci :

— Oh! pas cela ! s'écria-t-elle d'une voix déchirante et en s'emparant de ses mains, tuez-moi, tuez-moi plutôt, mais pas cela, je vous en supplie !

— Un meurtre ! non pas, répondit l'inconnu.

Au même instant, son compagnon saisissant l'infortunée par les épaules, la renversait à terre et l'y retenait immobile.

Presque aussitôt Nubia jeta un cri terrible, désespéré.

L'eau de la fiole ruisselait sur son visage.

— C'est fait, dit bientôt celui qui venait d'accomplir cette opération.

Il se leva et essuya son front qui ruisselait de sueur au-dessus de son masque.

Allons, dit son compagnon en lâchant Nubia, filons vite, je ne tiens pas à moisir ici.

Nubia, elle, ne bougeait plus, ne proférait plus ni un mot, ni une plainte.

La tête plongée dans les lambeaux de ses rideaux, elle demeurait-là, immobile, anéantie, sans pensée, appelant tout bas la folie ou la mort.

L'œuvre infernale était accomplie, tout désormais lui devenait indifférent ou odieux.

Elle eût voulu mourir là.

— Voyez si nous ne laissons rien qui puisse trahir notre passage dans cette chambre, dit le plus grand des deux à son camarade, c'est par là qu'on se perd souvent.

— Non, dit-il, je n'oublie rien.

— Votre couteau ?

— Je l'ai dans ma poche.

— Moi, j'ai ma fiole.

Ils faisaient un pas vers la porte.

Le plus petit s'arrêta.

— Qu'est-ce ? lui demanda l'autre.

— Une bagatelle, mais il n'en fallait pas davantage pour nous faire pincer.

Il ramassa un fragment de parchemin tout enduit de cire rouge, qui avait recouvert le bouchon de la fiole.

— Voilà.

L'autre le prit et le glissa au fond de sa poche.

— Maintenant, dit-il, plus rien à craindre, partons vite.

Il ajouta en posant la main sur le bouton de la porte :

— Allons, tout s'est bien passé.

— Pour nous, du moins, riposta son compagnon avec un ricanement ironique.

Le plus grand des deux tourna le bouton et poussa la porte.

Mais alors il fit un bond en arrière en jetant un cri étouffé.

Sur le seuil de cette porte se tenaient deux individus, qui les regardèrent impassibles et sans bouger.

— Par ici ! cria-t-il à son compagnon.

D'un bond prodigieux il s'élança jusqu'à la porte-fenêtre qui donnait sur le balcon, d'où il comptait glisser dans la rue.

Il l'ouvrit violemment; mais là encore deux individus, devant lesquels il recula atterré.

Alors l'un des deux, maigre et de petite taille, s'avança tranquillement vers lui, et lui présentant, ouverte, une tabatière d'or:

— En usez-vous, monsieur Robert Talbot? lui dit-il en puisant lui-même une prise qu'il aspira avec le plus grand calme.

Au même instant, l'individu qui se tenait avec lui sur le balcon s'avançait et arrachait coup sur coup les deux masques sous lesquels apparaissaient les figures du valet de chambre Antonin et de Robert Talbot.

— Monsieur Lubin! murmura ce dernier en regardant le petit vieillard d'un air ahuri.

— Mais oui, répondit celui-ci en tapotant doucement sa tabatière, M. Lubin, pas paralysé, pas à l'agonie, pas du tout en enfance, comme vous l'ont dit les fournisseurs que vous avez eu la bonté d'interroger à mon égard et auxquels j'avais fait transmettre par ma fidèle Jeannette ce bulletin de ma santé, comptant d'avance sur votre sollicitude, et ne voulant pas vous laisser l'inquiétude de me revoir vivant.

Pendant ce temps les deux individus, que Robert avait trouvés sur le seuil de la première porte, s'étaient également avancés au milieu de la chambre, et tenaient braqués sur lui et sur son complice des yeux dans lesquels il reconnut le regard particulier à la police.

Il lui sembla même avoir vu quelque part l'un de ces hommes.

Après avoir fait un effort de mémoire pour se le rappeler, il tressaillit tout à coup.

Il l'avait reconnu.

C'était l'agent de police Lombart.

S'il eût pu en douter, l'air de satisfaction qui brillait dans les traits de celui-ci l'eût convaincu qu'il ne se trompait pas.

M. Lubin allait adresser la parole à Robert, quand une voix étouffée, sourde et désespérée comme si elle sortait des plis d'un linceul, se fit entendre derrière lui.

— Monsieur Lubin, disait-elle, est-ce bien votre voix? est-ce bien vous que j'entends?

Le vieillard se retourna et aperçut Nubia accroupie aux pieds de son lit et cachant sa tête dans ses rideaux.

— Oui, madame, lui dit-il, et c'est moi qui viens vous arracher des mains de ces deux misérables.

— Trop tard! oh! mon ami, c'est trop tard! s'écria la jeune femme en sanglotant.

— Que voulez-vous dire, madame?

— Si vous saviez...

Elle s'interrompit un instant.

Puis elle reprit avec un accent du plus violent désespoir:

— Ils m'ont défigurée!

— Comment cela?

— Oh! les infâmes! les infâmes! il ont répandu sur mon visage une eau corrosive, et maintenant il est hideux, repoussant, il n'a plus forme humaine.

—Où est donc cette fiole? demanda M.Lubin à Robert.

—Mais... je ne sais, répondit celui-ci.

— Vous êtes trop prudent pour l'avoir laissée ici; vous devez l'avoir sur vous.

— Non.

— Allons, évitez-nous la peine de vous fouiller.

Après un moment d'hésitation, Robert, comprenant que la résistance était impossible, tira la fiole de sa poche et la remit à M. Lubin.

Celui-ci l'examina.

XXXV

PRIS AU PIÉGE

— On voit que vous étiez pressé, monsieur Robert, dit ensuite M. Lubin.

— Pourquoi ? demanda Robert.

— Parce qu'il reste un grand tiers du liquide dans cette fiole.

Il ajouta :

— Au reste, j'en suis fort aise, il va me servir à quelque chose.

Puis s'adressant à Nubia.

— Madame, lui dit-il, je vous demande une minute d'attention sérieuse.

Nubia, la tête toujours enveloppée, leva les yeux sur lui.

— Voici l'eau avec laquelle ils vous ont défigurée ?

— Oui, répondit Nubia, je reconnais la fiole.

— Eh bien ! regardez !

Il versa dans le creux de sa main ce qui restait du liquide et le répandit sur son visage.

— Malheureux ! s'écria Nubia, vous ne connaissez donc pas les terribles propriétés de cette eau ?

— Je dois les connaître mieux que personne, car c'est moi qui ai rempli cette fiole d'eau pure et qui l'ai cachetée ensuite, sachant à quel usage on la destinait.

— Alors, je ne serais donc pas...

— Défigurée ? Voyez plutôt.

Nubia se leva d'un bond, courut à la glace et jeta un cri de joie en reconnaissant que son visage était toujours le même.

Nulle expression ne saurait rendre la stupeur qui se peignit sur les traits de Robert Talbot et de son complice à cette double épreuve de la parfaite innocuité de leur prétendue eau corrosive.

— Vous vous attendiez à mieux que cela, n'est-ce pas, monsieur Robert ? dit M. Lubin à ce dernier. Vous voyez, c'était le vitriol pour rire, ce en quoi il n'a rien de commun avec la volée que vous m'avez fait administrer par un de vos amis, rue des Noyers, et qui n'était pas précisément une plaisanterie.

— Je ne sais ce que vous voulez dire, répliqua Robert, je vous jure que...

— Non, ne jurez rien, interrompit le vieillard, vous n'auriez qu'à me convaincre, vous diminueriez pour moi le plaisir de la vengeance, dont je suis très friand, je l'avoue. Ça n'en a pas l'air, je ne fais pas de bruit, pas de tapage, je ne me livre pas à des accès de fureur contre mes ennemis, mais je mijote tranquillement mes petits projets de vengeance, je les combine avec prudence, je ne les perds jamais de vue, je ne me presse pas, je prends mon temps, et j'arrive toujours à mon but. Vous avez eu de l'agrément, quand on vous a appris que j'avais été relevé à moitié brisé au bas des marches de la rue des Noyers, puis transporté chez moi aux trois quarts mort, mais mon tour est venu, mon cher monsieur Robert, permettez-moi donc de prendre la petite revanche à laquelle je n'ai cessé de rêver pendant les quinze jours de loisir que vous m'avez faits.

Aussitôt rassurée, Nubia, s'apercevant enfin qu'elle avait les épaules et les bras nus, était allée s'envelopper dans un châle, puis elle était revenue.

— Monsieur Lubin, dit-elle au vieillard, je connais ces deux hommes, l'un comme serviteur du comte de Peyras, l'autre...

Sur un signe de M. Lubin, elle s'interrompit.

Elle reprit après une pause :

— L'autre, pour l'avoir vu dans une circonstance... que je me réserve de faire connaître quand il en sera temps ; mais aucune raison, aucun intérêt personnel n'ont pu les pousser à l'acte de barbarie qu'ils voulaient exercer contre moi. Veuillez donc, je vous prie, leur demander à quel sentiment, ou plutôt à quelle volonté étrangère, ils obéissaient en se rendant coupables de ce crime.

— Vous avez entendu, monsieur Robert, dit le vieillard, vous plaît-il de répondre à cette question ?

14.

— Pas en ce moment, répondit Robert.

— Je comprends, dit M. Lubin d'un ton ironique ; vous voulez savoir d'abord comment se conduira à votre égard celui dont vous avez été l'instrument.

— Ce n'est pas cela.

— C'est cela, répliqua tranquillement M. Lubin ; mais vous n'en saurez rien, et il ne pourra rien pour vous, attendu qu'on veillera à ce que vous ne puissiez correspondre ensemble.

Puis, se tournant vers le valet :

— Et vous, maître Antonin, nous direz-vous à quel mobile vous obéissiez en vous faisant le complice de monsieur ?

— Moi? répondit Antonin, c'était pure complaisance de ma part, je suis venu pour être agréable à M. Robert.

— Je comprends, un service d'ami.

Il reprit, après un moment de réflexion :

— Alors vous n'aviez, ni l'un, ni l'autre, aucun intérêt à faire de cette belle princesse un monstre de laideur, ce qui rend très-évidente une complicité cachée, mystérieuse, vous poussant en avant et dans l'ombre.

— Et cette complicité, dit Nubia, ils l'ont trahie tout à l'heure en me déclarant que ma beauté devait disparaître, qu'il y allait d'une fortune de huit millions qui ne pouvait être sauvée qu'autant que je deviendrais un objet d'horreur pour le comte de Peyras.

— C'est faux ! s'écria Robert.

— Inutile de nier, répliqua M. Lubin, nous avons tout entendu ; nous sommes là tous les quatre depuis le commencement de la scène. Mais je n'insiste pas pour connaître le nom de la personne qui tient à modifier d'une façon si... particulière la beauté de la princesse Nubia, je sais les motifs qui vous déterminent à garder le silence quant à présent, quitte à faire plus tard tous les aveux qu'on peut attendre d'un complice trompé dans ses espérances.

Puis il s'écria, en frappant sur sa tabatière :

— Mais je m'aperçois qu'égaré par mon dévoûment pour madame, je commets une inconvenance et presque une illégalité en me permettant d'interroger ces messieurs.

Et, se tournant vers Lombart :

— Approchez donc, monsieur, lui dit-il, et veuillez m'excuser d'avoir empiété un instant sur vos attributions.

Robert tressaillit en voyant s'avancer Lombart.

— Monsieur Robert, lui dit celui-ci, il y a longtemps que nous nous connaissons l'un et l'autre, longtemps que nous jouons à cache-cache, que je vous cherche et que vous m'évitez, mais j'ai enfin gagné la partie, puisque j'ai le bonheur de vous voir face à face.

— Je ne vous comprends pas, je ne... vous connais pas, répondit Robert en affectant l'indifférence.

— Vous ne me connaissez pas, dites-vous ! J'ai pourtant la prétention de croire que je suis pour quelque chose dans la fugue que vous avez opérée, il y a quelques jours, à l'Opéra-Comique, où mon regard paraissait vous gêner, fugue fort ingénieuse, par laquelle j'ai appris plus tard à quel usage pouvaient servir une ouvreuse et une porte sur la scène, et qui mérite d'être notée dans *le Guide de l'Agent de Police*.

— Je vous comprends de moins en moins, dit imperturbablement Robert, pourquoi vous aurais-je évité à la soirée de l'Opéra-Comique, ne vous ayant jamais vu ?

— Vous ne m'aviez jamais vu, c'est vrai ; mais votre ami, M. Pierre de Peyras, m'avait vu, lui ; il savait que j'avais trouvé dans son cabinet de toilette une serviette marquée aux initiales du marchand de curiosités Rochard, ladite serviette ayant évidemment enveloppé la

main du meurtrier, comme le démontrait victorieusement la forme des taches de sang dont elle était macu-
lée, il savait cela, il vous l'a dit, il vous a appris que
j'étais dans la salle, vous a montré la place que j'occu-
pais, et finalement vous a procuré les moyens de filer
par la scène, comme je viens de vous le dire.

— Je vois dans toute cette histoire un roman fort bien
imaginé, et rien de plus, répondit Robert d'un ton ironique.

— Ce roman devait avoir un dénoûment bien tragique deux jours après cette soirée, répondit Lombart
d'une voix grave.

Robert se troubla et ne put réprimer un tressaille-
ment.

— De l'Opéra-Comique nous passons à la Courtille ;
là, deux des nôtres, dont l'un, Maraton, était mon ami,
croient reconnaître sous la blouse du voyou l'assassin
du malheureux Rochard ; il leur échappe, on se met à
sa poursuite, on l'atteint, on le saisit ; lorsqu'au moment où Maraton tente de pénétrer par la fenêtre dans
la mansarde où s'est réfugié l'assassin, celui-ci le lance
dans l'espace en ouvrant violemment la persienne qu'il
essayait de briser.

— Ah ! fit Robert en essayant un ricanement, et ce
voyou ce serait moi ?

— C'est vous.

— Qui vous fait supposer une pareille absurdité ?

— Ce qui me fait, non supposer, mais affirmer que
vous êtes l'assassin de Rochard et de Maraton, c'est
ceci :

Il tira de sa poche un linge roulé et le montra à
Robert.

Celui-ci avait pâli.

Cependant il regarda le linge d'un air curieux et dit
d'une voix calme :

— Qu'est-ce que c'est que ça ?

— Ça, répondit-il, c'est le linge que vous avez laissé tomber en face du marchand de vin chez lequel on vous a relancé et où Maraton a trouvé la mort.

— Toujours du roman, dit Robert en haussant les épaules.

Lombart le regarda en face.

— Monsieur Robert, lui dit-il, voulez-vous bien ôter le gant de votre main gauche ?

— Pourquoi cela ? balbutia Robert.

— Parce que l'assassin de Rochard ayant eu le petit doigt coupé par les dents de sa victime, vous allez nous prouver tout de suite qu'on vous calomnie en nous montrant votre petit doigt intact. Quand vous nous aurez montré cela, la serviette tachée de sang trouvée chez M. de Peyras et le linge que voici ne prouveront plus rien contre vous ; nous n'aurons plus qu'à vous présenter nos excuses et à chercher ailleurs.

Robert garda un instant le silence.

— Quand j'aurais un doigt mutilé, dit-il enfin, qu'est-ce que cela prouverait ?

— Rien, si ce n'est pas le petit doigt de la main gauche et si la partie qui reste ne concorde pas parfaitement avec celle qui a été trouvée dans la bouche du malheureux Rochard.

— Ce dernier fragment a dû se modifier, se décomposer peut-être.

— Rassurez-vous, on l'a fait immédiatement modeler en cire.

— Il y en a même six par surcroît de précaution, dit M. Lubin, et j'ai eu l'attention de vous en faire remettre un hier chez le comte Micaïloff ; j'ai même remarqué qu'au lieu d'être sensible à cette prévenance vous en paraissiez vivement contrarié, ou pour mieux dire, très-violemment ému.

— Enfin, dit Lombart à Robert, que vous importe de nous montrer votre main, si elle est intacte?

— C'est que, murmura Robert avec un embarras visible, j'ai éprouvé un accident à un doigt de la main gauche, et c'est précisément...

— Le petit doigt?

— C'est vrai.

— Un accident peut arriver à tout le monde. Si votre doigt est entier, si grave que soit la blessure, vous restez à l'abri de tout soupçon.

— C'est que, par un hasard fatal, il a été broyé et...

— Il n'en reste plus que la moitié.

— A peu près.

— Voilà une fatalité qui vous portera malheur, monsieur Robert.

— Mais...

— En voilà assez, le reste regarde M. le juge d'instruction.

Et, s'adressant au collègue qui l'accompagnait:

— Le fiacre est en bas?

— Oui.

— Allons, messieurs, dit-il à Robert et à Antonin, si vous le voulez bien, nous allons faire un tour de promenade jusqu'à la préfecture de police.

— Jamais! s'écria Robert Talbot.

Et faisant un bond en arrière, il tira de sa poche un revolver, qu'il arma aussitôt.

Mais, avant qu'il eût le temps d'en faire usage, Lombart lui sautait intrépidement à la gorge, le renversait sur le parquet, lui posait un genou sur la poitrine et lui arrachait son arme.

Cela avait été l'affaire de quelques secondes.

Mais il avait affaire à un rude jouteur; saisi à la gorge, serré par des doigts qui semblaient d'acier, il sentit qu'il étouffait et cessa de lutter tout à coup.

— Ah çà ! lui dit alors Lombart, ce n'est donc pas assez de ce pauvre Maraton ! Peste ! comme vous y allez ! Si on vous laissait faire, vous auriez bientôt fait rafle générale des agents de police, il n'en resterait plus un pour arrêter vos pareils.

Puis il cria :

— Holà ! les poucettes à monsieur.

Son camarade se hâta d'obéir.

Ce fut l'affaire de deux minutes.

Puis tous deux aidèrent Robert Talbot à se relever.

— A la bonne heure ! lui dit Lombart, voilà qui prouve la douceur de votre caractère et il est clair comme le jour à présent que vous êtes incapable d'avoir donné seulement une chiquenaude à Maraton. Allons, en route !

— Si on emprisonnait aussi les pouces de monsieur, dit M. Lubin, en désignant Antonin.

— Oui, certes ! répondit Lombart.

On fit subir au valet la même cérémonie qu'à Robert.

Puis Lombart salua Nubia et partit en lui disant :

— C'est égal, madame, vous devez une fière chandelle à M. Lubin.

Il ajouta :

— Moi aussi, au reste, vu le gibier qu'il m'a mis sous la main, car je ne m'en cache pas, c'est à lui que je dois cette aubaine.

Il partit avec ses collègues et ses deux prisonniers.

Nubia restait seule avec M. Lubin.

XXXVI

EXPLICATIONS

Quand elle eut vu s'éloigner ces deux hommes qui lui avaient fait endurer un si cruel supplice, Nubia s'écria en se levant tout à coup :

— Ah ! il me semble que je sors d'un horrible cauchemar, et si je n'avais sous les yeux ces rideaux arrachés et mis en lambeaux, cette eau, que je sentais brûler ma chair, tant j'étais affolée de terreur, je serais convaincue que j'ai rêvé.

Et elle laissait flotter autour d'elle un regard vague et étonné, comme si elle eût été sous l'empire d'une vision.

Elle reprit :

— Quand je songe à ce qu'ils avaient médité contre moi, à ce qu'ils auraient exécuté sans vous !

Un frisson d'horreur agita tout son corps et elle ajouta en pressant son front dans sa main :

— Ah ! je me sens devenir folle à cette pensée.

Puis elle revint s'asseoir près de M. Lubin, et, lui pressant les mains avec effusion :

— Mais dites-moi donc comment vous m'avez sauvée, comment vous avez eu connaissance de leurs affreux desseins.

— Je dois vous l'avouer, répondit M. Lubin, j'ai été favorisé par le hasard, ou plutôt par la Providence, car le hasard est pour les gredins et la Providence pour les braves gens. J'étais à Meudon, où vous avez eu la bonté de me faire transporter à la suite du guet-apens où j'ai ailli laisser mes os, je commençais à me rétablir, mais en faisant semer prudemment le bruit de ma mort prochaine, afin de tromper et de rassurer nos ennemis qui, en effet, donnèrent en plein dans le panneau, lorsqu'un jour je vis arriver mon médecin avec un air mystérieux et effaré. Connaissez-vous mon médecin, madame ?

— Je sais qu'il se nomme le docteur Alfred, voilà tout.

— Je vous conterai un jour son histoire et vous vous intéresserez à lui, j'en suis sûr. C'est une belle intelligence et une généreuse nature, que le désespoir avait plongée dans l'abrutissement et qui déjà côtoyait le crime, où il se fût bientôt perdu sans retour, si je ne l'eusse rencontré ; aussi m'est-il tout dévoué. Il avait donc un air mystérieux, dont je fus frappé.

— Ah çà, qu'avez-vous donc, lui demandai-je, et que signifie cet air sombre ? On dirait que vous méditez un mauvais coup.

— On se tromperait singulièrement, me dit-il, car c'est exactement le contraire.

— Que voulez-vous dire ?

— Je médite d'en empêcher un.

— Et c'est un secret ? repris-je.

— Pour tous, excepté pour vous, à qui j'ai promis de tout confier, et surtout les propositions criminelles que pourrait m'attirer mon ancienne réputation.

— Ah ! dis-je, il s'agit d'une mauvaise action ?

— Mieux que cela, d'un crime, et même de deux crimes.

— Oh ! oh ! mais contez-moi donc cela.

— Voilà ce que c'est ; j'étais hier soir au *Café polonais*, que je continue de fréquenter, suivant le désir que vous m'en avez exprimé...

Nubia interrompit M. Lubin.

— Qu'est-ce que c'est que ça, le *Café polonais* ?

— Avez-vous lu *les Mystères de Paris*, madame ?

— Qui ne les a lus ?

— Alors vous savez ce que c'est qu'un *tapis-franc* ?

— Parfaitement.

— Maintenant connaissez-vous le café Tortoni ?

— J'y ai dîné une fois avec mon mari.

— Eh bien ! le *Café polonais* tient le milieu entre ces deux établissements ; ceux qui le fréquentent ne sont ni des *escarpes*, ni des gandins ; il est commun, sans être ignoble.

— Comment se fait-il alors qu'un médecin, un homme intelligent, bien élevé...

— Pût se plaire dans un tel milieu ? Je vous l'ai dit, madame, un grand désespoir avait tué en lui tout ce qu'il y avait de noble et d'élevé, il dégradait à plaisir son caractère et cherchait l'oubli dans l'abrutissement.

— C'est horrible ; il y a sans doute un amour au fond de ce désespoir ?

— Un amour cruellement déçu, et la femme qui a tué cette âme, détruit cette existence, vous la connaissez.

— Ah ! fit Nubia, avec l'accent de la curiosité.

— Vous l'avez vue, il y a peu de temps, mais je ne puis vous la nommer. Je reprends :

— J'étais donc au *Café polonais*, me dit le docteur, quand j'y vois entrer et venir à moi un individu qui le fréquentait autrefois et y avait laissé une assez mauvaise réputation. On ne lui connaissait guère d'autre métier que celui de joueur de billard ; il partageait son temps entre le *Café polonais* et le café du Commerce, dans le passage de l'Ancre, jouait la poule tous les soirs, et, grâce à son adresse remarquable et à la connivence secrète de quelques compères, il gagnait à cette étrange profession, de quoi mener largement la vie. Il y avait plus de dix ans que je ne l'avais vu, je fus donc très-étonné de le voir entrer, venir s'asseoir en face de moi,

serrer la main et m'adresser la parole comme si nous
us étions rencontrés la veille. Il avait toujours l'air
nique et retors du pilier d'estaminet, mais il avait
e mise, sinon élégante, du moins propre et cossue qui
hissait un heureux changement dans sa position. Je
i en fis mon compliment.

— Oui, me dit M. Antoine, je suis assez satisfait de la
rtune; mais je vois avec peine qu'elle ne vous est pas
us favorable qu'autrefois.

Je m'aperçus qu'il voulait me sonder. Dans quel but?
est ce que je voulus savoir, et je le laissai venir.

— Tenez, reprit-il aussitôt, je ne veux pas faire le ma-
h avec vous, d'ailleurs vous n'êtes pas un homme à
éjugés, j'ai trois drogues à vous demander, et il y a
nt francs pour chaque.

Je compris qu'il avait une infamie à me proposer.
Je l'encourageai par un sourire d'intelligence.

— D'abord, reprit-il, il me faudrait quelque chose
innocent pour endormir des amis pendant une heure,
ais là solidement.

— Rien de plus facile, répondis-je, après?

— Ça, c'est un peu moins innocent. Il s'agit de punir
he jolie femme du péché de coquetterie.

— Ceci n'est pas de mon ressort.

— Au contraire, car le seul moyen, c'est de la défigu-
r à l'aide d'une eau qui lui dévore le visage, et vous
evez connaître ça.

— Vous en voulez donc beaucoup à cette femme?

— Pas le moins du monde.

— Alors pourquoi?...

— Voilà : mon maître en raffole, et tout fait croire
h'il veut l'épouser. Or, ça ne fait pas l'affaire de son
eveu et de sa nièce, ses héritiers naturels, et comme il
agit d'une fortune de huit millions...

M. Lubin ouvrit sa tabatière et reprit:

— Ce chiffre de huit millions fut pour moi un éclair. Vous a-t-il dit le nom de la femme? demandai-je au docteur.

— Non, me dit-il.

— Continuez.

Le docteur poursuivit:

— Comme il s'agit d'une fortune de huit millions, dit Antoine, ils ont résolu d'employer ce moyen pour calmer l'ardeur amoureuse de leur oncle et le dégoûter de ce mariage.

— En effet, le moyen est infaillible.

— Vous me procurerez l'eau?

— Vous pouvez y compter; après?

— Après? Ah! oui, la troisième drogue? C'est encore moins innocent.

— Diable; enfin, dites toujours.

— Cette fois il ne s'agit plus de défigurer un visage, mais de décider un particulier à lâcher la rampe.

— L'oncle aux huit millions, n'est-ce pas?

— Naturellement, et, si l'affaire réussit, je vous promets deux mille francs sur les cent mille qui me seront comptés.

Ma première pensée avait été de refuser ce marché, mais je réfléchis à l'engagement que j'avais pris de tout vous dire et je feignis d'accepter.

— Mais, dis-je à M. Antoine, il me faut le temps de préparer ce que vous me demandez et ce ne peut être prêt avant demain, donnez-moi donc votre adresse, j'irai vous les porter. Il me donna l'adresse de son maître, dont il avait toute la confiance, me dit-il, et jugez de mon étonnement quand j'appris que ce maître se nommait...

— Le comte Jean de Peyras.

— Comment le savez-vous? s'écria le docteur.

— Par le chiffre de huit millions, que vous venez de
ter.

— Alors que me conseillez-vous?

— De continuer la comédie jusqu'au bout.

— Mais les drogues que je lui ai promises pour aujour-
hui?

— Rien de plus simple, vous remplirez d'eau pure
ne fiole que vous boucherez et cacheterez soigneuse-
ent, et vous la remettrez à M. Antoine, que je connais,
 qui se nomme aujourd'hui Antonin, en lui recomman-
ant de ne la déboucher qu'au moment d'en faire usage,
 moindre évaporation pouvant lui enlever toute sa
ertu. Cette recommandation a pour but de l'empêcher
'expérimenter cette eau avant de s'en servir contre la
ersonne à laquelle elle est destinée.

Le docteur se conforma ponctuellement à tout ce qui
tait convenu entre nous, et, ayant provoqué les con-
dences d'Antonin, il apprit de lui le moyen imaginé
ar lui et son complice pour isoler chez elle la personne
ontre laquelle était dirigée leur criminelle entreprise.

— Et ce moyen? demanda vivement Nubia.

— Consistait à réunir dans un souper ses trois domes-
iques et à leur servir au dessert une bouteille de cham-
agne préparée d'avance et contenant le soporifique de-
nandé au docteur.

— Alors ils sont endormis en ce moment?

— Du plus profond sommeil; car, vous le comprenez,
notre but étant de prendre les deux misérables en flagrant délit, notre jeu était de favoriser cette première
partie du programme.

— Mais où sont-ils? Voilà ce qu'il faudrait savoir.

— Voilà ce que nous savons; car, depuis deux heures,
Antonin et Robert sont *filés*, pardon, observés par Lombart et son collègue qui, voyant le moment approcher,

sont venus se mettre ici en sentinelle une demi-heure avant eux.

— Tout cela est admirablement combiné et je reconnais là votre dévoûment et votre habileté, mon cher monsieur Lubin. Aussi comptez sur ma profonde affection, puisque c'est tout ce que vous voulez accepter de moi, mais je ne veux pas être ingrate envers le docteur Alfred, et...

— Et nous nous occuperons, vous, le comte de Peyras et moi, de lui faire une belle clientèle.

— Mais enfin où sont mes domestiques? dit Nubia.

— Tout près d'ici, dans un petit restaurant de la rue Labruyère.

— Je voudrais pourtant bien...

— Oh! ils ne tarderont pas à rentrer, voici l'heure à laquelle ils doivent s'éveiller.

— Et maintenant, que comptez-vous faire contre M. de Peyras, l'assassin de mon mari?

— Je prépare à son intention une petite combinaison dont j'attends les meilleurs effets et au succès de laquelle son complice Robert Talbot nous aidera sans s'en douter.

— Comment cela? il est en prison.

— Oui, mais il tentera de correspondre avec M. de Peyras... et il réussira.

— Je comprends.

Nubia se tut et son front se contracta tout à coup.

— Qu'avez-vous donc? lui demanda M. Lubin.

— Ainsi, murmura la jeune femme comme se parlant à elle-même, la main de madame Marcasse se trouve encore dans cette odieuse tentative, Antonin l'a dit au docteur. Eh bien! à mon tour, maintenant, j'ai une terrible revanche à prendre; c'est demain que j'acquitterai toutes mes dettes d'un coup, et je les payerai avec usure.

On entendit en ce moment un bruit de clef dans la serrure de la porte du carré.

— Ce sont vos domestiques, dit M. Lubin, je puis vous quitter maintenant et aller me coucher.

Il ne se trompait pas, c'étaient Rose, Sylvie et Nicole qui rentraient.

XXXVII

LA CONSULTATION

Le surlendemain du jour où avait eu lieu, devant trois cents témoins, ce duel dont l'issue avait été si imprévue pour tous, et si fatale pour lui-même, nous trouvons Pierre de Peyras couché dans une chambre attenant à celle de sa sœur, qui, on le sait, l'avait fait transporter à son hôtel.

Les douleurs aiguës avaient cessé, la fièvre, qui s'était déclarée d'abord, avait disparu, à l'extrême satisfaction du médecin, et le malade était aussi calme que le lui permettaient les terribles angoisses qui le bouleversaient intérieurement, mais que nul ne soupçonnait, et qu'il ne pouvait confier à personne.

A toutes les causes d'inquiétude et de terreur incessantes où le jetaient les tragiques événements connus du lecteur, se joignait l'immense désespoir de se voir défiguré pour toute sa vie, car le médecin de madame Marcasse avait confirmé la déclaration du docteur appelé immédiatement après le combat pour un premier pansement : l'œil était perdu sans retour.

S'il se fût donné la peine de réfléchir, Pierre de Peyras eût vu quelque chose de providentiel dans le châtiment effroyable qui lui était infligé au moment où il méditait une torture presque identique contre une femme dont il avait déjà brisé le cœur et détruit la vie.

Il venait de s'éveiller quand la porte de sa chambre s'ouvrit.

C'était Diane qui entrait.

— Quelles sont les personnes qui sont venues s'informer de ma santé? lui demanda-t-il.

— Pas une, répondit Diane.

Une expression de haine et d'amertume se peignit sur les traits de Pierre.

— C'est tout simple, dit-il, je suis vaincu.

Puis il s'écria avec un accent de rage :

— Vaincu! touché sept fois de suite comme un écolier par un jeune homme de vingt-cinq ans, deux fois mince comme moi, que je n'ai rencontré dans aucune salle d'escrime, que nul ne connaissait; en vérité, il y a là de la sorcellerie!

— Pas précisément, répondit Diane.

— Quelqu'un t'a parlé de lui?

— Oui.

— Qui donc?

— M. Jacques de Sylva, qui sort d'ici.

— Il le connaît?

— Il a connu le père et le fils, en Espagne.

— Il a dû être stupéfait de la façon dont ce duel a tourné?

— Nullement.

— Comment! s'écria Pierre.

— Voici ce qu'il savait et ce que tu ignorais comme beaucoup d'autres : le duc de Vivianne, qui a fait l'éducation entière de son fils, a été en même temps son maître d'escrime, et il passait, il y a trente ans, pour être d'une force toute exceptionnelle à l'épée.

— Ah! dit Pierre étonné.

— Ce n'est pas tout; le père et le fils ont parcouru ensemble toute l'Europe, et dans chaque pays le duc de Vivianne a voulu que son fils prît des leçons du maître d'armes le plus renommé, afin qu'il connût l'escrime particulière de chaque peuple et les coups secrets de chaque maître; et le comte de Sylva dit que c'est à un coup napolitain que tu dois la perte de ton œil.

— Alors je comprends, murmura Pierre de Peyras d'un ton découragé.

— Et puis, reprit Diane, il paraît que le duc ne passe pas un seul jour sans faire des armes avec son fils.

— Oui, oui, dit Pierre, l'escrime de chaque pays, voilà la grande école, voilà la vraie force, avec cela on est invincible; je m'en souviendrai et j'en ferai mon profit plus... tard.

Il reprit sur un autre ton:

— Marcasse est-il arrivé?

— Oui, ce matin.

— Et il n'est pas venu me voir?

— On lui a dit que tu dormais. Ah! dit Diane, j'oubliais, voici une lettre pour toi.

Pierre la prit d'un air inquiet.

Tout était pour lui un sujet d'effroi.

— Elle n'est pas timbrée, dit-il.

— Elle est adressée à ton domicile, rue de Provence, où heureusement j'avais fait prévenir que tu habitais ici pour quelque temps.

— Comment donc cette lettre est-elle venue?

— Elle a été déposée chez le concierge par un individu de mine et de mise fort équivoques; c'est ce que m'a rapporté Mariette.

Pierre tournait la lettre entre ses doigts et hésitait à l'ouvrir.

Il s'y décida enfin et lut ce qui suit, écrit en chiffres,

15.

genre de correspondance que Robert Talbot et lui
avaient cru prudent d'adopter depuis quelque temps :

« C'est du fond d'un cachot que je vous écris; l'affaire de la princesse est ratée, nous avons été joués par
notre mauvais génie, l'exécrable M. Lubin.

» Il savait tout depuis trois jours, c'est lui qui avait
fourni l'eau qui devait sillonner le beau visage de la
princesse comme un fer brûlant et qui ne lui a causé
d'autres ravages qu'une sensation de froid désagréable,
voilà tout. Lombart était de la fête, il nous ont pris en
flagrant délit et ce maudit agent m'a parlé de son cam a-
rade Maraton, lancé par *nous* d'un cinquième étage sur
le pavé, et du marchand Rochard. Il a même voulu voir
mon petit doigt, ce à quoi je me suis refusé. Bref, je suis
flambé, ou plutôt *nous sommes* flambés si dans huit jours
vous ne m'avez rendu la liberté. Rien de plus facile, Antonin a dans le geôlier un ancien ami peu scrupuleux,
qui n'hésiterait pas, pour cent mille francs, à nous ou -
vrir la porte, à lâcher sa place et à filer avec nous. Vou s
savez ce qu'il y a à faire pour cela : le père Loiseau, auquel j'ai parlé, il y a trois jours, nous trouvera cinq cent
mille francs après le dénoûment que vous savez. Enfi n,
voilà mon dernier mot: tirez-moi de là avant huit jours,
sinon je dis *tout*. Mon geôlier se nomme Bidard et attend
vos offres. »

Pierre de Peyras resta accablé à la lecture de cette
lettre comme s'il eût reçu un coup de massue sur la
tête.

Ainsi, malade, défiguré, incapable de quitter le lit, il
se voyait contraint, par la fatale et implacable logique
du crime, à faire un effort suprême pour commettre un
nouveau meurtre afin de se soustraire à l'expiation des
autres.

— Tue encore, tue toujours, lui criait cette inexorable fatalité, tue ou meurs.

— Oh! murmura-t-il avec l'expression d'un profond découragement, si j'avais le courage d'en finir avec la vie !

Mais ce courage il ne l'avait pas.

— En finir avec la vie ! dit Diane, pourquoi ? qu'as-tu donc à désespérer ainsi ?

— Rien, dit vivement Pierre, un moment d'impatience, j'ai hâte de quitter le lit et la chambre.

— Tu sais bien qu'il n'y faut pas songer avant quinze jours, le docteur l'a déclaré expressément.

L'entretien fut interrompu par Mariette, qui entra après avoir frappé,

— Que voulez-vous ? lui demanda Diane.

— C'est monsieur qui m'envoie prier madame de vouloir bien venir lui parler.

— J'y vais.

Elle sortit avec la femme de chambre.

— Où est monsieur?... demanda-t-elle à celle-ci

— Dans le petit salon, madame.

Elle trouva son mari assis devant la fenêtre qui donnait sur le jardin, le regard fixé devant lui, mais paraissant songer à tout autre chose qu'aux fleurs qu'il avait sous les yeux.

La porte étant restée entr'ouverte, elle entra sans être entendue, de sorte qu'elle put remarquer son air soucieux et en même temps l'altération de ses traits, pâlis et amaigris depuis son départ.

Ce ne fut donc pas sans trembler intérieurement, qu'elle envisagea la scène qui probablement allait se passer entre elle et lui.

La visite de madame Beaudoin, la disparition de ses diamants, qu'elle supposait avoir été trouvés par lui, préparés en plusieurs paquets, témoignage évident de ses projets de fuite, tout attestait qu'il connaissait sa faute, et l'heure de l'explication, retardée jusque-là, était sans doute venue.

Elle fut saisie de cette pensée devant l'air sombre et absorbé de son mari, qui ne se croyant pas observé, ne cherchait pas à dissimuler ses impressions, et son audace habituelle fléchit tout à coup à l'idée de la scène qu'elle pressentait.

Cependant ce fut avec l'apparence du plus grand calme qu'après avoir surmonté cette émotion, elle aborda son mari.

— Vous avez désiré me parler, monsieur? dit-elle en s'approchant de lui.

Subitement arraché à ses réflexions, M. Marcasse se retourna brusquement vers Diane, puis lui indiquant un siége près de lui :

— En effet, répondit-il, j'ai à vous parler, veuillez donc vous asseoir.

Elle s'assit et s'empara d'un éventail avec lequel elle se mit à jouer d'un air indifférent, quoique en proie à une violente anxiété.

— Mon Dieu, ma chère amie... dit M. Marcasse.
Diane leva la tête, surprise de ce ton affectueux.

— Pardonnez-moi cette familiarité, qui, je l'avoue, sent son bourgeois d'une lieue, et permettez-moi de continuer. Mon Dieu ! vous avez dû me trouver bien indifférent, peut-être même un peu brutal ce matin, à mon arrivée, car je vous ai à peine dit quelques paroles, pressé que j'étais de mettre ordre à quelques affaires importantes. Cependant mon affection pour vous passe avant les affaires, croyez-le bien, et si pressé que je fusse, j'ai remarqué votre pâleur, le cercle bistré qui cerne vos yeux, et je m'en suis vivement inquitéé.

Diane se demanda ce qu'elle devait penser de cette

ubite sollicitude, et ce fut d'un ton irrésolu qu'elle répondit :

— Vous vous êtes trop vite inquiété, monsieur, je ne suis nullement malade, mais je n'en suis pas moins sensible à ce témoignage d'intérêt.

— Je vous assure, madame, reprit Marcasse, que vous ne voyez pas le changement qui s'est opéré en vous, depuis quelque temps, et que vous êtes plus malade que vous ne pensez.

Cette insistance commença à inquiéter Diane, qui se demanda quel intérêt son mari pouvait avoir à la trouver malade.

— Encore une fois, lui dit-elle, je vous répète que vous vous trompez ; si mes traits sont altérés, comme vous croyez le voir, cela tient uniquement à la nuit que j'ai passée avant-hier chez le comte Micaïloff et aux terribles émotions qui m'ont bouleversée ; vous devez comprendre cela.

— Sans doute, l'amitié que vous avez pour votre frère, la douleur que vous avez dû ressentir en voyant ce fatal duel se terminer d'une façon à laquelle il n'est pas accoutumé, ont dû vous ébranler, mais n'expliquent pas suffisamment à mes yeux le changement que je remarque en vous et qui d'ailleurs ne date pas de ce duel. Bref, votre santé m'inquiète, je vous le répète, j'ai voulu absolument être rassuré et j'attends mon médecin qui va me dire si mes craintes sont fondées ou non.

Diane comprit enfin et le sang lui monta tout à coup au visage.

Un moment elle fut sur le point de céder à la violence de son caractère, de se lever et de sortir brusquement, mais elle comprit l'imprudence d'une telle conduite et se contenta de répondre :

— Si vous vouliez absolument voir un médecin, pourquoi n'avoir pas fait venir le mien ?

— Le mien m'inspire la plus grande confiance ; mais il devrait déjà être ici et...

La porte s'ouvrit aussitôt et le domestique annonça :

— M. le docteur Desmarais.

C'était un vieillard à l'œil intelligent et à la physionomie souriante.

— Voilà ma belle malade, lui dit Marcasse en désignant sa femme, dites-moi donc vite, docteur, ce que vous pensez de son état.

— Voyons cela, dit le docteur en saisissant le poignet de Diane et en consultant son pouls.

Il s'écoula une minute, pendant laquelle Diane, affreusement pâle, faisait de vains efforts pour dissimuler son trouble.

— Eh bien ? demanda Marcasse.

— Eh bien ! répondit le docteur avec un fin sourire, cela n'a rien d'inquiétant... au contraire.

XXXVIII

LES MALHEURS D'UN AMANT HEUREUX

La physionomie du docteur Desmarais n'était pas moins significative que ses paroles.

Il rayonnait, convaincu qu'il annonçait aux deux époux la plus agréable nouvelle.

Cependant il ne put s'empêcher de reconnaître que s'ils étaient joyeux, ils mettaient l'un et l'autre un étrange entêtement à le dissimuler.

De pâle qu'elle était d'abord, Diane était devenue livide.

Quant à Marcasse, ses lèvres blêmes essayaient vainement d'esquisser un sourire.

— Eh bien ! leur dit-il enfin, vous ne comprenez pas?

— C'est-à-dire, répondit Marcasse, que je n'ose comprendre, j'attends que vous complétiez votre pensée.

— Vous avez peur de vous réjouir, n'est-ce pas ? dit le docteur, vous craignez une déception ; soyez donc heureux, mon cher Marcasse, avant six mois vous serez père.

Diane retira sa main de celle du docteur et ses traits se contractèrent affreusement.

Marcasse avait tressailli.

L'épouvantable vérité, qu'il avait peut-être hésité à croire sortant de la bouche d'une femme comme madame Turmole, lui était révélée par un homme dont la science et la probité ne pouvaient être mises en doute.

Tout était donc vrai, il en recevait en ce moment la preuve irrécusable.

Et s'il eût pu douter encore, le trouble profond empreint sur les traits de sa femme habituellement si hautaine et si maîtresse d'elle-même, eût suffi pour le convaincre.

Cependant il trouva dans son énergie naturelle assez de force et de sang-froid pour remarquer la stupeur de son médecin devant ces figures atterrées et pour feindre la joie dont celui-ci attendait toujours l'explosion.

— Un enfant ! nous aurons un enfant ! s'écria-t-il en pressant d'un air attendri la main du docteur, c'est pour nous une joie si grande, si imprévue et dont nous avons si longtemps désespéré, que vous nous voyez tout bouleversés de cette heureuse nouvelle.

— En effet, s'écria le docteur, et si bouleversés, que je commençais à me demander si vous en étiez réellement ravis.

— Pouviez-vous en douter ! Mais madame Marcasse est insi, les grandes joies, comme les grandes douleurs, la

mettent dans l'état où vous la voyez. Je comprends cela
au reste, elle est si nerveuse !

Diane ne put répondre.

Un vague sourire effleura ses lèvres crispées et y mourut
aussitôt.

— Et vous dites que c'est dans six mois ? s'écria Marcasse en frappant familièrement sur le genou du médecin et en se frottant les mains, mais répétez-moi donc
cette bonne parole, docteur, vous ne sauriez croire le
ravissement qu'elle nous cause à tous deux ; car moi qui
la connais bien, je puis vous affirmer que Diane est en
ce moment la plus heureuse des femmes.

— Eh bien, oui, reprit le docteur, puisqu'il faut vous
le répéter, c'est dans six mois que vous verrez cet enfant
si ardemment souhaité.

— En voilà un qui sera bien reçu, docteur, demandez
plutôt à Diane. Oh ! il y aura fête ce jour-là dans la
maison, allez.

La joie bruyante et expansive que son mari trouvait
la force d'affecter, achevait de paralyser Diane, qui,
impassible et glacée, ne pouvait même essayer de sourire.

Le docteur Desmarais se leva enfin et dit en se dirigeant vers la porte :

— Alors, moi aussi, je puis dire comme Titus : Je n'ai
pas perdu ma journée, en sortant d'ici, je laisse derrière moi deux heureux.

Quand il fut sorti, Marcasse s'approcha de sa femme,
et du ton le plus naturel :

— Nous savons parfaitement l'un et l'autre, lui dit-il,
que vous ne pouvez être enceinte, mais affirmer à un
médecin que notre conviction sur ce point était absolue
eût été ridicule, à moins de lui révéler les conditions
tout exceptionnelles dans lesquelles nous vivons vis-à-
vis l'un de l'autre depuis les premiers jours de notre ma-

riage, confidence qui vous eût été sans doute aussi désagréable qu'à moi-même, de là la nécessité pour moi de
jouer cette petite comédie, dont vous avez dû comprendre les raisons.

— Mais, dit vivement Diane, très-absorbée pendant
que son mari lui parlait, il valait mieux dire tout de suite
au docteur qu'il se trompait, puisque cela est.

— Je viens de vous exposer les motifs qui m'em-
pêchaient de l'affirmer.

Diane garda le silence.

Marcasse reprit :

— Mais plus nous sommes convaincus de l'erreur du
docteur, plus je dois m'inquiéter des symptômes de
maladie que je remarque en vous, plus je dois m'attacher à les combattre dès le début, et comme il s'agit de
votre santé, c'est-à-dire de ce que j'ai de plus cher au
monde, je ne puis hésiter à tout sacrifier pour cela.

Diane jeta sur son mari un regard qui signifiait clairement :

— Où en veut-il venir ?

Elle soupçonnait vaguement quelque dessein inquiétant.

Elle attendit sans répondre un mot.

— Ce qui, en dehors de toute autre cause, exerce sur
votre santé une pernicieuse influence, reprit Marcasse,
c'est à coup sûr Paris, son atmosphère, son genre de
vie, ses fêtes nocturnes, il faut donc commencer par
fuir Paris.

— Ah ! fit Diane.

— Oui, il vous faut, au moins pendant six mois, la
saison d'hiver, un climat plus tempéré, comme par
exemple Nice ou Monaco, et, depuis ce matin, j'ai pris
mes mesures pour pouvoir passer tout ce temps avec
vous.

Diane fut sur le point de se révolter, mais, cette fois encore, la réflexion l'en empêcha.

Son mari jouait en ce moment une comédie dont ils n'étaient dupes ni l'un ni l'autre ; lui résister était aller au-devant d'une explication qu'elle voulait éviter à tout prix, elle trouva donc plus prudent de paraître se rendre à ses raisons.

Et cette concession lui était d'autant plus facile à faire, que cela ne l'engageait nullement vis-à-vis d'elle-même, qu'elle aussi avait son projet depuis longtemps arrêté, et que la détermination de son mari ne ferait qu'en hâter l'exécution.

— Eh bien ! soit, dit-elle, comme si elle était persuadée par les arguments de M. Marcasse, nous irons à Nice, puisque vous croyez ce climat nécessaire à ma santé.

Elle ajouta bientôt d'un ton indifférent :

— Quand partons-nous ?

— Le plus tôt sera le mieux.

— Enfin ?

— Eh bien ! après-demain.

— Soit.

— Je vous quitte pour achever de mettre en ordre mes livres et ma caisse et donner mes instructions à l'employé chargé de la direction de mes affaires pendant mon absence.

Il sortit.

Aussitôt Diane se leva, courut à sa chambre, acheva sa toilette et quitta son hôtel à pied.

Cinq minutes après, elle prenait une voiture à la place du Havre et se faisait conduire à la rue du Mont-Thabor.

Jacques de Sylva était chez lui.

Elle se jeta dans un fauteuil.

— Jacques, lui dit-elle d'une voix agitée, avez-vous enfin terminé avec mon mari ?

— Non, Diane, mais j'ai rendez-vous chez lui demain, dans la matinée.

— Alors demain, avant midi, tout sera fini ?

— Sans doute. Mais qu'avez-vous donc ? que signifie cette agitation ?

— Parlons affaires, Jacques, reprit Diane avec une volubilité fiévreuse ; vous aurez donc vos 1,500,000 fr. avant midi ; que ferez-vous ensuite ?

— Mais, répondit le jeune homme en regardant Diane avec inquiétude, j'irai remettre à ma mère et à ma sœur la part qu'il leur revient à toutes deux sur cette somme, c'est-à-dire les deux tiers, un million.

— Vous irez de suite, sans perdre de temps, dit Diane, toujours du même ton bref et sérieux.

— Sans perdre une minute, car le contrat de mariage se signe à deux heures, et les cinq cent mille francs de Rita doivent être déposés entre les mains du notaire avant la signature. Mais pourquoi toutes ces questions ?

— Répondez toujours. A quelle heure tout sera-t-il fini chez le notaire ?

— A quatre heures au plus tard.

— Et alors vous serez libre enfin ?

— Pas tout à fait ; car, après la signature du contrat, la nouvelle famille de Rita donne un grand dîner, auquel naturellement je dois assister.

Diane se leva d'un bond.

— Vous n'y assisterez pas.

— Pourquoi cela, Diane ?

— Parce que, au moment où ils seront à table, il faut que nous soyons en route pour l'Espagne.

Jacques se troubla visiblement à ces mots.

Diane se rapprocha de lui, et dardant sur ses yeux un regard plein de feu :

— Vous hésitez, je crois? lui dit-elle, avec un accent qui le fit tressaillir.

— Non, Diane, non, je n'hésite pas, répondit Jacques ; mais ma sœur se marie dans quelques jours ; ce serait pour elle un vrai désespoir si, ce jour-là, elle n'avait près d'elle son frère, son meilleur ami, et vous comprenez...

— Oui, oui, répondit Diane d'une voix basse et avec un accent plein d'amertume, je comprends fort bien : Vous craindriez de manquer aux convenances en n'assistant pas à cette union, et vous hésitez à me faire ce sacrifice. Des convenances ! s'écria-t-elle en se croisant les bras avec une expression de sombre colère, me parler de convenances, à moi, qui, pour l'avoir aimé, vais me trouver tout à coup sans amis, sans famille, sans foyer, sans patrie, obligée de fuir en pays étranger, et qui me réjouis de cet isolement, parce que je serai à lui seul et tout entière !

— Diane, ma chère Diane ! s'écria Jacques en saisissant ses mains qu'il porta à ses lèvres, vous m'avez mal compris. J'ai exprimé le regret de ne pas assister au mariage de ma sœur, mais vous savez bien que vous êtes tout pour moi, que votre volonté domine tout dans ma vie, comme l'amour que vous m'avez inspiré domine tous les autres sentiments. Dites-moi l'heure à laquelle vous voulez partir, Diane, et je suis à vous, et nulle considération ne pourra m'arrêter.

— Merci, Jacques, merci ! dit Diane d'une voix émue. Oh ! donnez-moi toute votre âme et tout votre amour.... j'ai tant besoin d'être aimée !

— Chère Diane, pouvez-vous douter de moi ! L'heure du départ, dites ?

— Eh bien, après la signature du contrat, à cinq heures.

— Où dois-je vous attendre ?

— A la gare du chemin de fer d'Orléans.

— J'y serai avant cinq heures.

— Nous échangerons deux mots seulement, puis nous

feindrons de ne pas nous connaître jusqu'au moment où nous serons réunis dans un coupé que vous aurez retenu d'avance pour nous seuls.

— C'est entendu.

Tout à coup Diane, penchée sur la poitrine de Jacques, s'arracha de ses bras, et tournant ses regards du côté du salon, au delà duquel était l'antichambre :

— N'avez-vous pas entendu un bruit de ce côté ? dit-elle d'un air inquiet.

— Non , répondit Jacqus.

— Et moi, murmura Diane avec une anxiété croissante, je vous jure que j'entends le bruit d'une clef dans la serrure.

— Rassurez-vous, Diane, ce ne peut être ici.

— C'est ici, vous dis-je, s'écria Diane, en se pressant, pâle et effarée, contre Jacques, tenez, la porte s'ouvre.

Cette fois le jeune homme entendit en effet la porte du carré s'ouvrir et se refermer.

— Qu'est-ce que c'est que cela ? balbutia-t-il.

La porte de la chambre s'ouvrit aussitôt.

Diane jeta un cri.

M. Marcasse entrait.

XXXIX

UNE VENGEANCE

A l'aspect de son mari, Diane s'était rapidement éloignée de Jacques de Sylva.

Alors tous trois restèrent quelques instants immobiles et silencieux en face l'un de l'autre.

Diane, affreusement pâle, combattue entre son orgueil, qui l'excitait à braver son mari, et la honte, qui la forçait à courber la tête devant celui qu'elle avait toujours traité avec tant de hauteur et de dédain.

Jacques, qui comprenait tout à coup, devant ces deux époux, entre lesquels venait de se creuser un abîme, que ce qu'il avait toujours considéré comme une faute légère était un crime et devenait un malheur irréparable.

Marcasse enfin qui dominait les deux coupables de toute l'immensité de leurs torts, et de toute la grandeur de son désespoir.

Étourdi par cette subite et terrible apparition, ne sachant que dire, et comprenant cependant la nécessité de rompre le silence, Jacques mumura ces mots d'une voix mal assurée:

— Je m'étonne, monsieur Marcasse, que vous pénétriez chez moi d'une façon si...

Marcasse jeta sur lui, puis sur sa femme, un regard d'une éloquence si accablante, que la parole mourut aussitôt sur ses lèvres.

Puis, parlant à son tour :

— Réservez votre étonnement, monsieur, lui dit-il avec un accent où se trahissaient à la fois un désespoir mortel et une fureur contenue, vous aurez bientôt une meilleure occasion de le manifester.

— Que voulez-vous dire? balbutia Jacques.

— Vous le saurez toujours trop tôt.

La physionomie de Marcasse, en laissant tomber cette vague menace proférée entre les dents et presque à voix basse, avait quelque chose de terrifiant.

Diane, les yeux fixés à terre, lui jetait de temps à autre un regard à la dérobée, et l'imposante transformation qui s'était opérée sur ses traits lui donnait le frisson.

La douleur en avait élevé le caractère, et la vulgarité en avait disparu pour faire place à l'austère sévérité d'un juge implacable.

Elle l'étudiait avec épouvante, cherchant vainement
à lui cet humble et débonnaire époux, toujours soumis
ses volontés.

Il s'approcha enfin d'elle.

Alors, de pâle qu'elle était, elle devint cramoisie et
our la première fois de sa vie son regard se baissa sous
sien.

— Ainsi, madame, lui dit-il avec un calme plus ter-
ible que la plus violente colère, quand je travaillais dans
es ateliers et dans mes bureaux depuis la première
eure du jour jusqu'à minuit; quand, ne voulant pas
omprendre la cause réelle de la détermination aussi
ruelle qu'humiliante que vous preniez quinze jours
près votre mariage, je l'attribuais naïvement à votre
anté et me résignais, sans murmurer, à cet odieux ca-
rice ; quand, faible et lâche que j'étais, j'entr'ouvrais
e rideau de mon cabinet pour vous voir partir éblouis-
ante de luxe, d'orgueil et de beauté ; quand, durement
édaigné et repoussé par vous, je me félicitais tout bas
de pouvoir vous donner ce luxe qui vous rendait si heureuse, attendant patiemment le jour où vous seriez enfin
touchée de tant de patience et de tant de bonté; quand
je faisais tout cela, c'est ici que vous veniez rire de ma
niaiserie et vous désencanailler de ma société.

— Monsieur, murmura Diane sans oser relever la tête,
vous me prêtez là des sentiments...

— Indignes de vous, n'est-ce pas, madame? Au fait,
il est possible que vous n'ayez jamais songé à vous occuper de moi avec votre amant, pas même pour me railler, pas même pour vous indigner contre cet odieux et
ridicule nom de Marcasse, dont vous rougissez comme
d'une souillure et que vous traînez comme un boulet.

Diane fit un geste de dénégation.

— Ne dites pas non, je sais cela de celle qui m'a tout
dit et qui vous connaît bien.

— Celle ?... murmura Diane involontairement.

Puis elle pensa aussitôt :

— Nubia !

Marcasse poursuivit après un moment de silence:

— Vous avez raison, madame, je suis un niais, j'en a
donné une preuve éclatante le jour où j'ai pu croire qu
vous m'acceptiez pour époux non avec amour, ma sot
tise n'allait pas jusque-là, mais sans répugnance; il es
vrai que vous étiez habile, d'une habileté rare, profond
et surtout précoce. Jeune fille, vous avez deviné l'étor
nement que je devais éprouver de me voir préféré à d
jeunes gentilshommes tels que M. de Sylva, par exemple
et allant au-devant d'un doute que votre perspicacit
avait deviné, vous avez témoigné une admiration enthou
siaste pour les inventions, pour les inventeurs, justifian
ainsi et me persuadant à moi-même une préférence qu
tout rendait invraisemblable. Avouez, madame, que bier
d'autres se fussent laissé prendre à cette adroite comé
die, comédie qui cessa le lendemain même de notr
union, c'est-à-dire aussitôt qu'elle devint inutile, et que.
ques mois après, en femme positive et résolue que vou
étiez déjà, vous complétiez votre rêve de jeune fille e
prenant pour amant celui que sa trop modique fortun
vous avait interdit d'accepter pour époux.

Diane releva enfin la tête.

— Une telle supposition est odieuse, s'écria-t-elle
quelle femme me croyez-vous donc?

M. Marcasse répliqua avec une froide ironie:

— Ce n'est pas dans cette chambre que vous devrie
m'adresser une pareille question, madame; ici, la ré
ponse est trop facile.

Diane se tut, écrasée sous cette réplique humiliante

— Pourtant, madame, reprit M. Marcasse, il est un
résolution dont je dois vous louer, car elle atteste che
vous un scrupule, une abnégation, un détachement de

ce luxe auquel vous aviez tant sacrifié, dont je vous croyais incapable, je l'avoue.

Diane l'interrogea d'un regard inquiet.

— Je parle de votre résolution de me quitter, de fuir avec M. de Sylva.

— C'est faux, s'écria Diane, qui vous a dit cela?

— Ce sont les faits qui me l'ont appris.

— Je ne vous comprends pas.

— C'est d'abord l'indispensable nécessité où vous êtes de vivre loin de moi, nécessité qui, pendant six mois, va s'accentuer de jour en jour, vous le savez.

Cette fois, Diane ne tenta pas de répondre.

M. Marcasse reprit :

— C'est aussi la précaution que vous avez prise, il y a quelques jours, de préparer vos bijoux, de manière à pouvoir les emporter facilement.

Il tira de ses poches plusieurs paquets que Diane reconnut de suite et qu'il déposa sur un meuble.

— Je vous les apporte, dit-il, car ces bijoux représentent une certaine somme, qui vous sera indispensable pour élever votre enfant.

Et, en prononçant ces derniers mots, son regard se porta tour à tour sur Diane et sur Jacques de Sylva, qui gardèrent le silence.

— Et maintenant, dit-il à Diane, soyez heureuse avec l'homme de votre choix; plus de contrainte, plus de transes, plus de mystère; vous êtes parfaitement libres l'un et l'autre d'aller où il vous plaira, et même de rester à Paris, sans avoir à craindre désormais l'espionnage et les mille persécutions d'un mari jaloux.

A partir de cette heure, madame, vous êtes aussi complétement dégagée vis-à-vis de moi que si le divorce avait été prononcé entre nous. Je vous délivre en même temps de l'ennui d'habiter sous mon toit et de la honte de porter mon nom, que je vous autorise à échanger contre celui de Sylva ; bref, je comble tous vos vœux, je réalise tous vos rêves et n'exige même pas de reconnaissance pour tant de bienfaits.

Mais alors une étrange et inexplicable réaction se produisit dans les sentiments de Diane ; la famille, les relations, la vie conjugale, le foyer domestique, tout ce qui lui avait été jusqu'à ce jour odieux ou indifférent, lui devint cher tout à coup, et, en apprenant qu'elle était délivrée de tous ces liens, il lui sembla que tout s'écroulait autour d'elle et qu'elle se trouvait seule et abandonnée en ce monde.

Sans faire attention à l'accablement profond qui venait de s'emparer d'elle, M. Marcasse se tourna vers Jacques et lui dit :

— J'ai fini avec madame, maintenant, monsieur de Sylva à nous deux.

Jacques de Sylva semblait aussi embarrassé que Diane elle-même du bonheur sans entrave que venait de leur créer à tous deux M. Marcasse.

— Je vous écoute, monsieur, lui dit-il.

— Nous avons un compte, ou plutôt deux comptes à régler ensemble.

— Deux comptes ! dit Jacques étonné.

— Le compte de votre argent et le compte de mon honneur.

— En effet, monsieur, et je suis à vos ordres.

— J'espère que nous allons nous entendre.

Il tira un papier de sa poche, et le remettant à Jacques :

— Voulez-vous me signer ceci, monsieur ?

Jacques lut l'écrit, qui se composait de trois lignes.

— Ah ! fit-il, le reçu des quinze cent mille francs que j'avais placés chez vous ?

— C'est cela.

— Fort bien, monsieur.

Il alla ouvrir un secrétaire, y prit une plume et se prépara à signer.

Puis, se tournant vers M. Marcasse :

— Vous avez donc pu apporter sur vous une pareille somme ?

— Nullement, répondit Marcasse.

— Mais alors ?

— C'est fort simple, je vous demande le reçu d'une somme que je ne vous rendrai pas.

— Je ne comprends pas.

Puis Jacques, se levant et regardant curieusement Marcasse :

— Ah çà, monsieur, lui dit-il, ou vous me croyez fou, ou vous l'êtes vous-même.

— Ni l'un ni l'autre, répondit froidement Marcasse, nous sommes parfaitement sains d'esprit tous les deux, et pourtant vous allez me signer ce reçu, et je ne vous rendrai rien.

Jacques regarda M. Marcasse avec stupeur, se demandant s'il était bien éveillé.

Puis pâlissant tout à coup :

— Je comprends, s'écria-t-il, c'est une vengeance, et sans doute vous êtes armé pour me contraindre à souscrire à cette infâme condition. Oui, oui, c'est cela, vous pouvez m'assassiner sans crainte, c'est votre privilége de mari outragé ; mais prenez garde, monsieur, rien ici ne ressemble à un flagrant délit : aux yeux des juges les plus sévères madame ne pourrait être accusée que de légèreté ou d'inconséquence, rien de plus, et...

— Pardon, monsieur, interrompit Marcasse, ne vous échauffez pas inutilement et laissez-moi placer deux mots. Vous avez raison, les conditions dans lequelles je vous trouve l'un et l'autre n'ont aucun des caractères du flagrant délit, mais avec ceci le flagrant délit est prouvé.

Il lui remit une lettre.

Il la reconnut de suite.

C'était une des trente ou quarante lettres de madame Marcasse qui lui avaient été volées par son domestique.

— J'en ai trente comme cela qui m'ont été remises ce matin, reprit Marcasse, et vous savez si l'adultère y est écrit en toutes lettres.

Jacques était atterré.

Diane, accablée, reconnaissait là la réalisation des dernières menaces de Nubia.

— Eh bien! soit, vous êtes dans votre droit, dit Jacques d'un ton froidement résolu; tuez-moi donc, mais je ne signerai jamais la ruine de ma mère et de ma sœur.

— Je n'ai aucune arme sur moi, je ne vous tuerai donc pas, et vous signerez ce reçu.

— Comment vous y prendrez-vous donc pour me décider à commettre ce crime et cette lâcheté?

— Je vais vous le dire en deux mots: là, sur le palier, derrière votre porte, il y a deux agents de police, et au bas de l'escalier un commissaire de police, qui n'attendent qu'une parole de moi pour agir. Si vous signez, je leur déclare que je me suis trompé, et ils se retirent; si vous refusez, ils entrent, constatent le flagrant délit et emmènent madame à la préfecture, en la faisant d'abord passer au milieu de la foule qui se réunit en ce moment dans l'espoir de voir et de huer peut-être la femme surprise pas son mari chez son amant. Puis viendront la police correctionnelle, les débats devant le Paris élégant que connaît madame, et finalement la prison... Maintenant, décidez.

XL

LE REVERS DE LA MÉDAILLE

Jacques de Sylva, qui eût résisté devant un pistolet braqué sur sa poitrine, se sentit pris de vertige en face de la terrible alternative que lui posait M. Marcasse.

Diane, elle, saisie d'une terreur folle à la pensée des hontes et des humiliations dont elle était menacée et qui allaient commencer tout à l'heure, à l'instant même par les huées d'une populace implacable, Diane, pâle et palpitante, promenait de son mari à son amant un regard enflammé, et attendait, agitée d'un tremblement nerveux.

— Monsieur, balbutia enfin Jacques, cela ne se peut pas, il est impossible que vous ayez conçu un pareil dessein, ce serait un vol, et vous êtes un honnête homme.

— Non, monsieur, ce ne sera pas un vol, et je ne veux pas spéculer sur mon déshonneur, comme font certains maris ; ce sera au contraire une bonne action que nous allons faire en commun et c'est au profit des malheureux que nous allons expier, moi, ma sottise, vous, votre bonheur.

Il tira une lettre de sa poche.

— Tenez, dit-il, voici une lettre que j'ai préparée pour vous la lire afin de dissiper les soupçons que j'avais prévus.

Il lut:

A monsieur le préfet de la Seine.

« Monsieur,

» J'ai l'honneur de vous faire remettre une somme de

16

quinze cent mille francs, dont je désire que le revenu soit attribué à cent orphelins des deux sexes, jusqu'à la fin de leur apprentissage.

» *Un anonyme.* »

— Vous le voyez, monsieur, ajouta M. Marcasse, vous n'aurez pas à rougir de l'emploi de votre fortune, vous aurez, au contraire, en la perdant, la satisfaction de vous dire qu'elle sauve de la misère, de la honte et du crime un grand nombre d'infortunés.

La lecture de cette lettre atterra le jeune homme en lui prouvant que la résolution de M. Marcasse était sérieuse et profondément méditée.

— Eh bien ! non, monsieur, s'écria-t-il hors de lui ; je ne ferai pas cela ; non, non, je ne rachèterai pas une faute par un crime.

— Vous y êtes décidé, monsieur, demanda froidement M. Marcasse.

— Mais songez donc à ce que vous me demandez, monsieur, s'écria Jacques, passant tout de suite de la colère à un accent presque suppliant ; ma sœur est sur le point de se marier, voulez-vous que, du même coup, je lui brise le cœur et la plonge dans la misère ? Non, monsieur, si grands que soient mes torts, vous ne pouvez en faire rejaillir les conséquences sur les miens, vous ne pouvez réduire du jour au lendemain ma mère et ma sœur à vivre du travail de leurs mains ou à mourir de faim, elles qui sont incapables d'aucun travail ; réfléchissez à cela, je vous prie, monsieur.

— J'y ai beaucoup réfléchi, monsieur, répondit M. Marcasse. J'ai fort bien compris qu'il n'était pas de plus cruel supplice à infliger à un fils et à un frère ; mais, à votre tour, veuillez donc réfléchir au mal que vous m'avez fait, à mon nom déshonoré, à mon bonheur détruit, à ma vie perdue, quand, à force de travail, d'énergie, de veilles, de patience, j'étais parvenu à élever si haut et à assurer si solidement l'édifice de ma fortune et de mon avenir, réfléchissez à cela et demandez-vous si le remords effroyable auquel je vais vous condamner doit être pour moi un motif de renoncer à ma résolution ou d'y persévérer.

— Mais, monsieur, ma mère et ma sœur sont innocentes du mal que je vous ai fait. Elles peuvent en mourir ! Elles en mourront, monsieur...

— Alors votre douleur s'élèvera à la hauteur de la mienne, et c'est ce que je veux : ce sera justice.

Il y eut un moment de silence.

Jacques de Sylva avait les traits si affreusement contractés, les yeux si hagards, l'air si farouche et si désespéré, que tout autre que M. Marcasse eût été saisi de pitié à son aspect.

Mais les traits de celui-ci étaient aussi impassibles que s'ils eussent été de pierre.

Quant à Diane, toujours immobile, le regard ardemment fixé sur le jeune homme, dont elle semblait lire une à une toutes les angoisses sur son front livide, elle n'osait parler, mais les larmes lui venaient aux yeux.

— Tenez, monsieur, dit enfin Jacques avec l'accent de la prière, vous allez me comprendre et... vous consentirez à ma demande, j'en suis sûr.

Il se tut un instant.

Il avait la gorge si sèche qu'il ne pouvait articuler un mot.

Il reprit après un effort :

— Ecoutez, tout ce que vous ferez contre moi, je l'aurai mérité, le mal que je vous ai fait est immense, irréparable, et, quelle que soit votre vengeance, ce ne sera qu'un acte de justice ; ainsi dépouillez-moi des cinq cent mille francs qui composent ma fortune personnelle, réduisez-moi à la plus misérable des conditions, je n'aurai rien à dire, je n'aurai pas le droit de me plaindre et je me résignerai sans murmure à cette terrible expiation.

— Je vous le répète, monsieur, il vous faut le remords d'avoir causé la ruine de votre mère et de votre sœur pour que l'expiation soit complète.

Un coup de sonnette retentit en ce moment.

Jacques tressaillit et tourna la tête du côté de la porte.

— Ce sont les agents qui me rappellent qu'il faut en finir, monsieur, lui dit Marcasse; j'avais dix minutes pour m'assurer si madame était ici, elles sont écoulées, il faut que je dise non ou que je leur livre la coupable. Allons, monsieur, décidez ce que je dois faire, mais hâtez-vous, je ne puis attendre.

Jacques ne répondit pas.

Le front contracté, il promenait autour de lui des yeux égarés.

Un second coup de sonnette se fit entendre.

— Allons, monsieur, dit Marcasse en faisant un pas vers la porte, oui ou non, prononcez, je ne puis attendre une minute de plus.

Alors Diane, jusque-là immobile et anxieuse, se frappa tout à coup le front et s'écria avec un mélange de désespoir, de violence et d'indignation :

— Il hésite ! le malheureux ! il hésite !

— Faut-il appeler ces messieurs? reprit froidement Marcasse.

Le jeune homme semblait comme hébété par l'excès de son désespoir.

Il gardait toujours le silence.

M. Marcasse fit deux pas hors de la chambre.

— Arrêtez! attendez ! s'écria Diane en s'élançant vers lui.

Puis revenant à Jacques et lui saisissant la main:

— Jacques ! Jacques ! murmura-t-elle d'une voix frémissante et en le couvrant d'un regard enflammé, voulez-vous qu'on m'emmène comme la dernière des créatures travers la grossière populace qui m'attend dans la rue ? Voulez-vous que ma honte soit étalée aux yeux de tout Paris devant un tribunal ? Voulez-vous enfin que j'expie par la plus infâme et la plus flétrissante des condamnations la faute que vous m'avez fait commettre ? Si vous voulez cela, dites-le, mais retenez bien ce que je vais vous dire : Moi, je ne veux pas de cette honte, et, au moment même où mon mari appellera les agents qui attendent là, je m'élance par cette fenêtre sur le pavé de la rue. Vous avez entendu, maintenant je n'ai plus rien à vous dire.

Et elle alla poser la main sur l'espagnolette de la fenêtre.

— Mon Dieu ! mon Dieu ! murmura Jacques en pressant son front dans ses deux mains ; je ne puis pourtant pas la laisser...

Puis, se tournant vers M. Marcasse :

— Donnez, lui dit-il en tendant la main.

Marcasse se rapprocha et lui donna l'écrit par lequel Jacques reconnaissait qu'il lui avait rendu la somme de quinze cent mille francs placée chez lui à une époque désignée.

Alors, ne voulant plus réfléchir, il courut à son secrétaire et signa.

Quand ce fut fait, il resta quelques instants le regard fixé sur le fatal papier, et enfin, le tendant à Marcasse, qui le prit :

— Tenez, monsieur, lui dit-il avec un calme que rendaient effrayant la pâleur de ses traits et l'éclat fiévreux de son regard, vous êtes vengé, allez, soyez heureux.

M. Marcasse plia le papier, le mit dans sa poche, puis se dirigea lentement vers la porte, l'ouvrit et sortit sans avoir retourné la tête vers sa femme.

Il retrouva sur le carré le seul agent dont il se fût

fait accompagner, dans le but d'envoyer chercher le commissaire de police s'il y avait lieu, car il était faux que celui-ci fût venu et attendît ses ordres comme il l'avait déclaré à Jacques de Sylva.

Ce rôle passif n'eût pu convenir à un magistrat.

Dès qu'elle se vit seule avec lui, Diane s'approcha de Jacques pour le consoler.

Mais elle fut si effrayée de l'expression de son visage, qu'elle n'osa lui adresser la parole.

Il s'était laissé tomber sur un fauteuil, et, là le front livide, l'œil fixe, accablé, affaissé sur lui-même, on eut dit qu'il changeait et vieillissait à vue d'œil...

Elle s'éloigna sans bruit et alla s'asseoir dans un coin de la chambre, comprenant qu'il fallait le laisser calme et isolé, après l'effroyable torture qu'il venait de subir.

Puis elle jeta un regard étrange autour d'elle, et peu à peu, à mesure que la réalité se dressait devant elle et que les sinistres perspectives s'étendaient devant son imagination, un sombre désespoir s'amassait sur ses traits profondément altérés.

Il s'écoula plus d'une demi-heure pendant laquelle ils demeurèrent ainsi tous deux, lui comme foudroyé et insensible à force de souffrance, elle plongée dans les plus amères réflexions.

Un violent coup de sonnette les fit bondir tous deux.

— Qu'est-ce donc encore? murmura Jacques avec l'expression d'un découragement mortel.

— Ce ne peut être lui, dit Diane, que viendrait-il faire ici, maintenant?

Puis, prenant le jeune homme par la main et l'entraînant vers la porte :

— Allez ouvrir, Jacques, allez, lui dit-elle.

Elle s'enferma dans la chambre et colla son oreille à la porte pour savoir qui allait entrer.

Elle entendit aussitôt deux voix de femmes.

C'était la marquise de Sylva et sa fille.

A leur aspect, Jacques n'avait pu retenir un cri et il ait reculé devant elles, atterré comme en face d'une sion.

— Eh bien ! à quoi songes-tu donc ? s'écria la voix nîche et joyeuse de Rita, tu n'es pas encore habillé.

— Habillé ? pourquoi ? dit Jaques.

— Comment pourquoi ? mais pour te rendre avec bus chez le notaire.

— Mais, dit le jeune homme en passant la main sur pn front, ce n'est pas aujourd'hui que l'on signe le...

— Le contrat ? non, sans doute, répondit la marquise, nais c'est aujourd'hui qu'il faut déposer entre les mains u notaire la dot de la future, cela a été convenu devant pi, tu l'as donc oublié ?

Jacques chancela saisi d'un étourdissement.

— Ah ! balbutia-t-il, c'est aujourd'hui que...

— Mais sans doute, dit vivement Rita, aujourd'hui à ois heures, et il est deux heures passées. Oh ! j'ai été ien inspirée de venir te chercher avec ma mère.

— Habille-toi vite et partons, dit la marquise, tu as erminé avec M. Marcasse, et tu as là la somme, n'est-e pas ?

— Oui, oui, dit vivement Jacques.

Il reprit après une pause :

— Mais, tenez, partez seules, je m'habille à la hâte, écris deux lettres et je vous rejoins chez le notaire à rois heures précises.

— Eh bien ! soit.

XLI

UNE SINGULIÈRE DOT

La marquise de Sylva remarqua enfin le trouble et
la pâleur de Jacques :

— Qu'as-tu donc ? lui dit-elle, tu parais malade.

— Rien ! oh ! rien, dit vivement le jeune homme,
j'ai passé la nuit dernière au bal et... je suis fatigué,
voilà tout.

— Pourquoi ne veux-tu pas partir avec nous ?

— Je vous ferais trop attendre, rendez-vous de suite
chez le notaire, vous pourriez l'irriter contre vous.

Fou de remords et de désespoir, en face de ces deux
femmes, Jacques ne les entendait plus et ne se rendait
pas compte de ce qu'il leur disait.

— Irriter le notaire contre nous ! lui dit sa mère, en
le regardant d'un air stupéfait ; ah çà, où donc as-tu la
tête ?

— Je ne sais, répondit le jeune homme en faisant un
effort pour recouvrer son sang-froid, je m'étais endormi tout à l'heure, et je crois que je ne suis pas
encore bien éveillé.

— En effet, dit Rita, d'un ton de raillerie amicale,
pour nous menacer de la colère de M. le notaire, il faut
que tu sois encore sous l'empire de quelque rêve.

— C'est cela ! oui, c'est cela ! ma chère Rita, je con-
tinuais un rêve tout éveillé.

— Allons, dit Rita à sa mère, puisqu'il ne veut pas
profiter de notre voiture, ni de notre compagnie, partons sans lui.

Jacques se hâta de leur ouvrir la porte.

— Surtout, monsieur l'étourdi, lui dit la jeune fille en rtant, n'allez pas oublier ma dot.

Jacques essaya de sourire, mais une contraction si-stre crispa ses lèvres décolorées.

Enfin la mère et la fille sortirent, en lui recomman-nt encore de ne pas se faire attendre.

Il rentra dans sa chambre.

— Votre mère? lui dit Diane en levant sur lui un re-rd presque craintif, car elle s'attendait à une explo-on de désespoir.

Il n'en fut rien.

— Oui, Diane, répondit-il d'un ton grave et ferme, a mère et ma sœur.

Ce calme effraya Diane, et, au risque de lui déchirer cœur, elle voulut le forcer à parler, à laisser débor-er la douleur qu'il s'obstinait à renfermer en lui.

— Et, reprit-elle, elles vous attendent?

— Chez le notaire, oui, Diane, dit le jeune homme ur le même ton.

Puis il alla s'asseoir devant son secrétaire et se mit à crire.

L'anxiété de Diane allait toujours croissant.

Cette tranquillité parfaite, succédant tout à coup à égarement du désespoir, lui jetait au cœur les plus ombres pressentiments.

Elle s'approcha de lui en prenant les plus grandes récautions pour n'être pas entendue, ce qui lui fut acile, tant il était absorbé.

Puis, en se penchant légèrement au-dessus de son paule, elle put lire ce qu'il écrivait.

Voici ce qu'elle lut :

« Ma mère, ma sœur,

» Les quinze cent mille francs qui composaient votre

fortune et la mienne ont disparu ; je les ai reçus hier de
M. Marcasse, et dans la nuit je les ai joués et je les ai
perdus. Je ne vous demande ni pitié ni pardon, j'en suis
indigne. Je continue de vivre cependant, le suicide,
cette suprême ressource des grands coupables, m'est
interdit. Adieu !   » JACQUES. »

Il plia cette lettre et la mit sous une enveloppe, sur
laquelle il écrivit cette adresse :

> « Madame la marquise de Sylva,
>
>   chez M. Barruel, notaire,
>
>   5, rue du Sentier. »

Diane s'éloigna.

— Je vais envoyer cette lettre par un commissionnaire, lui dit-il ; puis, je suis à vos ordres, Diane, nous
partirons quand vous voudrez, et où il vous plaira.

Une inspiration funeste venait de traverser l'esprit de
Diane.

— Oui, nous partirons, dit-elle d'une voix sombre,
mais pas de suite.

— Vous aviez hâte de quitter Paris cependant.

— Avant ce qui vient de se passer ici, oui ; maintenant, non.

— Pourquoi ce changement ?

— Parce que maintenant j'ai quelque chose à accomplir, une dette à payer.

— A votre gré.

Tout à coup il se mit à fixer avec une expression
étrange un des tableaux qui ornaient sa chambre.

C'était une gravure très-populaire qui a pour titre :

« Le Vagabond et sa Famille. »

Après l'avoir longtemps considérée, il la montra du
doigt à Diane en murmurant :

— Vous et moi peut-être.

— Que voulez-vous dire? lui demanda Diane en tres-
lant.

— Nous n'avons plus que vos bijoux pour vivre, lui
il, mais après? Après, c'est la misère, pas de pain,
d'asile, et alors on parcourt les villes, les hameaux,
grands chemins, on devient vagabond comme eux.

— Qu'a-t-il donc? s'écria Diane effrayée.

l s'était remis à contempler la gravure avec une per-
ance extraordinaire.

uis s'en détournant tout à coup :

— Il faut que j'envoie cette lettre à ma mère, dit-il
recouvrant tout son calme.

— Et moi, dit Diane à voix basse, je vais m'occuper
ma vengeance.

lle mit son chapeau.

— Quand vous reverrai-je? lui demanda Jacques.

— Ce soir.

Et elle partit.

Un instant après, Jacques descendait, remettait sa
tre à un commissionnaire, puis remontait chez lui.

l s'habilla avec un soin méticuleux, mit un habit
r, une cravate blanche, puis au bout d'une demi-
re il descendit.

Il se rendit au boulevard, prit une voiture, et le co-
er lui ayant demandé où il allait :

— Rue du Sentier, 5, chez le notaire.

La voiture partit.

En route, il regardait les passants d'un air tantôt
mbre, tantôt souriant, suivant la nature des pensées
i traversaient son esprit.

Arrivé rue du Sentier, il paya le cocher, lui donna un
généreux pourboire que celui-ci en fit un soubre-
ut, puis entra et gravit lentement les escaliers du
emier étage, où il s'arrêta.

C'était là que demeurait le notaire.

— Annoncez M. le comte Jacques de Sylva, dit-il au domestique qui était venu au-devant de lui.

Le domestique lui ouvrit la porte du cabinet et l'annonça.

Tout le monde s'était levé à son aspect, mais personne ne vint au-devant de lui.

La stupeur était peinte sur tous les visages, et on semblait se demander, en le regardant, si c'était bien lui qu'on avait devant les yeux.

C'est que la lettre qu'il avait envoyée par un commissionnaire venait d'être lue.

Il était près de trois heures, on n'attendait plus que Jacques pour la lecture du contrat, quand le domestique du notaire était entré et avait remis une lettre à la marquise de Sylva.

Celle-ci, reconnaissant l'écriture de son fils, s'était empressée de la décacheter, en disant à sa fille :

— Une lettre de ton frère.

— Mon Dieu ! serait-il malade ? s'était écriée la jeune fille.

— C'est ce que nous allons savoir.

Elle déplia la lettre, la parcourut d'un coup d'œil puis, la laissant tout à coup échapper de ses mains, elle poussa un profond soupir, s'affaissa sur elle-même et perdit connaissance.

Toutes les dames s'empressèrent autour d'elle, et avec Rita, lui prodiguèrent leurs soins.

Enfin, au bout de quelques instants, elle revenait à elle.

Se relevant alors, pâle et défaite :

— La lettre ? demanda-t-elle.

Elle était restée à terre.

Un jeune homme la ramassa et la lui remit.

Alors la marquise, s'adressant au chef de la famille à laquelle elle allait s'allier :

— Monsieur le comte de Pontal, lui dit-elle grave-
nt, nos projets d'alliance sont rompus ; je vous rends
re parole.

.e rouge de l'indignation monta aux joues du comte
es mots, dans lesquels il ne vit d'abord qu'une in-
te pour lui et sa famille.

.ita était devenue plus blanche que ses dentelles, et
futur était atterré.

— Madame, lui dit enfin le comte, un tel affront...

a marquise l'interrompit d'un geste.

— Attendez, monsieur le comte, lui dit-elle.

Et remettant la lettre au notaire :

— Monsieur, veuillez lire cette lettre à haute voix ; il
t qu'elle soit connue de M. le comte de Pontal et de
s les siens.

Le notaire prit la lettre, et, au milieu d'un profond
ence, lut tout haut la déclaration que connaît le lec-
ur.

Cette lettre produisit l'effet d'un coup de foudre.

Tout le monde était encore sous l'impression qu'elle
ait de produire, quand Jacques de Sylva parut sur le
il de l'étude.

Il était calme et souriant.

Après le moment de stupeur causée par cette appari-
n imprévue, la marquise, recouvrant la première son
ng-froid, alla à son fils, et lui mettant sous les yeux la
tre que lui avait rendue le notaire :

— Cette lettre est bien de toi ? lui demanda-t-elle.

— Oui, répondit le jeune homme.

— Et tu oses paraître ici ?

— Tu ne comprends donc pas que c'est une plaisan-
ie, dit Jacques.

— Une plaisanterie ! s'écria le comte de Pontal, per-
ettez-moi de vous dire, monsieur, qu'elle est du plus
auvais goût.

— Ainsi, dit vivement la marquise, tout cela est fait
tu n'as rien perdu et tu apportes la dot de ta sœur ?

— Parbleu ! s'écria Jacques d'un ton dégagé, et
preuve… tenez, voici d'abord mon cadeau de noces.

Il tira de ses poches cinq ou six paquets et les dé
loppa sur le bureau du notaire en disant :

— Que dites-vous de ces bijoux ?

Toutes les femmes en restèrent éblouies.

— C'est un cadeau princier, dit l'une d'elles, il y
a pour plus de 200, 000 fr.

— Mais, ajouta une autre, comment se fait-il que
marchand les ait livrés sans écrin, enveloppés dans
papier, et même fort mal enveloppés !

La marquise et Rita regardaient tour à tour les bijo
et Jacques, surprises, effrayées d'un acte de libérali
qui avait dû emporter la moitié de sa fortune.

— Maintenant, dit Jacques, après avoir joui de l'eff
que causait son cadeau, rendons nos comptes.

Et se tournant vers Mᵉ Barruel :

— Monsieur le notaire, veuillez écrire.

Il tira un portefeuille de sa poche, l'ouvrit, en arrach
un feuillet, prit une plume, y mit sa signature, et, le don
nant au notaire :

— D'abord, une action des mines d'Anzin, dont je sui
aujourd'hui, le seul et unique propriétaire, de sorte qu
ma signature suffit, soit cent mille francs.

— Encore une plaisanterie ! s'écria le comte de Pon
tal avec une fureur contenue.

Jacques le toisa tranquillement et répondit :

— Vous n'entendez rien aux affaires.

Puis, s'adressant de nouveau au notaire :

— Plus deux cent mille francs inscrits au grand-livre
et, pour qu'on ne m'accuse pas de plaisanter cette fois
je l'ai apporté avec moi le grand-livre, mais où l'ai-j
mis ?

Il se palpa de tous côtés, fouilla toutes ses poches,
lis se frappant le front :

— Ah ! je savais bien que je ne l'avais pas oublié.

Il tira de la poche de son gilet un cahier de papier à
garettes et, le remettant gravement au notaire :

— Voilà le grand-livre.

Il ajouta :

— Plus 300,000 fr. à puiser dans mes mines d'or en
eine exploitation aux buttes Montmartre.

Alors un cri déchirant se fit entendre :

— Grand Dieu ! il est fou, s'écria la marquise de
ylva.

XLII

RÉPARATION

En sortant de chez Jacques de Sylva, Prosper Marcasse
e hâta de rentrer chez lui.

Une fois renfermé dans son bureau, il tira de sa poche
l lettre qu'il avait lue à celui-ci, la mit sous enveloppe,
crivit l'adresse du préfet de la Seine, puis tira de sa
hisse un volumineux paquet contenant la somme de
,500,000 fr., et cela fait, il sonna.

— C'est cela, murmura-t-il, je vais charger M. Morel
le cette commission.

La porte de son cabinet s'ouvrit et un garçon de bu-
eau entra.

— Dites à M. Morel de venir me parler, lui dit Mar-
asse.

— M. Morel est sorti, monsieur.

— Pour longtemps ?

— Je l'ignore, monsieur, il n'a rien dit en partant.

— Quand il rentrera, vous me l'enverrez.

— Oui, monsieur.

Trois heures après l'employé n'était pas encore rentré et Prosper Marcasse était plongé dans l'examen d'une nouvelle machine, cherchant l'oubli dans le travail, comme tous les hommes de sa trempe, quand pour la seconde fois, et sans qu'il eût sonné, la porte de son cabinet s'ouvrit.

Il se retourna brusquement pour voir qui entrait avec ce sans-façon.

C'était Diane.

Elle paraissait sous l'empire d'une violente émotion.

Prosper Marcasse se leva et, sans rien dire, lui avança un siége.

Elle le repoussa, et, regardant son mari en face :

— Vous avez été heureux, très-heureux tout à l'heure, lui dit-elle d'une voix sourde, pleine de colère et d'amertume, vous vous êtes bien repu de mes tortures et de son désespoir, n'est-ce pas ? Eh bien ! ce n'était rien encore, vos rêves les plus féroces, vos raffinements de cruauté les plus barbares sont dépassés, vous ne savez pas jusqu'où va votre bonheur, et je viens vous l'apprendre.

Elle fit quelques pas dans le cabinet, joignant convulsivement ses mains et tordant ses doigts, qu'on entendait craquer.

L'exaltation du désespoir contractait ses traits et faisait flamboyer son regard.

Marcasse gardait le silence.

— Oh ! réjouissez-vous, s'écria-t-elle en s'arrêtant brusquement devant lui, réjouissez-vous, votre vengeance est aussi complète que vous ayez jamais pu la désirer.

Elle se tut encore, comme suffoquée par la violence des sentiments qui l'agitaient.

— J'attends l'explication de cette scène, madame, lui
t enfin Marcasse.

Diane reprit :

— Vous avez imposé à M. de Sylva un sacrifice au-des-
s des forces humaines, monsieur, vous l'avez contraint
broyer le cœur de sa sœur et de sa mère en se désho-
rant lui-même par une action infâme ; aussi savez-
us ce qui est arrivé ? Encore une fois, monsieur, soyez
ureux, car M. de Sylva n'a pu résister à une telle tor-
re, et à l'heure qu'il est, il est fou.

M. Marcasse tressaillit.

— Eh bien ! monsieur, êtes-vous content? lui dit
ane avec une mordante ironie, et êtes-vous enfin suf-
amment vengé ?

Il y eut un moment de silence.

— Ce que vous m'apprenez là est horrible, et je le
grette, madame, répondit enfin M. Marcasse, mais
r qui donc retombe la responsabilité de cet affreux
alheur? Qui donc a appelé la vengeance par la plus
lieuse des trahisons, et sur qui doit peser le remords
cette catastrophe, si ce n'est sur vous? J'ai été im-
toyable, mais qu'avez-vous été pour moi l'un et l'autre
vous surtout? Vous le plaignez, lui, vous parlez de
a barbarie, mais lisez-vous ce qui se passe en moi?
vez-vous si je n'endure pas un supplice cent fois plus
uel que ce pauvre fou, et si je n'envie pas cette folie,
ii, en éteignant la raison, procure l'oubli et la fin de
souffrance.

La tête penchée sur la poitrine, Diane resta sombre et
lencieuse.

— Et puis, reprit Marcasse au bout d'un instant, est-
bien vrai? l'avez-vous vu?

— Je ne l'ai pas vu, répondit Diane sans relever la
te, mais cela est. J'étais allée chez lui pour y prendre
es diamants... et les vendre, arrivée à la porte, j'ai

17.

entendu des cris, des sanglots, des voix de femme
mêlées à une voix qui n'avait rien d'humain; j'ai e
peur, je suis descendue, je me suis informée, et j'a
tout su, alors je suis partie.

Il y eut un long silence pendant lequel les deu
époux, plongés dans de profondes réflexions, parurer
s'oublier mutuellement.

Enfin Diane dit à Marcasse :

— La vraie coupable c'est celle qui a acheté me
lettres au domestique de Jacques et vous les a livrées
celle qui a arraché mon secret à madame Beaudoin, e
a décidé cette femme à venir vous le révéler, voilà cell
qui a fait tout le mal, et celle-là n'a pas votre excuse
aussi... Oh! quelle horrible vengeance je vais tirer d
cette femme. Je veux qu'elle soit assez malheureus
pour me consoler de tout ce que j'ai souffert, de tout c
que j'ai perdu.

Et, se dirigeant aussitôt vers la porte, elle sortit.

Marcasse se remit au travail.

Revenons maintenant à la famille de Sylva.

Devant les preuves de démence que venait de donne
Jacques, et qui se renouvelèrent bientôt plus éclatante
encore, la colère du comte de Pontal avait fait place
à une profonde pitié, et, s'approchant de la malheureuse mère, qui avait tout oublié devant cette catastrophe :

— Madame, lui dit-il, ce malheur est affreux, mais
non irréparable; cette folie se dissipera peut-être en
quelques jours, mais, pour la traiter, il est important
d'en connaître la cause, et voici, avant toute chose, ce
qu'il y a à examiner. M. de Sylva a-t-il joué et perdu
votre fortune et la sienne, comme il le dit, et sa folie
est-elle le résultat de la violente émotion qu'il a éprou-
vée de cette perte? Ou bien, frappé de démence par
toute autre cause, ne se peut-il pas qu'il n'ait écrit cettes

ettre qu'après l'égarement de sa raison, qu'elle ne
ontienne que l'hallucination d'un pauvre fou, et con-
équemment que cette somme se trouve chez lui?

— En effet, monsieur le comte, répondit la marquise,
rappée de cette réflexion, tout cela est non-seulement
possible, mais très-vraisemblable.

— Croyez-moi donc, madame la marquise; emmenez-
e vite à son domicile. Là, tâchez de tirer de lui une
ueur de raison, un renseignement, et, si c'est impossi-
ole, fouillez partout, j'ai le pressentiment que vous
rouverez ce que vous croyez perdu.

La marquise de Sylva se rattacha à cette espérance.

Plus que jamais n'avait-elle pas besoin de cette fortune pour faire face aux dépenses considérables qu'allait
exiger l'état de son fils?

Elle s'approcha de lui.

— Viens, mon ami, lui dit-elle, nous allons partir.

— Tout est fini, tout est signé? demanda-t-il d'un air
rayonnant.

Et, jetant un regard sur sa sœur, dont les traits
étaient profondément altérés:

— Je vois cela à la figure de ma sœur, dit-il bas à sa
mère, elle paraît ravie.

Puis se tournant tout à coup vers le notaire:

— Et le grand-livre? s'écria-t-il.

Il le chercha d'un air inquiet, et, trouvant enfin à la
place où il l'avait posé, son cahier de papier à cigarettes,
il le saisit d'un geste convulsif et, le glissant dans la
poche de son gilet:

— C'est là-dessus qu'est inscrite la dote de Rita, dit-
il, je ne veux le confier à personne.

Puis il prit le bras de sa mère et sortit, suivi de Rita,
appuyée sur le bras du comte de Pontal.

La marquise se fit conduire rue du Mont-Thabor.

Là, elle ouvrit et fouilla tous les meubles de la cham-

bre et du salon, scruta ensuite toutes les poches des
vêtements de Jacques, et, après plus d'une heure de recherches, elle acquérait la certitude que la somme ne se
trouvait pas là.

Alors, elle avait interrogé son fils qui, se figurant
tout à coup qu'il était devant un tribunal et qu'on l'accusait d'avoir volé une somme de quinze cent mille
francs, s'était mis aussitôt à pleurer, à crier et à se la-
menter, ce qui avait arraché aux deux femmes des larmes et des sanglots

C'est à ce moment que madame Marcasse était venue
et avait saisi une partie de cette scène en écoutant à la
porte.

— Allons, ma pauvre enfant, dit enfin la marquise à
sa fille, nous ne pouvons plus nous faire illusion, nous
sommes bien ruinées, il faut nous résigner à la misère.

— La misère! dit Rita, avec la sublime abnégation
d'un véritable amour, si ce n'était que cela !

— Non-seulement M. de Pontal ne voudra plus donner suite à nos projets d'union, mais nous-mêmes, mon
enfant, nous avons trop de dignité pour y consentir
dans de pareilles conditions.

— C'est mon avis, ma mère, et mon parti est pris.

— Ton parti? dit la marquise en interrogeant sa fille
du regard.

— Ma mère, dit gravement Rita, mon intention est de
renoncer au monde et de passer le reste de mes jours
dans un couvent,

— Pauvre chère enfant, murmura la marquise, le désespoir la tuera.

Puis elle se décida enfin à quitter cet appartement et
à emmener son fils avec elle à l'hôtel Meurice, où elle
demeurait avec sa fille.

Le lendemain un médecin aliéniste était appelé, et
après s'être fait rendre compte des causes auxquelles

pouvait être attribué cet accès de folie, laissait entrevoir un espoir de guérison, mais à la condition que son malade serait transporté dans une maison de santé, ce qui fut résolu.

Pendant cette consultation, une lettre avait été remise à la marquise.

Elle était du comte de Pontal.

Après quelques sympathiques paroles adressées à la marquise de Sylva, concernant le malheur qui la frappait dans son fils, il lui déclarait que la perte de sa fortune, si elle se confirmait, ne changeait rien à ses intentions et qu'il irait le soir même avec son fils lui renouveler cette assurance.

— Qu'en penses-tu, ma fille ? demanda la marquise à Rita:

Celle-ci, qui ne pouvait se faire illusion sur les sentiments de sa mère et qui, d'ailleurs, partageait ses généreux scrupules, répondit sans hésiter, quoique l'émotion fît trembler sa voix :

— Je pense aujourd'hui comme hier, ma mère, nous ne pouvons accepter.

En ce moment, un domestique entra et annonça :

— M. Marcasse.

La marquise de Sylva le pria de s'asseoir.

Marcasse était grave et triste.

— Madame, dit-il à la marquise, je connais le malheur qui vous a frappée. Je le sais, d'abord parce que le premier accès a eu lieu chez moi, où votre fils s'est emparé d'une certaine quantité de bijoux...

— Que voici ! s'écria la marquise en courant chercher les bijoux apportés chez le notaire par Jacques.

— C'est bien cela, dit Marcasse en les prenant des mains de la marquise.

— Cela vous a forcé à vous déranger, lui dit froidement celle-ci, je le regrette, monsieur.

Elle se levait.

Marcasse resta assis.

— Pardon, madame, reprit-il, ce n'est pas la seule raison qui m'amène chez vous.

— Qu'y a-t-il donc encore, monsieur ? demanda la marquise avec inquiétude.

— Il s'agit d'une somme...

— Qui vous est due ? balbutia la marquise.

— Au contraire, madame.

— Comment ?

— Il s'agit des quinze cent mille francs que M. de Sylva avait placés chez moi et que je viens vous restituer.

La marquise de Sylva se leva d'un bond à ces paroles, en proie à une si violente émotion, qu'elle fut quelques instants sans pouvoir parler.

XLIII

DEUX BONNES AMIES

Non moins vivement émue que sa mère, Rita dissimulait de son mieux la joie que venait de lui faire éprouver la déclaration si imprévue de M. Marcasse.

Au reste cette joie n'avait rien d'égoïste, la réhabilitation de son frère, cru jusque-là coupable d'une action déshonorante, y entrait pour une grande part.

— Oh ! monsieur, s'écria enfin la marquise de Sylva, vous ne savez pas, vous ne pouvez pas comprendre tout le bien que vous me faites en ce moment.

— Et puis-je vous demander, madame, la raison...

— Tenez, monsieur, reprit la marquise en tirant de sa robe une lettre qu'elle remit ouverte à Marcasse, lisez cela, voyez de quelle odieuse action il s'accusait, à quelle cruelle extrémité je me croyais réduite et vous vous ferez une idée de ce que j'éprouve en ce moment.

Marcasse lut cette lettre, dans laquelle le jeune homme, ne pouvant avouer la vérité, s'accusait d'avoir perdu au jeu, avec sa fortune, celle de sa mère et de sa sœur.

— Évidemment, madame, dit Marcasse en la rendant à la marquise de Sylva, cette lettre a été écrite sous l'empire de la folie, puisque cette somme, que votre fils prétend avoir perdue au jeu, n'est jamais sortie de ma caisse.

Et, tirant de sa poche un volumineux paquet, il le déposa sur un meuble en disant à la marquise :

— Madame, voici vos quinze cent mille francs en billets de banque, veuillez les compter.

— Je n'ai ni le temps, ni le calme nécessaires, monsieur Marcasse, je préfère m'en rapporter à vous et vous en donner un reçu les yeux fermés.

Un instant après, Prosper Marcasse se retirait avec le reçu de la marquise de Sylva.

— Maintenant, dit celle-ci en embrassant sa fille, rien n'est changé dans notre situation vis-à-vis de la famille de Pontal et nous pouvons dire oui.

Au lieu de se rendre dans ses bureaux en quittant la marquise de Sylva, Prosper Marcasse entra à son hôtel.

— Votre maîtresse est-elle chez elle ? demanda-t-il à Mariette, qu'il rencontra dans le vestibule du rez-de-chaussée.

— Madame est près de M. Pierre de Peyras, répondit la femme de chambre.

— Allez la prier de venir me parler au salon.

Mariette s'éloigna.

Quelques instants après, Diane rejoignait son mari dans le salon où il était allé l'attendre.

— Je vous ai dérangée, madame, lui dit-il, pour vous

remettre ces objets, que je ne pouvais confier à une domestique sans vous exposer à des commentaires fâcheux.

Il lui remit les quelques paquets dans lesquels étaient réunis tous les bijoux.

Diane ne put réprimer un mouvement de stupéfaction en les recevant.

— Mes bijoux ! s'écria-t-elle après un moment de silence.

— Vos bijoux que vous aviez oubliés chez M. Jacques de Sylva, oui, madame.

— Mais comment se fait-il qu'ils soient revenus entre vos mains ?

— Je suis allé les reprendre.

Diane les laissa tomber sur un fauteuil et répondit d'un ton amer :

— Ah ! vous n'oubliez rien, monsieur, vous êtes un homme pratique, vous avez songé que ces bijoux avaient une valeur et vous avez eu la force, l'étrange courage d'aller les réclamer... à sa mère.

— Oui, oui, répliqua froidement Marcasse, je suis un homme pratique, c'est-à-dire vulgaire, calculateur, songeant avant tout à son or, au milieu des plus grands désastres ; c'est bien là ce que vous voulez dire, n'est-ce pas ?

Diane ne répondit pas.

— Je comprends votre silence, dit Marcasse, et j'accepte votre jugement, je dois ajouter qu'une autre affaire m'appelait près de la marquise de Sylva.

— Affaire d'argent ? dit Diane.

— Naturellement, et si vous voulez la connaître, lisez.

Il lui donna à lire le reçu de la marquise de Sylva.

Diane fit un geste de surprise.

— Mais alors, dit-elle en regardant son mari, ces quinze cent mille francs, vous les lui avez donc rendus ?

— Vous le voyez.

— Ah ! fit Diane en étudiant d'un regard sa physionomie.

Elle se demandait à quoi elle devait attribuer ce retour à des sentiments plus humains.

Elle reprit, au bout d'un instant, en cherchant à lire
sur ses traits l'effet de ses paroles :

— Peut-être ne pourrai-je quitter l'hôtel avant quinze
jours.

— Quinze jours, soit, répondit froidement Marcasse.

— Mon frère a besoin de mes soins et j'ai des pré-
paratifs à faire.

— C'est bien.

Elle ajouta après une nouvelle pause :

— D'ailleurs nous avons des intérêts à régler.

— Ça, c'est l'affaire de quelques heures.

Puis se levant, il la salua et sortit.

Elle le regarda s'éloigner, et, répondant tout haut à
une réflexion secrète :

— Inflexible ! Après tout, murmura-t-elle, cela vaut
peut-être mieux ainsi.

Elle réfléchit longtemps, puis elle monta à sa chambre
et s'habilla.

Une heure après elle sortait en voiture et se faisait
conduire chez madame Vautier, la femme d'un célèbre
banquier, l'une de ses meilleures amies.

Marcasse qui, de son bureau, avait entendu le bruit
de la voiture roulant dans la cour et de la porte cochère
qui s'ouvrait avec fracas, regarda passer Diane.

Jamais il ne l'avait vue si élégante, si fière et si
radieuse.

— Et pourtant, pensa-t-il, il est impossible qu'elle n'ait
pas la mort dans l'âme, car elle est frappée dans tout ce
qu'elle a adoré, dans son luxe, dans son orgueil, dans
son amant, que signifie cet épanouissement ? Quelque
comédie, sans doute ; et pourquoi ? Je m'y perds. Monde

étrange que celui-là, et qui restera toujours une énigme pour moi.

Madame Vautier reçut son amie avec tous les témoignages de la plus vive affection, s'extasia sur sa toilette, son bon goût, sa fraîcheur et cette physionomie souriante qui se mariait si bien au caractère de sa beauté, et, tout en se répandant ainsi en éloges, elle rêvait à quelque bonne méchanceté, bien cruelle, bien féminine, car elle ne lui pardonnait pas de l'avoir souvent éclipsée dans le monde et au théâtre.

— Ah ! ma chère amie, s'écria-t-elle tout à coup une fois les compliments épuisés, je viens d'apprendre un événement qui m'a toute bouleversée, un vrai drame, et vous arrivez tout à propos pour me distraire des idées noires où cela m'avait jetée.

— En vérité. Oh ! mais contez-moi donc cela, j'adore les drames.

— Oh ! vous êtes forte, vous ; enfin, voilà mon histoire : cela se passe chez un notaire.

— Maître Barruel, peut-être, dit Diane de l'air le plus innocent du monde.

Madame Vautier se troubla.

Le fils de maître Barruel passait pour être au mieux avec elle, et le lecteur se rappelle sans doute que c'es grâce à cette liaison, aux embarras où se trouvait la femme du banquier et à certain billet souscrit par Barruel fils que l'usurier Loiseau avait pu contraindre ce dernier à lui livrer le testament du comte de Peyras.

— Vous avez deviné, répondit madame Vautier avec un sourire gros de perfidie, maître Barruel avait donc hier, dans son étude, deux familles aristocratiques réunies là pour la signature d'un contrat ; on n'attendait plus que le frère de la mariée et la dot, que celui-ci devait apporter. Il arrive enfin, heureux et souriant, salue tout le monde avec des façons de gentilhomme, puis s'approche du notaire, et, le plus gravement du monde, lui remet un cahier de papier à cigarettes, disant que c'est le grand-livre sur lequel est inscrite la dot de sa sœur. Cette dot, le malheureux jeune homme l'avait perdue au jeu, et le désespoir qu'il en avait éprouvé l'avait rendu fou.

— C'est un vrai drame, en effet, dit Diane en se troublant à son tour.

— Et ce pauvre fou, vous le connaissez comme moi, reprit madame Vautier, car je l'ai vu à toutes vos soirées.

— Ah ! fit Diane, et vous le nommez ?

— Jacques de Sylva.

— Pauvre jeune homme ! dit Diane d'un ton de commisération banale.

— Allons, je le répète, reprit madame Vautier, vous êtes très-forte.

— Pourquoi cela ?

— Mais parce que... vous recevez avec le plus grand calme une nouvelle dont j'ai été toute bouleversée, moi qui connaissais fort peu ce jeune homme.

— Ma chère amie, s'il fallait se désoler à chaque malheur qu'on apprend, on passerait sa vie dans les larmes. Mais voilà assez de noir comme cela, n'est-ce pas ? Si nous broyions un peu de rose maintenant ! Parlez-moi donc de la princesse Nubia, vous qui la voyez quelquefois.

— Je lui ai rendu visite hier, je l'ai trouvée un peu pâle, un peu nerveuse, mais toujours merveilleusement belle.

— Alors, puisque vous la voyez, vous ne croyez rien des bruits qu'on fait courir sur elle ?

— De quels bruits voulez-vous parler ?

— Oh ! des choses inouïes : d'abord on affirme, d'après

des renseignements puisées à l'ambassade du Brésil, qu'elle n'est pas plus princesse que Villaflor.

— Que me dites-vous là, grand Dieu ?

— Si ce n'était que cela !

— C'est déjà joli.

— On assure qu'elle se rend presque tous les soirs chez une marchande à la toilette dont la maison est des plus mal famées dans le quartier, une femme très connue, citée par son immoralité, qu'on appelle madame Turmole, rue Saint-Nicolas d'Antin, c'est facile à vérifier.

— Miséricorde ! mais je tombe des nues.

— C'est ce que j'ai dit moi-même ; aussi ai-je voulu voir si cette Turmole existait réellement, et j'ai vu sa boutique.

— Mais c'est odieux !

— Mais, ma chère petite, tout le monde sait cela aujourd'hui ; vous êtes peut-être la seule à l'ignorer dans Paris.

— Vous faites bien de me prévenir, je me garderai bien de la revoir.

— A propos, connaissez-vous le jeune homme avec lequel elle a valsé chez le comte Micaïloff ?

— Je le connais beaucoup, c'est un ami ou plutôt un protégé de mon mari, M. Marcel Desvignes.

— Marcel Desvignes ! c'est cela, dit Diane d'un ton qui prouvait que c'était là pour elle le point intéressant de la conversation et peut-être la vraie raison à sa visite.

Elle ajouta presque aussitôt :

— Dites-moi donc ce qu'il fait, où il demeure ?

— Il est employé chez M. Goubert, agent de change, rue Saint-Marc.

— C'est bien cela.

— Quoi donc ?

— C'est l'amant de cœur de la princesse Nubia.

Le but de Diane étant atteint, elle se leva, embrassa avec effusion sa meilleure amie et partit.

Quelques heures après, Marcel Desvignes recevait une lettre dont les caractères et le vague parfum révélaient une origine féminine.

Elle contenait ces mots :

« Ne cherchez pas à me voir, écrivez, non à mon adresse, ni à mon nom, mais au nom de Diane M... et poste restante. On ira voir à la poste tous les jours. Je ne saurais trop vous recommander la prudence, toutes mes démarches sont surveillées.

» N. DE V. »

XLIV

UN BONHEUR PEU CULTIVÉ

Le lendemain de la terrible scène qui s'était passée dans la chambre de Nubia, et qui, sans la sollicitude et la surveillance occulte de M. Lubin, se fût terminée pour celle-ci d'une façon si tragique, le bruit s'était répandu dans la maison qu'une tentative d'assassinat avait été exercée contre la princesse.

Aussitôt tous les locataires, grands et petits, lui avaient envoyé leur carte ou étaient allés s'informer de son état près des domestiques.

C'est que tous savaient pour quelle large part elle était entrée dans les secours qui avaient été prodigués à la famille Castagnède et de quelle exquise délicatesse elle avait fait preuve pour éviter de blesser leur susceptibilité.

Mais deux personnes, au lieu de lui faire remettre leur carte, étaient allées lui rendre visite.

C'étaient la marquise de Vivianne et mademoiselle Berthe Castagnède.

La jeune femme était venue la première, et ses traits portaient l'empreinte d'une vive émotion au moment où elle fut introduite près de Nubia, assise devant un grand feu et enveloppée dans une élégante robe de chambre.

Elle passait en revue toutes les cartes qui lui avaient été envoyées.

Elle dit à la jeune femme, en déposant toutes les cartes sur la cheminée :

— Il m'en manque une, celle des dames Castagnède ; mais celles-là aussi préféreront venir, j'en suis sûre.

— Mais, dit Valentine, parlez-moi donc de l'épouvantable attentat dont vous avez failli être victime.

— Et auquel je n'ai échappé que par le dévouement d'un vieil ami.

— Ainsi, ils ont failli vous assassiner ?

— Non, non, ce n'était pas là ce qu'ils voulaient ; c'était pis encore.

— Quoi donc, mon Dieu ?

— Ils voulaient me défigurer à l'aide du vitriol.

— Oh !

Valentine jeta cette exclamation avec un accent dans lequel se trahissait toute son admiration pour la beauté qu'on avait tenté de détruire.

— Vous défigurer ! Mais dans quel but ? Je ne puis voir là que la vengeance de quelque femme furieuse de se voir éclipsée par vous.

— Ils étaient deux, un homme et une femme.

Elle ajouta d'une voix grave :

— Celle-ci s'en repentira cruellement ; quant à l'autre, son frère, la Providence l'a déjà châtié par la main de votre mari.

— Quoi ! s'écria Valentine, ce misérable bandit de Peyras qui voulait me tuer mon Armand ?

— C'est lui qui avait médité de me défigurer et qui avait payé pour cela deux hommes, heureusement surveillés depuis quelque temps à mon insu, car j'ignorais entièrement le danger dont j'étais menacée. Mais patience, lui aussi il payera cher tous les crimes qu'il a commis, tous les malheurs qu'il a semés sur son chemin.

— Mais c'est un démon que cet homme !

— Aussi souffrira-t-il comme un damné.

Puis, changeant de ton :

— Eh bien ! dit-elle, aujourd'hui que j'y ai échappé, je suis presque heureuse d'avoir couru ce danger, car il a été pour moi l'occasion de recevoir tous ces témoignages de sympathie, dont j'ai été profondément émue. Et savez-vous quels sont ceux auxquels j'ai été le plus sensible ? Ceux des plus modestes et des plus pauvres de cette maison.

Pauvres gens ! ils seraient si excusables de m'envier et même de me haïr, moi qui, sans les mériter, ai tous les bonheurs apparents, toutes les jouissances du luxe et du bien-être, dont ils sont privés. Qui sait si, dans leur position, j'eusse été capable de l'abnégation dont ils font preuve ? Je n'oserais l'affirmer. Aussi leur sais-je un gré infini de ces marques d'intérêt et ne manquerai-je pas d'aller les en remercier tous, dès que je serai remise de cette terrible secousse. D'ailleurs, ce sera pour moi une occasion de les connaître, de juger par mes propres yeux de leur position et de trouver peut-être quelque infortune à soulager.

— Toujours excellente ! dit Valentine avec attendrissement.

— C'est si bon de faire le bien, dit Nubia, cela procure des émotions si douces ; il y a tant de charme et tant d'imprévu dans cette chasse au malheur, dans les explosions de surprise et de joie qu'on soulève partout sur ses pas ! Tenez, je veux vous associer à quelques-unes de mes bonnes œuvres, et vous reconnaîtrez qu'on ne saurait faire un usage non-seulement meilleur, mais plus agréable de sa fortune.

— Quand commençons-nous ? demanda la marquise de Vivianne.

— Dans trois ou quatre jours.

— J'attendrai vos ordres.

Elle sortit, en promettant à Nubia de revenir le lende-main.

Un instant après, on annonçait mademoiselle Casta-gnède.

Nubia lui raconta comme à la marquise de Vivianne les événements de cette épouvantable nuit et lui apprit que l'instigateur de cette odieuse tentative était celui-là même auquel elle devait ses malheurs, c'est-à-dire Pierre de Peyras.

Berthe frissonna à ce nom.

— Oh ! prenez garde, madame, dit-elle à Nubia, cet homme est bien redoutable, s'il a juré votre perte, il recommencera, et alors qui sait si vous pourrez lui échapper une seconde fois ?

— Il n'est plus à craindre, répondit Nubia.

Elle lui raconta le duel du marquis de Vivianne avec Pierre de Peyras chez le comte Micaïloff et l'issue tra-gique qu'il avait eue pour ce dernier.

— Mais il se rétablira, dit Berthe avec le même accent d'effroi, et alors sa méchanceté, accrue encore par l'humiliation de cet échec et par la rage de se voir défi-guré, le rendra plus terrible et plus à craindre que ja-mais.

— Le jour où il pourra et voudra recommencer, ré-pondit Nubia, il aura affaire à un ennemi dont il a déjà éprouvé la force et qui se chargera cette fois de le mettre pour toujours dans l'impossibilité de nuire.

— Voulez-vous me permettre, madame, de revenir m'informer de votre santé? demanda Berthe en se levant.

— Je serai toujours heureuse de vous recevoir, madeselle Berthe.

Elle ajouta, au moment où la jeune fille s'éloignait :

— Cependant ne venez pas jeudi prochain, ce jour-là, je sortirai de bonne heure.

—. Je m'en souviendrai, madame.

Le jeudi était le jour consacré par le marquis de Vivianne et sa femme à recevoir leurs amis et connaissances, le jeune homme fut donc très-surpris lorsqu'après le déjeuner Valentine lui déclara qu'elle allait sortir.

— Mais pour peu de temps, n'est-ce pas ? lui dit le jeune homme.

— Pour toute la journée, répondit tranquillement sa femme.

— Mais vous oubliez donc, chère Valentine... que c'est notre jour?

— Nullement.

— Mais alors?...

— Alors vous recevrez seul, en mon absence, voilà tout.

— Et puis-je demander à madame où elle va ?

— Je vais, répondit Valentine d'un ton doux et grave à la fois, remercier Dieu de m'avoir donné un mari aussi brave que bon et de l'avoir fait triompher d'un homme qui, jusque-là, avait laissé tous ses ennemis sur le terrain.

— Vous allez prier, Valentine?

— Cela, monsieur, il y a longtemps que c'est fait.

— Eh bien ?

— Eh bien, monsieur, il y a plusieurs manières de

remercier Dieu, et celle que je vais pratiquer tout à l'heure vaut la meilleure des prières.

— Vous sortez seule, Valentine ?

— Non, mon ami, je sors avec la princesse Nubia.

— A propos, avez-vous assuré la princesse que mon père et moi étions entièrement à sa disposition pour tel service qu'elle voudrait réclamer de nous ?

— Oui, mon ami, elle vous en remercie et se souviendra de votre offre, s'il y a lieu. Mais je ne veux pas me faire attendre, à tantôt.

Elle donna son front à baiser à Armand, qui l'embrassa sur les deux joues, et elle sortit.

Elle trouva Nubia fort occupée avec un individu qui avait l'air et la tournure d'un marchand.

— Le tableau est achevé ? lui disait ce personnage.

— Oh ! depuis longtemps.

— Quelle dimension peut-il avoir ?

— Je ne saurais dire, mais il m'a paru très-grand.

— Tant pis, ce qui est une qualité chez Raphaël ou Murillo devient un grave défaut chez un peintre sans talent.

— Oh ! ne vous inquiétez pas de la vente.

— Jusqu'où dois-je aller ?

— Jusqu'à six mille francs.

Le marchand prit congé d'elle, et sa voiture étant attelée, elle partait un instant après avec la marquise de Vivianne.

Elles rentraient au bout de deux heures environ.

Valentine resta dans la voiture pendant que Nubia montait chez elle et envoyait Sylvie prier mademoiselle Berthe Castagnède de vouloir bien l'accompagner pour diverses emplettes pour lesquelles elle voulait consulter son goût.

Berthe s'habilla à la hâte, descendit et monta en voiture avec Valentine et Nubia.

— Mademoiselle Berthe, lui dit celle-ci, je désire avoir votre avis sur différents objets de toilette, vous m'excuserez de vous avoir dérangée, n'est-ce pas?

Berthe répondit qu'elle était toute à sa disposition.

Au bout de cinq minutes, on s'arrêtait chez une couturière, où la princesse Nubia commandait une robe et un manteau, après avoir exigé que la jeune fille lui donnât son opinion.

Puis on repartit et on s'arrêta rue de la Victoire.

Toutes trois mirent pied à terre et entrèrent dans un magasin de modiste, où deux ouvrières étaient en train de travailler.

Nubia demanda à essayer des chapeaux, on lui en apporta plusieurs, et Berthe, consultée, les trouva tous du meilleur goût.

Nubia en choisit deux.

Valentine en prit un.

— Veuillez donc nous donner quelques-unes de vos cartes, dit alors Nubia à l'une des deux ouvrières.

Celle-ci s'empressa d'obéir.

Elle distribua des cartes à Nubia, à Valentine et à Berthe.

Tout à coup celle-ci laissa échapper un cri de surprise.

— Qu'avez-vous donc? lui demanda Nubia.

— Mais voyez donc, madame.

Il y avait sur cette carte :

MADEMOISELLE BERTHE CASTAGNÈDE.

MODISTE,

Rue de la Victoire, 75.

— Qu'y a-t-il d'étonnant? répondit Nubia, c'est le nom de la propriétaire de l'établissement.

Et s'adressant aux deux ouvrières :

— Mesdemoiselles, dit-elle en leur montrant Berthe, voici votre maîtresse, mademoiselle Berthe Castagnède.

— Mon Dieu ! madame, murmura celle-ci en jetant un regard à la fois stupéfait et ravi, sur le magasin meublé et disposé avec un goût parfait, est-ce possible ? à moi ! à moi ! ce magasin.

XLV

UNE MATINÉE LITTÉRAIRE

Dès qu'on lui eut appris que ce magasin lui appartenait, il prit aussitôt aux yeux de mademoiselle Castagnède une physionomie nouvelle.

Elle le parcourut lentement du regard, et, avec ce sentiment de la propriété qui donne une valeur aux moindres objets, tout lui parut admirable, d'un goût et d'une richesse qu'elle n'avait encore vus nulle part.

— En vérité, madame, dit-elle enfin après une longue contemplation, je n'ose croire que j'ai bien entendu : quoi ! tout cela est à moi !

— Tout est à vous, répondit Nubia, plus 5,000 fr. pour les avances dont vous aurez besoin, et une année de loyer payée par madame la marquise de Vivianne, qui, en outre, vous donne sa pratique et vous procurera celle de ses amies.

— C'est un conte des *Mille et une Nuits*, murmura Berthe, qui souriait à travers les larmes que lui arrachait l'excès de son bonheur.

Puis s'approchant de ses deux bienfaitrices :

— Hélas ! mesdames, leur dit-elle d'une voix que

'émotion faisait trembler, vous m'accablez tellement
le vos bontés que je me demande comment je pourrai
amais les reconnaître.

— En prospérant, lui répondit Nubia, voilà tout ce
que nous vous demandons.

Puis, faisant un pas vers la porte :

— Madame Castagnède ne serait peut-être pas fâchée
d'apprendre la nouvelle, qu'en pensez-vous ?

— En effet, le bonheur me rend égoïste ; mon Dieu !
dans quel ravissement je vais jeter ma pauvre mère !

— Alors ne la faisons pas attendre.

On remonta en voiture.

— Comment vais-je lui apprendre cela ? dit Berthe
avec une joie presque enfantine.

— Comme vous l'avez appris vous-même, en lui remettant votre carte.

— C'est cela.

— A la bonne heure ! s'écria Nubia, vous voilà comme
on doit être à votre âge, je vois enfin le rire et la santé
sur cette jeune tête où je n'avais aperçu jusque-là que
la tristesse et la pâleur, et cela me paye de tout ce que
j'ai fait.

Au moment où les trois jeunes femmes mettaient pied
à terre dans le vestibule, Sandoz rentrait, vêtu de sa vareuse rouge et portant enroulé autour du cou, comme
un serpent, un mètre et demi de boudin qu'il ne pouvait
tenir autrement, ayant un litre à chaque main.

Ce fut avec une véritable terreur qu'il s'aperçut qu'il
fallait passer au milieu de ces trois dames dans ce costume et avec cet ornement.

— Pristi ! murmura-t-il en baissant le nez, pas de
chance ! elles me voient toujours dans ma toilette de
petit lever ; et ce diable de boudin ! malepeste ! que j'ai
été mal inspiré de me le mettre autour du cou ! Si je le
glissais adroitement sous ma vareuse !

18.

Il déroula rapidement le boudin, mais cette fois encore, pas de chance ! le comestible glissa dans le dos, sous la vareuse rouge, qu'il dépassa d'un pied, ce qui faisait ressembler Sandoz à un diable orné d'une queue.

Il le comprit en sentant le boudin lui battre les mollets.

— Satané boudin ! murmura-t-il entre ses dents, que le diable les emporte d'avoir eu l'idée d'en manger ! Et c'est toujours moi qu'on charge de l'acheter. C'est que je n'ai rien de chevaleresque sous cet accoutrement, et passer ainsi au milieu de trois dames, pour un publiciste, c'est mortifiant.

Il avait ralenti le pas, puis s'était dissimulé derrière la voiture, dans l'espoir que les trois dames allaient monter avant lui et qu'il pourrait leur échapper.

Mais la marquise de Vivianne, qui aimait le rire comme une jeune fille, l'avait vu, l'avait signalé à Nubia et elles étaient restées.

Et la voiture ayant quitté le vestibule, Sandoz, pleinement à découvert, avait dû prendre résolûment son parti.

Il passa donc, salua les dames de l'air le plus galant et se mit à gravir l'escalier.

Alors Valentine montra à Nubia le boudin qui battait les mollets de Sandoz au-dessous de sa vareuse rouge, et toutes deux se plongèrent la tête dans leurs mouchoirs pour étouffer une irrésistible envie de rire.

Mais, en dépit de cette précaution, il en jaillit quelques éclats qui retentirent désagréablement aux oreilles de l'infortuné Sandoz.

— Chien de boudin ! murmura-t-il profondément humilié.

Et il se mit à gravir l'escalier quatre à quatre.

Il était tout haletant quand il arriva au cinquième.

Il ouvrit brusquement la porte et entra comme un ouragan.

Là, ce fut pis encore ; il fut accueilli par des éclats de rire nullement étouffés...

Il y avait là sept ou huit personnes des deux sexes, et pas une n'eut pitié de lui.

— Vous autres, leur dit Sandoz en se débarrassant du fatal boudin, ça m'est égal ; mais la marquise de Vivianne, la princesse Nubia et mademoiselle Castagnède, c'est différent.

— Quoi ! elles t'ont vu en cet état ? s'écria Loustel.

— Elles ont fait la haie pour me laisser passer, et j'ai vu leurs regards se fixer sur le bout de boudin qui battait mes mollets. Dérision et misère ! je perdais tellement la tête, que j'ai été sur le point de leur en offrir un demi-mètre.

Loustel se mit à se tordre devant son ami.

— Ah ! tu t'es moqué de moi à propos du chien que j'avais eu l'honneur de rencontrer chez le tripier, lui dit-il ; à ton tour, mon bonhomme ; va donc présenter tes hommages à la princesse Nubia ; fais-lui donc ta cour avec le souvenir que tu lui as laissé !

— Bah ! dit Sandoz, j'avais peu de chance de lui plaire avant l'incident du boudin, ça ne changera rien à ma destinée, or, donc, déjeunons.

— Et fortement dit Loustel, n'oublions pas que c'est une matinée littéraire, et que nous avons à nous prémunir contre les émotions que nous promet l'œuvre de Sandoz.

— Allons, Sophie, dit ce dernier, détachez la poêle à frire pendant que je vais couper le boudin. Combien sommes-nous ?

— Dix.

— Soit, dix morceaux... quinze centimètres par personne.

Un quart d'heure après on était à table.

Le couvert avait été mis sur un établi de tailleur prêté

par un voisin, ledit couvert composé d'un verre par
couple, d'un couteau de table et de la vaisselle plate que
nous savons.

— Sac à papier ! s'écria aussitôt une de ces dames,
quel drôle de boudin ! je ne déteste pas l'oignon, au
contraire, mais on ne trouve que ça dans ce boudin-là.

— C'est positif, s'écria à son tour Loustel, impossible
d'aller dans le monde quand on a mangé cette chose
sans nom, car ça n'a aucun rapport avec le boudin. Cet
animal de Sandoz n'en fait jamais d'autre ; où diable
nous as-tu acheté ça ?

— Où nous avons crédit, répondit gravement Sandoz.

Il reprit en se frappant le front :

— Malheureusement, j'ai commis une faute.

— Laquelle ?

— J'ai commandé le boudin d'avance.

— Eh bien ?

—Eh bien ! la charcutière m'a dit du ton le plus aimable : Ah ! c'est pour vous, monsieur Sandoz, c'est bien,
vous aurez demain votre mètre et demi de boudin, mais
là, du boudin comme vous n'en avez jamais mangé.

— Elle a tenu parole, dit Loustel.

— J'aurais dû me défier, reprit Sandoz, je m'aper-
cevais depuis quelque temps qu'elle faisait tous ses efforts
pour perdre notre pratique, et l'abus de l'oignon qu'elle
a fait dans ce boudin, qui ne contient pas autre chose,
n'est qu'une ruse grossière pour nous dégoûter de sa
marchandise ; mais ses efforts ne seront pas couronnés
de succès, je la lui conserve, ma pratique, et je ne serai
sensible à ses mauvais procédés... que le jour où elle me
présentera sa note.

— Ah çà ! dit Loustel à Sophie, pourquoi ton amie
Isoline n'est-elle pas venue ?

— Je ne sais, depuis quelque temps elle fuit le
monde.

— Elle a tort ; elle y est déplacée, mais elle n'y urt aucun danger. En voilà une qui ne faillira jamais.

— Pourquoi ça ? demanda Sophie.

— Des principes et pas de dents.

— C'est une calomnie, elle en a sept.

— C'est vrai, s'écria Sandoz.

— Tu les a vues ?

— Non, mais je les ai senties.

Se pinçant le nez :

— Il doit même y en avoir plus de sept ; il est impos-
le que sept dents, si longues qu'on les suppose,
issent produire de pareils effets *à vue de nez ;* elle en
au moins quarante, sans compter les fractions.

— C'est une horreur ! s'écria Sophie indignée.

— Je ne dis pas non, réplique Sandoz ; quel foyer,
es enfants, quel foyer !

— Arrêtons-nous ici et hâtons-nous de demander à
on honorable ami de passer à la lecture de sa pièce.

— La lecture ! la lecture ! cria-t-on de toutes parts.

— Oh ! les gourmets, dit Sandoz en allant chercher
n manuscrit ; ils savent bien ce qu'ils demandent.

Il revient avec son trésor, orné de faveurs roses par
s mains de Sophie.

Un profond silence s'établit dans l'assemblée, et San-
z annonce d'abord la nature de l'ouvrage qu'il va
re.

— Mes enfants, dit-il, c'est un opéra-comique, cela
passe sous Louis XV ; le décor représente un magni-
que château au fond, à droite un pavillon auprès du-
uel passe une rivière. Le titre est, je crois, assez réussi ;
ai intitulé cela : *le Rendez-vous galant.*

— Ou la *Soupente enchantée*, dit Loustel du ton le
lus sérieux.

— Ah ! Loustel, pas de plaisanteries, ou je ferme mon
anuscrit.

— Cette menace me rend muet; vas-y !

Sandoz reprend :

— Cela commence par un chœur d'archers. Vous voyez d'ici le tableau : une vingtaine de paysans et paysannes dans le gracieux costume du temps.

— Un tableau de Boucher, quoi ! dit Loustel.

— C'est cela, dit Sandoz ; les hommes tenant en main des arcs et des flèches, et les femmes des pannetières.

— Les pannetières, on ne sait pas trop pourquoi, dit Loustel, mais ça fait bien dans le paysage, et puis un opéra-comique qui aurait le sens commun ne serait plus un opéra-comique.

— As-tu fini ? dit Sandoz avec une sourde colère.

— Vas-y !

— Je commence :

CHŒUR D'ARCHERS.

Décochons, décochons, décochons.

— Ça, un chœur d'archers ! s'écria tout à coup Loustel, allons donc ! C'est un chœur de charcutiers.

— Comment ! comment ! dit Sandoz.

— Sans doute, c'est le cri de détresse d'un chœur de charcutiers qui voudraient travailler, qui manquent de matière première et qui en demandent. *Des cochons ! des cochons !*

— Loustel, tu es insupportable ; si tu me laissais achever...

— Achève.

En ce moment, la porte de l'atelier s'ouvrit doucement, une tête inconnue se montra et une voix demanda :

— Pardons, messieurs, n'est-ce pas ici qu'il y a une *Bataille des Cimbres?*

XLVI

VENTE DE *LA BATAILLE DES CIMBRES*

Un sentiment de stupeur pétrifia l'assemblée entière
cette demande inouïe, prodigieuse, incroyable :

— N'est-ce pas ici qu'il y a une *Bataille des Cimbres?*
Où, quand, comment, dans quelles circonstances et
dans quel pays se pouvait-il qu'un mortel ûet entendu
parler de la *Bataille des Cimbres?*

Une telle hypothèse dépassait de si haut tous les rêves
de l'imagination la plus hardie, que tous, hommes et
femmes, se regardaient entre eux et semblaient se dire :

— C'est impossible ! nous avons mal entendu, cette
phrase n'a pu être prononcée.

Loustel surtout n'y pouvait croire.

Cependant il s'élança au-devant du visiteur, et d'une
voix pleine de miel :

— Donnez-vous donc la peine d'entrer, monsieur, lui
dit-il.

L'inconnu entra.

— Et maintenant, monsieur, reprit Loustel, veuillez
donc, je vous prie, répéter votre question, que je n'ai
pas bien saisie.

— Je demandais, monsieur, dit l'inconnu, si ce n'é-
tait pas ici qu'il y avait une *Bataille des Cimbres?*

C'était bien cela, on ne s'était pas trompé.

— Mes enfants, dit Sandoz à toute la compagnie, avec
laquelle il s'était retiré dans un coin, j'en frissonne
presque dans mes moelles. Croyez-moi, les temps prédits
approchent, quelque grand cataclysme se prépare, un

nouveau déluge, peut-être, et quant à moi, je crois qu'il serait prudent de louer une arche.

— Ainsi, monsieur, dit Loustel au visiteur, vous voudriez voir la *Bataille des Cimbres*?

L'inconnu sourit.

— Mieux que cela, monsieur, je voudrais l'acheter.

Il y eut un mouvement de houle dans le coin de Sandoz.

Hommes et femmes, tous faillirent tomber à la renverse les uns sur les autres.

— Quel est donc cet homme? demanda l'une des femmes.

— Ce ne peut être que le Juif-Errant, répondit Sandoz ; vous allez voir qu'il va le payer en pièces de cinq sous.

— Je vais vous montrer cela, monsieur, dit Loustel.

Il appela :

— Sandoz, viens donc m'aider.

La toile qui, nous l'avons dit, avait six mètres de long sur quatre de haut, était tendue au fond de l'atelier, mais une foule d'objets en dérobaient la vue.

Avec l'aide de Sandoz, Loustel eut bientôt tout enlevé, et la *Bataille des Cimbres* apparut dans toute son ampleur et dans tout son éclat.

L'amateur prit son menton dans sa main, pencha à droite, à gauche, en avant, en arrière, s'avança, recula, posa sa main au-dessus de ses yeux, puis, après être demeuré immobile, dans une longue contemplation, il murmura, comme se parlant à lui-même, et obéissant à un sentiment plus fort que sa volonté :

— Pour une belle toile, voici ce que j'appelle une belle toile.

Loustel tressaillit d'aise.

Sandoz leva les bras au ciel.

Et la compagnie eut un rire amer.

— Cependant, reprit l'amateur, Raphaël lui-même
n'est pas sans défauts; vous permettez quelques observations?

— Je les sollicite, monsieur.

— Tenez, par exemple, que fait ce petit vieux, là-bas,
dans le coin, et pourquoi ne prend-il pas part à l'action?

— D'abord, monsieur, reprit Loustel un peu piqué,
il n'est pas petit, c'est l'effet de la perspective.

— Fort bien.

— Et s'il ne prend pas part à l'action, c'est qu'il la
dirige.

— Vraiment.

— C'est Marius, le vainqueur des Cimbres.

— Mon paletot d'été, soupira Sandoz; c'est dommage,
il eût bien fait sur mon dos, cet animal de Marius; et
puis, ce n'est pas le paletot de tout le monde.

— Ce qui me paraît surtout réussi, reprit l'amateur,
ce sont les chariots; ça vous a un cachet! on voit que
ça devait être ça.

— Exactement ça, ressemblance garantie, dit Sandoz,
nous en avons trouvé la description dans des manuscrits
cimbres.

— Des manuscrits cimbres! il en existe?

— Il en reste deux.

— Je serais bien curieux de les voir

— On ne les montre plus, ils sont si fragiles que le
contact de l'air les réduirait en poudre.

— Voyons, monsieur, dit l'amateur à Loustel, décidément votre *Bataille des Cimbres* me plaît, il s'agit de
savoir maintenant si nous nous entendons pour le prix.
Peut-être avez-vous des prétentions très-élevées, prétentions justifiées d'ailleurs par le mérite de l'œuvre;
malheureusement, je suis limité et je crains bien de ne
pouvoir vous la payer ce qu'elle vaut.

II.   19

Voyons, combien en voulez-vous?

Cette question jeta Loustel dans une grande perplexité.

Estimer sa toile trop bas c'était la déprécier aux yeux de l'acheteur.

L'estimer trop haut, c'était s'exposer à manquer l'affaire.

Le cas était embarrassant.

— Dame ! monsieur, dit-il en se frottant le menton, il y a toile et toile.

— De même qu'il y a fagot et fagot, je sais cela, mais ça ne me dit pas votre prix.

— Vous comprenez, monsieur, que le premier venu ne peut pas faire la *Bataille des Cimbres*, cela demande des études prodigieuses, une connaissance approfondie de l'histoire, j'ai pâli sur des manuscrits indéchiffrables, mais aujourd'hui le Cimbre m'est aussi familier que le Parisien. Bref, monsieur, ma toile vous représente dix années de travaux et d'études à faire reculer un bénédictin.

— Oui, je comprends tout cela, monsieur Loustel, mais c'est le prix que je vous demande.

— Dame ! le prix, dit Loustel, en bégayant à force d'hésiter, il me semble que... cinq cents francs...

— Malheureux ! lui souffla Sandoz, il va prendre la fuite.

— Cinq cents francs le mètre ? demanda l'amateur.

— Comment, le mètre ?

— Je n'achète jamais autrement.

— Permettez ! s'écria Loustel, je n'ai pas dit le mètre, je n'ai pas la prétention de...

— Je comprends, cela vous humilie de vendre au mètre comme un marchand de calicot ; eh bien, voyons, faisons un prix en bloc, me donnez-vous cela pour quatre mille francs ?

Loustel sentit ses jambes se dérober sous lui.

— Hein ? qu'est-ce qu'il a dit ? murmura-t-il à l'oreille Sandoz.

— Une chose invraisemblable, la langue lui a fourché en certainement.

— Eh bien ! demanda l'acheteur, vous ne répondez s ? Allons, j'irai jusqu'à cinq mille ; mais c'est mon rnier mot.

— Cinq mille francs ?

— Je suis honteux de vous offrir si peu, et je comends votre hésitation ; mais, je vous le répète, je suis mité.

— Je ne m'étais pas trompé, dit Loustel à Sandoz endant que l'acheteur admirait sa bataille.

— Écoute, cela passe toute croyance, j'ai peur qu'il e te paye en crocodiles empaillés ; à ta place je stipuleais tout de suite que j'accepte des crocodiles, puisu'enfin il faut les placer, ces bêtes, mais pour la moitié e la somme, pas davantage ; il verra tout de suite qu'il affaire à des gens qui ne se laissent pas rouler. Au este, tu n'entends rien aux affaires ; laisse-moi traiter a, et tu vas voir si je sais m'en tirer...

Et s'approchant de l'acheteur d'un air grave et important :

— Monsieur, lui dit-il, c'est entendu, le prix de cinq mille francs nous va ; mais je dois vous prévenir que pour e moment nous sommes encombrés de crocodiles et que nos fournisseurs hésitent à accepter cette monnaie, qui d'ailleurs, n'a pas encore un cours forcé. Vous comprenez, monsieur, qu'il est désagréable et souvent gênant de payer un gigot avec un crocodile, sur lequel il faut rendre la monnaie ; ça déplaît à bien des bouchers. Enfin, il est incommode d'aller au marché avec quatre ou cinq crocodiles sous le bras.

L'inconnu l'interrompit.

— Pardon, monsieur, mais je ne vous comprends pas du tout.

— Enfin, monsieur, comment comptez-vous payer ces cinq mille francs? c'est là-dessus qu'il faut s'entendre.

— Mais en cinq billets de banque de mille francs, si cela vous convient.

— Ça va, nous avons confiance dans la Banque de France.

— Et comme, de mon côté, j'ai confiance en vous, monsieur Loustel, dit l'acheteur, permettez-moi de vous payer de suite la *Bataille des Cimbres*, que je ferai prendre tantôt.

— Non, monsieur, non, se récria Loustel, je ne permettrai pas... d'ailleurs nous n'avons pas besoin d'argent.

— Dieu merci! dit Sandoz, nous n'attendons pas après cinq mille francs.

— Alors c'est bien, dit l'acheteur en retirant sa main de sa poche, je vous enverrai cela tantôt.

— Enfin du moment que vous insistez, dit vivement Sandoz, nous acceptons, mais c'est pour ne pas vous désobliger.

L'acheteur tira de sa poche un portefeuille dans lequel il puisa cinq billets de mille francs.

— Voilà, dit-il à Loustel ; si vous voulez bien me donner un petit reçu de cette somme, prix de la *Bataille des Cimbres* vendue à M. Dupuis...

— Certainement, monsieur, certainement. Sandoz, une plume, de l'encre, du papier.

Sandoz s'empressa d'obéir et cinq minutes après M. Dupuis se retirait en emportant son reçu.

Il allait franchir le seuil de l'atelier, quand il s'arrêta tout à coup devant un coucher de soleil embrasant une montagne boisée.

Il l'examina quelques instants en silence et avec un
ntiment d'admiration réel :

— Connaissez-vous l'artiste qui a fait cela ? demanda-
l à Loustel.

— Je n'ose vous l'avouer, c'est une croûte dont je suis
onteux.

M. Dupuis le regarda tout stupéfait, puis il reprit :

— Eh bien ! voulez-vous me donner cette croûte-là
ur cinq cents francs ?

— Vous voulez rire !

— Et si vous voulez m'en faire beaucoup comme cela,
les retiens toutes.

— Pas possible !

— Tenez, voilà cinq cents francs, le tableau est à moi.

— Pas possible !

— Vous êtes paysagiste, mon cher monsieur Loustel,
vous ignorez votre véritable vocation. Croyez-moi,
issez-là les *Batailles des Cimbres*, mettez-vous corps
âme au paysage, et je vous prédis un bel avenir d'ar-
te. Allons, adieu, ou plutôt au revoir, monsieur Lous-
l.

Il partit laissant l'artiste ahuri, mais en même temps
armé de ce qu'il venait d'entendre concernant ses
titudes de paysagiste. Dès qu'il fut sorti, Sandoz se
it à marcher sur les mains ; puis se relevant d'un
nd :

— Cinq mille cinq cents francs! s'écria-t-il, en beaux
bons billets de banque, sans le moindre crocodile
ur appoint, et tout cela pour la *Bataille des Cimbres !*
il y a des gens qui ne veulent pas croire aux mi-
cles !

Il reprit en s'emparant des billets de banque, qu'il
ita au-dessus de sa tête :

— Ah çà, mes enfants, ce n'est pas tout ça, nous voilà
pitalistes, il s'agit de devenir sérieux ; voyons, vous

autres, un conseil, qu'est-ce qu'on peut faire de c
mille cinq cents francs ?

— Dame ! dit Loustel en se grattant le front, j'ai
tendu dire que ça se plaçait.

— Sans doute, ça se place, dit Sandoz, nous n'all
pas les laisser là, au milieu de l'atelier.

Puis, promenant ses regards de tous côtés :

— Mais où pourrions-nous bien les placer ?...

— Tu n'y es pas, mon cher ami, on place ça chez
banquier, un notaire, un agent de change.

— Suffit, nous consulterons, mais d'abord je récla
une vareuse neuve.

— Moi, une robe ! s'écria Sophie, plus des chais
une table, des couteaux, des fourchettes, des verres.

— Plus, le paiement de la note du charcutier, s
huit francs soixante-dix.

— Payer vos dettes ! s'écria une jeune femme, a
mes pauvres vieilles, si vous entrez dans cette voie, v
êtes perdus.

— Cela demande réflexion, dit Loustel, en attenda
le temps invite à la promenade, je propose d'aller ma
ger une matelote à Asnières, c'est moi qui paye.

La proposition est accueillie avec transport.

Dix minutes après on était en route pour Asnières.

XLVII

UN DRAME DANS LA NEIGE

M. Dupuis n'alla pas loin en sortant de l'atelier c
Loustel.

Il s'arrêta au premier étage, sonna, demanda si

rincesse Nubia était chez elle, et fut introduit dans un etit salon où il la trouva occupée à écrire.

— Eh bien, monsieur Dupuis, lui demanda-t-elle, vez-vous réussi dans votre négociation?

— Complétement, madame.

— Alors, reprit Nubia avec un imperceptible sourire, a *Bataille des Cimbres* est à nous?

— Elle est à nous.

— Et vous l'avez payée ?

— Cinq mille francs.

— Les voilà.

Elle ouvrit un petit tiroir, y prit cinq billets de banque t les remit à M. Dupuis.

— Et maintenant, reprit Nubia, dites-moi ce que je vous dois pour votre commission ?

— Rien, madame.

— Comment ?

— Je suis payé par l'excellente affaire que j'ai faite avec ce jeune homme.

— Pas celle de la *Bataille des Cimbres ?*

— Non, celle-là n'est qu'embarrassante, à cause de la dimension de la toile ; je veux parler d'un charmant paysage que je lui ai acheté cinq cents francs et que je suis sûr de revendre...

Le marchand s'interrompit prudemment.

— Combien ? demanda Nubia.

— Beaucoup plus cher.

— Il a donc du talent ce jeune homme ?

— Beaucoup.

— Cependant, la *Bataille des Cimbres...*

— Etait l'erreur d'un excellent paysagiste qui ignorait sa vocation et a voulu faire ce qu'on appelle de la grande peinture, méprise fort commune chez les artistes, qui se fourvoient souvent et prennent à gauche au lieu d'aller à droite.

— Je suis ravie de ce que vous m'apprenez là, je m'intéresse à ces jeunes gens qui, très-peu favorisés de la fortune, ont fourni une somme relativement considérable dans une collecte en faveur d'une famille malheureuse.

Le marchand allait se retirer.

— A propos, monsieur Dupuis, lui dit Nubia, je ne veux pourtant pas vous avoir dérangé pour rien, voulez-vous que nous fassions une affaire ensemble?

— Volontiers, madame.

— Eh bien ! vendez-moi le paysage de M. Loustel.

— Soit.

— Combien en voulez-vous ?

— Mille francs.

— C'est entendu.

— Mais dans un an je ne donnerai pas le pareil à moins de deux mille francs, et dans deux ans, quand le nom et le talent seront connus, la même toile vaudra au moins trois mille francs.

— Alors j'aurai fait une bonne affaire en ne songeant qu'à faire une bonne action ; c'est encourageant.

Le marchand salua et se retira.

Sylvie entra presque aussitôt.

Sylvie adorait sa maîtresse et, quand elle apprit le guet-apens organisé contre celle-ci et dont Rose, Nicole et elle-même avaient failli assurer le succès en donnant dans le piége que leur avait tendu Antonin, elle en avait conçu le plus violent désespoir.

Aussi, Nubia, touchée de la sincérité de leur douleur et bien convaincue de leur attachement, leur avait-elle pardonné à tous trois.

— Madame, dit Sylvie, en remettant à Nubia un rouleau de papier, voici ce qu'on vient d'apporter pour vous.

— Bien, je sais ce que c'est, dit Nubia.

Dès que sa femme de chambre se fut retirée elle s'empressa de déchirer l'enveloppe de ce rouleau, à l'intérieur duquel se trouvait un lettre.

Elle la parcourut rapidement, puis elle ouvrit le manuscrit et en commença la lecture, après s'être bien enfoncée dans son fauteuil :

« C'était par une froide nuit d'hiver, une nuit de Noël; une neige épaisse couvrait la campagne, blanche et morne comme un cadavre sous son linceul, et l'effet de ce grandiose et sinistre tableau était doublé par la clarté mélancolique de la lune, qui en étendait la perspective, et par le tintement funèbre des cloches de tous les hameaux qui semblaient appeler les hommes aux funérailles de la nature.

» Un seul homme était en ce moment dans les champs, qu'il parcourait d'un pas rapide, enveloppé dans un manteau et baissant la tête pour soustraire son visage à la bise froide et sèche qui soufflait dans la campagne.

» Tout à coup il trébucha et faillit rouler dans la neige.

» Puis il chercha quel était l'obstacle que son pied avait rencontré et il recula d'horreur en reconnaissant un corps humain.

» C'était une femme, elle était vêtue de blanc, ses traits, immobiles comme ceux d'une morte, étaient plus blancs que sa robe, aussi blancs que la neige qui les enveloppait, et sur laquelle se déroulaient ses cheveux épars, formant à sa belle tête comme un encadrement d'ébène.

» Chose horrible ! elle avait du sang partout, sur la robe, sur ses cheveux, sur ses épaules nues.

» Le vieillard frissonna d'horreur devant ce tableau, mais à ce sentiment se mêlait une profonde admiration pour cette tête pâle et inanimée dont le calme immuable divinisait les lignes et idéalisait la beauté jusqu'au sublime.

19.

» Il se baissa, écouta, puis posa la main sur so
cœur et reconnut à un faible battement qu'elle viva
encore.

» Alors, après un instant de réflexion, il s'éloign
courut vers un château qui s'élevait à cinq cents pas (
là et en revint au bout d'un quart d'heure avec u
homme portant un brancard.

» Ce château était le sien et cet homme était son ja
dinier.

» Ils soulevèrent la jeune femme avec les plus grandi
précautions, la posèrent sur le brancard et l'emport
rent en marchant aussi doucement que possible.

» Arrivés au château, ils pénétrèrent dans la cuisin
où brillait un grand feu, allumé par la femme du jai
dinier.

» — Grand Dieu ! s'écria celle-ci en voyant cette jeun
femme si blanche, si belle, si élégante et toute couver
de sang, grand Dieu ! la pauvre créature ! notre feu n
pourra la réchauffer, elle est morte.

» En effet, ses yeux étaient fermés et son visage avai
la rigidité austère et imposante de la mort.

» — Non, dit le vieillard à ses deux serviteurs, ell
n'est pas morte, je viens de m'en assurer, son cœur ba
encore, mais les précautions les plus minutieuses son
nécessaires pour lui rendre la chaleur sans exposer s
vie. Il faut qu'elle se réchauffe par gradations insensi
bles : ainsi nous allons la laisser ici, dans ce coin, loi
du feu, et toutes les dix minutes nous l'en rapproche
rons un peu.

» — Jésus ! qu'elle est belle ! disait la paysanne en l
contemplant les mains jointes, mais que lui a-t-on fait
qu'elle est toute couverte de sang ?

» — Elle a été assassinée, c'est certain, et pourtant j
ne vois pas de blessure.

» — Tenez, monsieur le comte, dit tout à coup li

jardinier, voici des gouttes de sang sur le carreau.

» — C'est donc dans le dos qu'elle aurait été atteinte ; voyons cela.

» Le comte la souleva par les épaules, aidé de son jardinier, et alors ils virent au milieu du dos une horrible blessure par laquelle le sang, jusque-là comprimé par la neige, recommençait à couler.

» — Vite, Marie, du linge, il faut la panser d'abord, s'écria le comte.

» La jardinière courut prendre du linge dans son armoire et se mit à bander la plaie, qu'elle couvrit de plusieurs serviettes pour arrêter le sang.

» Puis on la recoucha doucement sur le brancard.

» — Maintenant, dit le comte à ses deux serviteurs, écoutez bien ce que je vais vous dire : Il est certain que cette jeune femme a été assassinée et laissée pour morte par son meurtrier, soit à l'endroit où je l'ai trouvée, soit, plus vraisemblablement, dans sa demeure, d'où elle se sera enfuie pour tomber évanouie dans la campagne.

» Il ne faut pas souffler mot de cette affaire.

» — N'ayez crainte, monsieur le comte, nous serons muets tous les deux. Pauvre chère créature ! nous ne voulons pas la rendre à ses bourreaux.

» — Voici maintenant ce qu'il y a à faire. Toi, Picard, tu vas courir chercher le docteur Boulanger, et tu l'amèneras de suite, mais sans lui dire un mot de cette histoire.

» — Avant une demi-heure, nous serons de retour tous les deux, monsieur le comte.

» Et il partit.

» — Toi, Marie, reprit le comte, tu vas déshabiller la pauvre jeune femme, changer son linge souillé de sang contre du linge blanc et la coucher dans ce lit où tu vas mettre aussi des draps blancs.

» — Bien, monsieur le comte.

» — Moi je sors pour te laisser faire.

» Il regarda la blessée.

» Ses yeux étaient toujours fermés et ses traits avaient toujours la blancheur et l'immobilité du marbre.

» Il se dirigea vers la porte, l'ouvrit lentement et sortit.

» Il alla se promener dans le vestibule qui faisait face à la cour, et les regards sans cesse tournés du côté de la grande porte charretière, attendit avec impatience l'arrivée du médecin.

» Enfin, au bout d'une demi-heure, la porte s'ouvrit et le comte vit entrer deux hommes qu'il reconnut à la clarté de la lune.

» C'était Picard avec le docteur Boulanger.

» — Arrivez vite, docteur, cria le comte à ce dernier, il y a quelqu'un en danger de mort.

» Ils entrèrent tous trois dans la cuisine.

» La jeune femme, débarrassée de ses vêtements ensanglantés, vêtue de linge blanc et toujours couchée sur le matelas qui couvrait le brancard, était dans l'état où le comte l'avait laissée.

» — Le lit est prêt, Marie ? demanda ce dernier à la jardinière.

» — Oui, monsieur le comte.

» — Avez-vous de quoi bassiner le lit, demanda le docteur, tout en examinant la malade.

» — C'est fait, monsieur le docteur.

» — Eh bien ! aidez-moi à y transporter la malade, et alors j'examinerai sa blessure.

» Pendant qu'on la transportait dans la pièce voisine et qu'on la couchait dans le lit de la jardinière, le comte racontait au médecin comment il l'avait trouvée dans la neige, immobile et comme morte, et, chose étrange, en toilette de bal.

» — Voyons maintenant la blessure, dit le docteur.

» Marie souleva la jeune femme, et le médecin, ayant enlevé les linges qui la recouvraient, examina attentivement la blessure, par laquelle le sang coulait toujours.

» — Cette blessure est profonde et me paraît très-grave, dit-il.

» — A quoi l'attribuez-vous, docteur ? demanda le comte.

» — A un coup de feu, il doit y avoir une balle au fond de cette plaie; mais jusqu'où a-t-elle pénétré ? Où s'est-elle logée ? Grave question, dont la solution sera peut-être l'arrêt de mort de cette jeune femme, qui d'ailleurs, a mille chances d'avoir pris, durant le temps qu'elle a passé évanouie dans la neige, le germe d'une maladie mortelle.

» — Et ne pouvez-vous sonder la plaie, docteur ?

» — C'est ce que je vais faire, mais il est bien regrettable qu'elle ne puisse parler et m'apprendre d'où vient cette blessure, comment et avec quelle arme elle a été faite.

» Le docteur avait apporté sa trousse.

» Il sonda la plaie, et, après quelques minutes de recherches, il sentait la balle sous l'instrument.

» — Eh bien ! demanda le comte, qui avait suivi cette opération avec un intérêt plein d'anxiété.

» Les traits du médecin exprimaient la plus vive inquiétude.

» — La balle est placée de telle sorte, dit-il, que je puis tuer la malade en l'extrayant.

XLVIII

EST-ELLE FOLLE ?

» Le docteur Boulanger se retirait bientôt en déclarant qu'il lui fallait la lumière du jour pour opérer l'extraction de la balle et en promettant de revenir le lendemain, dans la matinée.

» Le lendemain, avant dix heures, il était là.

» Il y trouvait le comte, qui l'attendait, en proie à une inquiétude qui parut étonner le médecin.

» — Eh bien ! monsieur de Peyras, demanda ce dernier, l'état de la malade ?

» — Elle a enfin ouvert les yeux et repris ses sens.

» — Et quelle a été son impression en se trouvant dans un milieu inconnu ?

» — L'indifférence la plus parfaite.

» — Tant pis, j'aurais préféré la peur, l'inquiétude, des émotions violentes, à cette inaltérable tranquillité.

» — Pourquoi ? Une grande émotion pouvait lui être funeste, dans l'état de faiblesse où elle se trouve.

» — Peut-être, mais j'aurais vu là la preuve que sa raison a résisté aux secousses physiques et morales que la pauvre jeune femme a subies, et j'en doute maintenant. Au reste, le sang qu'elle a perdu en abondance, le laps de temps qu'elle a passé évanouie dans la neige, si court qu'il soit, m'avaient déjà inspiré des craintes à ce sujet. Cependant il se peut que ce ne soit là que l'effet de la faiblesse générale des organes et des facultés, et peut-être la mémoire et le sentiment de la réalité reviendront-ils peu à peu avec les forces.

« Il reprit après une pause et en fronçant le sourcil :

» — Allons, il faut en finir, mais je ne vous cache pas que la pensée de cette opération m'émeut vivement.

» — Vous craignez donc ? demanda le comte en se troublant lui-même.

» — Je vous l'ai dit, elle peut en mourir ; pendant le cours de l'opération sa vie va tenir à un fil.

» Le comte pâlit à ces mots.

» — Ecoutez, docteur, dit-il, je connais cette jeune femme depuis quelques heures seulement, mais je m'y intéresse comme si elle était... ma fille, peut-être parce que je l'ai déjà sauvée d'une mort certaine, car la neige l'aurait glacée, si le hasard ne m'eût conduit de son côté ; eh bien ! faites l'impossible pour la sauver et si vous réussissez, demandez-moi ce que vous voudrez.

» — Merci, monsieur le comte, mais ici il y a deux questions qui dominent tout et qui sont pour moi un stimulant autrement puissant que l'or : l'art et l'humanité.

» Et laissant le comte de Peyras dans la cuisine, il passa dans la chambre de la malade, dans laquelle il trouva Marie, la jardinière.

» Le comte se promena dans la vaste cuisine, attendant avec anxiété la fin de cette terrible opération qui pouvait se terminer par la mort de la jeune femme à laquelle il prenait un si vif intérêt.

» Il marchait en murmurant des phrases incohérentes, puis s'arrêtait brusquement, s'asseyait, se relevait aussitôt, allait coller son oreille à la porte de la chambre, et recommençait sa promenade, en proie à une inexprimable agitation.

» Tout à coup il entendit deux cris, si aigus, si déchirants, qu'il en frissonna de tous ses membres.

» Puis un silence de mort, plus effrayant encore que les cris.

» — Mon Dieu ! murmura-t-il en passant la main sur

son front humide de sueur, est-ce que ce serait un cri d'agonie ? Je n'entends plus rien, morte peut-être !

» La porte de la chambre s'ouvrit aussitôt et le docteur parut, les mains rouges de sang, les traits horriblement pâles.

» — Eh bien ! demanda le comte en se précipitant vers lui.

» — Sauvée ! dit le docteur.

» Il ajouta aussitôt :

» — Je l'espère du moins, l'opération a réussi et s'il ne survient pas de complications fâcheuses, je crois pouvoir répondre de sa guérison.

» Et montrant ses mains toutes rouges :

» — Mais, je vous en prie, monsieur le comte, veuillez me faire donner de l'eau.

» — Tenez, voici une cuvette d'eau préparée par Marie.

» Quand le docteur se fut lavé les mains il vint s'asseoir devant le feu, près du comte de Peyras.

» — La blessure était grave ? demanda celui-ci.

» — Elle était mortelle si la balle eût pénétré d'un millimètre plus avant, aussi ai-je eu besoin de tout mon sang-froid pour cette opération.

» — J'ai entendu deux cris qui m'ont bouleversé.

» — Elle a cruellement souffert ; mais elle est calme maintenant et j'espère qu'elle va bientôt s'endormir.

» — Quel est le régime à suivre ?

» — Une nourriture légère ; elle peut manger demain, si elle le demande.

» Puis le docteur ajouta :

» — Et maintenant que je suis tiré d'inquiétude, pour quelques jours du moins, causons un peu. Vous ignorez quelle est cette jeune femme?

» — Toujours.

» — Eh bien ! moi, je le sais.

» — Ah! dit le comte en se troublant.

» — Ce matin, au moment où j'allais partir, ma femme, rentrant de la messe, m'a raconté qu'un drame mystérieux s'était passé cette nuit au château de Fougeraie. La jeune comtesse, que ses domestiques avaient laissée seule dans son salon pour se rendre à la messe de minuit, a disparu pendant l'heure qu'a duré leur absence, et ils ont trouvé de nombreuses taches de sang sur les murs et sur les rideaux du salon.

» — En effet, dit le comte, cette jeune femme trouvée sanglante dans la neige, à peu de distance de ce château...

» — Ne peut être que la comtesse de Fougeraie, dont j'ai entendu souvent citer la merveilleuse beauté.

» — Et son mari?

» — Autre mystère: son mari, officier de la marine, était attendu ce jour-là, et la jeune comtesse avait même fait une élégante toilette pour le recevoir; or, il n'a pas paru, personne ne l'a vu, et cependant on a constaté l'empreinte de pieds masculins dans la neige et sur le parquet du salon, mêlés aux petits pieds de la comtesse, dont on a suivi la trace jusqu'à l'étang près duquel vous avez trouvé la jeune et belle créature qui est là.

» — C'est elle, le doute est impossible, répliqua le comte, mais ce qui est non moins clairement prouvé, c'est la tentative d'assassinat exercée contre elle, et à laquelle elle n'a échappé que par miracle; c'est pourquoi, je le répète, et vous devez le comprendre, notre devoir est de la tenir cachée ici, à l'abri des dangers dont elle est toujours menacée peut-être, et jusqu'au jour où elle pourra parler et nous faire connaître ses intentions.

» — Je suis entièrement de votre avis et je consens à partager avec vous la responsabilité d'un acte que la loi jugerait sévèrement peut-être, mais qu'approuve ma conscience.

» La nouvelle que le docteur Boulanger apportait au comte de Peyras lui fut confirmée le jour même avec de nouveaux détails, qui tous concouraient de plus en plus à établir l'idée d'un assassinat et à épaissir le mystère dont il était entouré.

» Ce mystère, en laissant ignorer à la fois le coupable et la cause du crime, ne pouvait qu'affermir le comte et le docteur dans leur résolution de ne pas rejeter la comtesse dans un milieu où elle allait retrouver des ennemis, d'autant plus redoutables qu'ils étaient inconnus, et ils décidèrent de l'emmener loin de là, dès que son état lui permettrait de supporter la voiture.

» Le docteur avait parlé d'abord de s'adresser simplement à la justice, de lui dénoncer les faits et de s'en rapporter à elle du soin de veiller sur la jeune femme ; mais le comte avait objecté que la justice ne pourrait que rendre celle-ci à sa famille et la livrer de nouveau peut-être à celui qui déjà avait attenté à sa vie, et cet argument avait convaincu le docteur.

» Quelques heures après le départ de celui-ci, le comte était entré dans la chambre de la malade.

» Elle dormait et Marie tricotait, assise à son chevet.

» Le comte la contempla longtemps, puis, s'adressant à sa domestique :

» — A-t-elle parlé ? lui demanda-t-il à voix basse.

» — Oui, répondit celle-ci sur le même ton, pendant l'opération, elle a dit plusieurs fois : Ne me tue pas ! oh ! ne me tue pas !

» — C'est cela, elle souffrait et croyait avoir affaire à son assassin.

» — C'est ce que j'ai pensé.

» — C'est tout ce qu'elle a dit ?

» — Avant de s'endormir, elle a promené ses regards

de tous côtés, puis elle a posé la main sur son front comme si elle cherchait à se souvenir, et enfin elle a murmuré ces mots : Ils l'ont tué aussi, lui, mais où l'ont-ils donc jeté ?

» — Et rien de plus ?

» — Rien. Elle s'est endormie un instant après.

» — Ils l'ont tué aussi, répéta le comte, ces paroles feraient croire qu'il y a une autre victime, mais je pense plutôt que la raison de la pauvre jeune femme est troublée et qu'il faut attribuer cette phrase au délire.

» En ce moment la malade s'agita dans son lit.

» — Elle va s'éveiller peut-être, dit le comte.

» Ses yeux ne s'ouvrirent pas, mais elle murmura quelques paroles incohérentes, parmi lesquelles le comte put saisir celles-ci :

» — Paul, ne le crois pas, il ment, c'est faux !

» Et une vive émotion se manifestait sur ses traits pâles.

» Le comte écoutait avec une curiosité anxieuse, espérant qu'un mot, un nom, pourrait le mettre sur la trace de la vérité et lui révéler le coupable.

» Mais elle répéta une fois encore :

» — Paul, ne le crois pas, il ment.

» Et ce fut tout.

» Son sommeil redevint calme.

» Elle dormit ainsi quatre ou cinq heures. Quand elle s'éveilla, son regard parcourut encore la chambre d'un air étonné, elle parut faire un effort de mémoire ; puis, comme si elle eût renoncé à comprendre, elle se tourna vers Marie Picard et lui dit :

» — J'ai faim.

» Tout était prêt.

» Le comte, qui était encore là, se retira, s'apercevant qu'il la gênait, et Marie lui servit, sur son lit, un peu

de blanc de poulet, un petit pain et du vin de Bordeaux
avec de l'eau.

» Trois jours s'écoulèrent, au bout desquels le docteur
Boulanger trouvant la comtesse assez forte pour supporter le trajet, elle fut couchée dans une voiture et trans-
portée à Saint-Germain, où le comte avait sa maison.

» Cela se fit la nuit, de sorte que personne dans le
voisinage ne soupçonna ni le séjour de l'inconnue chez
le jardinier du comte de Peyras, ni son départ pour une
autre localité.

» A Saint-Germain, où l'on arriva au petit jour, le
comte annonça à ses deux domestiques que la malade
était une parente à laquelle on avait ordonné de venir à
Saint-Germain et qu'il garderait chez lui jusqu'à son rétablissement.

» Il avait emmené avec lui Marie Picard, sur la discrétion de laquelle il pouvait compter et qui avait, en
outre, l'avantage d'être connue de la comtesse, que de
nouveaux visages eussent pu inquiéter.

» Au bout de deux mois, la comtesse de Fougeraie,
grâce au bien-être, au calme parfait, aux soins minu-
tieux, aux prévenances de toute sorte dont elle était
entourée, avait entièrement recouvré la santé.

» Pour se conformer aux prescriptions du médecin,
qui avait ordonné par-dessus tout de ne pas fatiguer sa
tête, le comte de Peyras, non-seulement ne l'interrogeait
jamais sur le passé, mais évitait avec soin tout sujet de
conversation qui pouvait toucher ce point douloureux.

» Cela dura trois mois encore sans que la comtesse
elle-même éprouvât le besoin de provoquer une explication sur des faits qui pourtant eussent dû exciter au
plus haut point sa surprise et sa curiosité.

» Ce silence inspirait au comte de Peyras les craintes
les plus vives ; il se demandait, quoiqu'elle fît preuve
de bon sens et d'esprit en causant avec lui, si elle

vait réellement recouvré sa raison, et il en doutait.

» Un jour, enfin, qu'ils se promenaient tous deux dans un vaste jardin qui s'étendait derrière la maison, il sut à quoi s'en tenir à ce sujet.

LIX

UN BIENFAIT N'EST JAMAIS PERDU

» Le ciel était pur et la température exceptionnellement douce pour la saison : le comte de Peyras et la comtesse de Fougeraie étaient assis au fond du jardin.

» — Monsieur le comte, dit la jeune femme après un long silence et avec une gravité attendrie, je sais tout ce que je vous dois, je sais que sans vous je serais morte dans le linceul de neige où vous m'avez trouvée, je n'ignore absolument rien du dévouement infatigable et de la tendresse toute paternelle dont vous avez fait preuve pour me rappeler à la santé et combattre les funestes symptômes qui menaçaient ma raison, c'est pourquoi je crois vous devoir, comme à mon meilleur ami, la confidence du terrible drame dans lequel j'ai failli trouver la mort.

» — C'est avec le plus vif intérêt que j'écouterai ce récit, répondit le comte ; mais ne craignez-vous point l'émotion que peuvent vous causer de si cruels souvenirs ?

» — Non, j'ai consulté mes forces et je puis, sans danger, remuer ce sombre et douloureux passé.

» Elle se tut un instant comme pour se raffermir, puis elle reprit :

» — Une heure peut-être avant l'instant où vous m'avez vue couchée, demi-morte dans la neige, j'étais dans mon salon, parée, souriante et heureuse, car j'attendais mon mari, mon Paul bien-aimé, retenu loin de moi depuis deux années.

» Mes domestiques étaient allés à la messe de minuit, et, aussitôt après leur départ, deux amis, — ils se disaient tels et je le croyais — deux amis de Paul étaient arrivés, voulant, prétendaient-ils, être là pour lui souhaiter la bienvenue. Il parut enfin ; mais, au lieu de me recevoir dans ses bras, il me regarda d'un air sombre, me reprocha une faute dont j'étais innocente et interrogea l'un de ces deux hommes qui, au lieu de détruire la calomnie, la confirma. Fou de colère, Paul tira de sa poche une arme et fit feu sur moi. Atteinte entre les deux épaules, je tombai et perdis connaissance.

» Alors j'entendis et perçus comme dans un rêve ce qui se passait près de moi, c'est-à-dire un cri, la chute d'un corps, puis deux hommes qui roulaient ce corps ensanglanté dans un vaste manteau.

» Le corps était celui de Paul, et ses assassins étaient ses prétendus amis, que je nommerai Pierre et Robert, ne pouvant, quant à présent, vous faire connaître leurs véritables noms.

» Après un certain temps, combien ? je l'ignore, je rouvris les yeux, et, quoique faible et chancelante, je pus me lever et marcher.

» J'avais l'impression vague du drame qui venait de se passer : Paul assassiné et roulé dans son manteau ; mais je jetai un regard autour de moi et je ne vis personne.

» — C'était donc un rêve, me dis-je.

» Je me penchai vers quelque chose qui, sous l'éclatante lumière des bougies, jetait de sinistres reflets ; horreur ! c'était une mare de sang : Tout était vrai !

» Qu'était donc devenu Paul? Qu'en avaient-ils fait? l'avaient-ils emporté?

» Je voulus m'élancer dehors, mais j'éprouvai à paule une douleur qui m'arracha un cri, et au même stant je voyais ma robe blanche couverte de sang. me rappelai aussitôt le coup de feu tiré sur moi par ul, mais je lui pardonnai, car il avait été trompé, et, oique m'affaiblissant de plus en plus, quoique flé- issant sur mes jambes et obligée de me soutenir aux urs et aux meubles pour ne pas tomber, je voulus me ettre à sa recherche.

» Je sortis, je marchai dans la neige, longeant tou- urs les murs, contre lesquels je m'appuyais, et savez- us ce que je vis? Oh! quel tableau! je vivrais cent s, monsieur, qu'il serait toujours là, vivant devant es yeux.

» Je vis ces deux hommes saisir le manteau dans quel ils avaient roulé le corps de mon mari et le lan- r dans un gouffre, où je l'entendis rebondir avec un ruit sourd.

» Aussitôt quelque chose comme une nuit épaisse abattit sur ma pensée, et ce qui s'est passé depuis et à e moment même, tout s'est effacé de ma mémoire, ut, jusqu'à ce gouffre où ils ont jeté la pauvre victime, u'il me serait impossible de retrouver aujourd'hui.

» Alors, sans doute sous l'empire de la folie, j'ai re- rouvé des forces, j'ai dû fuir au hasard, à travers la ampagne, jusqu'au moment où, brisée de fatigue et erdant tout mon sang, je suis tombée sur le sol où je evais mourir si Dieu, me prenant en pitié, ne vous eût uidé vers moi.

» — Quoi! demanda le comte, vous ne vous rappelez pas le lieu où ils ont jeté le corps de votre mari?

» — J'ai mis cent fois mon esprit à la torture sans pouvoir y parvenir; un gouffre et un corps plongeant dans le vide, où retentit un bruit sourd et mat, voilà tout ce que je me rappelle.

» — Pas un objet, pas un détail, pas un accident de terrain qui puisse éclairer votre mémoire ?

» — Rien, absolument rien, et voilà ce qui me désespère.

» — Voilà ce qui doit même vous faire douter de tout, même du retour de votre mari et de l'arme qu'il a déchargée sur vous.

» — Et ma blessure ?

» — Cette blessure prouve qu'on a tiré sur vous, mais non que ce soit votre mari.

» — Non, non, répliqua la comtesse d'un ton ferme et décidé, sur ce point je n'ai pas le moindre doute, tout ce qui précède le moment où j'ai vu Paul disparaître dans l'horrible gouffre est clair et lucide dans mon esprit comme la lumière du soleil ; c'est seulement à partir de cette minute que tout y devient ténèbres et confusion.

» Ils en étaient là de leur entretien quand Antonin, un des domestiques du comte, vint le prévenir que quelqu'un demandait à lui parler.

» — Quel est ce quelqu'un ? demanda le comte.

» — Un vieillard.

» — Son nom ?

» — M. Lubin, dit une voix derrière le comte.

» Celui-ci se retourna vivement et aperçut un petit vieillard, maigre, sec, vêtu d'une redingote marron, d'un pantalon noisette, les pieds chaussés de souliers vernis, et d'une propreté méticuleuse dans toute sa personne.

» — Pardon, monsieur le comte, dit vivement Antonin, mais j'avais dit à monsieur de vous attendre dans le salon, et...

» — Et je n'ai pas attendu, parce que cela ne faisait pas mon affaire, répondit M. Lubin.

» Et, tirant tranquillement de la poche de son gilet une fort belle tabatière en or, il y puisa une prise, qu'il aspira avec lenteur.

» Le comte de Peyras le toisa d'un regard qui n'avait rien d'engageant, puis se tournant vers son domestique :

» — C'est bien, lui dit-il, laissez-nous, mais veillez mieux une autre fois.

» M. Lubin, sans s'occuper autrement de ces derniers mots, aussi peu engageants que le regard par lequel le comte venait de l'accueillir, s'approcha de celui-ci, et lui désignant le domestique qui s'éloignait :

» — Connaissez-vous bien cet homme ? lui demanda-t-il.

» — Parfaitement ; il est à mon service depuis six mois et je n'ai qu'à m'en louer.

» — Eh bien, monsieur le comte, moi je le vois aujourd'hui pour la première fois ; mais je suis assez bon physionomiste, j'en ai donné des preuves, eh bien, croyez-moi, engagez-le à trouver un autre maître.

» — Quant à cela, monsieur, c'est mon affaire, et je ne prendrai conseil que de moi-même.

» — A votre aise, je vous ai prévenu, le reste vous regarde.

» — Maintenant, monsieur Lubin, permettez-moi de vous demander pourquoi, au lieu de m'attendre au salon, comme vous en avait prié mon domestique, vous êtes venu ici, en vous cachant de lui, par cette allée couverte ?

» — Je vais vous le dire sans détour, monsieur le comte : parce que je tenais à voir madame la comtesse de Fougeraie, dont vous ne m'eussiez pas laissé approcher, puisqu'on la fait passer pour morte.

» A ces mots la comtesse devint toute tremblante et le comte bondit sur son siége.

» — Monsieur ! s'écria ce dernier.

» — Pardon, interrompit M. Lubin, écoutez-moi d'abord, vous vous emporterez ensuite si vous le jugez à propos, ce dont je doute.

» Puis se tournant vers la jeune femme :

» — Et vous, madame, calmez-vous et voyez en moi, non un ami, je suis trop peu de chose pour aspirer à ce titre, mais un instrument, un serviteur tout dévoué et qui pourra, je l'espère, vous être bon à quelque chose.

» — Un serviteur *dévoué*, dit le comte en appuyant sur ce dernier mot ; mais, monsieur, vous ne connaissez pas madame et vous lui êtes inconnu.

» — Vous avez raison, monsieur le comte, il n'y a pas de dévouement sans cause ; le mien demande donc à être expliqué et c'est ce que je vais faire.

» Une expression de profonde mélancolie se peignit sur les traits de M. Lubin, et après une longue pause il reprit :

» — Il y a de cela quarante-cinq ans, j'en avais vingt-deux alors, j'étais venu de ma province à Paris, possédé par le besoin de gagner ma vie et par cette vague aspiration qui pousse tout jeune homme vers cet éblouissant foyer comme le papillon vers la lumière, où il doit trouver la mort ! La mort ! ce n'était pas moi qu'elle attendait dans cette vaste Babylone, où, au-dessous des apothéoses qui attirent les regards, excitent les cœurs et affolent les esprits, fourmillent et se débattent tant de misères que nul ne veut voir ! Non, ce n'était pas moi, c'était la pauvre créature dont la destinée était unie à la mienne. Au bout de quelques mois mes illusions s'étaient envolées, les larmes, le désespoir, la faim les avaient remplacées, et ma femme se mourait dans une mansarde à vingt ans, et si belle !... Tenez, la voici, dit-il à la comtesse.

» Et il lui donna sa tabatière, sur le couvercle de laruelle, le lecteur s'en souvient, était enchâssée une miniature représentant une tête de femme.

» — Elle est bien belle, en effet, murmura la comtesse.

» M. Lubin poursuivit :

» — Elle se mourait sous mes yeux et j'étais si misérable, que je ne pouvais rien, rien pour la secourir.

» Quand elle sentit sa fin approcher, elle me dit : Ecoute moi, Lubin, je vais mourir, je le sens...

» Et comme je sanglotais, elle ajouta : Je n'ai pas peur de la mort, non, depuis longtemps je la vois venir et je m'y suis habituée, mais j'ai peur de la fosse commune, je t'en prie, Lubin, oh! je t'en supplie, ne me laisse pas jeter dans la fosse commune. Je le lui promis en pleurant, mais elle reprit: Comment feras-tu pour tenir cette promesse? tu n'as rien.

» Puis elle se tordit dans son lit en s'écriant:

» — Mon Dieu! mon Dieu! j'irai dans la fosse commune!

» Le cœur brisé, je lui dis:

» — Non, tu n'iras pas, attends, je reviens tout à l'heure.

» Je sortis.

» C'était le soir, j'attendis, et le premier passant que je rencontrai, je l'abordai, lui racontai ma misérable position et le vœu suprême de ma femme mourante.

» Il me regarda d'un œil défiant et me dit:

» — J'ai été trompé bien souvent.

» Je le suppliai de me suivre, il y consentit.

» Et quand il eut vu ma pauvre Madeleine, quand il l'eut entendue me supplier encore de lui éviter la fosse commune, alors ses yeux se mouillèrent de larmes, il tira quelques pièces d'or de sa poche et me dit:

» — Voilà pour la soigner; si vous ne pouvez la sauver, accourez vite à cette adresse et je me charge de tout.

» Il me remit sa carte.

» Le lendemain la pauvre Madeleine mourait et elle avait une tombe.

» Trois jours après j'allais remercier mon bienfaiteur, dont j'avais conservé la carte, que j'ai toujours gardée depuis et que voici.

» Il prit une carte dans un portefeuille et la remit à la comtesse, qui y lut ce nom :

» — Le comte Paul de Fougeraie.

» — Le père de votre mari, madame, dit M. Lubin.

L

UNE PISTE

» M. Lubin reprit, après un moment de silence :

» — Un mois après la mort de ma chère Madeleine, j'avais un emploi à la police.

» — Agent de police ! dit vivement le comte de Peyras avec un accent qui n'avait rien de flatteur.

» M. Lubin sourit.

» — Monsieur le comte, dit-il, il y a dans l'Inde un oiseau qui a pour instinct d'attaquer et de détruire les serpents qui pullulent dans ce pays ; or les Indiens adorent le serpent, qui est pour eux un animal sacré, et ils adorent, en même temps, l'oiseau qui détruit le serpent, et parce qu'il le détruit. Eh bien ! monsieur le comte, cette contradiction, qui nous paraît le comble de l'absurdité se reproduit exactement chez nous.

» Vous avez horreur des voleurs et des meurtriers et vous professez le plus profond mépris pour ceux qui risquent leur vie pour vous en débarrasser, tant il est

ai, comme on l'a dit, que le sens le plus rare est le
ns commun.

» Mais excusez cette digression, je continue. Non-seu-
ment j'étais agent de police, employé dans la brigade
e sûreté, mais j'exerçais ma profession avec amour et,
omme l'oiseau dont je viens de vous parler, mon ins-
nct me poussait à la haine et à la destruction des mal-
iteurs.

» J'ai souvent exposé ma vie pour arrêter les plus re-
outables d'entre eux, et, quand j'y avais réussi, voyez
isqu'où va l'aberration de mon jugement! je croyais
voir accompli une action pour le moins aussi glorieuse
ue celle du soldat qui tue un pauvre diable dont tout
e tort est de s'exprimer autrement que lui et de porter
n autre uniforme que le sien.

» J'ai passé là plus de trente années, pendant lesquel-
es j'ai la prétention de croire que j'ai rendu des ser-
ices à la société; puis, fatigué, vieilli, je me retirai
our vivre tranquille avec les petites économies que
'avais faites.

» Je vivais donc heureux, tranquille dans la petite
maison que j'habite avec une brave et fidèle domestique, lorsqu'un soir, en parcourant le seul journal que
e lise, la *Gazette des Tribunaux*, j'y vois le récit d'un
drame mystérieux accompli au château de Fougeraie,
et la disparition de la châtelaine, qu'on avait tout lieu
de croire assassinée.

» Mon bienfaiteur était mort depuis longtemps, mais
il était resté vivant dans ma mémoire et dans mon cœur,
et, à la lecture de cet article, je pense que le moment
est venu de lui payer ma dette de reconnaissance.

» Je cours à la préfecture, je demande à parler au
chef de la sûreté et je lui propose mes services pour
cette affaire qui, à la lecture des faits, m'avait paru fort
difficile à débrouiller.

20.

» J'avais laissé là, je dois le dire, une réputation d'habileté qui le décida tout de suite à accéder à ma demande, dont il s'étonna d'abord, mais qu'il comprit quand je lui eus raconté l'histoire que vous savez.

» Le lendemain, j'allais rejoindre, au château de Fougeraie, deux agents auxquels j'étais complétement inconnu, et qui avaient ordre de me laisser aller, venir et fureter à ma fantaisie dans tous les coins du château et de m'accorder leur concours, si je le réclamais.

» Après avoir étudié avec soin les empreintes des pas dans la neige, je reconnus d'abord et signalai le premier deux chaussures d'homme différentes de formes et de dimension, d'où résultait pour nous la certitude qu'il y avait deux meurtriers et non un seul, comme on l'avait déclaré à un premier examen. L'empreinte très-reconnaissable d'une chaussure de femme, mêlée à celle des deux hommes, découverte par nous au seuil et aux environs de l'étable, nous fit croire d'abord qu'on avait traîné la victime jusque-là et que le crime avait dû être perpétré dans l'étable. Mais là pas une trace de sang; il fallut donc chercher ailleurs. Nous nous mîmes à étudier le terrain en dehors du château, j'y retrouvai l'empreinte des petits pieds dans la neige, heureusement durcie par le froid, mais, seuls, ce qui tendait à prouver qu'elle avait échappé à ses assassins. Et ces pas étaient bien les siens, car partout sur le trajet parcouru, la neige était rouge de son sang.

» Nous arrivons ainsi jusqu'au bord d'un étang glacé, où nous trouvons, parfaitement moulée dans la neige, la forme d'un corps de femme ; la tête, les épaules, la taille, le bas des jambes très-distincts, le reste confus, mais conservant çà et là les plis de la robe. Puis, autour de cette forme, les pas d'hommes reparaissent, ce qui fait croire aux deux agents qu'ils l'ont rejointe et assassinée en cet endroit, d'où ils l'auront emportée ensuite.

» Je les laissai dire, et pendant ce temps je remarquai trois choses : d'abord les pas de l'homme, qui n'étaient pas ceux que nous avions étudiés dans la cour du château ; ensuite, quatre creux carrés, dans la disposition desquels je crus bientôt reconnaître les quatre pieds d'un brancard, et enfin deux empreintes dissemblables de pieds d'hommes s'emboîtant régulièrement, la pointe tournée vers un château situé à une faible distance de là.

» M. Lubin continua après une pause :

» — Et, comme je ne retrouvais nulle part dans la neige la forme carrée des quatre pieds de ce que je supposais devoir être un brancard, il me parut, sinon prouvé, du moins très-probable, que le corps de la victime, trouvé par quelque paysan, avait été transporté au château qui se trouvait tout près de là. Et, connaissant le préjugé qui empêche le paysan et l'homme du peuple de toucher à un mort avant que la justice n'intervienne, je conclus de toutes ces observations que la comtesse avait dû être trouvée vivante.

» — Peste ! monsieur Lubin, vous connaissez votre métier, s'écria le comte de Peyras, un Peau-Rouge ne suivrait pas mieux une piste.

» — C'est que nous ne faisons pas autre chose, monsieur le comte, avec cette différence que le Peau-Rouge cherche la piste sur l'herbe, sur des feuilles, où l'empreinte se retrouve toujours, si vague et si insignifiante qu'elle soit, tandis que nous, sauf ce cas exceptionnel, nous cherchons notre ennemi dans Paris, où nulle trace ne reste.

» Mais je reprends.

» Mes deux agents me quittèrent, convaincus qu'ils emportaient avec eux la preuve de la mort de la comtesse de Fougeraie, et moi, les laissant dans cette croyance, je me dirigeai, dès qu'ils eurent disparu, vers le château, où j'espérais trouver la comtesse vivante.

» Votre jardinier, monsieur le comte, fidèle observateur de la consigne qu'il avait reçue, commença par me déclarer, en réponse à mes questions au sujet de la jeune femme blessée recueillie par lui, qu'il ne savait ce que je voulais dire ; mais j'ajoutai que, cette jeune femme ayant été victime d'une tentative d'assassinat, tout individu qui chercherait à la soustraire aux recherches de la justice serait considéré et poursuivi comme complice des meurtriers ; et alors la peur lui délia la langue. Il me raconta tout, et m'apprit enfin le lieu où vous l'aviez emmenée et où vous la cachiez avec le plus grand soin, dans la crainte qu'elle ne retombât au pouvoir de son assassin, demeuré jusque-là inconnu.

» Le jour même, je faisais le voyage de Saint-Germain, où j'apprenais bientôt que vous aviez amené avec vous la nuit précédente, une jeune femme malade que vous faisiez passer pour votre parente, et à laquelle la femme Marie Picard donnait seule ses soins.

» J'étais fixé et savais désormais à quoi m'en tenir sur le fait le plus important du drame de Fougeraie.

» Mais partageant vos craintes au sujet d'une nouvelle tentative qu'il était impossible de prévenir, puisque l'assassin de la comtesse demeurait inconnu, je gardai secrète la découverte que je venais de faire de l'existence de celle-ci, et sachant d'un autre côté que sa santé et sa raison étaient également compromises, je résolus d'attendre, pour agir, qu'elle eût entièrement recouvré l'une et l'autre. Elle seule pouvait me faire connaître tous les détails de cette affaire, et me nommer ses assassins, et je ne pouvais l'interroger efficacement qu'après son entier rétablissement.

» Voilà pourquoi, monsieur le comte, j'ai attendu jusqu'à ce jour avant de me présenter chez vous ; voilà pourquoi je suis venu aujourd'hui, et pourquoi enfin, au

ieu de me conformer aux recommandations de M. An-
onin, je me suis élancé dans cette petite allée pour me
rouver en face de madame la comtesse de Fougeraie,
que vous m'eussiez célée comme à tout le monde, si je
l'eusse pris ce parti... un peu violent.

» — J'en conviens, répondit le comte en changeant
out à coup de ton ; mais maintenant que je sais qui vous
êtes et quel mobile vous a poussé à vous occuper de
cette affaire, soyez le bienvenu, monsieur Lubin, et
veuillez vous asseoir.

» M. Lubin prit un siége, et, s'adressant à la comtesse :

» — Madame, lui dit-il, mon intention, vous le comprenez, est de trouver vos assassins, et il dépend probablement d'un mot de vous pour que je les livre immédiatement à la justice.

» — Monsieur Lubin, répondit la jeune femme, il faut
que je vous apprenne d'abord une chose que tout le
monde ignore, excepté M. le comte de Peyras : vous avez
découvert qu'il y avait deux meurtriers...

» — Et je ne me suis pas trompé, n'est-ce pas ?

» — Non.

» — J'en étais bien sûr.

» — Eh bien ! il y a aussi deux victimes.

» — Ah ! fit le vieilllard stupéfait.

» — L'une, qui a échappé à la mort, et que vous avez
devant vous.

» — Et l'autre ?

» — L'autre, qu'ils ont assassinée et qui est bien
morte, c'est mon mari, le comte Paul de Fougeraie.

» — Le fils de mon bienfaiteur.

» — Oui, monsieur Lubin.

» — Qu'en ont-ils fait ?

» — Ah ! voilà malheureusement ce que j'ignore,
monsieur Lubin.

» — Vous n'avez donc pas vu ?

» — J'ai vu le corps de mon mari, de mon cher et adoré Paul, lancé par eux dans un gouffre, et alors, saisie d'horreur, foudroyée par le désespoir, je me suis sentie enveloppée d'une nuit profonde.

» J'étais folle. Et quand, revenue à la raison, j'ai voulu me rappeler où était ce gouffre, je ne l'ai pu. Or, vous le comprenez, la preuve du crime est là. Voilà ce qu'il faut trouver : l'abîme et le corps au fond. Il n'y a rien à faire contre les assassins jusqu'à ce que nous ayons cette preuve.

» En ce moment Antonin vint annoncer au comte des Peyras que son neveu, M. Pierre de Peyras, demandait à le voir.

LI

LA MARCHANDE D'HABITS

» Le comte allait répondre, quand la comtesse se levant d'un bond, pâle et frémissante, s'écria :

» — Le voilà !

» Et elle s'élança dans une allée, où elle disparut.

» Au même instant, Pierre de Peyras se présentait devant son oncle.

» — Vous voyez, dit ce dernier à M. Lubin, il suffit d'un étranger paraissant à l'improviste pour l'effrayer.

» M. Lubin jeta un regard à la dérobée sur Pierre de Peyras et se retira en annonçant une nouvelle visite pour le lendemain.

» Le soir même, il recevait une dépêche ainsi conçue :

» — Venez vite, la comtesse disparue, vue courant comme une insensée vers Paris.

» Comte DE PEYRAS. »

» Deux heures après cette dépêche, M. Lubin était chez le comte de Peyras, auquel il demandait l'explication de la nouvelle qu'il lui avait fait parvenir.

» — Vous étiez là, lui dit le comte, lorsque mon domestique est venu nous annoncer mon neveu, M. Pierre de Peyras ?

» — J'y étais en effet.

» — Vous avez été témoin de l'émotion de la comtesse de Fougeraie en l'apercevant à travers le feuillage ?

» — Et de son départ précipité, oui, monsieur le comte.

» — J'ai pensé alors qu'effrayée à la vue d'un inconnu, elle nous quittait dans l'intention de se retirer dans son appartement ; aussi vous jugez de mon inquiétude, lorsque j'apprends une heure après qu'elle n'avait pas reparu à la maison. Je cherche par tout le jardin et je trouve ouverte une petite porte qui donnait du côté de la forêt. J'envoie tout le monde aux informations et j'apprends qu'une femme jeune, belle, élégante et paraissant en proie à une extrême agitation avait été vue courant à travers la campagne. Voilà ce que je sais, mais il est supposable qu'elle a pris le premier train partant pour Paris, où elle doit être depuis hier.

» M. Lubin réfléchissait tout en écoutant parler le comte de Peyras.

» — Evidemment, dit-il, il a suffi d'un incident insignifiant, la vue d'un inconnu, pour ébranler de nouveau la raison encore mal affermie de la pauvre jeune femme, mais qui nous dit qu'elle a conservé assez d'intelligence pour former un projet, pour se proposer un but, et conséquemment pour prendre un train plutôt qu'un autre ? A-t-elle pris la direction de Paris ou celle de la Normandie ? Voilà la question.

» Il garda un instant le silence, puis il reprit :

» — A quelle heure la comtesse a-t-elle dû s'enfuir d'ici ?

» — Au moment où mon neveu y arrivait, puisque c'est à son approche qu'elle s'en est éloignée, vivement émue.

» — Et quelle heure était-il alors ?

» — Trois heures environ.

» — Bien, je me rends d'ici à la gare du chemin de fer, je m'informe des trains qui sont partis ou ont passé à cette heure, et, suivant les renseignements que j'aurai recueillis, je décide de quel côté je dois diriger mes recherches.

» Il partit, et bientôt après il acquérait la presque certitude que la comtesse devait être à Paris, où il retournait aussitôt.

» Dès le lendemain, M. Lubin, aidé de nombreux agents, se mettait à fouiller Paris, portant d'abord ses recherches sur la rive droite.

» Au bout de huit jours, toute l'activité de ses agents, toutes les ressources de sa propre expérience n'avaient pu obtenir aucun résultat.

» Il se décida alors à explorer la rive gauche.

» Le jour même, après avoir vainement parcouru les quartiers aristocratiques, il était attablé chez un marchand de vin de la rue Mouffetard, ayant pour système de fréquenter ces établissements, où le bavardage des ivrognes laisse souvent échapper des secrets précieux, quand il vit entrer et s'attabler à quelques pas de lui une vieille marchande d'habits et une commère du quartier.

» — Une chopine ! demanda la marchande.

» Quand le garçon les eut servies, elle remplit les deux verres, puis trinquant avec sa compagne :

» — Eh bien ! mère Bourdon, lui dit-elle, avez-vous encore quelque chose à me proposer ?

» — Il me reste une bague, répondit la mère Bourdon, mais mon homme m'a dit que je vous avais vendu a robe et les boucles d'oreilles trop bon marché.

» — Comment! comment! je vous ai donné cent francs les boucles d'oreilles et vous n'êtes pas contente?

» — Je suis contente et je ne suis pas contente; cent francs, c'est un joli denier, c'est vrai, — mais voyez-vous, m'ame Collard, mon homme n'est pas un *Sinve*, et il a dit que c'étaient des perles fines, que ça valait quatre cents francs.

» — Il a donc travaillé dans la partie, votre homme?

» — Enfin, suffit, il la connaît.

» — Et je sais comment il la pratique, celle-là et beaucoup d'autres, dit madame Collard d'un ton ironique, mais c'est pas mon affaire; voyons donc un peu votre bague.

» La mère Bourdon tira l'objet de sa poche et le remit à la marchande, qui se mit à l'examiner avec attention.

» M. Lubin, qui feignait de lire un journal, jeta un coup d'œil de ce côté et remarqua que la bague était garnie de diamants.

» — Et pour lors, dit la marchande, ces bijoux-là vous viennent?...

» — D'héritage, répondit madame Bourdon.

» — C'est donc pas vrai, ce qu'on dit?

» — Qu'est-ce qu'on dit? demanda madame Bourdon en se troublant.

» — Certains voisins, des envieux et des mauvaises langues, enfin ces voisins prétendent que vous avez trouvé tout ça, la robe de soie et les bijoux, sur une jeune femme qu'on vous a vu amener chez vous un soir vers minuit, et qui, entrée dans votre chambre richement vêtue, en serait sortie au point du jour couverte de haillons.

» M. Lubin tressaillit à ces mots et parut plus que jamais plongé dans la lecture de son journal.

» — Ça, m'ame Collard, c'est des faussetés, s'écria la

commère, et aussi vrai que je m'appelle madame Bourdon...

» — C'est ce que j'ai dit, madame Bourdon est incapable d'une indélicatesse. Mais savez-vous ce qu'ils m'ont répondu? Ils m'ont dit : c'est si vrai que la pauvre jeune femme est dans le quartier et que vous pouvez la voir telle rue, tel numéro.

» — Bah! et cette rue? ce numéro, demanda vivement madame Bourdon.

» — Je ne me les rappelle pas, dit la marchande d'habits d'un air qui signifiait clairement : j'en sais plus long que je n'en veux dire.

» Puis elle reprit :

» — D'ailleurs, tout ça, ça ne me regarde pas, qu'est-ce que je demande, moi? A faire des affaires, voilà tout. Vendez-moi votre bague et je ne m'inquiète pas du reste.

» Il y avait dans le ton et dans les paroles de la marchande des menaces indirectes qui ressemblaient fort à un chantage ; madame Bourdon le comprit.

» — Allons, voyons, dit-elle, qu'est-ce que vous en donnez de ça ?

» La marchande d'habits retourna cinq ou six fois la bague dans ses doigts et répondit :

» — Cent francs, et tout de suite en cinq beaux louis d'or.

» — Allons, donnez, dit madame Bourdon, la bague est à vous.

» La marchande paya et les deux femmes se levèrent.

» Dès que les deux commères furent sorties, M. Lubin se leva à son tour, jeta un franc sur le comptoir et, sans attendre la monnaie, franchit le seuil de la boutique.

» Les deux femmes s'étaient séparées : l'une, madame Bourdon, avait descendu la rue Mouffetard ; l'autre, tournant à gauche, l'avait remontée, puis avait pris

ncore la première rue à sa gauche, conduisant dans le
quartier du Panthéon.

» M. Lubin suivit de loin cette dernière, et au bout
e quelques minutes, il l'abordait :

» — Ma brave femme, lui dit-il, voulez-vous me permettre une petite observation, qui, au reste, n'a rien
que de flatteur pour votre amour-propre?

» La marchande d'habits se retourna et, le toisant
d'un air narquois :

» — Allez-y, mon brave homme, lui dit-elle.

» — Vous me faites l'effet d'une femme très-intelli-
gente.

» — Mais je ne passe pas pour une imbécile dans
mon quartier.

» — Aussi je suis sûr que, si je vous donnais le choix
entre une pièce de vingt francs et cinq ans de prison,
vous auriez bien vite fait de vous décider.

» — Hein? s'écria la marchande en élevant tout à coup
la voix et en se frappant énergiquement la poitrine, la
prison ! à moi ! Jeanne Collard, honorablement connue
au Temple ! ah ! mais dites-donc, mon bonhomme...

» — Oh ! pas d'esclandre ! dit M. Lubin, croyez-moi,
c'est dangereux, on penserait que nous nous disputons,
et si on nous conduisait au poste, on pourrait trouver
sur vous la bague de cinq à six cents francs que vous
venez d'acheter cent francs à une femme Bourdon, qui
l'a volée, ce qui constitue le délit de recel prévu et puni
par la loi.

» La marchande d'habits changea tout à coup de ton
et de figure à ces dernières paroles.

» — Je suis un peu au courant de vos petites affaires,
comme vous voyez, reprit M. Lubin, mais je ne suis pas
un homme à préjugés, je suis pour la liberté du commerce et je ne vous inquiéterai nullement, si vous voulez me rendre un petit service.

» — Un service, répondit la marchande toute troublée, mais je ne demande pas mieux.

» — Vous savez où s'est réfugiée la jeune femme qui a été dévalisée par la mère Bourdon ?

» — Non, mon bon monsieur, je vous jure, foi d'honnête femme ! que...

» — Mais quelqu'un le sait et vous en a parlé.

» — C'est vrai.

» — Eh bien ! allons trouver cette personne.

» — C'est que je ne sais si à cette heure...

» — Allons toujours, nous verrons bien.

» La marchande d'habits rebroussa chemin, rentra dans la rue Mouffetard et, au bout de quelques minutes elle s'arrêtait à la porte d'une maison de hideuse apparence.

» — C'est là, dit-elle.

» — A quel étage ?

» — C'est la concierge.

» Elle passa devant et il pénétra après elle dans une allée étroite, boueuse, pestilentielle, au bout de laquelle on percevait vaguement un trou, lugubrement éclairé par un jour crépusculaire.

» — C'est là, dit la marchande.

» Elle entra et il la suivit.

» Là, au milieu d'un fouillis indescriptible et au sein d'une atmosphère plus épaisse et plus intolérable encore que celle de l'allée, la portière était enfouie dans quelque chose de déchiqueté, de crasseux, de noirâtre et d'informe qui n'avait guère plus de rapport avec un fauteuil qu'elle n'en avait elle-même avec une femme.

» Quelque chose remuait à ses pieds ; c'était une poule qui picorait et trouvait sa nourriture dans les détritus de toute sorte qui formaient sous le pied une espèce de tapis.

» La marchande d'habits expliqua à la portière, dont

n n'entrevoyait que vaguement la figure ridée, le sujet de la visite de M. Lubin.

» Celui-ci glissa en même temps une pièce d'or dans la main visqueuse du cerbère femelle, qui n'hésita pas un instant à trahir son amie madame Bourdon.

» — Voilà ce que c'est, dit-elle, j'étais donc en train de boire un « cintième » d'eau-de-vie avec M. Poupardin, le chiffonnier d'en face, une politesse que je lui rendais, vu qu'il a l'obligeance de jeter au fond de sa hotte tous les vieux débris de viande qu'il trouve en chemin et de la vider dans « n'un » coin de ma loge, ce qui fait bien l'affaire de ma pauvre Cocotte, qu'elle m'est attachée et qu'elle me comprend, qu'on dirait « n'une » personne naturelle et non une simple volaille, sans le respect que je vous dois ; nous étions donc en train de vider nos verres, et il était plus de minuit, même que je lui disais de s'en aller, à cause des mauvaises langues qui ne respectent rien et que la réputation d'une pauvre femme « qu'est » son plus beau trésor, tient à si peu de chose au jour d'aujourd'hui, quoique je doive dire que M. Poupardin est un homme galant, mais respectueux, qui ne m'a jamais fait une proposition qui puisse faire rougir une personne de mon sexe ; nous avions donc vidé nos verres, quand on frappa à la porte ; je tire le cordon, comme c'est mon devoir, et qu'est-ce que je vois passer ? Madame Bourdon, « n'avec » une jeune femme mise comme une princesse et des diamants aux oreilles, que ça brillait qu'on aurait dit des lampes Carcel. M. Poupardin s'en va, je me couche, et le lendemain dès le matin, qu'est-ce qui me demande le cordon ? « N'encore » madame Bourdon qui sort avec la jeune femme, mais habillée comme une mendiante et les oreilles nues cette fois.

» — Et il paraît que vous savez où est cette jeune femme ? demanda M. Lubin à la portière.

» — Voilà, trois jours après je passais rue Lacépède, c'était un dimanche, j'allais voir le phoque du Jardin des Plantes, qu'est ma bête favorite, quand tout à coup je vois à une fenêtre une superbe tête de femme ; c'était elle.

» — Et le numéro de cette maison ?

» — Je ne le sais pas, mais c'est dans un hôtel garni du coin de la rue Gracieuse.

» — Je vois ça d'ici, c'est bien.

» M. Lubin se leva, remit à la marchande d'habits la pièce d'or qu'il lui avait promise et quitta la loge pour se rendre rue Lacépède.

LII

UN HOTEL DE LA RUE GRACIEUSE

» M. Lubin quitta à la hâte le repaire pestilentiel où était censée respirer la portière, remonta la rue Mouffetard et se trouva bientôt à l'entrée de la rue Lacépède.

» — Oui, pensait-il tout en marchant, ce doit être cela, une femme jeune, belle, richement vêtue, errant à travers les rues de Paris, à minuit, dans un quartier où jamais une telle femme ne mettrait les pieds en plein jour, à plus forte raison la nuit ; oui, cé doit être elle.

» Un instant après il se trouvait en face de la rue Gracieuse, dont l'aspect ignoble et repoussant forme un saisissant contraste avec le nom qu'elle porte.

» Un hideux garni formait l'angle de cette rue et de la rue Mouffetard.

» — C'est ici, murmura M. Lubin, mais est-ce bien elle ?... Dieu veuille que mon espoir se réalise.

» Il entra.

» Le maître et la maîtresse de l'établissement se disputaient, et l'explication avait atteint la période aiguë, car au moment où il entrait, M. Lubin vit passer à deux pouces de sa figure une bouteille, qui alla se briser sur le pavé de la rue.

» — Pardon, je vous dérange, dit tranquillement M. Lubin aux combattants.

» L'aspect d'un étranger calma subitement la colère des deux époux.

» — Mais non, balbutia la femme, c'est que nous étions en train de... ranger.

» — C'est cela, et une bouteille vous a échappé des mains.

» Il s'assit.

» — Dites-moi, madame Tachard, vous avez depuis quelques jours une jeune femme fort belle et misérablement vêtue.

» — Oui, monsieur, et sans le sou, si bien que, ma foi ! j'allais la prier de chercher un gîte ailleurs, et pas plus tard que ce soir ; car, belle comme elle est, elle pourrait facilement gagner sa vie.

» Ce cynisme naïf fit tressaillir M. Lubin.

» — Il était temps, murmura-t-il, qui sait de quoi eussent été capables de tels misérables si j'eusse tardé un jour de plus ?

» Il reprit :

» — Le nom de cette jeune femme ?

» — Madame Mariani.

» — Mariani ! fit le vieillard vivement désappointé.

» Il ajouta après un moment de réflexion :

» — C'est elle qui vous a donné ce nom ?

» — Oh ! non, elle n'a rien voulu répondre.

» — Alors, comment savez-vous ?...

» — Je l'ai fouillée et j'ai trouvé une carte dans sa poche portant ce nom.

» — Est-elle venue seule chez vous?

» — Non, elle m'a été amenée par une brave femme qui m'a dit l'avoir rencontrée et a eu la bonté de me donner vingt francs pour la garder huit jours.

» — Oui, pensa Lubin, la Bourdon, elle craignait que, rencontrée par la police, la pauvre jeune femme ne pût guider les agents vers la demeure qu'elle venait de quitter, tandis qu'au bout de huit jours...

» Il reprit :

» — Alors vous êtes payée?

» — Jusqu'à ce matin.

» — C'est juste, puisque vous alliez la jeter à la porte ce soir.

» — Dame! écoutez donc, nous ne pouvons pas nourrir et loger des vagabondes qui...

» — Assez, dit vivement M. Lubin, et veuillez me conduire près de cette jeune femme.

» — Vous êtes son parent, peut-être?

» — Oui.

» — Ah! pauvre jeune femme, si vous saviez comme je me suis intéressée à elle. Je n'ai rien épargné, allez!

» M. Lubin comprit.

» Il tira de sa poche une pièce de cinq francs et la lui remit.

» — Tenez, et veuillez me conduire, lui dit-il.

» Elle empocha la pièce et dit à M. Lubin :

» — Suivez-moi, monsieur.

» Elle ouvrit une porte qui donnait sur l'allée, au bout de laquelle on entrevoyait vaguement les marches de l'escalier.

» Ils gravirent trois étages.

» — C'est là, dit-elle.

» Elle frappa à la porte.

» M. Lubin attendit avec anxiété, craignant de voir son espérance déçue.

» Enfin la porte s'ouvrit et il entra suivi de madame Tachard.

» Là il se trouva auprès d'une jeune femme couverte de vêtements hideux, presque en haillons, l'air grave, l'œil fixe, éblouissante de beauté.

» C'était elle !

» M. Lubin ne put réprimer un cri de joie en la reconnaissant.

» — Eh bien? demanda madame Tachard.

» — C'est ma parente.

» — Ça se voit bien, c'est votre portrait.

» — Allez vite me chercher une voiture.

» — J'y cours, monsieur.

» Elle sortit.

» Alors M. Lubin s'approcha de la jeune femme, et, lui prenant la main :

» — Vous ! vous, madame la comtesse, ici et sous ces vêtements ! lui dit-il.

» — Attendez donc, dit la jeune femme en le regardant à son tour, mais je vous connais, je vous ai vu quelque part. Vous êtes monsieur...

» Son front se contracta.

» — Lubin, dit le vieillard.

» — Oui, c'est cela, s'écria-t-elle.

» Elle ajouta :

» — Et moi, comtesse... comtesse de...

» — De Fougeraie.

» — Oh ! oui, oui, je me rappelle.

» Et, promenant ses grands yeux noirs :

» — Quand vous êtes entré, dit-elle, je me demandais où j'étais, comment j'étais venue ici, et pourquoi j'étais couverte de ces affreux vêtements.

» — Venez, je vous dirai tout cela, lui dit M. Lubin,

21.

qui entendait s'arrêter à la porte du garni la voiture qu'il avait demandée.

» Un instant après, M. Lubin franchissait le seuil de l'odieux garni de la rue Gracieuse et montait en voiture avec la comtesse, qui, appuyée sur son bras, le suivait machinalement et sans paraître se rendre compte de ce qui se passait.

» — Où faut-il vous conduire, bourgeois? demanda le cocher en fermant la portière.

» M. Lubin regarda l'heure à sa montre et réfléchit un instant.

» Il était quatre heures ; il se dit qu'en prenant le chemin de fer pour retourner à Saint-Germain il y arriverait en plein jour, que la jeune femme, dans le misérable accoutrement où elle était, serait inévitablement exposée à une curiosité qui pouvait avoir sur son esprit des conséquences funestes, qu'il serait en outre du plus mauvais effet de la ramener dans la demeure du comte de Peyras et de l'exposer aux regards des domestiques dans un pareil état, et que, par toutes ces raisons, il valait mieux arriver à la nuit close.

» — A Saint-Germain, dit-il au cocher.

» — Hein? fit celui-ci stupéfait.

» — Eh bien, oui, à Saint-Germain.

» En voilà une course!

» Il monta sur son siége, fouetta ses chevaux et la voiture partit.

» M. Lubin calculait que, de cette façon, il arriverait à six heures, et qu'alors la nuit étant tout à fait tombée, il trouverait bien le moyen d'introduire la comtesse chez M. de Peyras à l'insu des domestiques.

» Pendant qu'il se livrait à ces réflexions, la jeune femme regardait par la portière les maisons et les passants.

» — Mais, dit-elle à M. Lubin, comment se fait-il que je sois à Paris?

» — Vous y êtes venue après avoir rencontré à Saint-Germain, chez M. le comte de Peyras, un jeune homme...

» — Attendez, dit la jeune femme dont le regard brilla tout à coup d'un feu sombre, c'était dans le jardin, n'est-ce pas?

» — Et celui qui s'avançait vers vous était...

» — L'assassin! l'assassin! s'écria la comtesse, dont les traits se contractèrent avec une expression d'horreur.

» — Quoi! dit M. Lubin stupéfait, M. Pierre de Peyras...

» — L'assassin, vous dis-je, répéta la jeune femme en lui saisissant le bras avec un geste plein d'énergie.

» M. Lubin la considérait avec attention.

» Il remarqua dans son regard une grande exaltation, mais en même temps une lucidité qu'il n'avait pas un instant auparavant.

» — L'assassin, dit-il, mais il n'était pas seul, ils devaient être deux.

» — Oui, lui et un autre.

» — Oh! et le nom de l'autre?

» — Robert, Robert Talbot, tous deux se disaient les amis de Paul, et ils l'ont assassiné.

» — Assassiné! dit M. Lubin, qui hésitait à croire, mais pourquoi? comment?

» — Parce qu'après avoir déchargé son arme sur moi, il la dirigeait sur Pierre, qu'il accusait de m'avoir séduite; alors ils se sont jetés sur lui tous les deux et l'ont poignardé, puis volé, puis jeté dans l'abîme.

» — Ah! murmura M. Lubin, voilà que tout s'éclaircit et s'explique; je tiens maintenant tout le drame ou peu s'en faut.

» Il reprit:

» — Vous rappelez-vous ce qui s'est passé après votre départ de chez le comte de Peyras ?

» La comtesse pressa son front dans sa main :

» — Oui, oui, dit-elle, mais c'est confus comme un rêve ; je me vois au milieu d'une foule sortant d'une voiture qui vient de s'arrêter dans une immense galerie vitrée.

» — La gare de Paris, dit M. Lubin.

» — Je ne sais. Je descends un escalier qui aboutit à une cour et je suis dans la rue. Là, bien des gens prennent des voitures ; moi, je n'ose, j'ai peur, je marche devant moi en évitant tout le monde, sans interroger personne, quoique je ne sache de quel côté diriger mes pas. Je vais ainsi jusqu'au soir sans m'arrêter, puis la nuit venue, mourant de faim et de fatigue, je m'arrête dans une rue longue, étroite, fangeuse, et je m'assieds sur le seuil d'une allée, ne pouvant plus marcher. Là, je regarde curieusement les passants, des hommes et des femmes étranges de mise, de tournure, de langage, tels que je n'en avais jamais vu, si bien que ma peur ne faisait que s'accroître et que je me mis à pleurer me croyant perdue.

» La comtesse s'arrêta un instant comme pour retrouver le fil de ses souvenirs, puis elle reprit :

» — Il devait être tard, bien tard, car il ne passait plus que bien peu de monde, quand une femme m'aborda, après m'avoir examinée quelque temps, me demanda doucement ce que je faisais là, me rassura par de bonnes paroles, me dit qu'on m'emmènerait en prison si je restais dans la rue, et enfin me proposa de me donner asile chez elle. J'y consentis avec bonheur, elle prit mon bras sous le sien et me conduisit dans une chambre où elle me coucha et où je m'endormis de suite. Le lendemain elle me donna une robe qui n'était pas la mienne, me dit de sortir avec elle et me laissa dans la maison où vous m'avez trouvée et que je n'ai pas quittée depuis.

Voilà ce que je sais depuis mon départ de Saint-Germain, mais je vous le répète, je vois cela confus comme dans un rêve, vague et indécis comme à travers un brouillard.

» — Je comprends tout, dit M. Lubin.

» Et il se mit à causer de choses indifférentes, voulant distraire l'esprit de la comtesse de ces pénibles souvenirs.

» Au bout de deux heures environ, la voiture entrait dans Saint-Germain.

» Il était six heures et la nuit était noire.

» M. Lubin indiqua au cocher la rue et la demeure du comte de Peyras.

» Quand ils y furent arrivés, il lui dit d'aller demander M. le comte de Peyras et dire qu'un voyageur voulait lui parler, mais à lui seul.

» Un instant après le comte se présentait à la portière.

» — Monsieur Lubin ! s'écria-t-il en pâlissant à l'aspect de celui-ci.

» Et il reprit d'un ton inquiet :

» — Et sans nouvelles, n'est-ce pas ?

» — J'ai mieux que des nouvelles, répondit M. Lubin.

» — Quoi donc ?

» — Tenez.

» Il s'écarta et laissa voir la comtesse.

» Le comte jeta un cri de joie.

» — Maintenant, dit M. Lubin, allez nous ouvrir la porte du jardin, c'est par là que nous allons entrer sans être vus de personne.

» — Pourquoi ce mystère ?

» — Si vous pouviez voir la mise de madame la comtesse, vous le comprendriez, mais vous le saurez tout à l'heure.

LIII

LE RETOUR

» Pendant que la voiture rebroussait chemin pour gagner la rue déserte sur laquelle ouvrait la porte du jardin, M. Lubin dit à la comtesse :

» — Veuillez m'écouter un instant avec attention, madame.

» — Je vous écoute, monsieur Lubin, répondit la jeune femme, dont l'apaisement se lisait dans son regard déjà plus doux et plus calme.

» — Vous m'avez dit que l'un des assassins était M. Pierre de Peyras ?

» — Je le répète, dit gravement la comtesse.

» — Mais vous ne pouvez fournir aucune preuve contre lui ?

» — La preuve est au fond de l'abîme où ils l'ont jeté.

» — Quelque carrière aux environs du château ; je parcourrai la campagne dès demain ; mais, jusqu'à ce que nous ayons cette preuve, pas un mot de tout cela au comte de Peyras.

» — Je ne lui en ai rien dit, à lui ni à qui que ce soit.

» — Très-bien, il faut garder là-dessus le secret le plus absolu jusqu'au jour où nous aurons découvert la preuve, le corps de l'infortunée victime.

» On arrivait en ce moment à la porte du jardin, où le comte de Peyras se trouvait déjà.

» La comtesse et M. Lubin descendirent de voiture.

» Ce dernier paya largement le cocher, qui partit, puis tous trois entrèrent.

» — J'ai pris mes précautions, dit le comte, les domestiques sont réunis et occupés en ce moment à la cuisine, nous pouvons gagner, sans être vus, la chambre de madame la comtesse. Elle y retrouvera Marie Picard, sur la discrétion de laquelle nous pouvons compter ; pour les autres, ma parente, madame la comtesse est en voyage, ils apprendront demain qu'elle est rentrée cette nuit et que Marie Picard est allée lui ouvrir la porte.

» Quand tous trois se trouvèrent dans la chambre de la comtesse, le comte resta stupéfait à l'aspect des haillons qui couvraient la jeune femme.

» Elle-même en se voyant dans une glace, à la clarté des bougies, ne put retenir un cri d'horreur.

» — Vite, dit le comte à Marie, aidez madame la comtesse à se débarrasser de ces affreux haillons, M. Lubin et moi, nous allons la laisser seule avec vous.

» — La toilette de madame la comtesse est toute préparée, répondit Marie.

» — Et quant à son dîner.....

» — C'est entendu, monsieur le comte, je dirai que me sentant indisposée, je désire dîner dans ma chambre et je me servirai assez largement pour qu'il y en ait pour deux.

» Le comte et M. Lubin se retirèrent, et la comtesse passa avec Marie Picard dans son cabinet de toilette.

» Seul avec le comte, M. Lubin le mit au courant de tout ce qu'il avait fait depuis huit jours et lui raconta sa rencontre avec la marchande d'habits et madame Bourdon chez le marchand de vin, où il était entré par *principe*, hasard providentiel qui l'avait mis sur la trace de la comtesse.

» — Ainsi, comme je l'avais supposé, dit le comte, l'aspect seul d'un inconnu avait suffi pour ébranler de nouveau sa raison.

» — Vous aviez deviné juste, monsieur le comte, mais

déjà les ténèbres se sont dissipées, en grande partie.

» — C'est ce que j'ai remarqué.

» — Cependant son esprit, je le crois du moins, ne recouvrera toute sa lucidité que le jour ou il sera débarrassé d'une profonde préoccupation qui l'absorbe.

» — Qu'est-ce donc?

» — Le désir de retrouver le corps de son mari d'abord, puis ses meurtriers ; c'est une idée fixe, et vous savez quels ravages peut exercer l'idée fixe sur un esprit déjà affaibli.

» — Eh bien! monsieur Lubin, c'est sur vous seul que nous pouvons compter pour réaliser le double rêve de la pauvre jeune femme.

» — Vous connaissez mes sentiments pour la famille de Fougeraie, monsieur le comte, et vous ne doutez pas que je me voue à cette tâche corps et âme.

» — Je ne doute pas davantage que vous n'y réussissiez, monsieur Lubin ; mais là, comme en toute espèce d'entreprises, il faut de l'argent, ce sera ma part dans l'œuvre que nous allons entreprendre à nous deux.

» Il alla ouvrir un secrétaire, en tira une liasse de billets de banque, et les remettant au petit vieillard :

» — Tenez, monsieur Lubin, voilà vingt mille francs, usez-en comme il vous plaira pour atteindre le but que nous nous proposons ; je ne vous fais qu'une recommandation, c'est de ne pas les ménager et de revenir à ma caisse dès qu'ils seront épuisés.

» — Je ferai de mon mieux, monsieur le comte.

» — Quand comptez-vous commencer, monsieur Lubin?

» — Dès demain je visite toute la campagne aux environs du château de Fougeraie pour retrouver la carrière, c'est-à-dire le gouffre, dans lequel madame la comtesse a vu jeter le corps de son mari.

» — Allez, monsieur Lubin, et encore une fois, ne ménagez pas l'argent.

» Le lecteur, qui se rappelle sans doute ce qui a été dit précédemment de l'avarice du comte de Peyras, pendant son séjour à Saint-Germain, doit s'étonner de la prodigalité dont il a fait preuve dans cette circonstance; cette contradiction va lui être expliquée par un entretien qui eut lieu entre le comte et la comtesse de Fougeraie, quinze jours environ après le retour de celle-ci.

» Ces quinze jours, passés dans un calme absolu, dans un bien-être luxueux, en rapport avec ses goûts et ses habitudes, qui, pour la seconde fois, avaient enveloppé son esprit.

» Quand elle eut elle-même conscience du retour complet de sa raison, elle résolut de reprendre avec le comte de Peyras l'explication commencée quelques semaines auparavant et interrompue d'une façon si terrible et si imprévue par l'arrivée de Pierre de Peyras.

» Elle le fit donc prier de se rendre près d'elle, et, dès qu'ils furent seuls:

» — Monsieur le comte, lui dit-elle, vous devez comprendre comme moi la nécessité d'une explication entre nous et l'impossibilité pour moi de profiter plus longtemps d'une hospitalité dont j'ai déjà trop abusé.

» — Au contraire, madame, je ne comprends rien de tout cela, répondit le comte. Ce qui s'est passé s'explique de soi, et tout homme, en vous trouvant dans l'état où je vous ai vue, eût agi comme je l'ai fait. Quant à l'impossibilité pour vous de demeurer plus longtemps chez moi, non-seulement je la nie, mais je prétends vous prouver que vous ne sauriez songer à me quitter d'ici à bien longtemps.

» — Je vous écoute, monsieur le comte, dit en souriant la jeune femme.

» — Pardonnez-moi de revenir sur un souvenir dou-

loureux, mais il le faut... Votre mari a été assassiné, et la
justice, après de longues et minutieuses recherches, n'a
trouvé aucun indice qui pût la mettre sur la trace des
meurtriers. Ceux-ci sont parfaitement tranquilles, non-
seulement parce que le corps de la victime n'a pas été
retrouvé, mais surtout parce qu'ils n'ont pas à redouter
le seul témoignage qui pourrait s'élever contre eux, le
vôtre, puisqu'ils vous croient morte.

» — En effet, tout se réunit pour les en convaincre.

» — Mais supposons que vous paraissiez tout à coup
dans le monde, quelle sera la première pensée de ces
hommes, dont vous ne pouvez paralyser la méchanceté
en les faisant arrêter, puisqu'il n'y a contre eux aucune
preuve? Ce sera évidemment de se débarrasser de vous
par tous les moyens possibles, et soyez assurée que, pour
sauver leur tête, ils ne reculeront pas devant un nouveau crime, celui-là ayant d'ailleurs à leurs yeux l'excuse d'être imposé par la plus impérieuse nécessité.

» La comtesse parut vivement frappée de cet argument.

» — Vous avez raison, monsieur le comte, dit-elle
après une pause, je n'avais pas réfléchi à cela.

» Elle reprit au bout d'un instant :

» — Et cependant je ne puis, je ne veux pas demeurer éternellement chez vous.

» — Ce serait le parti le plus prudent, sinon le plus
agréable, répliqua le comte.

» — Oh! monsieur le comte, croyez bien...

» — Ne vous en défendez pas, madame, cette vie de
cloîtrée ne saurait convenir à une jeune femme, belle,
spirituelle, habituée à briller dans le monde. J'ai fort
bien compris cela, et j'ai eu, ces jours-ci, avec M. Lubin,
une consultation sur la question de savoir comment
nous pourrions concilier ces deux difficultés, vous soustraire aux ennuis de la solitude et de l'incognito, et

vous rendre, dans tout son éclat, la position que vous devez occuper dans le monde sans exciter l'inquiétude de vos ennemis.

» — Mais c'est tout simplement impossible, s'écria la comtesse.

» — Et pourtant nous avons, ou pour parler plus modestement, M. Lubin a résolu le problème.

» — Comment cela? je suis curieuse de le savoir.

» — Voici sa combinaison : Un beau jour, à l'Opéra, aux courses, dans les concerts, partout où l'on rencontre la haute société, un nouvel astre attire tous les regards et absorbe toutes les admirations, éclipsant tout ce qui l'entoure par son goût, son luxe et sa beauté. Cette merveille, c'est la princesse Nubia de Villaflor, Brésilienne, de l'invention de M. Lubin, et cette princesse Nubia, c'est vous.

» — Moi ! s'écria la comtesse en rougissant.

» — Ne savez-vous pas que vous avez toutes les perfections désirables pour ce personnage, sous lequel, représenté comme il le sera par vous, nul ne pourra soupçonner la comtesse de Fougeraie, dont tout prouve la mort ?

» — Mais cela entraînerait des dépenses...

» — Auxquelles vos revenus considérables feront face le jour où, pouvant enfin vous montrer à front découvert, vous reprendrez possession de vos biens et de votre fortune.

» — Mais jusque-là ?

» — Jusque-là je réclame l'honneur d'être votre banquier.

» — Mais si j'allais me trouver embarrassée pour vous rendre tout ce que vous aurez avancé, car mes revenus sont moins considérables que vous ne le pensez, et qui sait ce qui s'est passé depuis que je ne suis pas là ?

» — Mon plus vif désir est que vous soyez complète-
ment ruinée.

» — Etrange souhait, monsieur le comte.

» — Ah! c'est qu'alors je mettrais ma fortune à vos
pieds et je vous dirais : Prenez-la à tel titre qu'il vous
plaira.

» — A tel titre ! dit la comtesse en regardant fière-
ment le comte.

» — Il en est un dont je n'ose parler, reprit le comte
avec embarras.

LIV

LA CONVERSION D'UN AVARE

» La jeune femme garda un instant le silence, puis
elle reprit d'une voix lente et grave :

» — Monsieur le comte, je ne vous répondrai pas en
ce moment, car je n'ai au cœur qu'un seul rêve et qu'un
seul but : venger mon mari; c'est pour cela que j'accepte
le plan de M. Lubin, car il me permet de rentrer dans le
monde, de me montrer, d'agir, de provoquer de la part
de mes ennemis des démarches, des imprudences qui,
notées par l'œil perspicace de M. Lubin, pourront amener
la découverte de la vérité. Voilà tout ce que je veux,
tout ce qui me préoccupe aujourd'hui. Ne parlons pas
d'autre chose.

» Les traits de la comtesse de Fougeraie exprimaient
une profonde douleur et une sombre énergie.

» Le comte de Peyras reprit au bout d'un instant :

» — M. Lubin, après avoir proposé cette idée, s'en est

effrayé ensuite, et moi-même j'hésitais tout à l'heure à vous la communiquer.

» — Pourquoi cela ?

» — Parce que cette comédie peut vous exposer aux plus grands dangers dans le cas où vos ennemis viendraient à soupçonner seulement votre identité.

» — Des dangers ! s'écria la jeune femme, oh ! je les brave tous du moment qu'il s'agit de venger mon mari. Ils sont trois ; au risque de ma vie je les poursuivrai sans relâche, je veux leur faire expier leur crime par les plus cruelles tortures, et avec le concours de M. Lubin j'y parviendrai.

» — Le mien consistera à fournir tout l'argent nécessaire pour cette entreprise, et d'abord à vous mettre sur un pied assez imposant pour que nul n'hésite à voir en vous une vraie princesse brésilienne.

» — Mais je vous répète que ma fortune...

» — Oh ! nous compterons plus tard, ou plutôt ne comptons jamais.

» — Jamais ! oh ! non, ce serait prendre un engagement auquel je ne veux pas même réfléchir aujourd'hui et que je ne serais peut-être pas disposée à tenir plus tard.

» — Je vous en supplie reprit, le comte du ton le plus pressant, acceptez sans vous croire engagée en quoi que ce soit.

» Il ajouta après un moment d'hésitation :

» — Ecoutez, madame, j'ai une immense fortune, plus de quatre cent mille livres de rente, et, depuis vingt ans, ma seule passion était de l'accroître encore en entassant soù sur sou.

» Je me dégradais par une honteuse avarice, tous les sentiments humains s'éteignaient en moi un à un et, au fond de mon cœur desséché, je ne trouvais plus de vivant que la soif de l'or. Je vous rencontrai, je vous arrachai à la mort, je vis renaître et s'épanouir, comme une

fleur qui s'ouvre au soleil, toutes vos grâces et vos
beautés, et sous cette merveilleuse influence, je sentis une
âme nouvelle s'éveiller et rayonner en moi. Une transformation complète se fit à la fois dans mon être ma-
tériel et moral et j'éprouvai tout à coup un immense
besoin de prodiguer cet or, qui jusque-là avait été le
culte de ma vie. Je devins un homme enfin, je m'inté-
ressai à la nature, aux arts, à mes semblables, à ceux
qui souffraient surtout, je connus des joies que je n'avais
jamais soupçonnées, et je compris que c'était à partir de
ce jour seulement que je commençais réellement à vivre.
Eh bien, ce bonheur que je commence à reconnaître, il
dépend de vous de le compléter en consentant à faire
servir cette fortune, dont je ne sais que faire, à deux
choses : à vous envelopper d'une auréole de luxe et à semer les bienfaits partout où vous passerez. C'est le seul
moyen de me relever à mes propres yeux, de me faire
oublier mon avarice et ma dureté passées, et plus il passera de cet or par vos belles mains, plus je me pardon-
nerai de l'avoir tant épargné jadis. Et, je vous le répète,
ne vous croyez engagée à rien vis-à-vis de moi, quelles
que soient les sommes que vous dépensiez, puisqu'en
agissant de la sorte vous me rendrez service.

» — Eh bien, soit, monsieur le comte, répondit la
jeune femme, qu'il en soit donc comme vous le désirez.

» — Au reste, j'ai fait la même recommandation à
M. Lubin, qui, soit pour le triomphe du but que vous
poursuivez, soit pour la seule satisfaction de faire le bien
partout où il en trouvera l'occasion, a reçu de moi l'ordre exprès de puiser à ma caisse autant qu'il le jugera
convenable. Enfin, je veux prendre le contre-pied exact
de mes anciennes habitudes et me procurer la joie de
donner sans compter.

» — Quand nous mettons-nous à l'œuvre ? demanda
la comtesse.

» — D'ici quelques jours ; maintenant que j'ai votre consentement, je vais écrire de suite à M. Lubin de vous chercher un hôtel, à défaut d'hôtel un appartement convenable, de le faire meubler et garnir de tout ce dont peut avoir besoin la femme la plus élégante de Paris, et, comme il pourra jeter l'or à pleines mains, l'installation complète sera accomplie en cinq ou six jours.

» En effet, avant que la semaine fût écoulée, M. Lubin venait annoncer que tout était prêt et la princesse Nubia de Villaflor entrait dans son appartement de la rue Blanche.

» Quelques jours après, le comte de Peyras ayant renoué avec ses anciens amis les relations rompues, amenait dans le salon de la princesse les illustrations en tout genre de la haute société, généraux, diplomates, écrivains et artistes.

» Et tous, charmés par l'esprit et les mille séductions de la belle princesse brésilienne, devinrent très-assidus à ces réunions intimes, dont ils firent partout l'éloge avec une exaltation qui fit tout de suite de celle-ci une célébrité.

» Pendant ce temps, M. Lubin, comme il l'avait promis à la comtesse, parcourait et visitait minutieusement les campagnes qui avoisinaient le château de Fougeraie.

» Au bout de quinze jours il avait tout vu, tout fouillé dans un cercle de deux kilomètres et n'avait pu découvrir la moindre trace de carrière.

» Il avait interrogé les paysans, le garde champêtre, le facteur rural, tout ceux enfin qui arpentaient ces campagnes depuis vingt ans, et tous, d'un commun accord, lui avaient répondu qu'ils n'avaient jamais entendu parler dans le pays de quoi que ce soit ressemblant à un gouffre ou à une carrière.

» Alors il se demanda s'il devait croire à la réalité de cet épisode qui peut-être n'avait jamais existé que dans l'imagination en délire de la jeune femme. Atteinte d'un coup de feu par la main de son mari, qu'elle adorait, atterrée et perdant déjà tout son sang, elle avait pu avoir une vision dont elle était encore dupe aujourd'hui.

» Après lui avoir fait part de l'inutilité de ses recherches, il se hasarda à lui soumettre ce doute, mais la comtesse lui répondit que sur ce point elle était sûre de ne pas se tromper.

» M. Lubin alors chercha, dans l'enquête qui avait été faite, l'époque à laquelle le comte de Fougeraie avait quitté son bâtiment pour venir à Paris, et cette date concordait parfaitement avec celle de son arrivée au château.

» Il fut dès lors très-porté à ajouter foi au récit de la comtesse, à croire, comme elle l'avait dit, qu'elle avait toute sa raison au moment où, sous ses yeux, son mari avait disparu au fond d'un abîme, et à attribuer à l'émotion qu'elle avait dû ressentir en ce moment le subit accès de folie qui avait effacé de son esprit le souvenir du lieu où s'était passé ce drame.

» Mais ce gouffre fatal, où était-il situé ? comment le trouver ?

» Après tant d'efforts infructueux, M. Lubin en désespérait et pourtant là était le nœud de l'affaire, là était l'unique et irrécusable témoignage qui lui permît de poursuivre les deux meurtriers, contre lesquels il ne pouvait rien sans cette preuve.

» M. Lubin était patient et tenace, deux qualités qui lui avaient été d'un grand secours dans sa carrière d'agent de police. Convaincu que le succès était là, il se mit de nouveau à la recherche du gouffre au fond duquel gisait la victime.

» Mais cette fois encore ce fut en vain qu'il scruta la campagne pas à pas d'abord, puis le domaine et l'intérieur du château.

» Il ne trouva rien.

» C'est alors que, renonçant à trouver la vérité de ce côté, il s'attacha à Pierre de Peyras, l'espionna dans tous les actes de sa vie, le côtoya, pour ainsi dire, comme son ombre, et, d'accord avec la comtesse de Fougeraie, qui lui prêtait parfois un concours actif, comme nous l'avons vu dans la fête de l'hôtel de Sordes, le tortura sans relâche pour le forcer à se trahir.

» Cependant, quelle que fût la valeur des preuves morales qu'il avait réunies contre lui et si convaincu qu'il fût de sa culpabilité, il ne pouvait rien contre l'assassin et restait désarmé vis-à-vis de la justice tant qu'il ne pouvait produire la victime aux yeux d'un tribunal.

» Il retournait donc de temps à autre au château de Fougeraie, où il recommençait imperturbablement à chercher et à interroger.

» Un jour qu'il causait avec un paysan dont la maison était voisine du château, celui-ci lui fit part des miasmes qui l'avaient frappé dans l'étable et qui, selon lui, avaient une cause surnaturelle.

» M. Lubin se mit à rire d'abord des idées superstitieuses du paysan.

» Puis il réfléchit.

» Puis enfin il l'interrogea de nouveau et apprit que l'étable était bâtie au-dessus d'une carrière de grès.

» — Une carrière ! murmura-t-il.

» Un violent soupçon traversa son esprit, il se rendit aussitôt à l'étable avec le paysan, qui avait un libre accès dans toutes les parties du château, montra une grande curiosité au sujet de cette carrière et finalement amena le paysan à soulever une dalle de l'étable, pour prouver ce qu'il avait avancé.

» M. Lubin tressaillit en voyant un gouffre s'ouvrir au-dessous de cette dalle et en constatant par lui-même l'odeur fétide qui s'en échappait.

II. 22

» Il remercia le paysan et partit.

» Mais le lendemain, au point du jour, il revenait avec un agent jeune et robuste, et celui-ci ayant découvert une longue échelle dans la cour, ils descendaient tous les deux au fond de la carrière, où ils ne tardaient pas à découvrir le cadavre du comte enveloppé dans son manteau, comme l'avait déclaré la comtesse.

» Quelques jours après paraissait, dans le journal auquel était abonné Pierre de Peyras, le feuilleton intitulé : *le Drame de Fougeraie*, et, le même jour, étaient apposées, sur la boutique fermée du malheureux Rochard, en face des fenêtres de M. de Peyras, les affiches annonçant la vente, par lots, du domaine de Fougeraie.

» — Les deux assassins seront là pour acheter l'étable, avait dit M. Lubin à la comtesse, mais c'est là que je les attends.

» Le lecteur sait le reste. »

Là s'arrêtait le manuscrit qui avait été remis par Mariette à la princesse Nubia, c'est-à-dire à la comtesse de Fougeraie.

Elle le mit de côté après l'avoir lu, et s'emparant de la lettre qui l'accompagnait, elle la parcourut pour la seconde fois.

LV

PROJETS DE MARIAGE

Cette lettre était ainsi conçue :

« Madame la comtesse,

» Pour satisfaire au désir que vous m'avez manifesté, je vous envoie le récit de tout ce qui s'est passé depuis l'assassinat de votre époux, le comte Paul de Fougeraie, et, pour le faire aussi fidèle et aussi détaillé que possible, j'ai consulté à la fois mes souvenirs et ceux de M. le comte de Peyras et les vôtres, et je me suis attaché à conserver aux faits la couleur et l'impression du moment.

» Après avoir lu le petit manuscrit que j'ai composé à deux fins, pour vous d'abord et pour être mis ensuite sous les yeux de la justice, vous serez parfaitement au courant des événements qui se sont passés pendant les phases douloureuses où votre esprit troublé ne pouvait les comprendre : vous connaîtrez enfin votre propre histoire.

» Adieu, madame, je vous quitte pour m'occuper de vous, c'est-à-dire pour achever la tâche que j'ai entreprise, en préparant la chute définitive et le châtiment suprême des meurtriers du comte de Fougeraie.

» Votre tout dévoué serviteur,

» LUBIN. »

A la suite de cette lecture, la comtesse tomba dans une rêverie profonde, repassant lentement dans son esprit accablé cette sanglante vision qu'elle avait traversée, éperdue de douleur, noyée dans les larmes et se tordant de désespoir.

Puis sa pensée déviant peu à peu et cherchant sans doute une oasis dans cette voie douloureuse, elle murmura tout bas, après avoir jeté autour d'elle un regard inquiet :

— Et lui, où est-il? comment se fait-il que je l'aie pas revu depuis l'heure où, cédant à un irrésistible entraînement, je lui ai donné cette fleur... effleurée par mes lèvres ?

Elle se replongea un instant dans ses rêves, puis elle reprit :

— Il ne peut avoir cessé de m'aimer. Oh ! non, c'est impossible ; j'ai pénétré trop avant dans son cœur, je l'ai bien vu, il ne saurait m'en arracher ; mais alors pourquoi n'a-t-il pas essayé de me revoir ? Après tout c'est heureux, puisque bientôt une infranchissable barrière va s'élever entre nous.

La porte s'ouvrit en ce moment et Sylvie vint lui annoncer la visite du comte de Peyras.

Le comte entra.

— Chère comtesse, lui dit-il en s'asseyant près d'elle, je viens aujourd'hui pour causer affaires.

— Causons, monsieur le comte, répondit la jeune femme d'un ton amical.

— Depuis deux ans que j'ai le bonheur de vous connaître et que vous me faites l'honneur de puiser dans ma caisse, de préférence à tout autre, vous avez découvert, avec l'aide de M. Lubin, et en confondant le compte de celui-ci avec le vôtre, que vous me deviez une somme d'environ cent soixante-quinze mille francs, soit cent cinquante mille pour soutenir votre rang de princesse Villaflor et écarter, sur ce point, jusqu'à l'ombre du doute, et vingt-cinq mille en actes de bienfaisance...

— Auxquels il faut ajouter dix mille francs pour monter une maison, une bibliothèque et une garde-robe convenable à votre nouveau médecin, dit la comtesse.

— Quel médecin ? demanda le comte étonné.

— Mais le docteur Alfred ! avez-vous donc oublié que c'est à lui, autant qu'à M. Lubin, que je dois d'avoir conservé ma figure, à laquelle vous voulez bien vous intéresser un peu.

— Dites beaucoup, et peut-être beaucoup trop ; bref, cela fait donc, selon le compte si savamment dressé par vous et M. Lubin, une somme de cent quatre-vingt-cinq mille francs dont je suis votre créancier.

— Ah çà ! dit la comtesse, est-ce que vous m'apporteriez ma note !

— Non, mais c'est pourtant à ce sujet que je veux avoir un entretien avec vous.

Il poursuivit après un moment d'hésitation :

— Je ne pouvais impunément vous voir si longtemps et si souvent, je subis donc la loi commune, je vous aimai, ce qui est bien naturel, et j'eus le bonheur d'obtenir votre consentement à notre union, ce qui l'est beaucoup moins, et je demande une explication.

— Me chercheriez-vous querelle pour avoir consenti à devenir votre femme ?

— Non, mais je cherche la raison qui a pu vous y déterminer. Vous ne pouvez m'aimer, du moins comme je vous aime. Quel a donc été le mobile de votre résolution ? Voilà ce que je me suis demandé, et après y avoir réfléchi, je n'en ai pas vu d'autre qu'un sentiment de reconnaissance exagérée pour un homme qui, à vos yeux, a le mérite de vous avoir aidée à réaliser le plus ardent de vos vœux, la découverte et le châtiment des meurtriers du comte de Fougeraie; car ce but, m'avez-vous dit, vous êtes sur le point de l'atteindre.

— Encore quelques jours, dit gravement Louise de Fougeraie, et nous serons vengés, moi et lui ! car j'avais ma haine et ma vengeance personnelles.

— Votre but est donc atteint ! j'y ai concouru bien facilement, hélas ! sans fatigue et sans danger, en mettant simplement ma fortune à votre disposition, en vous arrachant à la mort, parce que le hasard vous avait mise sur mon chemin, et je crains, je vous le répète, que le seul sentiment de la reconnaissance ne vous ait décidée à m'accorder votre main. C'est à ce sujet que j'ai voulu vous interroger, et, s'il en est ainsi, je vous supplie de reprendre votre parole.

Le comte de Peyras continua :

22.

— Plus je vous aime, plus me serait pénible et intolérable la pensée que vous avez payé du sacrifice de
toute votre vie un service pour lequel vous ne me
devez rien, puisque j'y ai puisé deux sentiments que
j'avais méconnus jusque-là : le respect de moi-même et
l'amour de mes semblables.

— Que votre conscience se rassure, monsieur le
comte, répondit Louise, ce n'est ni pour accomplir un
devoir, ni pour payer une dette que j'ai consenti à devenir votre femme, et je vais vous avouer en toute franchise les motifs de ma résolution. Vous l'avez dit, monsieur le comte, c'est une grande estime et une sincère
affection que j'éprouve pour vous, non de l'amour, et
félicitez-vous de ne pas m'avoir inspiré ce sentiment,
car alors je vous eusse repoussé au lieu de vous accueillir. J'ai trop souffert de ce qu'on appelle la passion,
pour ne pas la redouter et la fuir.

— Mes prétentions n'ont jamais été au delà de ce
que vous voulez bien m'accorder, répondit le comte,
et vous me rendez le plus heureux des hommes. Mais
permettez-moi de vous citer un proverbe populaire qui
dit : « Il faut battre le fer quand il est chaud. »

— Ce qui signifie? demanda en souriant la jeune
femme.

— Que je voudrais bien vous contraindre à passer le
Rubicon en annonçant publiquement notre mariage.

— N'avez-vous pas ma parole?

— Et j'y ai confiance, mais j'en serai plus sûr encore
en vous mettant dans l'impossibilité de la retirer.

— Faites à votre guise, monsieur le comte.

— Eh bien! je vais vous dire ingénûment le piége où
je veux vous prendre.

— On ne vous accusera pas de trahison, au moins.

—Voilà. Je donne un grand dîner, je réunis ce jour-
là à ma table toute ma famille, les plus considérables

entre mes amis, et vous présentant à eux; je leur fais solennellement part de mon mariage au dessert. — Que pensez-vous de mon idée?

— Je l'approuve.

— Et quand m'autorisez-vous à donner mon dîner de fiançailles ?

— Quand il vous plaira.

— Alors ce sera dans trois jours, le temps rigoureusement exigé pour les invitations.

— Fort bien.

Elle ajouta d'un ton indifférent:

— Madame Marcasse et M. Pierre de Peyras sont-ils à Paris ?

— Je le pense.

— Alors, ils seront invités ?

— Naturellement.

— Eh bien! monsieur le comte, je suis préparée à entendre mon arrêt dans trois jours, et je puis vous affirmer que je l'entendrai sans pâlir.

— Vous êtes adorable.

Il se leva alors, baisa la main de la comtesse et se retira.

Dès qu'il fut parti, la comtesse courut à son secrétaire et écrivit ces deux linges :

« Le comte de Peyras sort d'ci. J'ai besoin de vous parler, venez vite. » NUBIA. »

Elle sonna, mit ce billet sous enveloppe, et, le donnant à Sophie, qui parut aussitôt:

— Dites à Nicole de porter cela.

Et, tout, en parlant, elle écrivait cette adesse:

Monsieur Lubin,

Rue Beautreillis.

Un instant après, Nicole était partie.

Et, au bout de deux heures, M. Lubin était chez la comtesse.

— Vous m'avez recommandé de vous prévenir de tout ce qui se passerait, c'est pour cela que je vous ai fait venir, lui dit Louise.

M. Lubin s'assit, tira lentement de sa poche son iné- vitable tabatière d'or, et y introduisant le pouce et l'index pour y préparer une prise :

— Il se passe donc quelque chose? demanda-t-il.

— Et quelque chose de grave.

— Ah ! ah !

— C'est dans trois jours que le comte de Peyras annonce notre mariage à sa famille et à ses amis réunis pour ce grand événement.

— C'en est un, en effet.

— Mais ce qui le rend particulièrement intéressant pour vous et pour moi, c'est que M. Pierre de Peyras et madame Marcasse assisteront à cette petite fête de famille.

M. Lubin aspira énergiquement sa prise.

— Ah ! ils y seront ? dit-il avec une ardeur inaccoutumée.

— Oui, monsieur Lubin.

— Et vous dites que c'est dans trois jours?

— Dans trois jours.

Il demeura quelques instants absorbé dans ses réflexions ; puis relevant la tête :

— Eh bien ! dit-il, cette fête-là aura pour eux un dénouement auquel ils sont loin de s'attendre, je vous le jure.

Puis se levant aussitôt :

— Désolé de prendre sitôt congé de vous, madame la comtesse, mais je vous quitte pour préparer mes batteries. Je n'ai pas une minute à perdre, adieu donc.

Il la salua humblement et se retira.

M. Lubin se rendit à la Conciergerie en sortant de chez la comtesse de Fougeraie.

Là il eut avec le juge d'instruction chargé de suivre affaire Rochard, ainsi que celle du guet-apens organisé ontre la princesse Nubia, un long entretien, à la suite uquel Antonin, l'ex-valet de chambre du comte de eyras, fut appelé dans le cabinet du magistrat.

Il y resta bien une heure avec le juge et M. Lubin, uis celui-ci se retira, prit une voiture et se fit conduire l'hôtel de Peyras.

Nous saurons plus tard quel était le sujet de cet entretien.

Le comte était en ce moment sous l'empire d'une iolente agitation, et voici à quel propos :

Sûr maintenant du consentement de la comtesse de ougeraie, il avait immédiatement écrit à son notaire, 1e Barruel, pour le prier de lui rapporter son testament ui, par suite d'une circonstance qu'il avait à lui révéer, devenait désormais inutile.

Me Barruel s'était aussitôt rendu à cette invitation.

— Mon cher tabellion, lui dit le comte, je vais vous aire part tout de suite de l'événement qui me décide à nnuler ce testament : je me marie.

Le notaire était trop homme du monde pour laisser paraître la surprise qu'il éprouva à cette nouvelle.

Il s'inclina.

Le comte reprit :

— Et vous ne pourrez que me féliciter quand vous saurez le nom de ma future.

— Je n'en doute pas, monsieur le comte.

— C'est la princesse Nubia de Villaflor, du moins celle que tout Paris connaît sous ce nom.

— Et que je connais moi-même, monsieur le comte ; mais est-ce que ce nom ne serait pas...

— Oh ! il y a là-dessous toute une histoire que je vous conterai en temps et lieu, le jour où nous causerons du contrat.

Quant à présent, nous n'avons qu'une chose à faire, c'est de détruire le testament, qui n'a plus de raison d'être, puisque ma légataire universelle devient ma femme.

— Monsieur le comte, voici votre testament.

Le notaire tira la pièce de sa poche et la remit au comte, qui brisa aussitôt les cachets dont elle était scellée.

Puis, enlevant l'écrit de son enveloppe et le parcourant d'un air distrait :

— Mon cher monsieur Barruel, dit-il au notaire, je voudrais m'entendre avec vous au sujet de ce contrat d'ici à quelques jours, et si vous vouliez...

Mais il s'interrompit tout à coup, pâlit, se mit à lire le testament avec une anxiété fiévreuse, puis, se frappant le front :

— Ah çà ! murmura-t-il d'une voix tremblante, est-ce que je deviendrais fou ?

— Qu'avez-vous donc, monsieur le comte? demanda vivement le notaire effrayé.

Le comte de Peyras regarda fixement Me Barruel et lui dit, en étudiant avec inquiétude l'expression de sa physionomie :

— Quelle était la personne que, par ce testament, je nommais mon légataire universel?

— La princesse Nubia de Villaflor.

— Eh bien, lisez.

Le notaire prit la pièce des mains du comte et lut le testament par lequel le comte de Peyras léguait tous ses biens à son neveu, Pierre de Peyras, et à sa nièce, madame Marcasse, née Diane de Peyras.

Alors ce fut lui qui, à son tour, se demanda s'il avait bien toute sa raison.

C'est à ce moment qu'on vint annoncer au comte de Peyras que M. Lubin demandait à lui parler.

— Il ne pouvait arriver plus à propos, s'écria le comte, faites-le entrer.

Puis il dit au notaire que ce M. Lubin était un homme d'une extrême habileté et qui parviendrait peut-être à percer le mystère, impénétrable pour eux, de cette prodigieuse modification d'un testament scellé par eux et immédiatement renfermé dans la caisse de Me Barruel, d'où il n'était pas sorti depuis.

M. Lubin entra et on le mit tout de suite au courant de l'affaire.

Tout en écoutant les explications que lui donnaient tour à tour le comte de Peyras et Me Barruel, il examinait avec attention l'enveloppe et l'écrit.

Quand ils eurent fini de parler, il leur dit:

— Il y a là un faux, c'est évident.

— Comment a-t-on pu faire? répondit le comte, je retrouve sur les cinq cachets de l'enveloppe mon chiffre et mes armoiries intacts.

— Cela prouve qu'on n'a pas touché aux cachets, monsieur le comte.

— Il fallait bien les briser pour ouvrir l'enveloppe et y introduire ce faux testament.

— Erreur, on n'a rien brisé du tout.

— Cependant...

Tenez, monsieur le comte, examinez avec attention, ce pli de l'enveloppe, vous reconnaîtrez qu'il a été délicatement coupé, puis très-adroitement collé, et vous comprendrez alors comment on a pu introduire ce testament dans votre enveloppe sans toucher aux cachets.

— Mais cette pièce n'est pas sortie de la caisse de Me Barruel.

— J'en réponds, dit le notaire.

— Ça, c'est impossible.

— Qui donc aurait pu...

— Monsieur le comte, il y a fraude, voilà qui est clair, incontestable.

— C'est juste.

— A qui devait profiter cette fraude? voilà la question et elle est toute résolue : à M. Pierre de Peyras et à sa sœur ; eh bien, c'est de ce côté que doivent porter nos investigations, c'est de là que doit nous venir la lumière.

— Quoi! mon neveu! Pierre de Peyras! vous le croiriez capable ?...

— Je n'affirme rien, je suppose, je cherche, et je remonte à la source où me conduit l'impitoyable logique des faits.

Puis se tournant vers le notaire :

— Monsieur, lui dit-il, permettez-moi de vous adresser une question : depuis que ce testament est entre vos mains, êtes-vous bien sûr de n'avoir confié à personne les clefs de la caisse qui le renfermait?

— J'en suis sûr.

Il reprit vivement :

— Pardon, j'ai été trois jours absent de Paris ; mais, pendant ce temps, c'est mon fils qui avait les clef de ma caisse.

— Et l'âge de votre fils, monsieur Barruel?

— Vingt-quatre ans.

— L'âge des passions, c'est-à-dire l'âge des étourderies et des inconséquences pour les uns, des indélicatesses et des fautes graves pour les autres.

— Je réponds de mon fils comme de moi-même, monsieur.

— A vingt-quatre ans, monsieur, on ne peut pas répondre de soi.

Il ajouta en prenant son chapeau :

— Enfin comme, pour bien des raisons, il est indispensable que la lumière se fasse sur cet événement, je ais m'en occuper dès aujourd'hui et en me guidant sur deux jalons : MM. Pierre de Peyras et Barruel fils.

En sortant de l'hôtel de Peyras, M. Lubin retourna à la Conciergerie, où il demanda à avoir un nouvel entretien avec Antonin.

Il voulait savoir de celui-ci s'il connaissait l'affaire du testament, et, au bout de dix minutes de conversation, il acquérait la conviction qu'il y était complétement étranger. Mais en même temps il apprenait de lui certain complot, dont les détails nous seront bientôt révélés, et qui se liait par une corrélation intime à l'affaire du testament.

Il fallait d'abord porter la lumière sur ce dernier point, et M. Lubin se demanda de quel côté il allait diriger ses recherches, car interroger directement Pierre de Peyras ou Barruel fils eût été une maladresse dont il était incapable.

— Si j'allais voir le docteur Alfred! dit-il, après avoir longtemps réfléchi, ils ont souvent parlé devant lui à cœur ouvert, peut-être pourra-t-il m'apprendre quelque chose?

Il se rendit au *Café polonais*, où il avait été convenu que le docteur Alfred continuerait de passer ses journées, jusqu'au moment où M. Lubin n'aurait plus besoin de son concours.

Le docteur Alfred était là, invariablement incrusté dans son petit coin, comme jadis, mais ne se livrant plus qu'à une consommation très-modérée, ce qui faisait dire aux habitués qu'il devait être bien malade.

Quand M. Lubin lui eut confié le sujet de sa visite, le docteur se mit à réfléchir, tout en murmurant :

— Barruel! Charles Barruel! attendez donc, mais il me semble, en effet...

Il garda quelques instants le silence, cherchant dans

II.						23

sa mémoire à quelle circonstance pouvait se rattacher ce nom, puis il reprit tout à coup :

— C'est ici que j'ai entendu prononcer ce nom, je m'en souviens parfaitement.

— Par Pierre de Peyras ou Talbot, n'est-ce pas?

— Non, pas par eux.

— C'est impossible, cherchez bien.

— J'y suis, dit le docteur après une nouvelle pause: c'est par le père Loiseau, mais après un long entretien avec Pierre de Peyras et Talbot.

— Loiseau, l'usurier de la rue Mandar?

— C'est cela.

— A propos de quoi le nom de Charles Barruel a-t-il été prononcé?

— Le père Loiseau lui a envoyé une lettre par un commissionnaire pour le prier de passer, le soir même, chez lui, rue Mandar, où il s'est rendu aussitôt avec Pierre de Peyras et Robert.

— Parfait ! dit M. Lubin en se frottant les mains.

Il reprit :

— Et à quelle époque cela se passait-il?

— La veille de la vente du domaine de Fougeraie.

M. Lubin tressaillit de joie.

— Et le lendemain, murmura-t-il, ils avaient de quoi acheter le quatrième lot, l'étable ; et comme papa Loiseau ne prête que sur de bonnes et solides garanties... Allons, allons, je tiens toute l'affaire maintenant, c'est rue Mandar que le coup a été fait.

Son front se contracta tout à coup.

— Oui, oui, c'est cela, c'est clair, c'est évident, mais la preuve? Voilà ce qu'il faudrait, et comment l'avoir? où est-elle?

— Chez le père Loiseau, peut-être, répondit le docteur, on a dû faire plusieurs copies de ce testament avant d'obtenir un résultat complet.

— Vous avez raison; malheureusement il s'est écoulé un temps depuis ce jour-là; c'est égal, il y a peut-être là une chance, et, d'ailleurs, c'est la seule à tenter, il faut voir.

— Vous le connaissez?

— Oui, et je lui suis inconnu, ce qui me donne sur lui un grand avantage.

— Si vous vous présentiez chez lui?

— C'est bien à quoi je songe, et je combine un petit plan...

Il y eut une longue pause.

Puis il dit au docteur :

— Je tiens mon idée, mais pour la mettre à exécution, j'ai besoin de vous.

— Que faut-il faire ?

— Venez, je vous dirai cela en route.

— Où allons-nous ?

— Rue Mandar, chez le père Loiseau.

Dix minutes après, M. Loiseau entendait sonner à sa porte.

Il courut ouvrir et se trouva en face d'un petit vieillard qui venait lui proposer une affaire, comme il le lui déclara tout de suite.

M. Loiseau l'introduisit dans son cabinet, lui avança un siége et le pria de s'expliquer.

Le vieillard allait commencer quand la sonnette retentit de nouveau.

M. Loiseau alla ouvrir, en ayant soin d'emporter son trousseau de clefs.

C'était sa concierge, qui le priait de descendre parler à un monsieur, le docteur Alfred, trop faible pour monter.

— Trop faible ou trop ivre, murmura M. Loiseau.

Puis, se tournant vers son cabinet:

— Je suis à vous, monsieur! cria-t-il, et il descendit.

Aussitôt M. Lubin se mit à fouiller et à parcourir avec une incroyable rapidité une quantité ce papiers jetés dans un panier.

Il n'y trouva rien.

Alors il ouvrit la chemise de toile cirée qui se trouvait sur le secrétaire et visita tout ce qu'elle contenait, mais sans plus de succès.

Il allait la refermer, quand un nom confus et à peine distinct sur le papier buvard d'un rose sale, où il se trouvait perdu dans un chaos de mots entre-croisés, le frappa tout à coup.

Au même instant il entendit des pas dans l'escalier.

Il froissa aussitôt le papier et le glissa dans sa poche.

M. Loiseau rentrait.

On causa un quart d'heure.

L'affaire ne se fit pas et M. Lubin se retira plein d'espoir dans le résultat de sa visite à M. Loiseau.

LVI

REVANCHE

A trois jours de là, Pierre de Peyras était dans sa chambre, où il achevait de s'habiller, quand Jolibois, son domestique, lui apporta une lettre.

Il se hâta d'en déchirer l'enveloppe en reconnaissant sur l'adresse l'écriture de son oncle, et voici ce qu'il lut :

« Mon neveu,

» Je commence par vous rappeler que vous dînez ce soir chez moi, je vous préviens que vous y apprendrez

ne nouvelle qui détruira toutes vos espérances concer-
ant mon héritage, espérances qui, d'ailleurs, je dois
ous le déclarer, ne se fussent jamais réalisées ; car, si
ai été indulgent pour vos folies, je ne saurais l'être pour
es actes qui ont amené le scandale de l'hôtel de Sor-
es et votre radiation de la liste des membres du Jockey-
lub. Cependant, vous sachant complétement ruiné et
e voulant pas vous laisser exposé aux tentations de la
nisère, je vous préviens que, dès demain, je vous assu-
erai, pour votre vie durant, une rente de 25,000 fr.,
que vous toucherez tous les trois mois en l'étude de
I. Barruel, mon notaire.

» Votre oncle,
» Jean DE PEYRAS. »

Les intentions du comte avaient déjà été révélées à
Pierre de Peyras le jour où son testament avait été lu
chez l'usurier Loiseau. Le lecteur sait comment il avait
cru conjurer ce malheur en substituant un faux testament à celui qui le déshéritait, mais cette combinaison
se trouvait détruite par un mariage, et Pierre de Peyras,
menacé de tout perdre, s'estimait fort heureux des
vingt-cinq mille francs de rente viagère que voulait
bien lui assurer son oncle.

Ce bonheur était troublé, il est vrai, par la menace de
Robert Talbot, qui, on l'a vu précédemment, le mettait
à la fois en demeure de le tirer de prison et de s'assurer l'héritage de son oncle par un nouveau crime. Mais
Pierre de Peyras pouvait se soustraire à l'effet des menaces de son complice, en quittant Paris et la France,
dans deux jours, pour aller jouir à l'étranger de ses
vingt-cinq mille francs de rente, et c'est à quoi il se
résolut après quelques instants de réflexion.

Ce parti arrêté, il sortit et se fit conduire chez
madame Marcasse.

Depuis quelque temps, c'est-à-dire depuis le jour où

la raison de Jacques de Sylva avait succombé sous le
poids d'une épouvantable vengeance, Diane était en
proie à une sombre et incessante douleur, aussi Pierre
de Peyras s'étonna-t-il de la trouver presque rayonnante
ce jour-là.

Comme il l'en félicitait, elle l'interrompit tout à coup.

— Oui, dit-elle avec un étrange sourire, je suis heureuse aujourd'hui, mon cœur bondit de joie, mais d'une
joie de démon, car il s'épanouit à la pensée d'une vengeance longtemps couvée et qui va éclater ce soir
même.

— Ce soir, dis-tu, mais ne dînes-tu pas chez notre
oncle?

— Oui.

— Alors c'est donc là que...

— C'est là.

— Et sur qui éclatera ta vengeance?

— Sur celle qui, depuis des mois, me torture sans
relâche, qui tout récemment m'a fait endurer un supplice si horrible que je m'étonne d'y avoir survécu.

— La princesse Nubia?

— Oui, elle-même.

Puis elle ajouta, les dents serrées l'une contre l'autre :

— Oh! elle m'a bien fait souffrir, mais je vais prendre
une si effroyable revanche qu'elle en perdra la vie ou la
raison, et cette seule pensée me console presque de
tous les malheurs qu'elle a accumulés dans ma vie.

— Ainsi c'est de cette femme que me parle indirecte-
ment mon oncle dans cette lettre, n'est-ce pas?

Et il lui donna à lire la lettre qu'il venait de recevoir.

Diane la parcourut rapidement ; puis, la lui rendant :

— Je l'avais déjà deviné, cette lettre ne laisse plus de
doute : grâce au ciel, c'est d'elle qu'il est question, elle
sera là.

— Il veut nous annoncer son mariage avec cette femme, n'est-ce pas ?

— C'est évident.

— C'est la ruine de nos espérances.

Diane répondit par un effrayant éclat de rire.

— Qu'as-tu donc ? lui demanda Pierre.

— J'ai... que je tressaille de bonheur à la pensée du triomphe qu'elle rêve, dont elle jouit d'avance et du coup de foudre qui éclatera sur sa tête au moment où elle se croira parvenue au comble de ses vœux.

— Soit, tu te vengeras en ce moment, mais la vengeance suprême sera pour elle, puisqu'elle deviendra la femme...

— Jamais !

— Que veux-tu dire ?

— Que tout projet de mariage sera rompu ce soir même.

— Mais par quel moyen ?

— Tu le sauras ce soir, je veux te ménager le plaisir de la surprise ; oh ! je te le jure, c'est un beau drame que je te prépare.

A six heures, plus de vingt personnes étaient déjà réunies dans le salon du comte de Peyras, quand un domestique annonça :

— Madame la princesse de Villaflor.

Louise de Fougeraie entra lentement, avec cette calme et fière assurance de la femme qui a le sentiment de sa beauté et de l'impression qu'elle produit.

Le comte de Peyras alla au-devant d'elle, avec un empressement dans lequel se trahissait une profonde émotion, et la conduisit à un fauteuil resté inoccupé entre deux vieilles dames, ses proches parentes.

Alors, en parcourant du regard le cercle des invités, la jeune comtesse s'aperçut qu'elle était placée juste en face de madame Marcasse et de son frère.

Elle toisa son ennemie avec un dédain glacial, à peine perceptible, et ne parut remarquer ni l'expression de joie haineuse qui faisait rayonner les traits de celle-ci, ni les paroles évidemment malveillantes qu'échangeaient à voix basse le frère et la sœur en fixant sur elle des regards ironiques.

Occupée de ses deux voisines et absorbée en apparence par leur conversation, elle opposait à ces regards et à ces airs insultants un calme et une sérénité inaltérables.

Un domestique vint prévenir enfin que le dîner était servi et on passa dans la salle à manger.

Au moment d'y entrer, Diane quitta le bras de son frère, laissa passer tous les invités ; puis, s'approchant du domestique qui venait d'ouvrir la porte de la salle, et l'attirant à elle, de manière à n'être vue de personne :

— Joseph, lui dit-elle en lui remettant une lettre, c'est vous qui, comme de coutume, servirez à table, n'est-ce pas ?

— Oui, madame, répondit Joseph.

— Eh bien, quand huit heures sonneront à la pendule de la salle à manger, vous remettrez cette lettre à la princesse Nubia, mais en secret, en vous penchant à son oreille, comme si vous lui proposiez un mets ou un vin quelconques.

Et, comme Joseph la regardait d'un air étonné :

— Oh ! dit Diane avec un sourire, c'est une surprise que je lui ai préparée et dont elle sera ravie.

— Ah ! bien, je comprends, répondit Joseph ; soyez tranquille, madame, je lui glisserai ça adroitement.

— Sans dire que cela vient de moi.

— Naturellement, puisque c'est une surprise.

— Et rappelez-vous ma recommandation : à huit heures précises.

— Je ne l'oublierai pas.

— A la pendule de la salle à manger, c'est sur celle-là

qu'il faut vous régler et non sur une autre, j'ai encore mes raisons pour cela.

— Comptez sur moi, madame, répondit Joseph, en mettant la lettre dans sa poche.

Pendant ce temps chacun cherchait sa place et personne ne remarquait l'absence de Diane, qui arriva avant que tout le monde fût assis.

Le repas fut d'une gaieté contenue, un peu compassée.

Personne n'était dans le secret de la pensée du comte de Peyras, mais tout le monde la soupçonnait.

La fréquence de ses relations avec la princesse Nubia, la complète transformation qui s'était faite dans son caractère, dans ses habitudes, dans toute sa manière d'être depuis qu'il la connaissait, le soin même qu'il apportait à sa toilette après l'avoir si longtemps négligée, tous ces signes avaient révélé à tous ceux qui l'approchaient la passion dont il était atteint, et quelques phrases échappées de loin en loin avaient fait pressentir à sa famille et à ses amis le projet qui était devenu son idée fixe.

On causait donc peu, on ne riait que convenablement; tous les esprits étaient préoccupés de l'événement qu'on sentait dans l'air et on attendait.

Et les regards se tournaient sans cesse du côté de celle qui, plus que jamais, était, ce jour-là, l'héroïne de la fête.

C'est dans ces dispositions qu'on arriva au dessert.

Diane, elle, portait souvent ses regards sur la pendule, et, à mesure que l'aiguille se rapprochait de huit heures, une impatience de plus en plus marquée se trahissait sur son visage. Enfin cette heure si ardemment attendue sonna.

Au même instant, Diane vit Joseph se diriger vers la comtesse de Fougeraie, tenant d'une main un plat qui avait déjà circulé autour de la table, et glissant

23.

l'autre dans la poche de son gilet, d'où elle voyait sortir sa lettre.

En ce moment aussi le comte de Peyras se leva, et l'air grave et ému, se prépara à adresser la parole à ses convives :

— Madame, dit Joseph à Louise de Fougeraie en lui parlant bas, tandis que tous les regards se dirigeaient sur le comte de Peyras, dont on attendait la déclaration pressentie par tous, madame, voici une lettre qu'on m'a recommandé de vous remettre en secret.

— Une lettre ! à moi ?... murmura Louise étonnée.

— Prenez, madame.

Il lui glissa la lettre dans la main et se retira.

Un instant irrésolue, Louise, baissant ses mains au-dessous de la table, la décacheta lentement, sans bruit, parcourut d'un coup d'œil les trois lignes qu'elle contenait.

Alors elle pâlit affreusement, et porta la main à sa poitrine pour comprimer le cri qui allait s'en échapper.

Voici ce que contenaient ces lignes :

« Votre dernière lettre est mon arrêt de mort, madame, et vous le saviez bien en l'écrivant. Vous m'annoncez que vous vous mariez et qu'il faut renoncer à vous !... Il m'est plus facile de renoncer à la vie. D'ailleurs, je suis déshonoré, le sang-froid qu'il me fallait pour suivre certaines opérations, je l'ai perdu en recevant votre lettre hier, je laisse un déficit effrayant, dont la responsabilité retombe sur mon patron ; c'est un abus de confiance, un vol. Vous voyez bien que je n'ai plus qu'à mourir. Il me reste quelques affaires à mettre en ordre, ma mère à aller embrasser une dernière fois, et ce soir, à huit heures, j'aurai cessé de souffrir.

» Adieu...

» MARCEL. »

Le jeune homme parlait d'une lettre de Nubia qui,

disait-il, était son arrêt de mort ; ce passage, inintelligible pour la comtesse, le lecteur, qui se souvient de la correspondance si perfidement engagée entre Diane, sous le nom de la princesse Nubia, et Marcel Desvignes, auquel elle avait recommandé de lui écrire *poste restante*, sans chercher à la revoir, le lecteur le comprendra. Il devinera sans peine que cette dernière lettre, à laquelle le jeune homme fait allusion et qui devait lui broyer le cœur, a été écrite par madame Marcasse, qui tenait déjà la réponse de Marcel, c'est-à-dire sa vengeance, au moment où son frère l'avait trouvée rayonnante, quelques heures avant de se rendre chez son oncle.

Mais si les détails étaient restés obscurs pour Louise de Fougeraie, un fait se détachait de cette lettre, clair, effrayant, terrible et flamboyait sous son regard comme tracé en caractères de feu : Marcel allait mourir, se suicider, et c'était à huit heures.

Et huit heures sonnaient en ce moment à la pendule.

Un moment immobile et comme foudroyée, Louise fit un mouvement pour se lever, s'élancer dehors et courir à sa voiture !...

Mais la voix du comte de Peyras et le silence solennel qui se fit tout à coup la rappelèrent au sentiment de sa situation.

Elle resta immobile, avec cette effroyable pensée dans le cœur :

— Il va se tuer, en ce moment même il prépare l'arme fatale, moi seule puis l'en empêcher, et je reste là.

Le comte parlait et elle ne l'entendait pas.

— Mes amis, mes chers parents, disait-il, je vous ai réunis aujourd'hui pour vous faire part d'un très-grand et bien heureux changement dans ma destinée; dans un mois j'épouse la princesse Nubia de Villaflor, dont le véritable nom...

Mais, avant qu'il pût achever, Louise, éperdue, à

moitié folle à la pensée de l'infortuné qui, à cette heure, posait peut-être sur son front le canon d'un pistolet, se leva brusquement, et d'une voix tremblante, à peine intelligible :

— Pardon, monsieur le comte, pardon, messieurs, une indisposition subite... J'ai besoin de rentrer chez moi.

Et, l'œil hagard, les traits couverts d'une pâleur mortelle, elle s'éloigna d'un pas si rapide, que le comte, atterré, était encore immobile à sa place quand elle avait déjà gagné l'antichambre.

Mais là elle trouva une femme.

C'était Diane, qui l'avait suivie, feignant pour elle le plus vif intérêt.

Elle l'arrêta au moment où elle ouvrait la porte, les épaules couvertes du premier manteau qu'elle avait trouvé sous la main.

Elle la toisa avec un sourire infernal, et d'une voix frémissante de haine :

— Vous arriverez trop tard, lui dit-elle, j'ai retardé la pendule d'un quart d'heure ; il doit être mort maintenant.

— Ah ! démon ! démon ! s'écria Louise en s'élançant dans l'escalier.

En un clin d'œil elle fut dans sa voiture.

— Rue Saint-Marc, 10, cria-t-elle à son cocher, et brûlez le pavé.

La voiture partit comme un trait.

Au bout de dix minutes, elle s'arrêtait rue Saint-Marc.

Louise ouvrit elle-même la portière, trop pressée pour attendre son valet, s'élança dans la maison, demanda l'agent de change et gravit rapidement le premier étage où il demeurait.

— M. Marcel Desvignes ? demanda-t-elle en entrant.

— Il n'est pas venu aujourd'hui, madame, répondit un jeune homme.

Il n'était pas venu.

C'était donc vrai.

Elle demanda son adresse.

— Rue de la Pépinière, 32.

Elle descendit l'escalier en fléchissant sur ses jambes.

Puis elle jeta cette adresse à son cocher en lui recommandant de nouveau d'aller aussi rapidement que possible.

En cinq minutes elle arrivait rue de la Pépinière.

Elle demanda en tremblant à la concierge si M. Marcel Desvignes était chez lui.

— Oui, madame, répondit celle-ci ; contre son habitude, il est rentré à quatre heures et n'est pas sorti depuis.

— A quel étage ? demanda Louise, qui se sentait défaillir.

— Au quatrième, porte à gauche.

Elle se mit à gravir les quatre étages, s'aidant de la rampe pour monter et craignant de ne pouvoir aller jusqu'au bout, tant elle était faible et oppressée.

Enfin elle atteignit le quatrième étage.

Elle posait la main sur la sonnette, espérant arriver à temps, quand une violente détonation se fit entendre.

LVII

ÊTRE AIMÉ OU MOURIR

A ce bruit la comtesse avait jeté un cri et s'était affaissée sur elle-même.

On eût dit que la balle de l'arme qui venait de produire cette explosion l'avait atteinte au cœur.

Au même instant des portes s'ouvraient avec fracas, et de tous les étages des hommes et des femmes arrivaient en foule.

Ils vinrent se grouper tous autour de la comtesse, et, voyant cette femme qui, les traits livides et affreusement contractés, semblait se tordre dans l'étreinte de l'agonie, l'un d'eux s'écria :

— C'est elle, c'est cette jeune femme qui s'est suicidée ou qu'on vient d'assassiner.

Mais, comme toutes les femmes s'empressaient autour d'elle, Louise parvint à se relever par un suprême effort, et, leur montrant la porte :

— Non, murmura-t-elle, c'est là ; j'ai été prévenue, je suis arrivée trop tard ; vite, enfoncez la porte.

— M. Marcel Desvignes, est-ce possible ? s'écrièrent plusieurs voix.

— Il faut voir d'abord si le concierge n'a pas une clef, dit un jeune homme.

Et il s'élança dans l'escalier, qu'il descendit en courant.

— Mon Dieu ! mon Dieu ! balbutiait la comtesse en pressant sa main blanche sur son beau front, peut-être respire-t-il encore !... mais ils vont le laisser mourir.

Le jeune homme revint aussitôt, suivi du concierge.

— Avez-vous une clef ? s'écria-t-on à ce dernier.

— Oui, j'ai une seconde clef, que me laisse toujours M. Desvignes.

Il ouvrit la porte, et tout le monde pénétra derrière lui dans l'appartement.

Pendant qu'on se répandait dans le salon et dans la salle à manger, Louise, guidée par un vague instinct, allait droit devant elle et poussait une porte, laissée entr'ouverte.

C'était la porte de la chambre.

Là, au milieu de la pièce, étendu sur le dos, les bras écartés et la main droite tenant encore le revolver dont il s'était servi, était Marcel Desvignes, immobile et les traits couverts d'une pâleur cadavérique.

Il avait ôté sa jaquette et son gilet pour être plus certain de ne pas se manquer sans doute, et sa chemise était inondée de sang à l'endroit du cœur.

Louise s'élança vers lui en jetant un cri déchirant, et s'agenouillant près de ce corps inerte :

— Mort ! mort ! balbutia-t-elle, je suis arrivée trop tard.

Son cri avait attiré tout le monde dans la chambre.

Un sentiment d'horreur et de pitié se peignit sur tous les visages quand on vit immobile sur le tapis rouge la belle tête du jeune homme, que rendait plus pâle encore sa chevelure noire effarée autour du front.

— Mais, dit une voix, est-il bien mort ? n'y a-t-il pas un médecin dans la maison ? Il faudrait l'appeler.

— Me voilà, répondit un vieillard qui entrait en ce moment.

Le cercle s'ouvrit pour le laisser passer. Il s'agenouilla près du corps et posa la main à l'endroit de la plaie, au milieu du sang.

La comtesse, toujours agenouillée, avait fait un mouvement en arrière, dardant sur les traits du médecin, pendant qu'il palpait le jeune homme, un regard brûlant d'anxiété.

— Eh bien ? lui demanda-t-elle enfin, ne pouvant plus contenir son impatience.

— Eh bien ! répondit le docteur, le cœur bat encore.

— Il peut être sauvé ! s'écria la jeune femme.

— Ça, c'est une question que je ne puis résoudre que lorsque j'aurai sondé la blessure.

Puis, jetant un regard autour de lui :

— Mais il y a beaucoup trop de monde ici ; j'aurai besoin de deux personnes seulement, deux de ces dames, pour m'aider à panser le blessé.

Deux dames se proposèrent.

Le docteur les accepta, et, tout le monde étant sorti, il se mit en devoir de sonder la plaie du jeune homme, priant l'un de ses aides improvisés de vouloir bien chercher du linge dans les armoires, tandis que l'autre allait étancher le sang pendant l'opération.

Il ne demanda rien à la comtesse, comprenant à l'immense désespoir empreint sur son visage qu'elle était incapable de lui rendre aucun service.

On commença d'abord par transporter Marcel sur son lit.

Puis le médecin coupa sa chemise, et, aidé de l'une des dames qui étaient restées et qui étanchaient le sang avec des linges, il sonda la plaie avec une minutieuse attention et parvint bientôt à s'assurer de l'endroit précis où s'était logée la balle.

— Eh bien ! lui demanda son aide, que pensez-vous de son état ?

— Le cas est grave, répondit le docteur, mais tout espoir n'est pas perdu.

— Oh ! je vous en supplie, monsieur, murmura une voix derrière lui, sauvez-le, c'est moi qui, bien innocemment, suis cause de sa mort ; oh ! sauvez-le, et demandez-moi pour cela tout ce que vous voudrez.

C'était la comtesse qui adressait cette prière au docteur, les mains jointes, la voix tremblante et des larmes dans les yeux.

— C'est mon plus vif désir, madame, répondit le docteur ; j'y apporterai toute ma science et tout mon zèle, et je vous jure que si j'ai le bonheur d'arracher à la mort un jeune homme de vingt-cinq ans, je me trouverai suffisamment récompensé de mes peines.

Au bout d'une heure le pansement était fait, et les deux dames qui avaient offert leur concours au docteur, ayant reçu de lui l'assurance que leurs soins ne lui étaient plus nécessaires, se retirèrent en lui déclarant qu'elles se tenaient toujours à sa disposition.

Un instant après, celui-ci s'éloignait à son tour pour aller changer de linge, le sien étant taché de sang, et en promettant à la comtesse de revenir bientôt.

Dès qu'il fut parti, celle-ci se rapprocha de Marcel, et fixant sur ses traits toujours pâles et immobiles un regard profondément attendri :

— Pauvre jeune homme ! murmura-t-elle, mort pour m'avoir aimée !

Sa main gauche pendait hors du lit, et elle remarqua que ses doigts contractés semblaient presser avec force un objet.

— Qu'est-ce que cela peut être ? pensa-t-elle. Une lettre, sa dernière pensée peut-être ? Oh ! je veux la connaître.

Et, s'emparant de cette main, elle l'ouvrit sans peine, car elle n'opposait aucune résistance.

Quelque chose de jaunâtre et de flétri s'en échappa et tomba à terre.

Louise le ramassa, l'examina un instant, puis elle murmura en portant l'objet à ses lèvres :

— Pauvre Marcel !

Elle venait de reconnaître le camellia qu'elle avait donné au jeune homme dans la serre de l'hôtel Mikaïloff.

Il avait voulu mourir avec cette fleur dans la main.

En proie à une profonde émotion, elle s'agenouilla près du lit, et les yeux levés vers le ciel :

— Oh ! mon Dieu ! murmura-t-elle, mon Dieu ! rappelez-le à la vie ; ne me laissez pas le remords de l'avoir tué, lui qui ne vivait que pour m'aimer !

Un faible soupir l'interrompit.

Elle tressaillit et regarda avec inquiétude le visage de Marcel.

Il ouvrait les yeux et promenait autour de lui des regards étonnés.

Puis il aperçut la comtesse agenouillée près de lui, et alors un léger cri s'échappa de sa poitrine.

— Où suis-je donc? murmura-t-il d'une voix faible et lente, est-ce que je ne serais pas mort? Elle! elle! ici, chez moi, à genoux, comme si elle implorait Dieu, comme si elle m'aimait!... Non, c'est impossible, c'est un rêve, une vision du fond de la tombe, car je suis mort, je me suis tué, je me rappelle...

— Non, Marcel, non, mon ami, vous n'êtes pas mort, Dieu a eu pitié de vous... et de moi...

— Et de moi! balbutia Marcel, qui avait écouté ces mots avec extase, de moi... Mais elle m'aimerait donc?

Puis, dardant sur elle un regard humide de tendresse :

— Nubia! murmura-t-il, oh! ma Nubia, mon adorée, est-il vrai que vous m'aimiez? Si c'est vrai, oh! dites-le, Nubia, et la vie va circuler tout à coup dans mes veines, comme la joie et le ravissement dans mon cœur ; comment pourrais-je mourir, si vous m'aimez?

Il prit la main de la comtesse et la porta à ses lèvres.

L'exaltation du bonheur éclatait dans ses yeux.

— Marcel, mon ami, calmez-vous, lui dit Louise d'une voix émue. Dans l'état où vous êtes, l'excès même du bonheur peut vous être funeste.

— Aimé! aimé de vous! murmurait Marcel en couvrant de baisers cette belle main qui lui était abandonnée.

Mais, tout à coup, son visage changea d'expression, et, fixant sur la jeune femme un regard plein de tristesse :

— Ah ! je me souviens, dit-il en laissant retomber la main de Louise, vous allez vous marier... Voilà pourquo j'ai voulu mourir.

Il ajouta avec une sombre énergie :

— Voilà pourquoi je ne veux pas qu'on m'arrache à la mort.

Et portant brusquement la main sur les linges qui bandaient sa blessure, il allait les déchirer, quand Louise, se précipitant sur lui et l'arrêtant :

— Oh ! je vous en supplie, Marcel, je vous en supplie !

— Je vous l'ai dit, madame, répliqua Marcel avec une froide détermination, vivre sans votre amour, et surtout avec la pensée que vous allez appartenir à un autre, est un supplice au-dessus de mes forces et auquel je ne saurais me résigner.

. Louise parut hésiter un instant à parler ; puis, saisissant vivement la main du jeune homme :

— Eh ! si je ne vous aimais pas, s'écria-t-elle, serais-je ici en ce moment ?

— Vous m'aimez ! vous m'aimez ! murmura doucement Marcel. Oh ! ma bien-aimée Nubia, si je meurs maintenant, c'est le bonheur seul qui me tuera !

Puis il reprit après une pause :

— Mais ces lettres, la dernière surtout, si froide, si cruelle !...

— Des lettres ! Mais je ne vous ai jamais écrit, Marcel.

— Elles sont là !

— Où donc ?

— Tenez, sur cette commode.

Louise alla les prendre,

Il y en avait quatre.

Elle les ouvrit et les parcourut avec une ardeur fiévreuse.

— Je vous le répète, dit-elle ensuite, ces lettres écrites, méditées avec une incroyable perfidie, ne sont pas de moi, elles sont de ma mortelle ennemie, une infernale créature qui a surpris notre secret et vous a poussé froidement à la mort pour se venger de moi.

— Oh ! c'est infâme !

— Mais vous êtes trop faible aujourd'hui pour supporter la fatigue d'un long entretien et des émotions qui en seraient la suite, reposez-vous, Marcel.

— Oui, la fatigue et le sommeil me gagnent, dit le jeune homme, mais un seul mot, chère Nubia, ce mariage...

— Soit, répondit Louise, un seul mot, et il faut vous en contenter aujourd'hui, je vous aime.

LVIII

UNE COMBINAISON FÉMININE

Un sentiment d'ineffable bonheur éclaira le pâle visage de Marcel, puis ses yeux se fermèrent bientôt ; il dormait.

Louise écoutait le bruit de sa respiration avec une tendresse inquiète, quand elle sentit une main effleurer son épaule.

Elle se retourna et faillit jeter un cri en reconnaissant celui qui venait de la toucher.

C'était le comte de Peyras.

La comtesse de Fougeraie était restée muette de stupeur devant le comte de Peyras.

Recouvrant ensuite son sang-froid, elle lui dit, en désignant du doigt Marcel endormi :

— Nous ne pouvons causer ici, venez.

Elle passa dans le salon qu'elle avait traversé pour arriver à la chambre.

Le comte la suivit.

Quand ils furent seuls dans cette pièce, dont elle avait fermé la porte, Louise dit au comte de Peyras :

— Avant tout, monsieur le comte, je vous prierai de répondre à une question.

— Je vous écoute, madame, répondit le comte d'une voix grave et triste.

— Comment avez-vous su que j'étais ici ?

M. de Peyras tira une lettre de sa poche, et, la mettant sous les yeux de la comtesse :

— Par cette lettre, qui a glissé de vos mains sur le parquet, et que, dans votre trouble, vous avez oublié de ramasser.

Cette lettre était celle de Marcel Desvignes.

Louise la relut, puis la froissant dans sa main :

— Cette lettre ne contient aucune indication, elle ne vous apprenait rien, sinon qu'un jeune homme se suicidait au moment où je sortais de chez vous ; qui donc vous a donné l'adresse de ce jeune homme ?

Le comte parut hésiter à répondre.

— Qui ? je vais vous le dire, moi ! reprit la comtesse d'une voix brève, c'est la même personne qui a ramassé cette lettre et vous l'a fait lire ! la même qui, en se servant de mon nom pour écrire à ce jeune homme, l'a poussé froidement au suicide, c'est-à-dire madame Marcasse. Est-ce vrai, monsieur le comte ?

— Je ne puis le nier, répondit celui-ci.

Une violente indignation se peignit aussitôt sur les traits de la comtesse.

— Infamie ! oh ! infamie ! s'écria-t-elle d'une voix frémissante ; savez-vous quel a été le calcul de madame Marcasse, monsieur le comte ? je vais vous le dire. Cette femme a le cœur d'un bourreau dans la poitrine, vous en conviendrez tout à l'heure. Mais il faut vous apprendre d'abord quelle est sa position ; elle est ruinée, criblée de dettes, bientôt réduite à quinze ou vingt mille francs par an pour vivre, la misère pour une femme comme elle.

— Vous ne songez pas à ce que vous dites, madame, répliqua vivement le comte, la fortune de M. Marcasse est immense.

— Qui vous parle de M. Marcasse et qui songe à nier sa fortune ?

— Mais, madame, le mari et la femme...

— Ne font qu'un, oui, jusqu'au jour où ils se séparent.

— Que voulez-vous dire ?

— M. Marcasse assistait-il à votre dîner, monsieur le comte ?

— Non, en effet.

— Quel prétexte a-t-il donné pour s'en dispenser ?

— Une grave indisposition.

— Ce n'est pas cela.

— Et vous savez !...

— La véritable raison de son refus ? oui ; c'est que dans quelques jours madame Marcasse aura quitté son hôtel pour n'y plus rentrer, et se sera éloignée de Paris pour sept ou huit mois au moins.

— Quoi ! une séparation.

— Qui existe déjà de fait.

— Et la cause ?

— Je vous la dirai, ou plutôt je vous conduirai, en sortant d'ici, chez une personne qui vous la dira et vous expliquera en même temps comment il se fait que madame Marcasse doit se résigner à vivre sept ou huit mois loin de Paris.

— Et cette femme, quelle est-elle ?

La comtesse ne répondit pas à cette question.

— Or, madame Marcasse, menacée, par cette inévitable séparation, d'une existence misérable, relativement à ses goûts et à ses habitudes, a concentré toutes ses espérances sur l'héritage de son oncle, désormais sa seule planche de salut, et vous devez comprendre quel a été son désespoir, quelle a dû être sa haine contre moi dès qu'elle a soupçonné un projet d'union qui ruinait tous ses rêves.

Alors elle s'est mise à espionner ma vie, elle a surpris la passion de ce jeune homme, a engagé avec lui une correspondance sous le nom de Nubia, l'a poussé au désespoir, à la folie, par l'annonce de mon mariage ; et cette lettre par laquelle l'infortuné déclare son intention de s'arracher la vie, elle a eu l'infernal courage de la garder sur elle la journée entière et de me la faire remettre à l'heure même où il devait accomplir sa fatale résolution. Eh bien, monsieur le comte, que dites-vous d'une pareille créature? Est-ce une femme ou un bourreau?

— Mais, répondit le comte de Peyras, elle n'avait aucune raison pour vouloir la mort de ce jeune homme, et je ne vois pas dans quel but...

— Ah ! s'écria la comtesse, voilà précisément où est l'infamie, c'est le but qu'elle se proposait, et ce but odieux il est impossible d'en douter, votre présence ici en est la preuve évidente.

— Je ne vous comprends pas, madame.

— Voilà sa combinaison, elle est aussi simple qu'effroyable.

Elle eut un geste de colère, puis elle reprit :

— En me faisant remettre cette lettre à huit heures, elle savait bien que nulle considération humaine, que nul intérêt personnel ne pourraient m'empêcher d'accourir ici pour conjurer ce malheur, alors son plan était tout tracé, elle vous apprenait où j'étais, vous accouriez,

poussé par la jalousie, vous me trouviez folle de désespoir, près du cadavre de l'infortuné qu'elle déclarait
être mon amant, le mariage était rompu et l'héritage
était sauvé! l'héritage, entendez-vous, monsieur le
comte? C'est pour le reconquérir qu'elle n'a pas hésité
à sacrifier la vie d'un homme.

Il y eut un moment de silence.

— Oui, tout cela est odieux, dit enfin le comte, et ma
nièce est bien coupable; mais vous, madame, n'avez-
vous rien à vous reprocher?

— Rien, répondit Louise avec hauteur.

— Cependant... vous aimiez ce jeune homme?

— C'est aujourd'hui seulement que j'en suis convaincue.

— Vous saviez qu'il vous aimait, du moins?

— Je savais qu'il m'adorait; j'éprouvais une profonde
pitié pour cet amour sincère; mais, je vous l'ai dit,
j'avais peur des grandes passions; elles avaient été la
source de tous mes malheurs, et c'est pour m'en garantir à jamais que je consentais à devenir votre femme.

— Et aujourd'hui? demanda le comte d'un air inquiet.

— Aujourd'hui... j'hésite.

— J'ai votre parole.

— Je le sais.

— Mais vous l'aimez?

— C'est vrai.

— Et lui, vous craignez de le désespérer par un refus.

— Il se tuerait.

— Et qui vous dit que je n'en mourrais pas, moi? On
meurt de douleur comme d'un coup de pistolet.

Il y eut une pause, puis Louise répondit avec tristesse:

— Je suis dans un état de trouble et d'agitation que
vous devez comprendre et dont je vous prie d'avoir
pitié, monsieur le comte, il m'est impossible de prendre

une résolution en ce moment, veuillez attendre quelques jours.

— J'attendrai le temps qu'il vous plaira, madame, mais je crois devoir vous apprendre qu'il y a un grave obstacle à votre union avec M. Marcel Desvignes.

— Un obstacle ? balbutia Louise en l'interrogeant du regard.

— Rappelez-vous sa lettre et vous le devinerez.

Louise fit un effort de mémoire, puis secouant la tête :

— Je ne me rappelle rien, dit-elle.

— M. Marcel vous parle d'une perte considérable qu'il a faite dans une opération de Bourse.

— Oui, oui, c'est vrai.

— Savez-vous à combien se monte cette perte qui, aïnsi qu'il le dit, tombe entièrement à la charge de son patron et constitue un abus de confiance, c'est-à-dire un délit que la loi punit le plus sévèrement.

— Mais non, je ne puis savoir...

— A près de deux cent mille francs.

— Deux cent mille francs ! s'écria la comtesse avec un accent désespéré.

Elle reprit tout à coup :

— Qui vous l'a dit ?

— L'un de ses collègues ; car ainsi que vous, je suis allé d'abord chez l'agent de change où il est employé, et on venait d'y découvrir la vérité. Or, avant que vous ayez prouvé votre identité et que vos affaires soient régularisées, il s'écoulera bien du temps, et, le jour où vous pourrez disposer de deux cent mille francs, il ne sera plus temps, il sera flétri par la loi.

— Mon Dieu ! mon Dieu ! murmura la comtesse en prenant son front dans ses deux mains, oh ! c'est horrible.

— Mais, reprit froidement le comte, ce n'est pas

aujourd'hui que vous pouvez réfléchir à cette situation, je vous engage à remettre cela à demain. Quant à moi je n'ai plus rien à faire ici, je retourne chez moi où il y bal ce soir, et vous savez à quelle occasion, madame.

— Je pars avec vous, dit vivement Louise.

— Mais votre cher blessé ?

— Son médecin va revenir à l'instant : moi, je le reverrai demain.

La porte s'ouvrit comme elle achevait de parler.

C'était le docteur qui rentrait.

— Je vous laisse avec votre malade, docteur, lui dit la comtesse ; quand il s'éveillera, dites-lui que j'ai été obligée de m'éloigner, mais que je reviendrai demain.

Puis, jetant son manteau sur ses épaules, elle sortit avec le comte de Peyras.

Comme ils montaient en voiture, ce dernier dit à son cocher :

— A l'hôtel !

— Non pas, dit vivement la comtesse.

Et s'adressant à son tour au cocher :

— Rue Saint-Nicolas-d'Antin.

— Pourquoi cela ? demanda le comte.

— Pour que vous parliez à la femme qui doit vous expliquer la cause de la séparation de M. et madame Marcasse.

Ils s'installèrent tous deux dans la voiture, qui partit aussitôt.

Ils arrivaient bientôt rue Saint-Nicolas-d'Antin, et Louise faisait arrêter devant la boutique de madame Turmole.

Là, le comte, auquel elle avait donné en route les indications nécessaires, descendit de voiture et entra dans l'allée.

Il revenait au bout de dix minutes, et la voiture, cette fois, prenait le chemin de l'hôtel de Peyras.

La première personne qu'ils aperçurent en entrant fut madame Marcasse, qui pâlit en voyant entrer la comtesse au bras de son oncle.

Celui-ci alla droit à elle, et d'un ton glacial :

— Madame, lui dit-il, je sors de chez madame Beaudoin.

Diane chancela à ce nom.

— Et madame Beaudoin m'a tout dit, reprit le comte, tout, vous m'entendez ?

Pendant qu'il parlait, la comtesse écrasait Diane sous un regard d'une hauteur méprisante.

Puis elle s'éloigna avec le comte, la laissant atterrée.

LIX

LE PAPIER BUVARD

Diane n'était pas encore remise de la secousse qu'elle venait d'éprouver : elle était restée comme pétrifiée à la place où le comte de Peyras lui avait fait entendre ces terribles paroles :

— Je viens de voir madame Beaudoin et elle m'a tout dit.

Et elle sentait encore peser sur elle le regard froidement dédaigneux de celle qu'elle croyait écrasée sous le poids de la catastrophe qu'elle avait laissée tomber sur sa tête, quand elle entendit une voix murmurer ces mots à son oreille :

— Eh bien, que se passe-t-il donc ? Je la croyais folle de douleur, plongée dans les larmes, perdue aux yeux de l'oncle Jean, pour ainsi dire rayée du monde et scellée dans la tombe, et je la vois rentrer ici au bras du comte et l'air plus triomphant que jamais ! Encore une fois que se passe-t-il et qu'est-ce que cela signifie ?

Diane leva sur Pierre de Peyras un regard où se lisaient à la fois une sourde colère et un sombre désespoir, et d'une voix grave :

— Cela signifie, dit-elle, que nous avons eu tort de nous attaquer à cette femme qui, comme une lionne blessée, se relève, rugit et déchire, plus terrible et plus redoutable que jamais alors qu'on la croit agonisante sous les coups dont on l'a accablée. Aussi, Pierre, crois-moi, n'essaye pas de lutter plus longtemps avec elle, fuis-la ; oh ! fuis-la vite, sans hésiter, sans perdre un instant, sans retourner la tête, sinon tu es perdu.

— La fuir ! eh ! je ne demande que cela, répondit Pierre ; mais je ne puis partir comme un petit saint Jean ; l'oncle Jean m'a promis une rente de vingt-cinq mille francs, j'attends la conclusion de l'affaire pour prendre la route de Londres, où je compte bien être dans quarante-huit heures.

— Dans quarante-huit heures, il sera peut-être trop tard ; prends-y garde.

— Que t'a dit l'oncle Jean en rentrant ?

— Il ne m'a pas chassée, mais il a prononcé une parole qui équivaut à une prière de ne plus remettre les pieds chez lui.

— Alors ta combinaison a échoué, et le mariage se fera.

— Je le crois. C'est à en perdre l'esprit ; il faut que cette femme l'ait ensorcelé...

En ce moment un domestique, portant des rafraîchissements, vint à Pierre de Peyras.

— Monsieur, lui dit-il, quelqu'un demande à vous parler.

— Quelqu'un d'ici ? demanda Pierre.

— Non, monsieur, un homme... qui vous attend en bas, dans la cour.

— Il n'a pas dit son nom ?

— Non, monsieur, mais il paraît très-désireux de parler à monsieur.

— Eh bien ! soit, j'y vais.

Il quitta Diane, prit son chapeau dans l'antichambre et descendit.

Il venait de sortir et cherchait du regard dans la cour, quand un individu sortant d'une encoignure sombre, les traits cachés par son chapeau et par le col de son paletot relevé jusqu'au nez, s'approcha de lui.

— Veuillez me suivre, lui dit-il.

— Pardon, dit Pierre, mais je suis en habit, et...

— C'est en face.

— Ne pourriez-vous me dire ici...

— Impossible ; allons, venez vite, c'est grave. Il marcha devant et Pierre de Peyras le suivit.

Ils firent quelques pas dans la rue côte à côte sans échanger une parole.

Puis l'inconnu entra brusquement chez un marchand de vin.

Un moment indécis, Pierre se décida enfin à le suivre.

Ils traversèrent la boutique et entrèrent dans une petite pièce éclairée par une chandelle.

Là l'inconnu ôta son chapeau et rabattit le col de son paletot.

Alors Pierre de Peyras le reconnut et s'écria avec un mélange de surprise et d'effroi :

— Robert Talbot !

Puis, se rapprochant de lui et le toisant des pieds à la tête, comme pour s'assurer qu'il ne se trompait pas :

— Vous ! murmura-t-il ; vous, que je croyais au fond d'une prison !

— Et j'y étais en effet, il y a deux heures à peine, répondit Robert.

24.

— On vous a rendu la liberté?

— Non pas, nous avons filé, Antonin et moi, sans en demander la permission au gouvernement.

— Mais comment avez-vous pu ?

— Antonin a reconnu dans le geôlier un ancien camarade de Toulon, ce qui prouve qu'il est bon d'avoir voyagé. Nous nous sommes entendus, et grâce à quelques indications, nous avons pu profiter d'un moment où la surveillance était négligée, et... bref, nous voilà libres.

— Et une fois libres, votre première pensée n'a pas été de quitter Paris?

— Au contraire, pour mon compte, je n'aspire qu'à cela, mais quand nous aurons conclu avec l'oncle Jean, dont nous avons deux choses à recueillir : le dernier soupir d'abord et l'héritage ensuite.

— Sans doute, c'est entendu, répondit Pierre en se troublant légèrement, mais il faut une occasion, attendons et dans quelques jours...

— Comment ! s'écria Talbot, mais nous avons aujourd'hui la meilleure occasion que nous puissions rêver; il donne une fête, vous y assistez, rien de plus facile que de glisser dans son verre quelques gouttes d'un liquide... que le fidèle Antonin est allé chercher en ce moment chez un herboriste de ses amis, un ancien camarade d'infortune avec lequel il a été *lié* autrefois.

— Eh bien ! soit, dit Pierre avec l'arrière-pensée de ne pas faire usage du poison.

— Et pas de tricherie, pas de faux-fuyant, reprit Robert Talbot, comme s'il eût deviné le dessein de son complice ; l'effet de ce poison est foudroyant; donc, si l'oncle Jean n'est pas mort ce soir, il y a trahison de votre part, et alors je file de Paris, mais en prenant d'abord la précaution d'adresser au préfet de police un petit poulet anonyme dans lequel je lui dénonce vos

deux crimes, c'est-à-dire les meurtres du comte de Fougeraie et du père Rochard...

— Rochard! mais vous savez bien...

— Je ne sais qu'une chose, c'est que je ne puis quitter Paris sans argent et qu'il y va de ma tête si j'y reste.

La porte s'ouvrit en ce moment.

C'était Antonin.

— Salut à M. Pierre de Peyras, dit-il en s'inclinant
devant celui-ci avec une politesse quelque peu ironique.

Puis tirant de sa poche une petite fiole, pleine d'un
liquide incolore, de l'aspect le plus inoffensif:

— Voilà l'objet, monsieur de Peyras, dit-il en le
lui offrant, et vous pouvez en user en toute assurance,
mon ami répond de la qualité.

Pierre prit la fiole avec une certaine appréhension et
la mit dans sa poche en se demandant comment il allait
se tirer de cette situation.

— Allons, lui dit Robert, les affaires avant tout, re-
tournez vite près de l'oncle Jean, et, dès que vous aurez eu la douleur de le perdre, venez nous en faire part,
nous vous attendons ici.

Pierre de Peyras sortit, en proie à la plus cruelle perplexité, comprenant avec une mortelle angoisse qu'il
avait à opter entre deux alternatives également terribles, également inévitables : exécuter le nouveau crime
qui lui était imposé, ou se résigner à subir les conséquences de la dénonciation dont le menaçait son redoutable complice.

C'est dans ces dispositions qu'il rentra dans la salle du
bal.

Il venait d'y reparaître à peine quand il fut abordé par
son oncle :

— Pierre, lui dit-il, j'ai un renseignement à vous demander, veuillez donc me suivre.

Il le conduisit dans une petite pièce écartée, assez éloignée de la salle de bal.

— Quel renseignement peut-il avoir à me demander dans un pareil moment? se disait Pierre en le suivant d'un air très inquiet.

Quand ils furent seuls et que le comte eut fermé la porte, ce dernier dit à son neveu en lui montrant un papier qu'il tira de sa poche:

— Dites-moi donc, je vous prie, ce que vous pensez de cela.

Pierre prit le papier pour l'examiner, mais il pâlit tout à coup en reconnaissant le faux testament fabriqué par lui et Talbot chez l'usurier de la rue Mandar.

— Eh bien, vous ne lisez pas? lui dit le comte avec calme.

Pierre parcourut l'écrit du regard, cherchant à dissimuler son trouble, mais ne trouvant pas un mot à répondre à la question de son oncle.

— Encore une fois, reprit celui-ci, que dites-vous de cela?

— Mais, mon oncle, répondit enfin Pierre, je ne puis qu'être profondément touché de...

— Vous devez être surtout surpris, monsieur, de voir entre mes mains cet étrange testament et vous voudrez bien me dire sans doute par quel merveilleux tour de prestidigitation il a été substitué à un testament tout différent, puis réintégré dans cette enveloppe d'abord, et ensuite dans la caisse de Mᵉ Barruel, mon notaire.

— Mais, mon oncle, s'écria Pierre en jouant l'indignation, je vous jure que je ne sais ce que vous voulez dire. Je ne connais pas Mᵉ Barruel, je ne l'ai jamais vu, je ne puis donc être pour rien dans la fraude dont vous vous plaignez et qui reste aussi mystérieuse, aussi inexplicable pour moi que pour vous.

— Cependant, monsieur, c'est à vous qu'elle devait

profiter, cette fraude, il est donc difficile de croire qu'un autre s'en soit rendu coupable avec la perspective de vingt ans de bagne pour tout résultat.

— Encore une fois, mon oncle, répliqua Pierre, je suis aussi stupéfait, aussi indigné que vous-même, et je vous aiderai de tous mes efforts pour que la lumière se fasse sur cette étrange aventure.

— Vous aurez peu de chose à faire pour cela, monsieur, car la lumière commence déjà à pénétrer les ténèbres dont cette affaire était enveloppée.

— Ah! dit vivement Pierre.

— Nous avons trouvé, je dis nous, parce que nous sommes animés du même désir d'arriver à la découverte de la vérité, nous avons trouvé un aide dévoué, intelligent, dont la pénétration a déjà saisi les premiers fils de cette trame: je vais l'appeler, à nous trois, je l'espère, nous parviendrons à débrouiller le reste.

Et allant ouvrir une porte, il cria :

— Entrez, monsieur.

Le personnage appelé entra, et, à son aspect, Pierre de Peyras frissonna de tous ses membres.

C'était M. Lubin.

Au lieu de la causticité calme et railleuse qu'ils exprimaient habituellement, les traits du petit vieillard avaient une gravité qui inquiéta Pierre de Peyras.

Jamais ce terrible et inévitable ennemi que, depuis deux ans, il avait rencontré dans toutes les circonstances graves de sa vie, n'avait éveillé en lui de si sombres pressentiments.

— Monsieur Lubin, dit le comte Jean à celui-ci, M. Pierre de Peyras désirerait quelques éclaircissements sur le tour de force par suite duquel ce testament, évidemment faux, a pu être substitué à mon testament, à moi, glissé dans cette enveloppe et déposé dans la caisse de Mᵉ Barruel.

ne pense pas à tout, et par une circonstance providentielle, comme j'en ai tant vu dans ma longue carrière, vous avez pris et conservé vous-mêmes, les trois hommes forts, la preuve palpable, éclatante du délit.. . et cette preuve la voilà.

Il tira de sa poche un chiffon de papier d'un rose sale, si couvert de taches, de caractères d'écriture, entrecroisés, confus, indéchiffrables, qu'il semblait impossible à l'œil le plus habile, à l'esprit le plus patient, de rien distinguer dans ce chaos d'hiéroglyphes.

— Tenez, dit M. Lubin en étalant sur la table cet étrange document, nous allons faire sur ce papier ce que font les Indiens sur le sol quand ils y cherchent la trace des pas de leur ennemi, c'est-à-dire suivre patiemment, minutieusement à travers la mêlée de chiffres et de caractères, sous laquelle elle disparaît de temps à autre, la copie intacte de ce testament, qu'on a eu l'imprudente précaution de poser sur ce papier buvard pour faire sécher l'encre.

A cette explication Pierre de Peyras se sentit défaillir, car il se rappela parfaitement qu'en effet, Robert Talbot, sur l'invitation de Loiseau, avait appuyé le testament qu'il venait d'écrire et dont l'encre était encore tout humide, sur un papier buvard.

— Heureusement, dit M. Lubin au comte de Peyras, moi qui ai fait ce travail, je vais pouvoir vous guider et vous rendre facile une lecture qui, pour moi, a été une longue et rude tâche.

Il se mit à chercher du doigt et de l'œil sur le papier comme il eût fait sur une carte géographique.

Enfin, posant l'index sur un point surchargé de caractères entassés et entre-croisés l'un sur l'autre :

— Tenez, dit-il au comte de Peyras, tâchez de dégager de ce chaos inextricable le mot que je viens de rayer de mon ongle, suivez inflexiblement la ligne droite sans vous laisser égarer par les caractères qui se mettent de travers, et, avec un peu de patience, vous retrouverez, un à un, tous les mots qui composent ce testament.

Le comte se pencha sur le papier buvard, finit par saisir le mot marqué par M. Lubin et, au bout d'un quart d'heure de travail acharné et persévérant, il était parvenu à retrouver tout le testament, vérifiant chaque mot sorti de ce fouillis de caractères sur la pièce que lui avait apportée Me Barruel.

— Eh bien ! monsieur, dit-il alors à son neveu, devant lequel il avait fait cette épreuve à haute voix, que dites-vous de la découverte de M. Lubin?

— Je dis que M. Lubin a l'esprit assez inventif pour avoir imaginé et confectionné ce petit papier, et j'attends qu'il me prouve qu'il l'a réellement trouvé chez M. Loiseau.

— Naturellement j'ai prévu l'objection, répliqua M. Lubin, et j'ai le bonheur de pouvoir y répondre victorieusement.

Il ajouta, en recommençant ses recherches sur le papier buvard :

— Ce jeu de casse-tête chinois m'avait intéressé, et puis j'avais un vague espoir d'y faire de nouvelles découvertes. J'ai donc continné de l'étudier, après y avoir trouvé le précieux document que j'y cherchais, et mes efforts ont été couronnés de succès. Savez-vous ce que j'ai eu la chance de déchiffrer là-dessus, monsieur Pierre de Peyras? Le commencement, le milieu et la fin d'un billet de vingt mille francs à l'ordre de M. Loiseau et signé Charles Barr...l, c'est-à-dire Barruel, juste la preuve que vous me demandez. Tenez, voici les premiers mots du billet, vous trouverez le reste sans trop de peine.

— Je veux bien vous croire sur parole, répondit Pierre de Peyras, mais Barr..l peut signifier tout autre chose que Barruel.

— C'est ce que je me suis dit, et j'ai voulu en avoir le cœur net ; car ainsi que vous, en pareil cas, je ne suis pas homme à me contenter d'un à peu près. J'ai donc voulu avoir la certitude, et je l'ai maintenant.

— Comment cela? demanda Pierre d'un ton dédaigneux.

— Je suis allé tout simplement trouver M. Charles Barruel et lui ai proposé de payer le billet qu'il avait fait à M. Loiseau, soit vingt mille francs, s'il voulait me dire comment le testament de M. le comte de Peyras avait été pendant quelque temps au pouvoir dudit Loiseau. Le jeune homme fit quelques difficultés, mais la perspective de se voir débarrassé d'un créancier qui passe à juste titre pour le plus féroce des usuriers le décida à parler ; il m'avoua que Loiseau avait abusé de sa position pour le contraindre à lui confier cette pièce quelques heures seulement et, à la suite de cette confidence, je me rendis rue Mandar, où je payai le billet de Charles Barruel.

— Toujours des contes ! dit Pierre.

— Voilà le billet, répliqua M. Lubin.

Et le tirant de sa poche, il le montra au comte de Peyras d'abord, puis à Pierre, qui, pour le coup, resta muet et atterré.

L'évidence était trop éclatante pour la nier.

Cependant il résolut de lutter jusqu'au bout, et il reprit après un moment de silence :

— Oui, j'avoue que tout se réunit pour m'accabler et que toute cette batterie a été dirigée contre moi avec une rare habileté, mais il reste une chose à prouver, faute de quoi tous les autres témoignages sont frappés de nullité, c'est l'intérêt que je pouvais avoir à commettre ce faux, connaissant déjà l'intention de mon oncle d'épouser la princesse Nubia.

— En vérité, monsieur de Peyras, répondit M. Lubin,

on dirait que je vous ai soufflé cet argument : la preuve que vous demandez m'est on ne peut plus facile à fournir, et elle est écrasante pour vous.

— Voyons donc cette preuve ? répliqua Pierre en défiant son ennemi d'un regard insolent.

— M. le comte de Peyras devait se marier, et vous le saviez, c'est vrai ; mais il y a loin de la coupe aux lèvres, et entre un projet de mariage et son accomplissement, il y a... la mort.

— Il suffit de regarder M. le comte pour comprendre tout ce qu'il y aurait eu d'absurde dans cette supposition.

— J'en conviens ; aussi, quand ces sortes d'événements se font trop attendre, il y a mille moyens d'aider la nature.

Pierre de Peyras tressaillit.

Mais reprenant aussitôt son audace :

— Monsieur Lubin, s'écria-t-il, une pareille accusation...

— Vous blesse, je le conçois, et je ne demande pas mieux que de la retirer si vous pouvez me dire à qui vous destinez le contenu du petit flacon que vous portez en ce moment dans la poche de votre gilet.

A ces derniers mots, Pierre resta comme pétrifié.

La bouche entr'ouverte, l'œil fixe, les traits livides et affreusement contractés, on eût dit qu'il venait d'être frappé de folie.

LX

LES EXPIATIONS

Le comte de Peyras lui-même avait pâli à cette terrible dénonciation.

Seul, calme et impassible, M. Lubin s'approcha de Pierre de Peyras, comme hébété sous la violence de ses émotions, lui enleva le petit flacon qui, en effet, se trouvait dans la poche de son gilet, et, le posant sur le testament :

— La mort d'abord, l'héritage ensuite, dit-il à Pierre ; eh bien, monsieur de Peyras, avez-vous assez de preuves comme cela ?

Il y eut une longue pause, un silence solennel, pendant lequel Pierre de Peyras promenait ses yeux hagards de M. Lubin au comte, le premier impassible et implacable, le second pâle et frémissant d'horreur.

— Mon oncle, murmura enfin Pierre d'une voix atterrée, je vous jure que jamais je n'ai eu l'intention odieuse dont on m'accuse.

— Vous venez de promettre exactement le contraire à votre complice, Robert Talbot, au moment où il vous remettait ce flacon, répliqua froidement M. Lubin.

Pierre le regarda tout effaré.

Le petit vieillard répondit en haussant les épaules :

— Il n'est pas fort votre complice, il n'a pas soupçonné un instant que, depuis son arrestation, il a toujours près de lui un *mouton*, chargé par nous de provoquer ses confidences et de nous les rapporter ; ce *mouton*, auquel on a pardonné d'avoir voulu défigurer la princesse Nubia, à la condition qu'il prêterait dans cette circonstance son concours à la justice, n'est autre qu'Antonin.

Pierre de Peyras eut un mouvement de surprise.

— Oui, reprit M. Lubin, Antonin, qui a feint de corrompre un geôlier, qui est sorti de prison en compagnie de Robert Talbot, dont il était le gardien, quand celui-ci le prenait pour un complice, qui, après avoir acheté ce flacon, est venu tout me conter, tout, monsieur de Peyras, tout, jusqu'à l'aveu que lui a fait Robert Talbot de l'assassinat commis sur la personne du comte de Fougeraie.

Livide et tout tremblant, Pierre voulut répliquer ; mais ses lèvres, agitées d'un frisson convulsif, ne purent proférer que des syllabes incohérentes.

— Monsieur le comte, dit alors M. Lubin, voulez-vous faire venir un verre d'eau ?

— Un verre d'eau ! répéta le comte, stupéfait de cette demande.

— Oui, monsieur le comte, un verre d'eau.

Pierre de Peyras, non moins surpris que son oncle, regarda fixement M. Lubin.

Le petit vieillard avait une expression de gravité imposante qu'il ne lui avait jamais vue.

Le comte sonna.

Un domestique parut aussitôt.

— Un verre d'eau, lui demanda le comte.

Un instant après, il était servi.

Quand le domestique se fut retiré, M. Lubin dit au comte :

— Comme il fallait éviter jusqu'à l'ombre du danger et que d'ailleurs un poison violent se procure difficilement, Antonin a rempli cette petite fiole à la fontaine la plus voisine, elle renferme donc une eau pure et parfaitement inoffensive.

— Ah ! fit le comte.

— Il n'en est pas de même de ceci ; reprit M. Lubin, ça tue comme un coup de foudre !...

Il tira de la vaste poche de son gilet sa tabatière d'or, enleva la miniature dont elle était ornée et sous laquelle apparut un papier soigneusement plié, de la dimension d'une pièce de vingt sous.

Puis il enleva le papier, le déplia lentement, jeta dans le verre d'eau une petite pincée de la poudre blanche qu'il contenait, et, montrant ce verre à Pierre de Peyras, qui le regardait faire :

— Monsieur de Peyras, lui dit-il, il faut boire cela.

Pierre recula en frémissant.

— Boire cela ! moi ! balbutia-t-il.

— Y songez-vous, monsieur Lubin ? s'écria le comte à son tour.

— Oui, monsieur le comte, il le faut, répondit M. Lubin ; car, à l'heure où je vous parle, Robert Talbot est reconduit par deux agents dans sa prison, car avant un mois, il paraîtra devant la cour d'assises, accusé d'avoir assassiné le comte de Fougeraie et de lui avoir volé ensuite une somme de deux cent mille francs, car alors il nommera son complice, et ce complice, monsieur le comte, le voilà.

Et M. Lubin désignait du doigt Pierre de Peyras, qui, livide, l'œil hagard et halluciné, tremblait de tous ses membres.

— Tout ce que je vous dis là, monsieur le comte, ajouta M. Lubin, est déjà connu de la police, et quatre agents, dirigés par le fameux Lombart, déjà connu de M. Pierre de Peyras, gardent toutes les issues de votre hôtel. C'est à vous à décider maintenant si vous voulez qu'un de Peyras aille porter sa tête sur l'échafaud, ou si vous préférez qu'il expie ici son crime, sans bruit, sans scandale.

— Il n'y a pas à hésiter, monsieur, dit le comte à son neveu, et j'espère qu'après tant de souillures, de hontes et d'abaissements, il vous reste au moins le courage de braver la mort.

La contenance de Pierre de Peyras disait assez le contraire.

Les traits affreusement contractés, tout le corps agité d'un tremblement nerveux, il semblait comme hébété par la peur de la mort.

— Monsieur, lui dit le comte au bout d'un instant, je ne vous fais pas l'affront de croire que vous hésitez.

Mais Pierre ne répondit pas.

Le regard fixé sur le liquide fatal, il tremblait si fort qu'on entendait ses dents claquer l'une contre l'autre.

— Non, murmura-t-il enfin d'une voix rauque, je ne veux pas... je ne veux pas.

— Il le faut, monsieur de Peyras, lui dit M. Lubin avec un calme inflexible.

— Comment, reprit-il en roulant autour de lui des regards désespérés, est-ce que vous ne pouvez pas me laisser partir? Je ne demande rien, rien que la liberté, rien que la vie; je quitterai la France, on n'entendra plus parler de moi, que vous faut-il de plus à tous deux?

— Vous avez à expier deux crimes, monsieur de Peyras : le meurtre du comte de Fougeraie et l'odieuse violence que vous avez exercée sur la comtesse.

— Eh bien, non, non, s'écria Pierre avec l'obstination de la peur, je ne boirai pas cela, je ne veux pas mourir.

— Vous êtes dès à présent sous la main de la justice, répliqua l'inexorable M. Lubin, tous vos efforts pour vous soustraire à la mort seraient superflus, il faut vous y résigner, et tout ce que je puis faire pour vous est de vous laisser le choix entre l'échafaud et ceci.

Pierre comprit qu'il n'y avait aucun espoir de fléchir son redoutable ennemi.

— Eh bien! soit, dit-il après un moment de réflexion, je choisis la mort que vous m'offrez ; elle m'évite les angoisses de l'attente et la honte.

— C'est bien, répondit M. Lubin.

— Seulement je veux mourir seul, sans témoins.

— Je comprends cela, nous allons sortir.

— Adieu, monsieur, lui dit le comte, repentez-vous, priez, et, au lieu de vous révolter contre cette fin terrible, acceptez-la comme le juste châtiment de vos fautes et de vos crimes.

Puis il se dirigea lentement vers la porte et sortit avec M. Lubin.

En ce moment, par cette porte ouverte, passa, comme une bouffée d'harmonie, un air de valse plein de grâce et d'entraînement.

Et une vision du bal, avec son tourbillon de femmes enivrées, éblouissantes de parure et de beauté, traversa tout à coup l'imagination de Pierre de Peyras.

— Mourir! moi, quand je sens toutes les ardeurs de la vie et de la passion bouillonner dans mes veines! s'écria-t-il en relevant la tête, oh ! non!

Il jeta un regard sur la porte par laquelle venaient de s'éloigner le comte de Peyras et M. Lubin.

— Ils doivent être là, murmura-t-il.

Il y avait deux autres portes.

— Mais par là, reprit-il, on peut fuir. Allons.

Il s'approcha de l'une de ces portes et l'ouvrit doucement.

Deux hommes étaient là, qui le regardèrent en silence, debout sur le seuil et lui barrant le passage.

Il courut ouvrir l'autre porte.

Là, il n'y avait qu'un homme ; mais c'était le fameux Lombart.

Pierre recula brusquement.

Lombart ferma la porte.

Les deux autres agents l'imitèrent de leur côté.

Alors Pierre de Peyras se laissa tomber sur un siége avec l'expression d'un découragement mortel et murmura tout bas :

— Allons, c'est fini, c'est la mort ! nul moyen de l'éviter !

Il ajouta après une pause :

— Oh ! ce monsieur Lubin ! Quel homme ! quel ennemi !

Il s'écoula dix minutes au bout desquelles Lombart, qui écoutait, l'oreille collée contre la porte, entendit un bruit sourd, puis quelque chose comme un rugissement étouffé.

Il entra et aperçut Pierre de Peyras qui, les yeux convulsés et l'écume à la bouche, se roulait et se tordait sur le parquet.

Il regarda froidement sans approcher.

Au bout de cinq minutes le corps ne bougeait plus.

Une grimace effrayante, exprimant à la fois la souffrance, la rage, le désespoir était comme figée sur le masque immobile.

Lombart alla ouvrir la porte derrière laquelle se tenaient ses deux agents.

— Nous n'avons plus rien à faire ici, leur dit-il, filons.

LXI

LE CHŒUR FINAL

Trois mois environ après les événements que nous avons fait passer sous les yeux du lecteur, MM. Sandoz

25.

et Loustel recevaient une invitation à dîner de la part de M. Lubin, avec prière de se trouver rue Beautrellis, à cinq heures au plus tard.

Et trois jours après ils partaient à quatre heures précises de la rue Blanche pour se rendre chez ce M. Lubin dont ils entendaient parler pour la première fois, mais qui, dans sa lettre, leur promettait une surprise agréable.

C'était à la fin de février, le ciel était pur, le pavé intact, la température agréable, les amis arpentaient les boulevards tout en causant littérature et arts, quand le journaliste s'écria tout à coup :

— Loustel, mon ami, veux-tu que je te dise toute ma pensée ?

— Parle.

— Eh bien ! je te soupçonne de songer à allumer les flambeaux de l'hyménée.

— Tu dis une bêtise, ces flambeaux-là, ce n'est pas comme le gaz, il faut être deux pour les allumer.

— Bah ! et mademoiselle Castagnède ?

— Dame ! je ne dis pas que... mais elle n'y songe guère.

— Enfin, voilà ton rêve.

— Je ne m'en défends pas.

— Qui t'empêche de la demander ? Te voilà passé paysagiste, tes toiles se vendent comme des petits pains, et ma foi !...

Sandoz s'interrompit tout à coup, et, le doigt tendu vers un objet, il s'écria d'une voix émue :

— Ciel ! Marius !

Ce qu'il montrait du doigt, c'était une immense toile dans laquelle Loustel reconnut avec stupeur la *Bataille des Cimbres.*

Un individu, monté sur un tréteau, une grande baguette à la main, en donnait l'explication à une cinquantaine de badauds, qui l'écoutaient la bouche béante.

— Mais que diable peut faire là ma *Bataille des Cimbres*, et comment y est-elle venue? murmura Loustel.

— Approchons et écoutons, dit Sandoz, nous allons le savoir.

— Messieurs, s'écriait le saltimbanque, ceci vous représente la célèbre colosse africaine Tamaïa, ce qui, dans son pays, signifie perle de beauté. Elle a dix-neuf ans et elle pèse quatre cent soixante-dix-sept kilogrammes, poids que nulle vache, même laitière, n'a pu atteindre jusque-là. Malgré ses formes colossales, la finesse de ses extrémités fait l'admiration des amateurs et le désespoir de l'artiste. Les hommes de la bonne société peuvent l'interroger sur les particularités de sa vie, sur la mort de sa mère, massacrée par les sauvages, ils seront étonnés de l'enjouement de sa conversation.

Les princes de l'Europe auxquels elle a été présentée ont déclaré que jamais ils n'avaient vu une femme colosse aussi enjouée. Chose étonnante, elle danse avec la grâce et la légèreté d'une sylphide : elle chante avec goût et parle toutes les langues de l'Europe, quand elle n'est pas enrhumée.

Puis, donnant un grand coup de baguette sur le nez de Marius :

— Voilà son père, vous le voyez au moment où il vient de remporter une grande victoire sur les Pampas, une des tribus les plus féroces de l'Afrique centrale et septentrionale du sud de l'Equateur. Mais, au moment où il s'enivre de son triomphe, voyez-vous cette jeune fille qui s'enfuit, les cheveux épars, c'est Tamaïa, sa fille, elle court au rivage africain et va s'embarquer sur un vaisseau français, attirée par l'amour que lui a inspiré un jeune artiste.

Le saltimbanque continua :

— Cet artiste est le même qui a peint cette magnifique toile et dont vous voyez le nom inscrit là en toutes lettres, le célèbre Loustel, élève de MM. Ingres et Horace Vernet, trop connus pour que ma faible parole puisse ajouter à leur gloire. Entrez, messieurs, entrez, dix centimes, deux sous par personne.

Stupide d'étonnement, Loustel ne savait trop s'il devait rire ou se fâcher.

— Eh bien ! en voilà un qui t'en fait de la réclame ! lui dit Sandoz.

— Oh ! mais je veux lui parler, dit Loustel, je ne puis souffrir....

— Nous verrons ça demain, viens vite, heureux vainqueur de l'aimable Tamaïa, on nous attend rue Beautreillis.

Ils se remirent à marcher et, au bout d'un quart d'heure, ils arrivèrent rue Beautreillis.

En entrant chez M. Lubin, ils virent la table mise sous la longue tonnelle qui, on le sait, partageait le jardin en deux et aboutissait au corps de logis.

Le petit vieillard accourut au-devant d'eux.

Il était tout de neuf habillé, depuis les souliers vernis jusqu'au chapeau à larges bords, et jamais ses manchettes et son jabot n'avaient été aussi éclatants de blancheur.

— Monsieur Sandoz, monsieur Loustel, dit-il en appelant chacun des deux amis par son nom, je vous remercie d'avoir bien voulu vous rendre à mon invitation ; la surprise annoncée y est bien pour quelque chose, mais n'y regardons pas de si près.

Puis, s'adressant particulièrement à l'artiste :

— Monsieur Loustel, lui dit-il, j'aime à croire que moins sensible que Calypso, vous êtes déjà consolé du départ de Sophie qui, je l'ai appris, vous a abandonné pour un gros marchand de vin.

— Mais oui, monsieur Lubin, répondit Loustel, j'ai
assez de chance depuis quelque temps ; le départ de
Sophie, la vente de mes tableaux... enfin je n'ai pas à
me plaindre du sort.

— Espérons qu'il continuera de vous favoriser ; et
d'abord, tout à l'heure, à table, regardez à votre droite ;
je ne vous dis que cela.

Le son d'une cloche se fit entendre et, au même instant, on vit sortir de la maison et pénétrer sous la tonnelle la comtesse Louise de Fougeraie donnant le bras
au comte de Peyras, Maxime de Sivrac avec sa jeune
femme, mademoiselle de Sordes, madame et mademoiselle Castagnède.

M. Lubin présenta à la compagnie MM. Loustel et
Sandoz, puis on se remit à table, chacun trouvant son
nom inscrit à sa place.

M. Loustel se trouvait entre Sandoz et mademoiselle
Castagnède, placée à sa droite.

— Dis donc, murmura Sandoz à l'oreille de son ami,
ce M. Lubin me fait l'effet d'être sorcier.

— Comment diable a-t-il pu savoir que j'aimais mademoiselle Castagnède ?

— Dis donc, tandis que tu es près d'elle, si tu en
profitais pour lui toucher deux mots au sujet des flambeaux.

— Quels flambeaux ? demanda Loustel stupéfait.

— Les flambeaux de l'hyménée.

— Tu m'ennuies.

Tout le monde remarqua avec surprise qu'il restait
une place inoccupée, mais personne n'osa en faire l'observation.

Le bonheur rayonnait sur tous les visages, excepté sur
celui de Louise de Fougeraie, qui, malgré tous ses efforts
pour paraître gaie, était évidemment en proie à une profonde tristesse.

Cette impression avait sans doute pour cause un court dialogue qu'elle avait eu avec le comte de Peyras, quelques instants auparavant :

— Madame la comtesse, lui avait dit celui-ci, le jour où vous avez pris vis-à-vis de moi, en me renouvelant la promesse de devenir ma femme, l'engagement de ne plus même vous informer de M. Marcel Desvignes, si intéressante que soit sa position, la délicatesse me faisait un devoir de prendre moi-même des nouvelles de sa santé et de m'enquérir des suites de l'opération financière qui avait si mal tourné pour lui.

—Eh bien ! monsieur le comte ? avait demandé Louise avec une émotion qu'elle pouvait à peine dissimuler.

—Eh bien ! madame, comme l'avait annoncé son médecin, trois mois de repos et l'air de la campagne ont complétement rétabli sa santé ; quant à l'imprudence qu'il a commise, je crains bien qu'elle n'ait pour lui les conséquences les plus funestes.

Je sais bien que cette faute a l'amour pour excuse, mais ce n'est pas une circonstance atténuante aux yeux d'un patron qui perd plus de cent mille francs ; car, vérification faite, c'est à cette somme que se monte le déficit.

— Mais, balbutia la comtesse, si l'on désintéressait ce patron ?

—Il n'est plus temps, répondit le comte d'un ton qui glaça le cœur de la jeune comtesse.

Elle avait compris que l'affaire était désormais entre les mains de la justice, et la certitude que Marcel était perdu sans retour l'avait plongée dans une sombre tristesse.

Pendant le cours du dîner, M. Lubin s'était tourné vers sa voisine, madame Castagnède, et, lui parlant à l'oreille :

— Madame, lui dit-il, que pensez-vous de M. Loustel, assis là, en face, près de mademoiselle Berthe?

—Mais, répondit madame Castagnède étonnée, je le trouve... fort bien.

—Il a de plus un fort beau talent, un fort bel avenir, et enfin il est fort amoureux.

—Mais, monsieur, je ne vous demande pas...

— Fort amoureux de votre fille, qu'il rencontre souvent dans l'escalier, par hasard naturellement, et qui, de son côté, n'éprouve pour lui aucune antipathie, au contraire.

— Qu'en savez-vous, monsieur?

— Interrogez-la adroitement, annoncez-lui une demande en mariage de la part de M. Loustel et vous verrez l'effet.

—C'est vous qui vous proposez de faire cette demande?

—Moi? oh! non, mieux que ça.

—Qui donc?

—Madame la comtesse de Fougeraie, qui connaît les deux amoureux et s'y intéresse.

—Notre bienfaitrice! oh! alors...

Un instant après, M. Lubin se levait, et s'adressant à ses convives:

— Vous tous qui m'écoutez, leur dit-il, reportez-vous à cinq mois de là, rappelez-vous quelle était alors votre position, quelles étaient vos transes et vos angoisses, quelles infranchissables barrières se dressaient devant vous, quels inévitables abîmes s'ouvraient devant vos pas, et avouez que je répondrai au plus cher, au plus ardent de vos vœux en vous mettant en face de l'ange à la fois si énergique et si doux, si intrépide et si miséricordieux auquel vous devez la paix et le bonheur dont vous jouissez tous aujourd'hui et qu'il vous a conquis, non seulement en prodiguant sa fortune, mais en risquant généreusement sa vie; cet ange, le voilà!

Il désigna du doigt Louise de Fougeraie, qui répondit par un doux et triste sourire.

M. Lubin reprit aussitôt :

—La Mauresque, qui a sauvé mademoiselle de Sordes du malheur de devenir la femme d'un homme indigne d'elle, et sans laquelle M. de Sivrac ne serait pas aujourd'hui son époux, c'est elle, la princesse des contes de fées, qui a changé en larmes de joie les larmes de douleur que répandaient madame Castagnède et sa fille, qui a relevé le courage d'un jeune artiste, M. Loustel, en lui faisant acheter une toile célèbre, mais peu appréciée, et qui a arraché de l'abîme, où il était perdu, un médecin de plus grand mérite, le docteur Alfred, que sa nombreuse clientèle retient sans doute loin de nous en ce moment; c'est encore et toujours elle. Et maintenant qu'elle a fait le bonheur de ceux qu'elle a rencontrés sur son chemin, il est temps enfin qu'elle songe à elle, c'est ce qu'elle va faire en épousant celui qu'elle aime et dont elle est adorée.

Un coup de sonnette se fit entendre en ce moment à la porte de la rue, et l'on vit entrer deux nouveaux personnages.

— Ah ! dit M. Lubin, voilà le docteur Alfred.

— Avec le jeune malade que j'ai confié à ses soins et qui me paraît parfaitement rétabli, quoique un peu pâle, dit le comte de Peyras.

Les deux nouveaux venus n'étaient plus qu'à dix pas de la table.

Alors un cri étouffé se fit entendre.

— Qu'avez-vous donc, madame ? demanda le comte à Louise de Fougeraie, dont les traits s'étaient couverts d'une subite pâleur.

— Mais, balbutia la jeune femme d'une voix tremblante d'émotion, c'est M. Marcel.

— Lui-même, madame.

Le docteur Alfred, l'œil vif, la physionomie ouverte et intelligente, vêtu en homme du monde, dont il avait repris la tournure et les façons, n'avait plus le moindre rapport avec le sombre et taciturne habitué du *Café polonais*.

— Veuillez m'excuser de m'être fait attendre, dit-il à M. Lubin ; mais sachant que je trouverais ici madame Castagnède, je voulais lui apporter des nouvelles de son mari, et je sors de la maison de santé où il a été placé, il y a quatre mois.

— Eh bien, docteur ? demandèrent à la fois la mère et la fille.

— Eh bien, mesdames, je puis vous affirmer que M. Castagnède vous sera rendu avant huit jours. Quant à M. Jacques de Sylva, autre infortuné auquel madame la comtesse s'intéressait vivement, il a quitté hier cette même maison de santé, complétement guéri.

— Vous ne pouviez m'annoncer une plus heureuse nouvelle, docteur, dit Louise, car j'étais la cause involontaire de ce malheur, et ma conscience n'était pas tranquille.

— Et maintenant, monsieur le comte, reprit le docteur, il ne me reste plus qu'à vous présenter mon jeune malade, entièrement rétabli ou peu s'en faut.

— Si vous le permettez, docteur, dit alors M. Lubin en échangeant un regard avec le comte de Peyras, c'est moi qui me charge d'achever sa guérison, et je vous jure que ce sera vite fait.

Et s'adressant à ses convives :

— Mesdames et messieurs, dit-il, j'ai l'honneur de vous annoncer le prochain mariage de M. Marcel Desvignes avec madame la comtesse de Fougeraie.

— Comment ! s'écria la jeune femme en se tournant vers le comte.

— A moins que le futur ne vous déplaise, dit celui-ci en souriant.

Quant à Marcel, il avait pâli et chancelé à cette déclaration inattendue.

— Un instant, s'écria le docteur en s'élançant pour le soutenir, ne me tuez pas mon malade.

— Tenez, dit le comte, asseyez-le là, à la gauche de madame la comtesse, et il va bien vite revenir à lui.

— Mais... dit Louise au comte, en fixant sur lui un regard inquiet.

Le comte de Peyras comprit la signification de ce regard.

— Rassurez-vous, lui dit-il, tout est remboursé et l'honneur est sauf.

— Et je vous dois ?...

— Rien.

— Mais, monsieur le comte.

— Je croyais éprouver pour vous les sentiments d'un époux, je me trompais, c'étaient ceux d'un père, et on peut tout recevoir d'un père.

Quelques heures après, tous les invités de M. Lubin quittèrent la rue Beautreillis en promettant au comte de Peyras d'assister au mariage de sa fille d'adoption, la comtesse de Fougeraie, avec Marcel Desvignes.

FIN

TABLE DES MATIÈRES

FIN DE LA TABLE DU TOME SECOND

F. Aureau. — Imprimerie de Lagny.

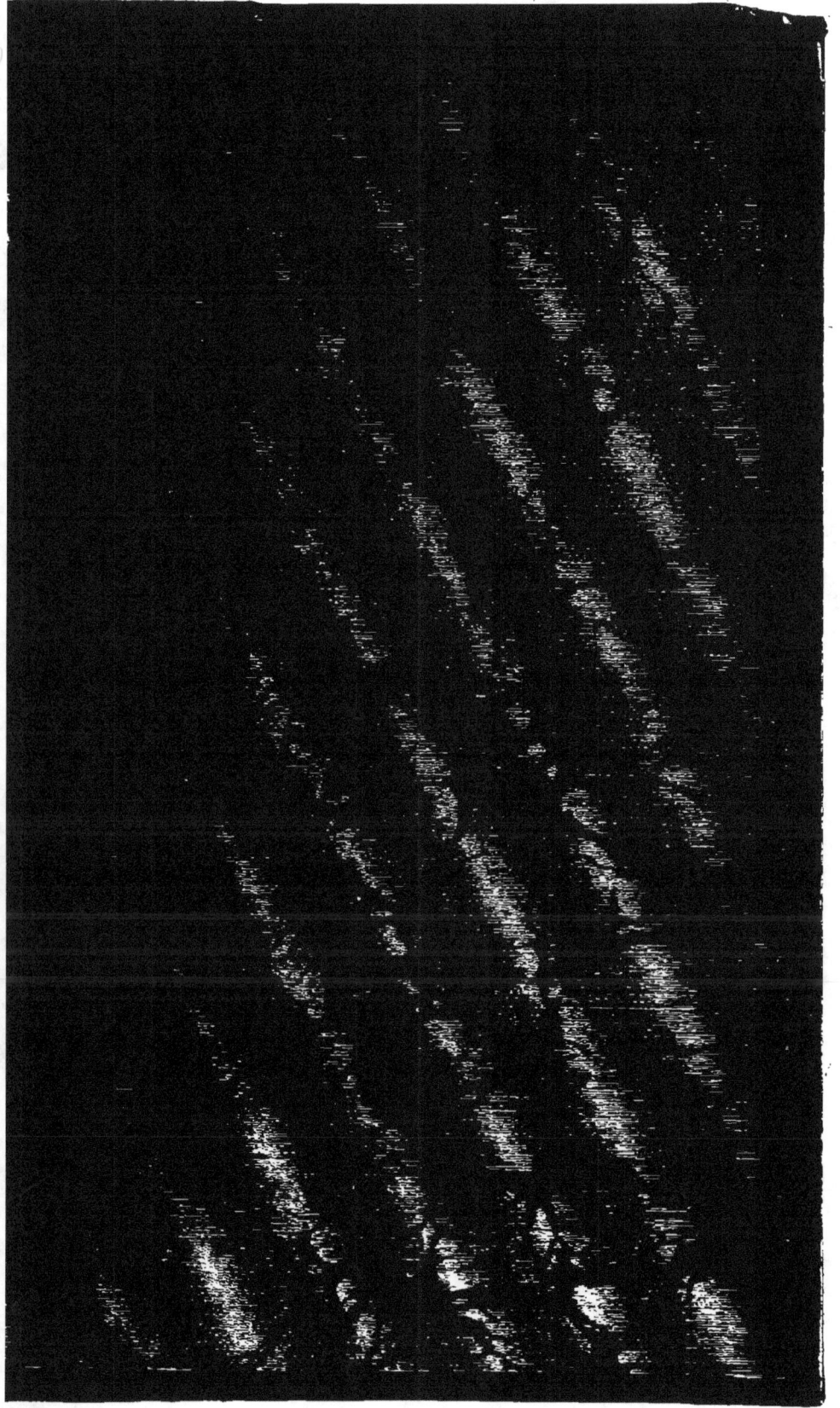

www.ingramcontent.com/pod-product-compliance
Lightning Source LLC
Chambersburg PA
CBHW070749030726
47504CB00003B/491